U0935243

后浪出版公司

Olga Tokarczuk

Bieguni

云　游

[波兰] 奥尔加·托卡尔丘克　著　　于是　译

四川人民出版社

我在这里

我很小。我坐在窗台上，身边尽是乱扔一气的玩具、被推倒的积木高塔、眼珠凸出来的洋娃娃。屋里很黑，房间里的空气慢慢冷下来，暗下来。这里没别人；他们都走了，不见了，但你仍可以听到他们的言语声渐渐消失，踢踢踏踏的脚步的回音，几声遥远的笑声。窗外的庭院里空无一人。黑暗从天而降，轻柔地弥漫开来，像黑色露水般落在一切物事上。

那种寂静是最让人难受的，稠密，几乎肉眼可见——阴寒的暮光、钠蒸气灯的昏暗灯光都已沉入黑暗，灯光只能照出几英尺远。

没有任何事发生——黑暗的蔓延止于家门，所有的喧嚣渐息，归于静默，就像热牛奶冷掉后凝成的那层厚厚的膜。房屋映衬在天空的背景里，渐渐失去了鲜明的边缘、分明的棱角，那种轮廓似乎能弥漫到无限远。越来越暗的天光带走了空气——没有剩下可供呼吸的空气。现在，黑暗已浸透我的皮肤。各种声音兀自蜷曲，把自己裹在里面，收起蜗牛般的小眼睛；世界的盛大乐队已离去，消失在公园里了。

夜是世界的边界，我在玩耍中偶然发现了这一点，并不是刻意去探寻的。只是因为我被单独留下了，几乎无人照管，我才发现了这一点。我意识到自己陷入了一种困境，很清楚自己现在进退不得。我很小，坐在窗台上，望着窗外暗冷下来的庭院。学校厨房里的灯都灭了；大家都走了。所有的门都关上了，门闩落下，百叶窗低垂。我很愿意离开，但我无处可去。我自己的存在，就是眼下唯一具有鲜明轮廓的物事，一圈颤抖又起伏的轮廓，让人痛楚的颤抖和起伏。猛然间，我明白了：现在，我在这里，仅此而已。

你头脑里的世界

此生第一次远行，我就穿过了田野，步行。他们过了很长时间才发现我不见了，也就是说，我走出了相当长的距离。我走过了整座公园，甚至往下沿着土路，穿进玉米地，走过被水沟分成了几个大方块、长满樱草花的湿漉漉的草甸，最终走到了河边。当然，在那个山谷里，那条河可谓是无所不在，流经各处的田野，还让地表植物下的泥土吸饱了河水。

爬到河堤上后，我能看到一条波动不止的丝带，一条总往视野外绵延的路，从这个世界里延伸出去。如果你运气好，还能瞥见一条船，或是往这个方向，或是往那个方向，行驶在河中的某条平底大船，不被两岸注意，不被树木注意，不被站在河堤上的人注意，也许是靠不住的地标，所以不值得去注意，只有一个观众觉察到，那些船自身的移动优雅至极。我梦想着长大后能在那样的大船上工作——或是索性变成一条那样的船，那就更妙了。

只是奥德河而已，不算大河，但我那时也很小。它在河流的等级里自有一席之地，后来我在地图上查找过——级别不高，但存在，好歹算得上亚马逊女王皇宫里的子爵夫人吧。但它对我来说已经够宏伟了，看起来庞然无际，随心所欲地流淌，不受任何阻挡，很容易泛滥成洪，完全无法预料。

偶尔会有些障碍物聚积在沿岸水底，形成小漩涡。但河水涌流，朝着北方一往无前，只在乎远在天边、遥不可见的目标。你不能一直盯着那河水看，因为河水会牵着你的目光一路奔向地平线，会害你失去平衡感。

当然，河对我毫不在意，只在乎它自己，河水涌动不息，令你不可能两次踏进同一条河——我长大后才知道这句话。

每一年，河水都要为承载那些沉重的船只索取高昂的代价——因为，每一年都有人溺死在这条河里，或是某个在炎炎夏日里下河戏水的孩子，或是某个在桥上发酒疯的醉汉，哪怕桥边有栏杆，醉汉还是会翻落到河里。为了搜寻溺水者，总会搞出一番大阵仗，邻近的每个人都屏住呼吸等待结果。他们会请来潜水员和军用小船。我们偷听大人们的议论，从而得知那些被找到的尸体无不肿胀、惨白——河水把他们的生命荡涤得一干二净，把他们的脸孔冲刷得面目全非，以至于他们的亲眷们在辨认尸体时都会觉得很艰难。

站在岸边、凝视河流的我明白了一件事：流动的物事总是比静止的好，哪怕，流动会带动出各式各样的风险；相比于恒久不变，改变总是更高尚的；静止的物事必将衰变、腐败、化为灰烬，而流动的物事却可以延续到永远。从那时开始，那条河就像一根针，插入了我之前安稳的生活环境：公园里的景致，种着可怜巴巴的几排蔬菜的暖房，我们玩跳房子的水泥板铺就的人行道。这根针穿刺到底，标出了垂直发展的第三维度；被如此穿透后，我的童年世界就像一只漏气的橡胶玩具，在嘶嘶声中，气都漏光了。

我的父母不能算是安居型的那种人。他们不停地搬，一次又一次，最后总算在一所乡村小学附近逗留了比较长的时间，那地方离任何一条正儿八经的大路、任何一个火车站都很远。之后，旅行就仅仅意味着在犁沟里行走，翻过没有耕地的天然山脊去附近的小镇，买点东西，在当地办事处交几份文件。市政厅大广场的理发师总在店里，总系着那条围裙，无论怎么洗、怎么漂白都没用，因为客人用的染发剂留下污迹，看起来就像中国书法的一笔一画。我妈妈会去染发，我爸爸就在新新咖啡店里等她，坐在户外的那一两张小桌子边。他会看看当地的报纸，最有意思的通常是有警事报道的版面，讲的无外乎是谁家地窖里的腌黄瓜和果酱罐被偷了。

然后，假日到来，带来怯生生的游客，他们的斯柯达小车里都塞得满满当当。到了早春，雪刚停，就开始没完没了的做准备，在夜里提前计划，哪怕大地还没恢复生机；你必须等到能犁地、锄地的时候才能再次播种，从播种的那一刻起，地里的事就将占据他们所有的时间，从清晨到傍晚。

他们那代人喜欢用房车，把整个儿家当拖在身后。一只煤气炉，可折叠的小桌椅。一条塑料绳和一些木衣夹，可以在停车后晾洗干净的衣服。防水桌布。一套野餐用品：彩色塑料碟，厨具，盐罐，胡椒罐，玻璃杯。

沿途有个跳蚤市场是我父母特别喜欢光顾的（因为他们对教堂里、纪念碑前留影这种事并不感兴趣），我爸爸在那儿买过一只军用水壶——黄铜做的，壶身里有个容器，装满水后，可以整个儿吊在火上烧。虽然营地里有电，他却总用那只冒着热气、喷溅水沫的铜壶烧热水。他会跪坐在滚烫的水壶前，非常自豪地用咕噜咕噜滚烫的开水冲我们的茶包——像个地道的游牧民。

到了营地，他们就能与很多同道中人为伴了，他们会在指定区域停车安顿好，和左邻右舍热络交谈，周围尽是吊在帐篷吊绳上的袜子。通常，他们决定行程前都会参考那些煞费苦心罗列了所有观光景点的旅行书。清晨，去海里或湖里游个泳；下午，游览城里的历史景区；以晚餐告终，主菜通常是从玻璃罐里倒出来的：菜炖牛肉，浸在番茄酱里的肉丸子。你只需要再煮个意面或米饭就好了。开销总要一省再省，波兰兹罗提是一种疲软的币种——不太值钱。一路都要找到能用电的地方，然后百般不情愿地拔营离开，其实，这样的旅行都逃不出家的轨道，都逃不出同一种形而上的归家引力。他们算不上真正的旅行者；他们离开是为了返回。等他们返回到原点就会如释重负，觉得自己圆满了某种职责。他们回到家，把堆积在五斗柜上的信件和账单收拾好。好好地洗刷一通。到处展示照片，把朋友们烦得要死，忍不住直打哈欠。这张是我们在卡尔卡松。这张是我老婆站在雅典卫城前面。

然后，他们会安安稳稳地过上一年，每天清晨都回到前一晚留下的日常生活中，自家公寓的气息渗进他们的衣物，他们的双脚在同一块地毯上不知疲倦地磨出一条路径。

那种生活不适合我。在一处逗留时，不知不觉就开始扎根——不管是何种基因造成了这一点，我显然没有遗传到。我试过，很多次，但我的根总是很浅；最轻微的一阵小风都能把我连根吹跑。我不知道该如何生根发芽，天生不具备那种植物般的能力。我无法从大地中汲取营养，我是安泰俄斯[1]的对立面。我从移动中——从颤动起步的公车、轰隆作响的飞机、滚滚向前的火车和渡轮中——获取能量。

我有一副很实用的体格。小个子，很结实。我的胃小巧紧致，需求不多。我的肺和肩都很强壮。我不吃任何处方药——连避孕药都不吃——也不戴眼镜。我用剪刀自己剪头发，每三个月剪一次，几乎不用化妆品。我的牙齿很健康，也许有点不整齐，但颗颗完好无损，只有一颗牙是补过的，我相信填充物仍在左下方的犬齿里。我的肝功能指标在正常范围内。胰腺指标也正常。左右两边的肾都形状完美。我的腹主动脉也很正常。我的膀胱运作正常。血红蛋白指数 12.7。白血球指数 4.5。血细胞比容 41.6。血小

1 安泰俄斯：古希腊神话中的巨人，大地女神盖亚和海神波塞冬的儿子，力大无穷，只要他保持与土地的接触，就可以从他的母亲盖亚那里获取无限的力量，从而不被打败。

板228。胆固醇204。肌酸酐1.0。胆红素4.2。别的指标也都正常。我的IQ——如果你看重这类指标的话——是121；算是过得去吧。我的空间感特别发达，远远超出正常水准，但左右脑侧化却很明显。个性不够稳定，或者说，不太可靠。年龄随你说。性别符合常规。我总买平装本的书，以便不带懊悔地搁在月台上，留给找到它们的人去看。我不收藏任何东西。

我完成了学业，但从未真正掌握任何一门专业，对此，我是有点遗憾的；我的曾祖父是个织布匠人，把羊毛布料铺在山坡上，在日光直晒下漂白晾干。我可能也会擅长编织经线和纬线，但世上没有"便携式织布机"这种东西。织布是定居的部族人所擅长的技艺。我会在旅行途中织毛衣。可悲的是，最近，有些航空公司不再允许你在飞机上使用织毛衣针或钩针了。正如我所说，我从没学过哪种特定的行当，父母也曾苦口婆心地说过我，但事实上，我一直可以靠打不同的短工维持开销，云游四方。

我父母终于厌倦了干旱和霜冻，结束了二十年的旅行实验，回到城市生活之后，健康的食物在冬天的地窖里积攒起来了，从他们养的羊身上剪下的羊毛一点一点地填满了被子和枕头敞开的大嘴，他们给了我一点钱，我就出发了：第一程旅行。

不管到了哪儿，我都会打零工。我曾在大都市郊区的跨国企业的车间里组装高级游艇的天线。那个工厂里有许多像我这样的人。我们都是拿黑钱的，从没有人问我们从哪儿来、将来有什么打算。我们每周五拿工资，谁要是不想干了，下周一就不来上班。那儿有高中毕业生，想在申请大学前歇一阵子。也有在半途的移民，坚信在西方的某个地方有个田园诗般公正、美好、国富民强的家园，在那里，人们必将情同手足。还有从原本的家园中出逃的难民——从他们的妻子、丈夫、父母身边逃出来的；还有在爱情中得不到幸福的人，困惑的人，忧郁的人，那些一直很冷漠的人。还有逃避法律的人，因为他们还不清债。流浪的人，漂泊的人。下一次发病时必会被送进医院的疯狂的人，然后，依据各种莫测高深的法规被遣送回国——从医院直接被送回到他们最初出发的地方。

只有一个印度人一直在那儿干活，工作了许多年，但就实际情况而言，他的待遇和我们并没有什么差别。他没有保险，也没有带薪假期。他干活时沉默不语，很有耐心，镇定自如。他从不迟到。他从不需要请假。我曾试图说服一些人建立工会——那是团结工会[1]盛行的年代——哪怕只是为了他，但他不想要。不过，他被我投入的热情打动了，要和我分享他每天带来的午餐：辣咖喱。我已经记不得他叫什么名字了。

我当过女招待、高档酒店里的服务员、保姆。我卖过书。卖过票。还在一家小剧院的戏装保管间里干过一整季，那个漫长的冬季里，我一直躲在后台，置身于厚重的戏服、绸缎披肩和假发中间。只要我做足了功课，也会当当老师，或是康复顾问，或是在图书馆里工作——尤其是最近。不管什么时候，只要我攒够了钱，就会继续上路。

---

1 Solidarity，波兰的工会组织，成立于 1980 年，形成了一股反资本主义的社会主义运动热潮。

在这世间的你的头脑

我在一座阴郁的大城市里学了心理学。我们系所在的大楼曾是战时纳粹德国党卫队的总部所在地。城市的这个区域是在昔日贫民窟的废墟上建起来的，如果你仔细看，就能看出端倪——整个街区比其他城区高出了三英尺。三英尺厚的废墟。在那里，我从没感觉舒服过；在新建起的共产主义大楼和破败的广场之间总有一股风，严酷的冷空气感觉尤其苦涩，迎面吹来会刺痛你的脸。就算是重建的新楼，也终究是属于死者的地方。我至今仍会梦到那栋楼，我们上课的地方——宽阔的走道像是用石头刻出来的，被人们的脚步磨得光滑；阶梯的边缘有所磨损；扶手被人们的手掌磨得光润，各种痕迹在空间里留下了印记。也许，那就是我们被那些死魂灵纠缠不放的缘由。

我们把老鼠放进迷宫后，总会有只老鼠做出与理论相悖的行为，完全不管我们那些机巧的设定。它会用两条小后腿站立，对我们放置在试验路径的奖品完全无动于衷；完全蔑视巴甫洛夫的条件反射论，它只会一个劲儿地打量我们，然后转过身去，要不然就转向迷宫中的另一个方向，从容不迫地进行自己的勘探。它会在横向走道里寻找什么，试图引发我们的关注。它会吱吱叫，毫无方向，直到女学生们打破规则，把它从迷宫里拿出来，捧在她们的掌心里。

四肢被摊开、钉住的死青蛙，肌肉会随着电流刺激的节奏弯曲或伸直，但那是以一种尚未在我们的教科书中被描述过的方式——其四肢的动态透露出威胁和嘲弄的意味，分明在抵触我们对纯粹的生理反应机械论的空洞信念。

我们在此学到的是：世界是可以被描述的，甚而被解释，只需用简单的答案去回答机智的问题。就其本质而言，世界是惰性的、僵死的，支配这个世界的是相当简单的法则，假设在公式、图表的辅助下可以办到的话，需要被解释清楚、公布于众的仅仅是这些法则而已。我们要做实验。演算各种假说的公式。证实。我们要遵照引导，摸索深奥的统计数据；听从教诲，学着去相信：只要用这样的科学工具武装自己，我们就能够完美描述发生在这个世界上的所有事件——百分之九十比百分之五更重要。

但是，要说现在的我至少明白了一件事，那就是：无论谁想寻找秩序，都该彻底避开心理学。去读生理学或神学吧，你起码还能找到一点坚实的依据——或是物质上的或是精神上的。总之，别在心理学这片不可把握的领域里找。人的心智，实在是个太缥缈的课题。

事实证明有些人说得对：你选读心理学并非因为你想从事这个行当，或出于好奇，或为了帮助他人，真正的原因其实非常简单。我认为所有人都有某种隐藏得很深的缺点，哪怕在别人看来，我们绝对都是聪颖、健康的年轻人，其实缺点被遮掩了，在入学考试时就用绝妙的手法遮掩了。那团紧绷、纠缠的情绪爆裂瓦解时，就像那些时而出现在人体内部、在任何一家自珍自重的病理解剖博物馆中都能看到的奇特肿瘤。然而，万一给我们出题的人也是同一类人，非常清楚他们在甄选我们时究竟做了什么呢？那样的话，我们就将成为他们的嫡系传人。进入第二学年，我们就防御机制展开讨论，发现这部分的心理能量会让我们变得谦卑愚拙，我们这才开始明白，如果那不是为了理性、升华、拒绝——也就是我们放任自己表现的各种小花招——而是恰好相反：仅用诚实且勇敢的眼光，把世界看成它本来的样子，明白没什么能保护我们，那将最终让我们心碎。

我们在大学里学到的是：我们都是由防御、盾牌和盔甲组成的，我们都是一些看似城池，实则仅有墙垣、壁垒、营寨的庇护所。

每一次测试、问卷、试验，我们都会以彼此为研究对象再做一遍，因而，到第三学年末的时候，我已经因为各种毛病而出名了；这就像是发现了自己有另一个名字：召你加入秘密会所的那种秘密名字。

在很长一段时间里，我不曾实践自己研习的这门行当。在某次远行中，我没钱了，被困在一座大城市里，一边当女服务员，一边开始写书。那是一个写给旅行者看，而且本该在火车上看的故事——不妨说是我写给自己看的。就书而言，它像小巧精致的点心，可以让你一口吃下去。

我能够集中注意力，在一段时间里化身为某种巨大的耳朵，聆听呢喃、回音、耳语和穿过四壁传来的远处的声响。但我始终没有成为真正意义上的作家。生活总能与我保持一臂之遥。我顶多只能找到它的尾迹，发现它抛弃的旧皮囊。等到我可以确定它的方位了，它早已逃之夭夭。我能找到的，只是它曾经逗留此处的标记，俨如公园树干上某些人留下的“到此一游”的涂鸦。在我写下的故事里，生活会演变为不完整的故事，梦一般的情节，会从不知其所在的遥远场景，或一看就知道的典型场景里浮现出来——因而，几乎不可能从中得出所谓的普世定论。

任何尝试过写长篇小说的人都知道，写作是艰苦的重任，毫无疑问，也是让一个人永不得闲的最糟糕的方法之一。你必须时时刻刻待在自己的内心，自拘于孤绝境地。写作是可控的精神错乱，偏执狂的强迫工作，我们通常认为作家会有的羽毛笔、忙碌和威尼斯面具一概全无，相反，作家系着屠夫的围裙，穿着橡胶筒靴，手持剥除内脏的屠刀。从作家所在的地下室里看出去，你连路人的脚都看不清楚，只能听到人家鞋跟着地的踢踏声。偶尔会有人停下脚步，弯下腰，往地下室的窗里瞧，那么，你多少能瞥见一张人脸，说不定还能聊上几句。但说到底，心神已完全被自己的戏占据，亲自摆布舞台，再匆忙上阵，独自演出，临时拼凑的珍奇柜里塞满了奇奇怪怪的人：作者和角色、叙述者和读者、描述者和被描述者；那些脚、鞋、鞋跟和脸孔迟早都会化为那场戏里的道具。

我一点儿也不后悔对这种古怪的职业兴趣渐浓，反正我也当不成出色的心理学家。我从来都不知道该如何从某人的脑海深处提取出一幅幅家庭旧照，更不知道该如何诠释。别人剖白心迹通常只会让我烦闷，但又苦于坦承这一点。但若坦白地说，实际上，我倒很情愿把这种倾诉关系颠倒过来：对他们讲述我自己的事。我要时刻防备自己，以免突然抓住病人的袖子，打断她的陈述：“我没办法相信你！我会有完全不同的反应！而且，你也不会相信我刚做的梦！”或是这样：“先生，你对失眠症有多少了解？而且，你把那种反应称为‘恐慌症发作’？你肯定是在开玩笑吧。我没多久之前倒有过一次恐慌，但从另一方面说……”

我不懂如何倾听。我观察不到界线；我会陷入移情。我不相信统计出来的数据，也不相信被证实的理论。对某人性格的假设概括总让我觉得太过简略。我总是把看似清晰的东西模糊掉，去质疑无可辩驳的论点——这就是我的习惯做法，任性乖张的精神瑜伽，感受内心转折时无法言喻的快感。我会带着疑虑，检验每一则评判，斟酌每一个观点，直到最终发现我一直想找到的答案：没有一个是正确的，全都是假说，冒牌货。我不想要既定观念，它们只是超重的行李。在辩论中，我一会儿持正方观点，一会儿又持反方观点——我知道，辩友们因此从不把我当自己人。我见证了一种发生在自己头脑中的奇特现象：我越想找出论点，脑海中就会冒出越来越多的反面论据，我越是执着于那些有利的观点，与其对立的观点也就越来越有吸引力。

叫我完成所有那些心理测试就够难了，我又该如何去分析别人呢？人格诊断，问卷调查，许多道多项选择题，这些对我来说都太难了。我立刻注意到自己有这种障碍，所以，在大学里，每当学生们要互相分析以作训练时，我都会随意地给出答案，想到什么就说什么。所以，我得到的是最古怪的人格侧写——坐标轴上呈现出不规则的曲线。“你相信最好的决定也就是最容易更改的决定吗？”我相信吗？什么样的决定？更改？什么时候改？怎么叫做最容易？“走进一个房间时，你通常会径直走向中央，还是靠墙？”什么房间？什么时候？房间是空的，还是摆放了几张豪华的红色长毛绒沙发？有没有窗呢？窗外的景致如何呢？还有类似这样的刻板问题：我宁愿读一本书，也不愿去参加派对吗？答案取决于那是本什么书？又是场什么样的派对？

这是什么样的方法论啊！心照不宣地先假定人们不了解自己，但是，假如你用足够机智的问题塞满他们的脑袋，他们就可以找出自己的真相。他们给自己摆出一道问题，再给自己一套答案。于是，他们就会在不经意中向自己揭露在此之前一无所知的那个秘密。

而且，还存在一种危险得可怕的假设——假设我们是恒定的，我们的各种反应都是可以被预知的。

症候群

其实，我的旅行史可以归结为一种小病的病史。你可以轻而易举地在任何一本临床综合病谱中找到我所罹患的综合征，而且发病率越来越高——至少，根据文学史来看是这样的。我们最好先看一下这个老版本（出版于上世纪七十年代）的《临床综合征》，也就是各种症候群的百科全书。对我而言，它也是无穷无尽的灵感源泉。谁敢把人类作为一个整体，既客观又笼统地加以描述？谁会如此坚信不疑地采纳人格的概念？谁能建构出一套令人信服、以类划分的人格论？我不认为有人能做到。症候群的概念非常适合旅行心理学，就像手套与手那般贴合。症候群，是一种小巧、轻便、偶发、不承担复杂理论重压的症状。你尽可用这个概念解释某些事情，然后就抛之脑后。一种可随意使用、用完即弃的认知工具。

我的病可称为：复发型脱瘾症候群。撇开花里胡哨的词汇，对这种综合征的精准描述是：人的意识顽固纠结于某些形象，甚或强迫性地去寻找它们。它是冷酷世界症候群的变种之一，作为一种由媒体引发的特殊感染类型，神经心理学研究专家们对这种症候群的描述已相当详尽。在我看来，这实在是一种中产阶级的小毛病。患者们在电视机前度过了相当长的时间，不停地摁遥控器，直到在所有频道中找到播送最吓人的新闻的那几台：战争，传染病，灾难。接着，所见的景象将他们迷住，令他们无法自拔。

症候本身并没有危险，只要你可以保持一定的情感距离，就可以保持正常生活。这种不幸的症候群是无法被疗愈的；在这个领域，科学只能令人遗憾地沦为证实症候群存在的手段。当患者的行为足以令自己有所警惕时，最终就会坐进精神病医生的办公室，医生会让他们尝试更健康的生活方式——戒烟戒酒，睡在通风状况良好的房间里，做做园艺、编织或打毛衣。

我的症状表现为我总是被破损的、有瑕疵的、有缺陷的、破裂的东西所吸引。无论是什么形态，无论在制作过程中经历了什么样的失误，无论有没有前途，我都感兴趣。本该有所发展的，却因某种原因终止了；反过来也一样，最终的效果超出了最初的设计意图。任何偏离常态的东西，太大或太小，生长过度或不完整，畸形的或让人无法接受的东西。不对称的形态，以指数方式猛增，满溢或迸发的姿态，或是相反的：整体规模退缩到单一结构。那些经得起精准测量、会让每个人的脸上都露出满意而相似的笑容的典范形态，我统统不感兴趣。我的弱点就在于对畸形学、非常态感兴趣。我坚定不移，也不无痛苦地相信：生物正是在非常态中冲破表象，展现其真实本性的。不小心突然泄露的真相。伴随着令人尴尬的哎呀一声。完美的百褶裙下露出开缝的内裤。包着天鹅绒的家具里突然弹出了隐藏其中的金属支架，填得软蓬蓬的扶手椅里突然爆出一串弹簧，无耻地揭穿了任何关于柔软的幻觉。

珍奇柜

我历来都不算艺术博物馆的头号粉丝，但如果把博物馆换成珍奇柜——柜里的收藏品尽是些罕见、独特、稀奇、古怪的东西——那我就乐此不疲了。那些东西存在于意识的阴影中，一旦你要真切地看一眼时，它们就会飞出视野。是的，我绝对有这种倒霉的症候群。我不会被摆放在正中央的正经藏品所吸引，反倒会走向靠近医院的地方，去看那些常被挪到地下室的展品，因为人们认定它们配不上有价值的展厅，因为它们暗示了最初的收藏者的趣味很可疑。有两条尾巴的火蜥蜴，脸朝上，被收纳在一只椭圆形的长罐子里，等待着它的审判日——因为世上的所有标本最终都将得以复活。一只海豚的肾浸泡在福尔马林溶液里。一只异常的绵羊头骨，有两对眼窝、两双耳朵、两张嘴，俨如代表双重性的古老神像。一个被串珠和标签包起来的人类胎儿，标签上用拉丁文小心翼翼地写着“埃塞俄庇斯人，五个月大的胎儿”。经年累月的收藏，自然界里的异类，双头的，无头的，未出世的，全都懒洋洋地浮在福尔马林溶液里。再比如说：至今仍在宾夕法尼亚的一家博物馆里展出的“连体双胞胎”有一个头、两个身体，其病理形态表现出不容置疑的 1=2，足以让人去质疑逻辑的基础。还要提一下始终在变化的食物标本：1848 年的几只苹果，浸泡在酒精中，每一只都奇形怪状。显然有人认定，自然界中的畸形异类是不朽的：只有与众不同，才能存活下来。

就是这类东西让我奔波于旅途，缓慢但真切，沿着造物的差错和谬误。

我习惯了在火车上、旅店里、候机厅里写作。在飞机的折叠餐桌上。我在午餐时做笔记，在桌面下偷偷地写，或是在洗手间里。我在博物馆的楼梯井里写，在咖啡馆写，在暂停在高速公路路肩的车里写。我在碎纸片上、笔记本里、明信片上、自己的另一只手心里、餐巾纸上、书页的边缘写下只字片语。通常，写下的都是短句，小图案，但有时也会抄下报纸上的某些句子。有时，会有一个形象突显而出，宛如从庸众中切割出来的浮雕，我就会偏离原有的行程，追随片刻，启动它的故事。这是个好办法；我很擅长这样做。这些年来，时间已成我的盟友，如同它对每一个女人所做的那样——我已变成透明的隐身人。现在，我可以像幽灵一样移动，看到别人身后的东西，听到他们的争论，看着他们头枕背包睡去，或在睡梦中自言自语，完全没有觉察到我的存在，他们只是动动嘴唇，唇形意味着词语，而我很快就能代替他们发声。

看见即知晓

我的每一次朝圣之旅都会走向另一些朝圣者。这一次，朝圣者本身已被解体，仅存碎片。

比方说，有一堆藏品都是骨头——但都是有问题的骨头：弯曲的脊骨，有波纹的肋骨，必定是从畸形的身体里取出的，处理过了，干燥过了，甚至涂过清漆了。每一块骨头都有一块小号码牌，本来，观看者可以根据数字，在某本索引目录中找到相应的疾病描述，但目录本身已不复存在。毕竟，和骨头相比，纸张能有多耐久呢？他们真该把注释直接写在脊骨上。

你还能看到一根大腿骨，某些好奇心很强的人把这根骨头纵向切开，以便窥探里面的奥秘。想必那些人看过后大失所望，因为他们用麻绳把那两半骨头捆合起来，把整根骨头塞回到展示柜里了，他们的心思早就窜到别的东西上去了。

这个展示柜里收纳的几十个人彼此没有亲缘关系，在地理和年代上也相差很多——现在却聚在如此美丽的歇息处，宽敞，干燥，灯光通明，在一座博物馆里被宣判永存于世。他们肯定很羡慕那些永远困在大地下、与泥土缠斗不休的骨头吧。但他们之中难道没有人——也许是天主教徒的骨头——会担忧吗：到了审判日，他们怎么才能被找到呢？他们的骨头被分散到了不同地方，到时候，又如何能够重构那些犯下罪过，也有过善举的躯体呢？

各种头骨，涵盖你能想象到的所有生长结构形态，带着弹孔的，或是别的武器留下的孔洞，或是萎缩的。手骨，被关节炎折磨变形。一条手臂骨，在多处骨折后，随其自然地愈合，想必经历了令人恐慌的长期疼痛。

太短的长骨，太长的短骨，骨结核，覆盖骨头表面的病变迹象会让你觉得：这骨头已被树皮甲虫啃过了。可怜的人类头骨，在维多利亚式展示柜的背灯照耀下，用咧嘴大笑的方式展露所有的牙齿。比方说，这一位，前额正中央有一个大洞，但牙齿却很完美。谁知道那个洞是不是致命伤呢？不一定。以前有个铁路工程师，脑部被一根铁棍直通而过，但他带着那样的伤口又活了很多年；不用说，这对神经心理学家来说是非常好用的现成案例，因为它向所有人宣告了一点：从根本上说，我们是靠大脑生存的。他没有死，但他整个人都变了。据说，他变成了和以前完全不同的人。既然我们是谁取决于我们的大脑，那就让我们直接朝左转，进入陈列大脑的展厅吧。都在这儿呢！存放在溶液中的奶油色海葵状大脑，有的大，有的小，有的非常聪明，有的从一数到二都做不到。

再往下走就是胎儿专区，迷你版的小人儿。这儿有玩偶般的、最小的标本——每一样东西都很小，所以整个人能装进一只小玻璃罐。有些最年幼的小人儿就像小鱼、小青蛙，确切说是胚胎，吊在一根马毛上，漂浮在一大瓶福尔马林溶液里，一眼望去，你甚至都看不到它们。稍大一点的胎儿已展现出妙不可言的人类躯体的外表。尚未成人的小碎粒，半原始的幼仔，他们的生命从未冲破潜在的可能性，从未跨越那种魔法的边界线。他们拥有了恰好的形态，但灵魂从未入驻其中——灵魂是否现身，恐怕终究和形态的大小有关。在他们的身体里，物质开始运作，顽固地嗜睡，为生存做好准备，积攒生物组织，让各个器官运转，让各个系统贯通；眼部的功能正在启动，肺部已准备就绪，当然，应对光线和空气还需要别的系统。

下一排展柜里也摆放着人体器官，但已是发育成熟的，在外部条件允许的情况下，它们欣然接受了自己该有的、完备的尺寸。完备？它们怎么能知道自己能长到多大、长到何时就停止呢？有些真的不知道：这儿有一条肠子，长啊长啊，以至于我们的教授们很难找到能装下它们的标本瓶。更难想象的是：它们怎么能装进这个男人的肚子？他的姓名首字母缩写被标在了肠子的标签上。

心脏。最后一步，揭示有关心脏的所有秘密——这种块状组织有拳头大小，不够匀称，脏脏的淡褐色。请注意，这其实就是我们身体的颜色：发灰的褐色，很丑。我们不会想把这种颜色用在自家墙壁上或汽车里。那是内部的颜色，黑暗的颜色，光线到不了的地方的颜色，物质都掩匿在潮湿的内部，躲开了旁人的凝视，这样的内部色彩没必要自我炫耀。唯一可堪浮夸的就只有血液了：血是一种警告，用红色拉响警报——身体的外表已出现缺口，整合的皮肤已被划破。实际上，我们在身体内部是看不到颜色的。当心脏把血液压进血管时，血看起来就像鼻涕。

七年之旅

“我们每年旅行一次，自打我们结婚已有七年了。”火车上的年轻人这样说道。他穿着一件优雅的黑色长大衣，拎着一只硬邦邦的公文包，有点像专门收纳成套餐具的花式手提箱。

“我们有成千上万的照片，”他说，“都规整好了。法国南部，突尼斯，土耳其，意大利，克里特岛，克罗地亚——甚至还有斯堪的纳维亚呢。”他说他们通常会把照片看好几遍：第一遍和家人看，接着和同事们看，接着和朋友们看，之后，照片就会被妥善地塞进塑料封皮相册，俨如收进侦探的保险柜的物证——证明他们曾经去过那里。

沉思中的他凝望窗外的景致，一片片风景好像赶着去什么地方。他有没有想过：“我们去过那里”究竟有什么意味？在法国的那两星期究竟去了哪里？时至今日，几个星期只浓缩为一两个回忆中的片段——那座城市中世纪的古城墙突然唤起了饥饿感，在葡萄藤覆盖了整个屋顶的小咖啡馆里看夜里的灯火闪烁。挪威又是怎么回事儿？唯一留下的回忆是白昼长得没完没了，那天的湖水冰凉，后来，总算在店家关门之前买到了啤酒，有了一点喜悦；再有，就是第一眼遥望到峡湾时的惊喜。

“我见过的东西，现在都是我的了。”年轻人突然回过神来，做出了总结，手掌拍了一下大腿。

齐奥朗的指引

还有一个男人——斯文，羞涩——出差时总会带一本齐奥朗的书，通篇都由短小的段落组成。在酒店里，他会把书搁在床头柜上，每天早上醒来后，他都会随意翻到一页，找寻能为他这一天做出指引的箴言。他坚持认为，欧洲的酒店都应该尽快把房间里的《圣经》替换成齐奥朗的书。从罗马尼亚到法国，一路换过去。要说预言未来，《圣经》已经没多大用处了。比方说，四月的某个周五或十二月的某个周三冒出来的这段话：“帐幕各样用处的器具，并帐幕一切的橛子，和院子里一切的橛子，都要用铜做。”（《出埃及记 27：19》）到底能有什么用呢？我们该怎样领会其意呢？他说，反正该换，但也不一定要换成齐奥朗的书。但他继续说的时候，眼神里分明有挑战的意味。“欢迎推荐别的书。”

我的头脑一片空白。他从背包里掏出一本翻旧了的薄薄的小书，随意翻到一页，面露喜色。

“我不注意过路行人的脸，相反，我看他们的脚，匆忙的各色人等缩略为匆忙的脚步——走向何处？我很明白，我们的使命就是摩挲尘埃，去探寻一种尽除严肃性的神秘感。”[1]

库尼茨基：水（1）

上午才过一半，他不知道确切的时间——他没有看手表——但他没在等，也没想什么，就这样过了不止十五分钟。他身子往后靠在椅背上，半闭双眼；寂静很刺耳，恰如一种不间断的尖锐噪音。他无法聚精会神。他仍然没有意识到，听到的那声音很像警铃。他把驾驶座往后调了调，伸长了双腿。他的头感觉很沉重，好像要拽着他的身体耷拉在白热的空气里。他不打算动。他只是在等。

他肯定抽了一根烟，也许是两根。过了几分钟，他下了车，走到土沟边小便。他认为那时候没有人路过，不过，现在他也不太肯定。接着，他回到车里，拿起塑料瓶，喝了一大口水。他终于开始不耐烦了。他按响了喇叭，很用力地，震耳的声响让怒火瞬间爆发出来，继而把他拉回到现实。现在，泄了气的他可以更透彻地看清一切了，他又下了车，沿着他们刚才的方向走了一会儿，心不在焉地假想自己会脱口而出：“都这么久了，你们到底在

1 E.M. 齐奥朗《诅咒与赞赏》。——原文注

干什么？你想什么呢？”

那是一片橄榄树林，非常干燥。野草被踩得嘎吱作响。长着木瘤的橄榄树间还有一丛丛的野黑莓；新生的枝芽支棱出来，蔓生到小路中间，绊住了他的腿脚。到处都是垃圾：纸巾，还有恶心的卫生棉，苍蝇最爱的人类排泄物。别人也会到这条路边方便。别人却不会自找麻烦地往丛林深处走；他们都很匆忙，即便在这里也很赶。

没有风。没有阳光。静止的白色天空看似一顶帐篷的天盖。天很闷热，水分子在空气中互相推挤，到处弥漫着海的气味——电、臭氧和鱼的气味。

有东西在移动，但不在远处那边细长的树木中间——就在这里，就在他脚下。一只极大的黑色甲壳虫突兀地出现在小路上；它用触角在半空试探了一下，又停顿下来，显然感知到了有人类存在。白色天空倒映在甲壳虫毫无瑕疵的硬壳上，像一摊乳白色的污点，一时间，库尼茨基觉得有一只眼睛在监视自己——大地上的怪眼睛，不属于任何身躯，超然独在，冷漠无感。库尼茨基用沙滩拖鞋的鞋头轻轻推了推泥土。甲壳虫急忙横穿过窄小的泥路，沙沙作响地冲进干枯的野草间。它消失在黑莓丛中。就是这样。

之前她说：“停车。”他一停下车，她就下了车，拉开了后车门。她解开安全带，把他们的儿子从车座里松开，单手把他抱了出来。库尼茨基一点儿都不想下车——他又困又累，尽管他们才开了几英里而已。当她抱着儿子走出他的视野时，他甚至都没扭头看一眼；他不知道自己本该回头看的。现在，他努力唤起那个模模糊糊的印象，试图让它更鲜明一点，更近一点——让那个画面停顿下来。他望着他们走远，走上了干裂的泥路。他好像记得她穿的是浅色亚麻长裤和黑色 T 恤。儿子穿的是特里科针织 T 恤，胸前印了一只大象，这是他确凿知道的，因为那天清晨就是他帮儿子套上这件衣服的。

走过去的时候，她和儿子在对话，但他听不见；他不知道自己本该仔细听的。后来，他们就消失在橄榄树林里了。他不知道过了多久，但应该不太久。一刻钟，也许还要久一点。他没留意时间。他也没有看过手表。他不知道自己本该留意时间的。

每当她问他在想什么的时候，他都觉得很讨厌。他总是答说“没什么”，但她从来都不相信他。她说，你不可能不在想事情。她会恼火。但他真的可以什么事情都不想——库尼茨基会感到一种类似满足的感觉。他知道怎么做。

但后来，他在黑莓丛间突然停下脚步，一动不动地站着，好像他的身体在黑莓根茎边绷紧后，不经意间发现了一个新的平衡点。那时的寂静，伴随着苍蝇的嗡响，以及他自己思绪的轰鸣。有那么一瞬间，他可以从上方俯瞰到自己：一个穿着普通的工装裤、白色 T 恤的男人，后脑勺有一小块秃斑，身在灌木密林中；一个贸然闯入的人，别人家里的不速之客。一个炮火中的男人，在一方是炽热的天空，一方是干裂的大地的战役中，在短暂停火的间歇，恰好陷落在阵地的正中央。他很惊慌；现在的他很想藏起来，奔回到车里去，但他的身体完全不理睬他——双脚动弹不得，没法强迫自己回到运动的状态。没法强迫他自己迈出一步。连线被切断了。他穿在拖鞋里的双脚成了锚，将他困在这儿的土地上。动用了意志力，使出了劲道，惊到了自己，但他确实再一次强迫自己往前走了。要走出那个酷热、无边的空间，没有别的办法。

他们是 8 月 14 日来的。从斯普利特过来的渡轮上挤满了人——有很多游客，但大部分是当地人。当地人提的是购物袋，因为内陆的每一样东西都比岛上的便宜。岛屿滋生了吝啬。要辨认出谁是游客再简单不过了：当太阳西沉，势不可挡地落下海平线时，游客们总会跑到右舷，把他们的相机对准落日。渡轮慢悠悠地驶过零星散布的几个小岛后，似乎终于无拘无束地到达远海地带了。一种让人不快的感觉，一个无聊的惊慌时刻，稍纵即逝。

他们没费多少工夫就找到了“波塞冬”：他们预订的民宿。大胡子老板名叫布兰科，穿着一件有贝壳图案的 T 恤。他坚持大家以名字相称就好，显然很骄傲地带着他们穿过狭窄的石屋、上楼看他们的房间时，他一直亲密地拍着库尼茨基的背。他们订了两间卧室，连同转角小厨房，家具是传统式样的，食品储藏室是用三合板搭出来的。从窗户望出去就是沙滩和开阔的大海。有一个窗台上搁着一盆盛放的龙舌兰——那一朵大花安坐在强壮的茎叶顶端，带着胜利的姿态高升到海面之上。

他拿出岛屿的地图，考虑有多少可能性。她可能失去了方向感，回到了主路，却到了另一个地点。现在，她可能只是站在什么地方。她也有可能挥手召下一辆路过车，上车走了——但去哪儿了？从地图上来看，这条弯弯曲曲的主路穿过了整个小岛，也就是说，你可以一路开下去，不用下到海边。这就是他们前几天去维斯小镇的路。

他把地图摊在她坐过的副驾驶座上，就摊在她的手袋上面，然后开始开车。他开得很慢，在橄榄树林里张望有没有他们的身影。但开着开着，景致变了：橄榄树林渐渐变成了荒石滩，上面的干草和黑莓长得过于旺盛。白色的石灰岩裸露着，像是从什么野兽嘴里掉出来的巨齿。他开了几公里后掉头往回走。现在，他看到右边出现了葡萄园，绿得令人咋舌，园子里时不时地冒出一间间小工具棚，荒凉寂寂，空无一人。要是她迷路了，应该算得上最好的结果，因为，要是她或他们的儿子身体有恙，那可如何是好？天这么热，这么闷。他们可能需要紧急救护，但他什么都做不了，只是发动了汽车，沿着主路开下去。真是个白痴啊，他心想，他之前怎么没想到这一点呢？他的心跳加快了。万一她中暑了怎么办？万一她摔断了腿怎么办？

他往回开，一路摁了好几次喇叭。两辆德国车开了过去。他看了看时间；已经过去一个半小时了，也就是说，渡轮即将开走。白色的船，居高临下，即将吞下所有小汽车，关闭后舱门，继而起锚跨海。一分钟又一分钟，无动于衷却越来越宽阔的大片海水将把他们隔开。库尼茨基有了一种让自己口干舌燥的不祥的预感，一种和路边的垃圾、团团飞的苍蝇和人类的排泄物有些许关联的直觉。他领悟到了。他们走了。她和他都走了。他很清楚他们并不在橄榄树林里，但他还是沿着干涸的小路跑下去，明知得不到他们的回应，却仍呼喊他们的名字。

这是维斯岛人餐后午睡的时段，小镇上几乎看不到人。就在路边的海滩上，有三个女人在放一只淡蓝色的风筝。他停好车后，仔细打量了她们一番。其中之一穿的奶油色裤子很贴身，紧紧绷在她的大屁股上。

他在一间小咖啡馆里找到了布兰科，他和三个男人坐在桌边。他们在喝一种苦艾酒，有点像威士忌，加冰块。布兰科看到他时，露出惊讶的笑容。

“你忘了什么东西吗？”他问。

他们拖来一把椅子给他，但他没有坐。他用有条不紊的口气把事情原委告诉他们，还切换到了英语，但与此同时，他的另一半大脑在思考一个人在这种情形下该怎么做，好像他在拍电影。他说，他们不见了——雅格达和他的儿子。他解释了事情是在何时、何地发生的。他说，他四处都找遍了，但找不到他们。接着，布兰科问道：

“你们吵架了吗？”

他说没有，这是实话。另外两个男人把杯中酒一饮而尽。他自己也不介意喝几口。他可以品尝到那酒浸润舌头的滋味，酸酸甜甜的。布兰科慢吞吞地从桌上拿起香烟和打火机。另外三个人也站了起来，不太情愿的样子，好像在准备上战场——也许他们更想待在这儿，坐在遮阳篷下面。他们要一起去找人，但库尼茨基坚持要先通知警方。布兰科犹豫了一下。他那一把黑胡子里间杂了不少灰发。印在他那件黄色T恤上的贝壳图案以及“壳牌”字样都有汗湿的痕迹了。

“她可能下去海边了吧？”

是有这个可能。他们达成了共识：布兰科和库尼茨基一起回到出事时的主路，另外两人去警察局，打电话给维斯镇；布兰科解释说，柯米扎这地方只有一个警员。桌上的玻璃杯里，冰块还没全部融化。

库尼茨基一下子就认出了刚才停车等待的地方，并再次把车停在那里。感觉好像已经过了好多年。时间的流动和过去不一样了，厚重而苦涩，有序了。太阳从白色云层后面露出来了，空气突然变得很热。

“摁喇叭。”布兰科说道。库尼茨基用上劲道，摁了下去。

持续很久的鸣笛有如哀悼之音，像是野兽发出来的嘶吼。鸣笛停止后，余波颤动，在蝉鸣的轻微回音中粉碎了。他们穿行在橄榄树林里，时不时地大声呼叫。他们各走各的，没有相互遇到，就这样一直走到葡萄园才碰头，他们简短地聊了几句，决定把整个区域都找一遍。他们在一排排半掩在阴影下的灌木丛中翻检，一边呼喊失踪女子的名字：“雅格达，雅格达！”库尼茨基突然想到，妻子的名字在他们的母语——波兰语——中的意思是“莓果”。这个名字很普通，他早就忘了这个细节，但这时候想起来了。蓦然间，他好像置身于某种古老的仪式，污脏而怪诞。矮树枝间挂着已很饱满的葡萄，一串串的深紫色，荒谬叠加的多重乳头，他在这座枝繁叶茂的迷宫里游走着，喊叫着，“雅格达，雅格达！”他在向谁喊叫？他在寻找什么人？

他必须停下一会儿。他的侧身被木刺扎了一下。他在两排葡萄树间弯下腰去。他把头埋进阴凉的荫庇中，布兰科的喊叫声被树叶遮挡住了，变得模糊，渐而消失，这时，库尼茨基能听到苍蝇团团飞的嗡嗡声了——被安静包围的熟悉感。

过了这个葡萄园，还有一个葡萄园，两个园子间只隔一条窄窄的小路。他们停下来，布兰科用手机给一个人打了个电话。他用克罗地亚语反复重复“妻子”和“孩子”这两个词——只有这两个词是库尼茨基听得懂的，因为听上去很像波兰语。太阳变成了橘红色；巨大，肿胀，就在他们眼前渐渐衰落下去。很快，他们就能直视太阳了。这时候，两个葡萄园都披上了浓重的深绿色。两个小小的人影无助地站在那片影纹荡漾的绿色海洋里。

天黑前，主路上已聚集了好几辆小汽车和一小群男人。库尼茨基坐在标有“警局”字样的车里，在布兰科的帮助下，他回答了很多问题——在他看来都是些很随意的问题，那个汗流浃背的大个子警察想到什么就问什么。他试图用简单的英语回答：“我们停了车。她带着孩子下了车。他们就往这里——”他用手指了指，“——走了，然后我就等，大概，等了十五分钟。然后我决定去找他们。我找不到。我不知道发生了什么事。”他们给了他一瓶温热的矿泉水，他渴到不行，一口气灌下几大口。“他们走丢了。”接着，他又说了一遍，“走丢了。”警官用手机给什么人打了电话。“我的朋友，在这里是不可能走丢的。”等待有人来接他们时，警官对他说道。“我的朋友”这个称呼让库尼茨基有所触动。警官的步话机里响了几句话。又过了一小时，他们才出发，排成松散的队形，向岛屿的中心地带进发。

那时候，肿胀的太阳已沉到了葡萄园上方，等他们一行人终于走到了山顶，太阳已经西沉海面。不管喜欢或不喜欢，他们都看到了歌剧院布景般的落日美景。最后，他们都打开了手电筒。现在，天已经黑了，他们顺着岛上的陡坡往下，往海边走，陡岸一带尽是水湾，他们检查了两个，每个水湾里都有几栋小石屋，住着一些更爱离群索居的游客，他们不喜欢住酒店，情愿花更多钱住不通水电的石头房子。他们在石头搭的火炉上煮饭，或是自带煤气罐。他们捕钓海鱼，那些鱼一出水就上了烤架。没有，没人看见一个带着孩子的女人。他们正准备吃晚餐——桌上摆好了面包、奶酪、橄榄，还有那条偏偏在那天下午没头没脑地在海里嬉戏的可怜的鱼。每隔一会儿，布兰科就会打电话回柯米扎的民宿——因为库尼茨基这样请求他，因为他想到还有一种可能：她走丢了之后，或许走另一条路线回去了。但布兰科每次打完电话后都只是拍拍他的背。

午夜前后，这群男人解散了。其中仍有库尼茨基在柯米扎镇上、在布兰科的咖啡桌边认识的那两个人。现在，他们来道别，这才做了自我介绍：德拉戈，罗曼。他俩一起走向汽车。库尼茨基很感激他们这样帮忙，但不知道该如何表达，他已经忘了怎样用克罗地亚语说“谢谢”；肯定和波兰语的dziękuję很相似，大概是dyakuyu或dyakuye吧，但他真的不知道怎么说。他们真该发发善心，发明一套斯拉夫共通语，宁可只用一组相似的、好读好记的斯拉夫语汇，省略语法，也好过沦落到用死板而简略的英语的窘境。

那天晚上，一条小船来到他家。他们必须撤离——洪水来了。大水已漫升到一些建筑物的二层。大水肆意穿行在厨房的瓷砖地板缝隙里，化成一股暖流从电源插座里流出来。浸水的书本胀大了。他翻开一本书，看到所有字母像化妆品一样被洗刷殆尽，留下空无一字、只有污迹的页面。接着，他突然意识到，别人全都走了，被之前抵达的一条船接走了，留在这里的只有他一个人。

在睡梦中，他听到水缓缓地从天而降，一滴又一滴，即将变为一场短命的暴雨。

有福者至，当受赞颂

高速公路上的四月天，阳光在沥青路面留下红色条纹，最近的雨水如彩釉，精美地装饰了整个世界——像复活节的蛋糕。复活节前的周五是耶稣受难日，黄昏时分，我驱车从荷兰前往比利时——我不知道现在到底在哪个国家，因为国境线无影无踪，没什么用处，像是被擦除了。广播里播放着一首安魂曲。伴着《迎主曲》，车灯顺着公路照耀前方，好像要把我无意间从电台广播里获得的祝福增强几分。

但从现实层面说，这顶多意味着我安全抵达比利时了，让旅行者开心的是：在比利时境内，所有高速公路都有路灯照明。

全景瞭望

正如我在一本博物馆指南中读到的那样：全景瞭望厅和多宝阁是一对庄严的组合，源远流长，在博物馆盛行之前很久就存在于世了。展出的是收藏家们无远弗届、从多次旅行中带回来的各种珍奇宝贝。

还有一点不能忘：边沁[1]选用了“全景瞭望”这个词来命名他所提议的、精妙绝伦的圆形监狱，其目标是建造一个轻而易举就能看到每个犯人的空间。

库尼茨基：水（2）

“这个岛没那么大。”布兰科的妻子乔吉卡说着，往他杯子里添满浓烈的咖啡。

---

1 Jeremy Bentham（1748—1832），英国哲学家、社会理论学家，他在十八世纪晚期提出了全景式圆形监狱的概念。

每个人都这样说，翻来覆去，有如念咒。库尼茨基明白他们的意思——本来他就不需要经人提醒才知道，这个岛小到任何人都不可能在岛上走丢。纵向总长不过十几公里，岛上只有维斯和柯米扎两个小镇。岛上的每一寸土地都能被检查。无异于在抽屉里找东西。何况，岛民彼此知根知底，两个镇上的人都互相认识。而且，夜里也很暖和，藤上结满了成熟的葡萄，无花果也快熟透了。就算他们真的走丢了，也会安全无恙——既不会冻着，也不至于饿死，也几乎不可能被野兽吃掉。他们顶多就是在一片被阳光烤干的草地里睡一觉，在橄榄树下温暖地过一夜，背景中只有大海倦睡时的波涛声。不管他们在哪里，离主路最多三四公里。小石屋里有红酒桶，田间还立着压水机，有些棚子里还配备了给养，蜡烛。至于早餐，他们可以有葡萄汁，或是和水湾里的游客们一起吃顿正常的早餐。

他们下山回旅店时，有个警察已在门口等他们了。和之前的大个子不一样，这是一位更年轻的警官。看到他的那个瞬间，库尼茨基突然觉得有希望听到好消息了，然而，他只是问他要护照看。年轻的警官记下库尼茨基的个人信息，写得很仔细，一丝不苟，边写边告诉他，警方决定把搜索范围扩大到内陆地区——从斯普利特开始，再到邻近的几个小岛。

“她有可能沿着海岸走到了渡轮口。”他是这样解释的。

“她身上没带钱。”库尼茨基用波兰语回道，再换成英语，“没钱。所有的东西，在这儿。”他把她的手袋拿给警官看，从包里掏出她的红色钱包，上面有白色珠串刺绣图案。他打开钱包，递给对方看。警官耸耸肩，用波兰文记下了他们的地址。

“孩子多大了？”

“三岁。”库尼茨基回答。

他们沿着蜿蜒道路下坡，回到了之前的地点，这天肯定会变得很热、很亮，一切都像在过度曝光的照片里。中午之前，照片上的所有物像就将在白色中一一消失。库尼茨基心想，考虑到这座岛几乎完全暴露在天光下，不知道他们能不能从高处，比方说，用直升机继续搜寻。他还想到了可以植入候鸟、鹳、鹤之类的动物体内的芯片，但没有足够多的芯片给人类用。为了自身安全着想，每个人都该植入那样的定位芯片，只要有人走失，你就可以在网上跟踪每个人的踪迹——道路，停车休息区。那该拯救多少条生命啊！他只需要对着电脑屏幕，盯着用不同颜色的线索标明的人、不间断的行踪、路标。圆形，椭圆形，迷宫。也许8字形会不完整，也许螺旋形会被突然中断。

他们带来了一条狗，黑色的牧羊犬；他们从后车座上拿起她的毛衣，给它闻。狗围着车闻了一圈，继而拔腿朝橄榄树林跑去。库尼茨基感受到那股冲劲儿：一切就要水落石出了，终于。他们跟着狗跑。狗停在一个地方了，他们肯定是在那儿小解的，但现在看不到他们的踪迹。看上去，狗对自己的功劳挺满意的——可是，狗啊你得了吧！要找的不是这个！人呢？他们去哪儿了？狗不明白他们到底要自己做什么，只是很不情愿地再次闻闻走走，现在，它又返回到路边了，顺着路走，但不是葡萄园的方向。

所以，她沿着主路走下去了，库尼茨基心想。她准是搞糊涂了。她有可能走到前面去了，就在距此几百米的地方等他。她没听到他摁喇叭吗？然后呢？也许有人经过，让他们搭了段便车？既然他们至今仍未现身，那么，那个人把他们带去哪里了？那个人。一个失焦般面目模糊、宽肩膀的形象。脖子很粗。绑架犯。他会不会打晕了他们，再把他们塞到后备厢里去？他会不会带他们上了渡轮，到了内陆，现在已经在萨格勒布、慕尼黑或别的地方了？如果是，他的后备厢里有两个不省人事的人，他如何能过边境呢？

不过，现在狗跑进了空荡荡的山谷，斜穿过主路，下了满是石头、陡深的山口，贴着石壁径直往深谷里跑去。你可以看到，山谷下面还有一个疏于打理的小葡萄园，园子里有石头搭成的小屋，远远看去就像波浪铁皮屋顶的小报亭。一大垛干葡萄藤堆放在前门口，大概是用来生火的。狗在小屋旁边绕来绕去，不停地转圈，然后回到了门口。但门上有锁。他们费了一番功夫才把挂锁打开。门槛里面尽是被风卷入的碎木条。显而易见，谁都没办法进去。警官隔着污渍斑斑的玻璃窗往里看，接着动手砸起来，越砸越重，终于把那块玻璃砸下来了。大家都往里看，结果都被熏到了——饱含未发酵的葡萄汁和海水的气味从屋里一股脑儿地冲出来。

步话机刺啦刺啦地响起来，他们让狗喝了点水，接着，又把她的毛衣拿去让它闻。这一次，它围着小屋跑了三圈后，回到了主路，然后，迟疑了片刻，回头往石滩的方向走，只不过偶尔会在干草丛里走一段。从悬崖顶上可以俯瞰到大海。搜寻队的人凑在一起，向海而立。

狗闻不到气味了，便转过身来，趴在小路中间。

“To je zato jer je po noči padala kiša.”有人用克罗地亚语说了一句，库尼茨基只能套用波兰语的语法去推测，多少能明白，他们是在说昨晚下过了雨。

布兰科来了，带他去吃午餐，其实已经过了午餐时段。布兰科和库尼茨基下山去柯米扎的时候，警方依然留守山顶。他俩没怎么交谈，库尼茨基觉得，布兰科肯定不知道该对他说什么，更何况要用外语说。这样也挺好，就让他沉默吧。他们在餐馆里点了煎鱼，餐馆搭在栈桥上，下面就是海水；那甚至都不算正牌餐馆，只是布兰科的朋友的地盘，这儿的每个人他都认识。他们像是一个模子里刻出来的，五官轮廓硬朗，很像饱经风雨的海狼部落人。布兰科给他倒了些葡萄酒，劝他喝光。他也把自己的酒喝光了。最后也不让他掏钱。

布兰科接了一通电话。“是警察，”他挂断后告诉他，“他们搞到了直升机，还有小飞机。”

他们制定了一套方案，决定乘布兰科的船沿着岛屿的海岸线走。库尼茨基给他在波兰的父母打了电话。他听到了父亲那熟悉的、沙哑的嗓音。他告诉他，他们还要待三天。他没有把真相告诉父亲。一切都好，只是需要再待三天。接着，他打给工作单位，说他遇到一点小麻烦，能不能再请三天假。他不知道自己凭什么说是三天。

他在码头等布兰科。布兰科出现时，又穿着那件印有红色贝壳商标的T恤，但再仔细一瞧，库尼茨基发现不是那件，这件更新，更干净——他肯定有好几件同款T恤。他们停泊在码头上的许多小渔船里找到了他那条。写在一侧船身上的蓝色字母歪歪扭扭地标出船名：海神号。库尼茨基突然想起来，他们来这座岛时坐的渡轮叫作波塞冬号。很多东西——很多酒吧、商店、船只——都叫“波塞冬”。这两个名字就像过量的贝壳，全被大海吐出来了。你该如何向一位神明征求版权？库尼茨基很想知道答案。你们打算用什么支付版权费呢？

他们坐上了渔船，船很小，塞满了东西，其实就是加了船舱的摩托艇，船舱底板都是用木板拼铺的。布兰科在船上储备了很多水瓶，有的空，有的满。有些瓶子里装的是他自家葡萄园酿制的葡萄酒——白色的，品质好，很浓烈。这岛上的每个人都有自家葡萄园和自酿葡萄酒。小船的马达也搁在船舱里，但现在，布兰科把它搬出来，装扣在船尾。试了三次，马达才发动起来。之后，他俩要说话就得大喊大叫了。马达的轰鸣声震耳欲聋，但只过了一会儿，大脑就习惯了，如同在冬天，大脑会习惯性地相信，穿上厚衣服就能把身体和外部世界隔开。水湾和码头渐渐变小了，轰鸣声渐渐淹没了这片景致。库尼茨基远远瞥见了他们住的民宿房间，厨房窗台上的龙舌兰花犹如不顾一切向天空发射时被凝固的烟花，一次成功的喷射。

他看到一切都在缩小，渐成混沌一片：房舍化为不规则的深色轮廓，码头化为被无数细小的桅杆划过的白色斑点；小镇的上方山峰耸立，石壁光秃秃的，灰扑扑的，散布着斑斑点点的绿色葡萄园。天然景物不断增大，直到巨大无比。从岛上、从主路上看出去，这座岛似乎很小，但现在的它显现出了恢宏的魄力：坚固的岩石构成巨大的圆锥体，像一只从水中奋然挥冲而出的大拳头。

他们向左转后，海湾就在他们身后了，面前只有一望无际的海，崎岖变幻的海岸线令人晕眩，看起来很危险。

拍打岩石的白色浪涛托带着小船，船的出现惊动了海鸟。他们再次发动马达后，海鸟惊慌地飞走了。喷气机留下一道笔直的白色痕迹，将天空分成两半。飞机是往南飞的。

船在往前开。布兰科点了两根烟，把一根递给库尼茨基。要抽烟也很难：海水从船身下翻溅上来，溅得到处都是小水花。

“看这海水啊，”布兰科大声说道，“一切都在水里游。”

他们接近一个有山洞的海湾时看到了直升机迎面飞来。布兰科站在小船中央，挥起手来。库尼茨基看着直升机，差点儿感到开心。这个岛不大，他这样想已不下一百次了；从那么高的地方俯瞰的话，什么都逃不出那么庞大的机械蜻蜓的视野，一切都会像你脸上的鼻子那样昭然若揭。

“我们去波塞冬吧。”他冲着布兰科大喊，但布兰科好像不为其所动。

“从这边没路过去。”他喊出了回答。

但船还是掉头了，放慢了速度。他们关了马达，驶进了石块间的小水湾。

岛的这一边也会被称作“波塞冬”吧，就和别的东西一样，库尼茨基心想。神在这里为自己建起了大教堂：中殿，壁龛，支柱，还有唱诗班。圣歌的形制是不可预料的，歌声有高有低，节奏未必很准。被海浪打湿的黑色火成岩闪着亮光，好像被涂覆了某种稀有的黑色金属。现在，天色已暗，构成这座教堂的一切元素都显得极其哀伤，令人悲痛——这是最典型的弃址：因为，从未有人在此祈祷。库尼茨基突然有一种感觉：他正在目睹人类建造的所有教堂的原型，所有的旅游团去兰斯主教堂或沙特尔大教堂之前，都应该先被带到这里来。他想把这个新发现讲给布兰科听，但马达声太吵了，他们没法好好说话。他看到了另一条船，比小渔船大，船身上写着“斯普利特警察局”。这条船是沿着陡峭山壁下的海岸线开过来的。两条船汇合了，布兰科和警察谈了一会儿。没有找到他们，没有线索。至少，库尼茨基是这样推断的，因为船只的机械轰响完全掩盖了他们的言语声。他们肯定是靠对方的嘴唇动作、无奈的耸肩而领会对方在说什么的，轻微耸肩的样子和带肩章的白色警服并不很搭调。他们指示说，他们应该掉头回去，因为马上就要天黑了。库尼茨基只能听到一句话：“回去。”布兰科踩下了油门，小船发出了类似爆炸的巨响。水面绷紧了；细小的波浪像鸡皮疙瘩般延伸在前方的海面上。

这时候，向岛而行的感受和白天完全不同。他们第一眼看到的是闪烁的灯光，在汇聚成形的浪头平息后再看到时，灯光就更鲜明可辨了。在越来越浓重的黑暗中，光亮也越来越显著，各不相同，颗粒分明——抵达岸边的游船上的灯光和岛民家中的灯光是不一样的；广告牌和店面的灯光和晃动的车灯是迥然不同的。那是被驯服的平凡世界，给人安全感的景象。

终于，布兰科关掉了马达，小船静静地以侧面靠近海岸，没有任何预警的，船底就擦到了石头——船已靠上了镇上的小沙滩，就在他们的民宿边上，离码头还有很长一段路。现在，库尼茨基明白他们为什么要泊在这里了。就在沙滩坡道边，停着一辆警车，还有两个穿白色衬衣的男人显然是在等他们。

“他们有事跟你说。”布兰科说着，开始拴船。库尼茨基浑身的气力仿佛违背了他的意愿——他害怕自己可能会听到那种消息。诸如，他们找到了他们的尸体。他就怕这个。走向他们的时候，他的膝盖发软。

不过，感谢上帝，那只是一次常规调查。不，没有任何新线索。但事发已久，现在，事态变得严重了。他们带他下山，沿着和上次同样的——也是唯一的——主路开到了维斯镇上的警察局。这时，天已经彻底黑了，但他们显然很熟悉山路，连弯道处都不减速。他们很快地驶过了他失去他们的地方。

这次，在警察局里等他的人又多了一个。是个翻译，也是警官，高高的帅小伙，会讲波兰语，但——也不必遮遮掩掩——讲得磕磕巴巴的，尽管如此，警方还是特意把他从斯普利特召来了。他们问了些惯常的问题，好像有点不太自然，他渐渐明白了：现在的他已是嫌疑犯了。

他们再送他上山，回民宿。他下了车，做出走进去的样子。但他只是在假装进门。他在黑漆漆的小过道里等到他们的车开走，直到完全听不见汽车引擎声了，他才走出来，回到街面上。他朝灯光最密集的方向走，走向码头边的大道，所有咖啡馆和餐馆都在那儿。但现在太晚了，虽然是周五，那儿也没有太多人了；大概已经半夜一两点了。他环顾四周，想在寥寥几桌客人里找到布兰科，但没看到他，没看到那件贝壳T恤。客人里面有意大利人，那一大家子快要吃完晚餐了，他还看到两个老人，他们一边用吸管喝着什么饮料，一边目不斜视地盯着那家吵吵闹闹的意大利人。还有两个秀发如云的女人，很亲密地挨着，肩头抵着肩头，沉浸在她们的交谈中。还有一对儿都是本地人，两个渔夫。没有人在乎他，多么如释重负啊。他顺着一片阴影的边缘走着，刚好在水岸边，他闻得到鱼味，感受得到海上吹来的咸咸的、暖暖的轻风。他有点想转身，往上，沿着某条后巷，走去布兰科家，但他不能放任自己那么做——他们肯定已经睡了。于是，他在栈台边的一张小桌边坐下。侍应生没有来招呼他。

他望着走向邻桌的那几个男人。他们搬来了一把椅子——因为总共有五个人——全都坐下了。甚至没等侍应生过来，还没点任何酒水，他们就已经构成了一种不谋而合的紧密关系，彼此之间仿佛有一条隐形的、默契的纽带。

这几人岁数不等，有两人留着大胡子，但所有的不同之处都很快消隐在他们不约而同构建的小圈子里。他们在交谈，但他们说了什么并不重要——他们好像在排演一首合唱曲，每个人都要唱，现在都要试试音，开开嗓。小圈子里注满了他们的笑声——笑话是绝对应景的，甚而是需要的，哪怕是老掉牙的笑话。一阵低沉的笑声令空气颤动，占领了整个小圈子，也镇住了邻桌游客——那两个中年女人突然被吓到似的，安静下来。笑声引来了很多人好奇的注视。

他们是在为亮相做准备呢。侍应生的出现俨如拉开了序幕。这个托着一盘饮料的侍应生只是个孩子，却在不经意间担任了他们的司仪，宣布歌舞剧正式开场。他们一看到他就立刻活跃起来；有人举起了手——这儿——示意他该把东西放在哪里。一时间安静下来，玻璃杯被举起来了，杯沿凑上了唇边。他们中有些人——尤其是没耐心的那几个——无法抵抗闭起眼睛的冲动，恰如在教堂里，当神甫将圣餐庄严地放在伸出的舌头上时那样。世界随时都可以天翻地覆——地板在我们脚底下，天花板在头顶上，这些不过是陈规罢了，身体不再只属于身体本身，而是从属于生物链的一部分、生活圈的一个分区。现在，玻璃杯移动到了唇边，酒水倾空的瞬间其实是看不清的，就像用镜头对准瞬间发生的重力所引发的急速发射。从现在开始，他们就将紧握不放了——杯不离手。围着小桌团坐的人们开始展现彼此的牵连，揭示各自分属的小圈子，好像把各自头顶的光点连成乐谱，先连成小一点的圈，再是大一点的。光环会重叠，有如唱出新的和弦。到最后，他们的手也会举起来，先试探自己在空中的力量，用手势辅助他们的言词，继而滑向同伴的臂膀，在后背、肩头拍一拍，鼓励彼此。这些，其实都是爱的手势。这种动用手掌与后背、亲如兄弟的招呼方式并不带侵扰性，更像是一种舞蹈。

库尼茨基很羡慕地在一旁看。他很想走出阴影，加入他们。他从来不曾体验如此的亲密。他更熟悉北方，北方的男性社交比较含蓄腼腆。而在南方，葡萄园和阳光令人更快速地敞开身心，更容易变得没羞没臊，在这儿，这种舞蹈是相当真切的。仅仅过了一小时，就有人率先推开座位，抓住了座椅的扶手。

夜里的微风像只温暖的小爪子，轻轻拍打库尼茨基的后背，好像在推搡他朝那张桌子走，在催促他："去吧，快跟上去。"他真的很想跟上去，不管他们要去哪儿。他希望他们能够带他一起走。

沿着没有亮灯的那半边路，他走回了自己的民宿，很小心地始终没有越过阴影和灯光的交界线。走进闷热、狭窄的楼梯井前，他深吸了几口气，呆呆地站立片刻。然后，他走上楼梯，在黑暗中摸索着每一级台阶，然后，连衣服都没脱就立刻倒在了床上，人趴着，双臂伸在两侧，好像有人从后面开枪击倒了他，好像他花了一点时间思考，终于接受了那颗子弹，便死去了。

几小时后他起来了——也就两三个小时，因为天还黑着——稀里糊涂地又下楼去，上了车。解除遥控防盗系统时，警报声轻响了几下，车灯也善解人意地闪了闪，好像在说，它孤单很久了。库尼茨基从后备厢里把他们的行李一股脑儿地都拎出来。他把行李箱搬上楼，甩在厨房和卧室的地板上。两只行李箱和一堆包袋、包裹、篮筐，包括一篮准备在路上吃的东西，还有装在塑料袋里的一双蛙鞋、几只潜水面镜、一把遮阳伞、几条沙滩毯，一箱他们买的本岛葡萄酒，一瓶他们非常喜欢的本岛红辣椒酱，还有几罐橄榄油。他把所有灯都打开，然后，坐到这堆乱七八糟的东西之中。然后，他拿来她的手袋，小心翼翼地把里面的东西全部倒出来，摊在厨台上。他坐在桌边，呆呆地看着那堆令人悲戚的小玩意儿，好像置身于一场复杂的挑木棍游戏，现在轮到他走——在不触碰别的东西的前提下，取出某一根小木棍。迟疑片刻后，他拿起了一支口红，拔下盖子。深红色，几乎是全新的。她不常用到这支口红。他闻了闻。很香，但很难形容究竟是什么香味。他的胆子大起来，把每一样小东西都拿起来，摆放到一边。她的护照很旧了，封面是蓝色的——照片上的她比现在年轻多了，留着蓬松的长发，还有刘海。最后一页上，她的手写签名已经模糊了——他们在过边境时常为此耽搁。用橡皮带捆住黑色的小笔记本。他松开橡皮带，翻看起来——笔记，手绘的夹克衫，一组数字，波兰尼卡某家法式小餐馆的店卡，后面记了一串电话号码，一缕头发，深色的头发，确切地说也不算一缕，也就十几根。他把笔记本放到一边。接着，他更仔细地检查剩下的东西。化妆包是用异域风情的印度织物做的，里面放了一支深绿色的眼线笔，粉盒里的粉都快用完了，防水绿色眼影膏，塑料削笔刀，唇彩，眉钳，一条磨旧、发黑的小链子。他还发现了一张特罗吉尔博物馆的门票，反面写了个外语单词；他把这张小纸片举到眼前，好不容易才辨认出来，那个词是：καιρός，他觉得应该是 K-A-I-R-O-S，但也不能确定，他想不出那是什么意思。手袋底部尽是细沙。

然后是她的手机，已经快没电了。他查看了她最近的通话记录——他自己的号码最先跳出来，出现的次数也最多，但还有两三个人是他不认得的。收信箱里只有一条短信——是他发的，那天，他们在特罗吉尔走散了。“我在大广场的喷泉边等你。”她的寄信箱是空的。他返回到主菜单后，特定模式的屏幕光亮了一会儿，继而熄灭了。

有一盒开封的卫生棉。一支铅笔，两支原子笔：一支是黄色笔杆的比克原子笔，另一支笔身上印有“美居酒店”的商标。零钱：也有波兰的，也有欧元的硬币。她的钱包里有克罗地亚的纸币——不太多——还有十张波兰的兹罗提。她的 Visa 信用卡。一本橘色小便签，边缘已经发黑了。一枚古色古香的铜币，表面似有裂纹。两颗可比可咖啡糖。一只数码相机，带着黑色机套。一枚小夹子。一枚白色的回形针。一张金色的口香糖包装纸。面包屑。沙子。

他把这些东西井井有条、间距相等地摊放在黑色哑漆台面上。然后走到水槽边，喝了点水。再走回厨台边，点了一根烟。然后，他开始用她的数码相机拍照，每一样东西单独拍一张。他拍得很慢，近乎肃穆，尽可能放大，让影像撑满取景框，并使用闪光灯。唯一的遗憾是，他没办法用相机给相机本身拍一张照。毕竟，它也是物证。拍完这些后，他转战到走廊，包袋和行李箱都在那儿杵着，他也一一拍了照。但还没完，他把行李箱里的东西搬出来，开始拍每一样单品：每一件衣服，每一双鞋子，每一瓶药妆，每一本书。孩子的玩具。他甚至把塑料袋里的脏衣服也都倒了出来，把那堆不成形的东西拍在一张照片里。

他刚好看到一小瓶拉基亚水果酒，手里还拿着相机就把酒一饮而尽，接着给空瓶子拍了一张照。

他开车去维斯时，天光已亮。他吃了她原本为旅途准备、现在都干掉了的三明治：黄油经不住高温，融化后浸入了面包，留下一层晶晶亮的油光，奶酪现在都硬透了，变得半透明，像塑料片一样。驶离柯米扎的时候，他吃掉了两块，然后在裤子上擦了擦手。他开得很慢，很小心，留意路的两边，留意经过的每一样物事，牢记着他的血液里还留有酒精。但他觉得很踏实，感觉自己像机器那样可堪信任，像引擎那样强劲有力。他没有回头看，虽然他知道身后的大海正在涨潮，一米一米地上涨。空气是那么纯净，要是站在岛屿的最高处，你说不定能遥望到意大利。但此刻的他把车停在了湾口，环顾四周，看到了每一张废纸，每一样垃圾。他还带着布兰科的望远镜——他就是用这个检视了山坡。他看到了焦土色的护根覆土下、被晒枯的干草下尖耸的石头，看到了永生不灭的黑莓树丛用长长的枝条紧紧攀附在岩石上，被日光晒成了深黑色。野生橄榄树树干扭曲，已被采光了果实；废弃的葡萄园前还有一排矮小的石墙。

过了一小时左右，他直奔维斯而去，慢慢开，像警察巡逻那样。他驶过了他们去买过杂货的小超市——买的大多是葡萄酒——接着就到镇上了。

渡轮已停靠在码头。这船很大，像一栋大楼，一个漂浮的街区。波塞冬。船舱的大门洞开，一排小汽车和一群没睡醒的乘客排好了队，马上就要登船了。库尼茨基站在扶栏后面，用审视的眼光看着买票的人。有些是背包客，其中有个裹着鲜艳头巾的漂亮姑娘；他看着她，仅仅因为他无法移开视线。站在她身边的是个高个子青年，有着斯堪的纳维亚人的英俊面容。还有带着孩子的妇人，也许是本岛居民，没带任何行李；有个穿西装的男人提着手提箱。还有一对儿——她依偎在他的胸口，闭着眼睛，似乎还不想立刻结束一夜好眠，哪怕已被打断了。还有好几辆车——有一辆德国车牌的小汽车塞得满满当当的，还有两辆是意大利牌照的。还有去进货的本岛小货车，它们会带回来面包、蔬菜和邮件。小岛肯定就是这样维持日常生活的。库尼茨基很谨慎地往车里瞧。

队伍开始挪动了，渡轮把所有人和车都吞进肚了，没有一个人反抗，就像一群牛。又来了一群骑摩托车的法国人，一共五人，他们是最后一拨上船的，但也以同等的顺从消失在波塞冬洞开的大嘴里。

库尼茨基一直等到舱门发出机械的呻吟，完全闭拢。卖船票的人砰一声拉下窗板，走到外面来抽烟。两个男人一起目睹了渡轮骤然启动，渐渐离岸。

他说他在找一个女人和孩子，还把她的护照放到他眼皮底下。

售票员眯着眼睛，瞥了一眼护照上的照片。他用克罗地亚语说了什么，无外乎是："警察已经来问过她的事了。这儿没人见过她。"他吸了一口烟，又说道："这个岛不大，我们要记住。"

他突然像老朋友一样，拍了拍库尼茨基的肩膀。

“喝咖啡吗？”他朝港口边刚刚开张的小咖啡馆点点头。

咖啡，当然要喝。为什么不呢？

库尼茨基坐在小桌边，没过多久，售票员就拿着一杯双份浓缩咖啡过来了。他们在沉默中喝咖啡。

“别担心，”售票员开口了，“在这里，不会找不到人的。”他又说了什么，摊开双手，十指张开，手心里的掌纹很深，这时候，库尼茨基正慢慢地在心里把克罗地亚语翻译成波兰语：“我们就像肿胀的手指头，很扎眼。”差不多是这个意思。

售票员给库尼茨基拿来一块炸饼、几片生菜。他就这样走了，留下库尼茨基一个人坐在没喝完的咖啡前。他刚走，库尼茨基就感到短促的呜咽从内里袭来；那就像一块面包，被他硬是吞了下去。没什么味道。

肿胀的手指头，这个印象在他脑海中挥之不去。谁会觉得我们扎眼呢？会是谁，一直注视着他们，在汪洋中的岛屿上，循着平铺在港口间的错综小路，注视着往来不息的本地人和游客们、快要融化在高温中的千百人中的一对夫妇？卫星图像在他的脑海中一闪而过——据说，你可以在卫星拍摄的照片上看清楚火柴盒上的小字。可能吗？如果是真的，那你从那么高的地方肯定能看出来：他已经开始谢顶了。不停转的卫星、移动的小眼睛已填满了这无垠的冰凉天际。

他穿过教堂边的小墓园，走回停车的地方。所有墓碑都面朝大海，像是在古罗马的圆形剧场里，以便让死者们细细观瞻以缓慢的节奏日夜反复的海港景致。也许，白色的渡轮会让他们欢呼起来，甚或把它当作引领灵魂升天的大天使。

库尼茨基注意到，有几个名字反复出现。这儿的岛民肯定和岛上的野猫一样，不喜欢与外人交往，仅在几户人家间跑来跑去，几乎不会离开那个小圈子。他只停了一次——因为他看到一块小墓碑上只有两行字：

ZORKA 9 II 21——17 II 54

SREČAN 29 I 54——17 VII 5

看上去像密码，有那么一小会儿，他下意识地根据字母顺序算了算日期。母亲和儿子。岁月定论的悲剧，分两段写完。死亡的接力。

这里已是城市的尽头。他累了，暑气飙升到峰值，汗水流进了他的眼睛。他攀过小岛的中心点、回到车里的这一路上，眼看着犀利的太阳把这座岛转化为地球上最不友善的地方。高温就像定时炸弹般滴答作响。

在警察局里，他们给他喝啤酒，好像警官们很想把自己的无助掩藏在白色的酒沫下面。“没有人见过他们。”一个魁梧的男人说着，很客气地把电风扇转到库尼茨基的方向。

“我们现在怎么办？”库尼茨基站在门口问道。

“你应该好好休息。”警官回答。

但库尼茨基没有走，只是待在警局里，偷偷听他们讲电话，听警方的步话机刺啦刺啦地响，那么多隐秘的信息啊，最后，布兰科来了，要带他去吃午餐。他俩几乎没怎么交谈。后来，他要求他把自己送回民宿。他很虚弱，和衣躺倒在床。他闻得到自己的汗味，令人厌恶的恐惧的味道。

他穿着衣服平躺着，躺在从她的手袋里倒出来的东西之中。他用专注的眼神去检视它们：犹如星群，有各自不同的位置，不同的指向，不同的形状。那很可能是一种预兆。那是一封给他的信，信的内容涉及他的妻儿，但归根结底也是关于他的。他认不出那种字迹，认不出这些符号——这封信并不出自人类之手，这一点，他倒是可以确认。这些东西和他的关联是显而易见的，他正在凝视它们——这件事很重要：他可以用双眼去看，并且看得到——恰恰是这一点最为神秘：他的存在即为谜。

处处，无处

不管为了什么或用什么方法远行，只要我踏上旅途，我就从雷达上消失了。没有人知道我在哪里。我从何处出发？前往何处？难道不可以在两点之中吗？我不就像你向东飞行后白白丢掉的一天，或是西飞后多出来的那一晚？我是否符合广受赞誉的量子物理学理论——一颗粒子有可能同时存在于两个地方？或许还符合另一条尚未被验证、甚至未经思考的法则——你无法重复存在于同一个地方？

我认为有很多像我这样的人。找不到人，已然消失。他们突然出现在到达航站楼里，在海关官员在他们的护照上敲下入港章，或是在哪个酒店里拿到彬彬有礼的前台服务员递给他们的房间钥匙时突然存在于世。那时候，他们肯定意识到了自身的动荡，他们的存在其实依赖于地点、钟表显示的时间，依赖于语言、城市及其氛围。可迁徙、流动性、虚幻性——正是因有这些素质，我们才变得文明。野蛮人不旅行。野蛮人只是去目的地，或是去围捕猎物。

把自己保温杯里的香草茶分给我喝的女人也赞同这个观点，当时我们都在火车站等待机场大巴；她的两只手上都有散沫花染剂做的复杂图案，随着时间推移，图案会变得越来越难以辨认。我们上了机场大巴后，她讲述了她的时间理论。她说，定居者和农夫更喜欢时间循环的概念所带来的愉悦，在循环的时间里，每一样物件、每一个事件都将必然回归起点，重新蜷缩成胚胎状，重复成熟到死亡的过程。但是，游牧民和商人在启程出发时，必须为自己想出不一样的时间概念：更能适应其旅行需要的一种时间。那是一种线性的时间，可以将进展量化，测量出距离目标或终点还有多远，用形象的百分比增加来表现，因而更实用。每个瞬间都是独一无二的；无法重复任何一个瞬间。基于这种理念，冒险、活到尽兴、把握每一天这些概念就都行得通了。然而，从骨子里说，这种观念的变革也是很苦涩的：随着时间流逝，一切不可逆转，损失和哀痛就成了日常事件。所以，你永远听不到那些人说出“徒劳”或“空洞”这样的词语。

“徒劳无功，账户空空。”那女人大笑起来，用一只染过图案的手捂住脑袋。她说，在那种被延展的线性时间里，只有一种幸存的方法，那就是保持距离，不要一步到位，那有点像先接近、再后退的组合舞步：一步向前，一步向后，一步向左，一步向右——简单好记。世界越大，你就能舞动得更远，跨越七大洋、两种语言、一整套信仰。

但我对时间有一套不同的看法。每个旅行者的时间都是相当宽泛、许多时间的整合体。可以是岛屿时间，但整片混沌汪洋中的群岛是无序排列的；也可以是火车站的时钟显示的时间，但每一个地方都不一样；还有常用时间、平均时间，也就是没有人会当真的二十四小时太阳时间均分法。小时，消失在高空飞行的飞机里；黎明，被迫快进，因为下午和夜晚都快追到它的脚后跟了。你只是蜻蜓点水，掠过时间繁忙的大城市，你只盼望能彻底投入城市高空的夜晚，或大草原上的慵懒时光——从高处俯瞰下去，草原上渺无人迹。

我还认为，世界是可以内嵌的，嵌入脑沟，嵌入松果体——这个地球，可以只是卡在喉咙里的一块异物。事实上，你咳几下就能把它吐出来。

机场

巨大的机场将我们集合起来，保证我们能搭乘下一程航班；

那是在为移动事业提供服务，确保调度和时刻表都井井有条。不过，即便我们接下去的几天里哪儿都不去，了解机场也是很值得做的事。

曾几何时，机场都在郊外，就像火车站那样，在辅助性的城郊。但机场已获得独立解放，时至今日，它们都有各自的身份和特征。很快，我们可能要这么说：城市才是机场的辅助设施，就像车间、卧室那样。毕竟，众所周知——生命在于运动。

现如今，你怎么可能还认为机场的级别低于“真正的城市”？现在的机场里有会务中心、有趣的艺术展览、庆典，还有新品发布会呢。机场自带数个花园、数条步行大道，兼具文教功能：在阿姆斯特丹的斯基普国际机场里，你能看到伦勃朗油画的杰出复制品；在亚洲的某个机场里，有一座宗教博物馆——这个主意实在太妙了！我们不用出机场，就能直通优质酒店，可以选择的餐馆和酒吧也多得很。还有很多小店、超市和购物商店，你可以根据旅途所需而囤货，也可以囤点旅游纪念品——提前买好，省得你到了目的地再为此浪费时间。机场里还有健身房，按摩房——既有传统西式、也有中式泰式，美发厅，各大银行和手机通信公司的客户服务部。五体满足后，我们就可以移步精神疗愈中心：机场提供的好多个小教堂和冥想室。他们还经常为旅客们安排一些读书会和作家签售活动。我的背包里还塞着从这类活动上拿的宣传单呢：“旅行心理学的历史与基本原理”“十七世纪解剖学的发展简述”。

光照充足，每一样东西都被照亮；自动步道帮助旅客从这个航站楼快速抵达那个航站楼，以便从这个机场抵达那个机场（两个机场之间时常相隔十六小时的飞行距离！），这时，会有谨慎的地勤人员确保这套伟大的机制不出差错。

机场不仅仅是旅行中的交通枢纽，而是一种特殊类别的城邦：地理位置稳定不变，但城民在流动。机场都是“机场共和国”，是全球机场联合国的成员，虽然它们在联合国还没有一席之地，但那只是时间问题。它们是系统化的绝佳范例，证明了：内部政治斗争的重要性远远低于它们和联合国其他成员之间的密切关系——因为只有这种密切关系才能赋予它们存在的理由。重社交外向型系统的范例，每一张机票都陈述了章程，每一个人的登机牌就是城民身份的唯一凭证。

这里的城民数量总在大幅度变动中。好玩的是，每逢大雾和暴风雨，人口总数就会剧增。不管身在何处，城民若想感觉舒适自在，就绝对不能太显眼。有时候，你在自动步道上疾走，走过同为旅客的兄弟姐妹，就会有种自己被泡在福尔马林溶液里的错觉——好像每个人都在钟形罩里向外窥视别人。在机场共和国里，你的地址就是你在飞机上的座号：7D 或 16A。那些巨大的传送带轻轻松松地带动我们，或往前或往后，有些旅行者穿斗篷、戴帽子，还有些穿短裤和夏威夷衬衫，经历雪盲后的双眼迷离，烈日曝晒后的皮肤变黑，浸透了北方的潮湿，残留着腐烂树叶和湿软泥土的气味，或是在他们的拖鞋凹缝里攒了些沙漠里的沙。有些人晒成了古铜色，有些人晒成了黑色，或是晒伤了，还有些人皮肤白皙，简直白得晃眼。有些人剃光了头发，还有些人从来都不剪头发。有人像那个男人一样高大，还有人娇小玲珑，就像那个刚及他腰部的小女人。

机场有自己的原声音带：飞机引擎交响曲，几种简单的音节延伸到没有旋律的空间，一个正宗的双声部合唱团，阴郁的小调，红外线，暗光，慢板，全都基于一组单和弦——单调到甚至会让它自己厌倦。一首以起飞时的霸气冲天为开场、以降落时的祈祷为收场的安魂曲。

回到你的根

真该以“年龄歧视罪”状告青年旅社：出于某种原因，它们只给年轻人提供住宿。每家旅社对年龄的限制都不一样，但不管在哪里，四十岁的人都将被拒之门外。凭什么年轻人就能享受这种特殊待遇？抛开这件事不谈，他们难道还没享受够生理上的优势吗？

让我们以背包客为例，概括一下青年旅社的大部分住宿者：他们都很强壮、高挑——男性女性都是如此；皮肤光洁，几乎都不抽烟，至少是不常抽，更别提吸毒了，顶多是偶尔来根大麻。他们采用环保旅行方式——也就是说，在陆地上行进：搭乘通宵卧铺火车和人满为患的长途大巴。在某些国家，他们甚至会搭车。他们总在夜里抵达青年旅社，吃饭时总是问“老三样”：你是哪里人？上一站在哪里？下一站要去哪儿？第一个问题决定了垂直坐标，另外两个问题构建了水平坐标。就是这样，这些背包客创建出一套坐标系统；当他们在这种地图上标注出另一个人的二维位置后，就能安心入睡了。

我在火车上遇到的那个人就像那些背包客，为了寻根而旅行。他的行程错综复杂：他的外祖母是俄国犹太人，外祖父是维尔纽斯（现在的立陶宛首都）的波兰人；他们跟随安德斯将军的部队逃离了俄国，二战后移民加拿大。他的祖父是西班牙人，祖母是美国原住民，但我已经想不起来那个部落叫什么了。

他刚刚开始旅行，但看上去好像已经撑不住了。

旅行装

如今，任何一家有自知之明的药妆店都会向顾客提供一系列旅行装卫浴用品。有的店家甚至会用一整排货架摆旅行装。你可以在那里买到旅途中所需的任何东西：洗发水，可以在酒店水槽里洗内衣裤的小袋洗衣液，可对折的牙刷，防晒霜，驱虫剂，擦鞋巾（所有颜色都有），女性生理期用品，护脚霜，护手霜。这些东西共同的标志性特点就是规格——包装都很小，小管小罐，拇指大小的迷你瓶；最小的针线包里有三根针、五小条不同颜色的缝线：每条三米长。还有两只白色应急用的纽扣、一枚安全别针。旅行装定型发胶也特别好用：整个包装还没有女人的手掌大。

旅行已是普及全球的现象，在化妆品业者看来，旅行者似乎就该照搬定居者的生活方式，只不过是小尺寸的，俨如可爱的婴儿版。

乔万尼·巴蒂斯塔之手

这个世界物满为患。减少一点，而非扩张或增大，显然更明智。我们最好能把世界塞回到它的小罐子里去——可以随身携带的微缩圆形展示厅，以便我们只在周六下午往里窥探一眼，但要先保证我们有干净的内衣裤穿、熨烫好的衬衫平铺在扶手上、地板刷洗干净了、烤好的咖啡蛋糕正在窗台上冷却。我们可以透过一个很小很小的洞眼往里看，惊叹所窥见的诸多细节，就像在华沙立体剧院里那样。

不过，我担心可能已经太晚了。

我们现在别无选择，只能学习如何不断地挑选。学习那位我在通宵火车上遇到的旅行者——他告诉我，他隔一阵子就重返卢浮宫，只为了看一幅施洗者约翰的画，他认为那是很值得一看再看的画。他只是站在那幅画前，聚精会神地看，凝视圣人挑起的食指。

原作及其复制品

博物馆餐厅里的一个人说，亲自站在一幅原画前的那种巨大满足感是无与伦比的。他还坚称，世界上的复制品越多，原画获得的力量也就越大，有时甚可堪比圣物所拥有的神圣伟力。因为杰作是极其重要的，一旦重要，就有被破坏的潜在危机。这些话立刻得到了附近一群游客的验证，他们带着热诚的专注，崇拜似的站在列昂纳多·达·芬奇的一幅画作前。偶尔，也会有人受不了，便会传来一声清晰可辨的相机快门声，听上去就像用一种数码新语言说出的“阿门”。

胆小鬼的火车

有一些列车是专门为睡觉设计的。就整体构造而言，仅有数个卧铺车厢和一节咖啡吧，那甚至都算不上餐车，因为有个咖啡吧就足够了。这种火车走夜路，比方说，从什切青到弗罗茨瓦夫，夜里 10:30 出发，次日早上 7:00 到达，其实这段路程不算远，只有两百英里，你用五小时就能抵达。但重点并不总在于尽快抵达：铁路局关心的是旅客的舒适感。夜雾泛起时，这趟列车会停在田野间，俨如轮子上的一座静谧旅店。和夜晚赛跑是没有意义的。

从柏林到巴黎有一班极好的列车。从布达佩斯到贝尔格莱德也有。从布加勒斯特到苏黎世也有。我觉得，这些车次好像就是为那些恐飞的人发明的。最好别承认你搭乘了这些列车——会有一点尴尬的。其实，他们也没怎么为这些车次打广告。它们是为长期客户设置的，还有每次起飞和降落时都会心脏病发的一小部分不幸的旅人。还有那些用汗津津的双手在绝望中揉烂了一团又一团纸巾的人，那些揪着空乘人员的衣袖不肯放的人。

这类列车谦卑地居于侧线，保持低调。（比方说，在克拉科夫火车站，从汉堡到阿尔托纳的列车完全被大广告牌和其他小广告招贴遮掩住了。）第一次乘坐本次列车的旅客会在火车站里兜兜转转一会儿，才能找到这趟车。上车也要避人耳目。行李箱最外侧的夹层里放着睡衣和拖鞋，洗漱用品，耳塞。衣服要小心地挂在特别设计的挂钩上，然后，打开壁橱式的迷你洗手台，摆好牙刷牙膏。很快，乘务员会送来早餐订单。咖啡还是茶？这就是铁路旅行所能给你的最大限度的自由选择。假如这些乘客随便选一班廉价航空公司的班机，一小时就能到目的地，还更便宜。那样的话，他们就能在这个夜晚依偎在盼望已久的爱人怀里，然后在随便哪条街上的小餐馆里吃顿早餐，反正那些店里都有生蚝。晚上到大教堂里听一场莫扎特音乐会。沿河散步。但他们没有这样做，而是彻底放弃了铁路旅行所需的这段时间，追随先辈的古老习俗，在大地上旅行，每一公里都要亲自移动，每一座桥都要亲自越过，穿过每一座贯通河道和山谷的高架桥，穿过每一条隧道。不能省略任何东西，不能凭空越过任何东西。这段路上的每一毫米都要被车轮触碰到，每一瞬间都能成为车轮与地面的切点，而且，这将是永远无法重复的组合——车轮和铁轨，时间和空间，穿透宇宙的独一无二的时刻。

一旦这辆车向着黑夜出发了——开车时不会有提示——咖啡吧里的人就会越来越多。穿西装的男人们是来喝快饮的，或是能帮助入睡的一品托啤酒；装扮精致的男同性恋者用会放电的眼神扫视四周；落单的足球队球迷——别的球迷朋友们都坐飞机去了——像离群的绵羊一样失去了安全感；结伴出游的四十多岁的女人们，把无趣的丈夫们留在家里，和闺蜜们出来找乐子。咖啡吧里越来越挤，乘客们好像置身于一场盛大的派对，有时候，亲切的侍应生还会帮他们互相介绍："这位乘客每星期都坐我们这趟车。""泰德，是谁说他不想睡觉，却总是第一个打起呼噜？""每星期都坐火车去看太太的乘客——他肯定非常爱她。""这位是'我再也不坐这趟车'女士。"

夜半时分，当列车缓缓穿越比利时或布鲁斯卡的平原地带时，当夜雾越来越浓，让一切都朦朦胧胧时，咖啡吧这节车厢已准备好迎候第二波访客：累坏了，但苦于失眠的乘客们，即便光脚穿着拖鞋来，他们也丝毫不会难堪，就这样融入咖啡吧里的其他人，好像正在把他们自己交托在命运的手里——管它会怎样呢，管它呢。

我倒是觉得，他们只会迎来最好的事。无论如何，他们在移动中，在能在黑暗空间里穿行的空间里。黑夜带着他们前行。谁也不认识谁，谁也认不出谁。人人都从自己的生活中逃离出来了，之后，还会被安全地护送回去。

被弃的房间

房间不明白发生了什么事。这套房间认为，它的主人已经死了。自从房门乓的一声被关上后，自从钥匙在锁眼里转动一圈后，所有声响都被闷在里面，所有东西都失去了阴影和轮廓，像是在一摊模模糊糊的污迹里。空间压缩，无人使用，没有微小的气流、窗帘的摩擦声扰动空气，就在这种彻底的静止中，过往的痕迹开始试探着凝聚成型，在门口的地板和天花板之间，暂时性地悬停着。

当然，现在不会有新东西出现了——怎么会呢？这些痕迹只是对常见形态的模拟，化成一丛丛泡沫，暂时保持其轮廓。这些痕迹都是独立的篇章，孤立的姿态，就像柔软地毯上的脚印：哪怕无数次踩在同一个位置，脚印仍会在片刻后消失。也像在桌上抬起手，模拟写字的动作，但不会有人能理解这种写作，因为并没有用到笔、用到纸、用到写下的字迹，甚至都没有用到身体的其余部位。

恶行书

她不是我朋友。我是在斯德哥尔摩机场遇到她的，那是全球唯一一个铺木地板的机场：深色橡木复合地板，精心搭配了狭长板条——保守估计，这些木材大约用掉了十英亩的北部森林。

当时，她坐在我旁边。她伸长了双腿，搭在黑色背包上。她没有看书，没有听音乐——只是把双手交叠在腹部，视线笔直的朝前看。我喜欢她那种一门心思等待、心平气和的样子。我有点不加掩饰地注视她时，她轻轻躲开我的目光，视线往下，看着打磨过的木地板。我未加思索，想到什么就脱口而出了，我说用木头来做机场的地板真有点浪费。

“有人说，建造机场的时候必须牺牲一些活物，”她说，“可以挡掉一些灾祸。”

在登机口，空乘似乎遇到了一些麻烦。原来，她们向那些仍在等待座位的乘客们说，这架航班超售了。电脑系统出了纰漏，预购数量超过了座位总数。这些年里，电脑出错这种事俨然就是伪装后的宿命。如果有两个人愿意主动退出，改乘次日的航班，航空公司愿意赔付两百欧元，提供一套当晚机场酒店客房，包括晚餐折扣券。

人们紧张地看来看去。有人说：抽签吧。有人听罢大笑，但随后而来的是令人尴尬的沉默。谁也不想逗留在机场，这是人之常情：我们都不是生活在真空里的，我们有地方要去，明天必须看牙医，已经约好了朋友吃晚餐。

我低头看着自己的鞋子。我不着急。我从来都不必在某个特定时间出现在某个特定地点。让时间追着我跑吧，别让我追着时间跑。更何况——谋生之道有很多，但这里开辟出了另一种完全不同的就业模式，或许是属于未来、可用来抵御失业和过度浪费的某种新兴职业。站出来，住一天酒店，挣一份工钱，早上喝够免费咖啡，搭配自助早餐，充分利用瑞典式冷餐盘里种类众多的酸奶。为什么不呢？我站起来，走向战战兢兢的空乘人员。紧接着，一直坐在我旁边的女人也站起来，走了过来。

“为什么不呢？”她说。

但我们的行李先飞了，多少有点倒霉。一辆空荡荡的班车捎上我们两人，到了酒店，我们分到了两间紧邻的小卧室。没东西需要打包，只有一把牙刷和一套干净的内衣——简化到了军用压缩装备的程度。再加上面霜，一本很好读的大部头书。还有一本笔记本。有的是时间记下一切，记下对这个女人的描写：她很高，身材很好，臀部挺宽，手挺秀气；浓密的卷发扎成马尾，但碎发不太服帖，一缕缕地飘浮在她头顶，仿佛银色的光环——她的头发全都是灰白色了。但她有一张年轻、明亮、有雀斑的脸。肯定是瑞典人。瑞典女人不太喜欢染发。

那天晚上，我们约好了在楼下碰头，在酒吧里，在奢侈的冲澡、再把电视上所有频道摁一圈之后。

我们点了白葡萄酒，在有礼有节的初步寒暄——包括老三问——之后，我们进入了实质性的交谈。一开始，我跟她说了自己游历的情况，但我说的时候就感觉到，她只是出于礼貌在听。这让我失去了动力，我估摸着她肯定有更有趣的故事可以讲，所以把发言权完全给了她。

她说，她一直在搜集证据，甚至得到了一笔欧盟的基金赞助，但那笔钱不足以支付所有旅费，所以，她不得不问父亲借了些钱——后来，她父亲就过世了。她拨开垂在前额的一缕卷发（就在那时，我可以确定她不会超过四十五岁），然后，我们用航空公司送的折扣券点了两份沙拉；没有选择，因为折扣券指定了法式尼斯沙拉。她讲话的时候会眯起眼睛，这让她说出的话稍许有些嘲讽的意味，因此，她刚开始说的前几分钟里，我无法确定她是不是在开玩笑。她说，第一眼看去，世界似乎是多姿多彩的。不管你去哪里，都能发现各种各样的人、文化，迥然不同的城市遵循不同的风俗而建，使用不同的建材。不同的屋顶，不同的窗户，不同的庭院。说到这里，她用叉子叉起一块菲塔羊奶酪，叉子在半空划着小圈。

“但是，你不能让自己被这种多样性骗了——那是很肤浅的，”她说，“那些都是骗人的迷障。实际上，哪里都一样。动物也好，我们和动物的互动方式也好，都一样。”

她像是在做一场反复演练已久的演讲，镇定地一一枚举：狗在酷热的日头下拼命挣扎，想逃脱铁链的束缚，只是因为渴到不行，想喝口水；这些小狗被铁链拴得太紧，以至于长到两个月大时连路都不会走。母羊在田野里产下羊崽，在冬天的雪地里，而农夫们只是开辆大车，把冻死的羊崽搬走、扔掉了事。龙虾被养在餐馆的水族箱里，好让顾客们挑三拣四，被食指点中的那一只就将被煮死。还有些餐馆在储藏室里养狗，只因坊间传说狗肉能壮阳。关在笼子里的母鸡的价值只在于产下多少只蛋，终其短暂的一生都在被化学饲料摧残。人类经营斗狗场。灵长类动物被注射病菌。化妆品用兔子做实验。裘皮大衣是用绵羊的胎儿做的。她云淡风轻地说着这一切，一边把橄榄放进嘴里。

“不行不行，”我说，“我听不得这些。”

于是，她从椅背上取下她的包——碎布做的，从包里拿出一个厚照相纸做的黑色文件夹，从小桌上方递给我。我有点勉强地翻了翻黑底色的几页，文字排成两列，有点像百科全书或《圣经》的那种排版。小号印刷体，有脚注。“恶行纪录”，还有她的网站地址。我看了一眼就知道，我是不会细看这本东西的。但我还是把它塞进了自己的背包。

“我就是做这个的。”她说。

然后，就着第二瓶葡萄酒，她跟我说起去西藏的事：高原反应差点儿要了她的命。是一个藏民妇人一边敲鼓、一边搅出草药酊剂治好了她。

我们的夜聊很自在，我们的口舌——渴望着长句和故事——在白葡萄酒的滋润下变得灵活，很晚才去睡觉。

第二天早上在酒店吃早餐，亚历珊德拉——这位愤世女子叫这个名字——手拿羊角面包，倾身向前说道：

“真正的神是一只动物。神在动物中间，和它们靠得很近，以至于我们不会注意到。神每天都在牺牲自己，为了我们，一遍又一遍地死去，用祂的身体喂养我们，让我们把祂的皮囊当衣服穿，容许我们在祂身上做药物试验，以便活得更久、更健康。神就是这样表现祂的爱意，将祂的友情和博爱赐予我们。”

我怔住了，呆呆地瞪着她的嘴巴，这番启示真相的宣讲、包括平和的语调让我稍有惊诧，包括她手中明晃晃闪动的餐刀：在松软的羊角面包里涂上了几层黄油，来来回回，井井有条。

“你可以在根特[1]找到证据。”

她从百宝箱似的大包里抽出一张明信片，扔在我的餐盘上。

我拿起来看，很想在遍布纸面、密密麻麻的图案中摸索出几分意思；不过，大概需要放大镜才能看清楚。

“任何人都看得到。”亚历珊德拉说，“在根特市中心有一座天主教堂，里面有座祭坛，你会在那儿看到一大幅很美的画。画面上有田野，在城外什么地方的绿色平原，就在那片草地上，有一个普普通通的高台。就在这儿。”她用刀尖指了指，“那就是以白色羔羊的形态出现的神，被众人尊崇。”

我认出了那幅画。之前就见过不少各式各样的复制品。《根特祭坛画：神秘羔羊之爱》。

“神的真实身份被发现了——祂那光芒万丈的身形引来了万众瞩目，在祂的神圣尊位前低头臣服。”她说着，又用刀尖指了指那只羔羊。“你可以看到，几乎四面八方都有人涌来拜见祂——那都是前来致敬的信众，来仰视这位最谦卑、受尽凌辱的神。还有这儿，看到了吗，国家的统治者们也特意前来朝觐，有帝王将相，也有从教堂、国会、政治聚会、同业会来的；还有母亲和孩

---

1 比利时城市名。

子，老人和少女……”

“你为什么做这个？”我问。

“理由是显而易见的，”她答，“我想写一本详尽至极的书，从洪荒时代到当下世界。那将是人类的忏悔。”

她已经开始积攒名人名句了，从古希腊时代开始。

旅行指南

描述和滥用是同一类事件——都是破坏：色彩被磨灭，边角失去清晰的轮廓，到最后，被描述的东西开始褪色，继而消亡。如果其对象是某个地点，这种说法尤为适用。旅行文学已经造成了巨大的破坏——是名副其实的祸害，广泛蔓延的疾病。旅行指南给这个星球上所有的好地方带去了致命的一击；出版量数以百万计，有各种语言的版本，那些书挖空了每个地方，再盖棺定论，令其面目模糊。甚至我自己，在天真的年轻时代，也曾在被描述的景点前留下到此一游的快照。但后来故地重游时——当我用力地深呼吸，吸入那里强烈的存在感，乃至让自己透不过气来时；当我努力去听萦绕在那里的呢喃低语时——我总是免不了被震惊到。真相是可怕的：描述就是破坏。

所以，你必须非常小心。最好不要动用名字：避开它，遮掩它，提及地址时要万分谨慎，以免让什么人备受鼓舞，按图索骥，亲自寻访。说到底，他们在那儿能找到什么呢？死掉的地方，尘土，好像干透的苹果核。《临床综合征》（前文已有所提及）中也收录了所谓的“巴黎症候群”，到巴黎游览的大部分日本游客都有这种烦恼。主要症候包括震惊和一系列生理症状，诸如呼吸急促、心悸、盗汗、兴奋等。偶尔，还会出现幻觉。医生会开镇静剂给他们，并建议回家静养。这种紊乱的根源，可以解释为旅行者朝圣般的心态和巴黎现状之间的巨大反差——现实中的巴黎和旅行书、影视剧中描绘的巴黎并无相似之处。

新雅典

任何书籍都不会像旅行书那样迅速过时，而这恰恰是旅行书业界的福祉所在。在我的云游生涯中，现在只对两本书还保持信念，尽管都是老书，但我宁可参考这两本，也不愿笃信别的书，因为它们是用真正的激情写出来的，源自一种纯真的描摹世界的渴望。

其一是十八世纪早期用波兰文写的。在那个历史阶段，西方启蒙主义散文的成就或许更高，但就潜藏的魔力而言都比不上这本波兰书。作者是一位天主教会的神甫，名叫本尼迪克·崔梅洛夫斯基，出生于沃黑尼亚（现在这个地区分属于波兰、乌克兰和白罗斯）。他是乡野迷雾中披着斗篷的约瑟夫斯[1]，在世界尽头最

1 提图斯·弗拉维奥·约瑟夫斯（Titus Flavius Josephus，37—100），古代犹太历史学家。

偏远之地的希罗多德[1]。我猜想他可能和我一样，有同样的症候群，尽管他并不像我——事实上，他从没出过远门。

有一个章节的标题很长：《世上的其他畸种怪人：即无脑人，又称无头族、狗头人身，及其他畸奇人形》。他写道：

> 有一国，人称贝勒米吉，伊西多禄[2]称之为利姆尼奥斯，其国人身形比例均与我族相似，却无头无脑，脸在前胸中央……此外，伟大的自然世界研究者老普林尼[3]不仅确证了同等情况的 de Acephalis（即无头族）的存在；还确定其埃塞俄比亚的近亲（即穴居人）居于斯瓦特国。这类信息，大抵是作者们从圣奥古斯丁的《见闻录》（亦可称为“证人之所见”）中读到的，此书记述了他在该国的游历（成为非洲希波大主教后，游历的机会就不太多了）以及散播基督教神圣信仰种子（亦可称为“精子[4]”）的事迹，恰如他在埃里漠（即沙漠）的布道中用大白话对奥古斯丁兄弟会（由他本人创立）的信众所讲的：“……当时我已是希波大主教，和几个基督的仆人一起去埃塞俄比亚布道，传播福音。在这个国家里，我们看到很多男人和女人都没有头，但胸前有两只大眼睛；至

1 希罗多德（Ἡρόδοτος，约前 484—前 425），古希腊作家，他把旅行中的所闻所见，以及波斯阿契美尼德帝国的历史记录下来，著成《历史》。

2 Isidorus，二世纪的埃及神甫。

3 老普林尼（Gaius Plinius Secundus，23—79），公元一世纪的博物学家，作家，著有《自然史》。

4 Testis 既有睾丸、又有证人之意，取其双关语，故用 semina（精子）指代种子。本段楷体字皆为拉丁文。

于别的身体部位则和我们的很相似……”常被人引用的索利努斯[1]也写到过：印度山区里有一些人长着狗头，声音也像狗吠。游历过印度的马可波罗也言之凿凿地说，在安格曼岛上确有人长着狗头和狗的牙齿；这一点，又得到了鄂多立克斯·埃里亚努斯的认同（馆藏 10），断言这族人生活在埃及的沙漠和森林里。普林尼把这类怪人称作 Cynanalogos，奥卢斯·格里乌斯、伊西多禄称其为 Cynocephalus（即“狗头人身的人”）……贵族王公米科瓦伊·拉兹维尔在他所著的《漫长行纪》（第三篇书信体长文）中曾坦承：他把两个狗头人身的人带在身边，后来把他们送去了欧洲。

这引发了一个终极问题：这些怪物般的人类能够得到救赎吗？希波的大主教圣奥古斯丁是这样回答的：只要是人，不管出生在哪里，不管在形体、肤色、嗓音、举止上与我们有多少不同，只要这个人是善良、聪明、灵魂中有智慧，就不可避免的是人类始祖亚当的后裔，因此是可以被救赎的。

另一本是梅尔维尔的《白鲸》。

哪怕你只是偶尔查查维基百科，那也足够了。

1 索利努斯（Gaius Julius Solinus），公元二到三世纪的古罗马地理学家、作家。

维基百科

据我所知，这是人类有史以来最诚实的认知项目。它坦率地公布真相——关于世界，我们拥有的所有信息都来自我们自己的头脑，就像雅典娜从宙斯的脑袋里蹦出来那样。人们把自己知道的一切都搬上了维基百科。如果网站能成功运作下去，那么，这个持续更新的百科全书必将成为世上最了不起的奇迹。它包罗万象——有我们所知的所有事物、定义、事件和我们的头脑始终在思索的问题；我们可以摘引文献资料，也可以提供链接。我们就这样开始，把我们眼中的世界连缀起来，并能把整个世界打包，装进我们自己的故事里。它将拥有一切。开动吧！每个人都写起来吧，哪怕只写一句话：无论是关于什么的，只要是大家最熟悉的就好。

有时候，我会怀疑这样做会不会成功。毕竟，百科全书里能有的只能是我们可以付诸文字的——让我们有话可说的内容。从这个层面说，它就无法包容一切了。

我们应该有一些其他类型的知识积累，以便和百科全书里有的那些知识相抵相衡——那些知识的反面或内在线索，我们所不知道的一切，所有无法被任何一种目录框住的事物，不能被任何一种搜索引擎处理的内容。因为这种内容广博无边，无法以语词转述——你必须站到词与词之间，立于想法与想法之间深不可测的深渊。每迈出一步，我们都会坠跌。

看起来，唯一的选择只能是越行越深。

物质和反物质。

信息和反信息。

世界公民，拿起你的笔！

我用一整晚与之交谈的穆斯林女人叫嘉思敏，她跟我讲了她的计划：她想鼓励她们国家的每一个人去写书。她早就发现了，写一本书不需要太多东西——下班后的一点闲暇时间，甚至都不必有电脑。任何一个这样勇于写作的人都可能写出一本畅销书——那样一来，他们付出的努力就将得到回报，社会将得到进步。她说，这是摆脱贫困的最佳途径。只是，如果能把彼此写的书都看完就好了，她叹了口气。她在网上创建了一个论坛。看起来已经有几百个用户了。

我喜欢这个想法：把看书视为一个人对手足同胞的道德义务。

旅行心理学：长书短读（1）

前几个月，我在好几个机场碰到了一些学者，他们在喧闹的旅程途中、在登机广播和起飞通知的间隙办起了小型讲座。有一位学者跟我解释说，这是全球（也许“欧盟范围内”的说法更准确）教育外展项目的一项举措。于是，有一次看到他们的屏幕时，我决定在候机厅逗留片刻，跻身一小群好奇的听众中间。

“女士们，先生们，”年轻的女人是这样开场的，她紧张地理了理花色围巾，这时候，她的同伴，身穿花呢短外套、肘部有皮革补丁设计的男人正准备把屏幕挂上墙，“旅行心理学研究的是旅行中的人，移动的个体，与传统心理学相对立，因为传统心理学始终把固定状态下的人类视为调查对象，研究的是静止、稳定的心理——比方说，透过生理特征、家庭关系、社会地位及其他条件组成的棱镜去分析一个人。但在旅行心理学中，这些因素都是次要的，并非决定性的首要条件。”

“如果我们希望用一种令人信服的方式把人归类，就只能先把人置于某种移动状态，从一个地方到另一个地方。有一种司空见惯的说法——人是稳定的，一成不变的——但这种描述难以让人信服，也引发了对个体存在的质疑——与外界他人没有关联的纯粹个体。在旅行心理学界有一种盛行已久的呼声：除了旅行心理学之外，根本不可能有其他类型的心理学。”

一小群听众稍有躁动。因为有一群大声叫嚷的高个子男人经过，鲜艳的球队围巾表明他们都是球迷。与此同时，还有些人被墙上的屏幕、摆好的两排椅子所吸引，朝我们这里聚来。他们会在抵达登机口前或在机场商店里闲逛的空当在这里坐一会儿。从他们的脸色来看，很多人显然是累坏了，迷茫于时差的变更；你看得出来，哪怕只是坐下来眯一会儿，他们都会很高兴的，而且，他们肯定没有发现：前面一拐弯，就有个很舒适的候机室，他们本可以在那儿的扶手椅里打个盹。年轻的女人开讲后，有些旅客就站起身了。有一对非常年轻的夫妇相拥而立，一边全神贯注地听讲，一边温柔地抚摸彼此的后背。

女人稍做停顿，再往下讲："旅行心理学的基础概念之一是渴望，也就是让人移动、有方向的原动力，也是唤醒人心深处对于某种事物的渴望。渴望本身是空洞的，换句话说，渴望只能提示一个方向，而非终点；不管在什么情况下，终点都如幻影般朦胧，很不明晰；我们越接近终点，终点就变得越神秘。实际上，我们根本不可能得到一个既定的终点，也不可能因此平息渴望。最好是用介词'向……'来囊括这种努力。向什么而去？"

这时，她抬起视线，透过眼镜片，将尖锐的视线投向听众，好像在等待某种证明，确证她不是在对牛弹琴。这样的眼神让一对小夫妻略有不适，他们推着的婴儿车里有两个孩子，两人交换了一下眼神便推着行李往前走了，去看看伦勃朗的复制品吧。

"旅行心理学没有割断和精神分析学的所有关联……"女人往下讲，我突然替这些年轻的演讲者感到遗憾。他们是在对一群偶尔落脚于此、看起来并不很感兴趣的人做讲座。我走到自动售货机边，给自己买了杯咖啡，加了几包糖，打算让自己提起精神，等我回来时，换成男人在讲了。

"……基本构想是：星群组合。由此可以得出旅行心理学的第一个观点：现实生活中不存在哲学意义上的初始状态，这和在研究领域不同（其实在学术领域也一样，为了搞清楚前因后果的顺序，很多人想破了头）。这就意味着，不可能建构一套恒定的因果论证过程，或是对决疑式事件——可能发生的事件不同，后续事件也会随之不同——的恒定描述。那只能是一种近似值，就好像我们从地球上的经纬网格中得到的也是近似值。在现实生活中，为了更准确地反映我们的体验，就有必要用尺寸大致相同的部分拼装出一个整体，把它们按照同心圆的格局放在同一个表面上。星群组合，而非定序排列，蕴含了真相。因此，旅行心理学所设想的人处在同等的权重境遇中，无须试图让人的生活有连续性，哪怕是近似连续的状态。生活是由各种境遇组成的。当然，某些行为确实有重复的倾向。然而，这种重复并不意味着我们应该在想象中屈从于任何一种恒定整体的表象。”

男人透过眼镜片看向听众，略有不安，毫无疑问是想得到大家真的在听的确证。我们确实在听，很专注地听。

就在那时候，一群带着孩子的旅客跑了过去，他们怕是赶不上转机了。这景象令我们稍有分神，都盯着他们红通通的脸孔、草帽和手鼓、面具、贝壳项链等旅游纪念品看了一会儿。做讲座的男人假咳了几声，想让我们回复刚才的听讲状态，他深深地吸气，但是，当他调回眼神再次看向我们时，却又重重地呼气，继而一言不发。他翻了几页自己的笔记，终于开口了：

“历史。现在，稍微讲一下这个研究领域的历史。旅行心理学是在战后（五十年代）从航空心理学发展而来的，后者是在航空事业迅猛发展、民航旅客日益增多的情况下应运而生的。起初，航空心理学应对的是一些旅途中的特殊问题——诸如：机组人员在紧急状态中的职能，飞行带来的心理动能；后来，关注点越来越丰富，延展到了机场、酒店的组织架构，从无到有地规划新空间，旅行的多元文化等领域。渐渐的，这门学科分化出了不同专业派系，诸如：地理心理学，拓扑心理学。临床学派是在……”

我没再往下听。讲座太长了。他们应该把教学内容打散，每次少讲一点。

我转而去观察一个男人，他穿得挺寒碜的，浑身上下都皱巴巴的，毫无疑问是在一场漫长的旅途中。他发现了一把伞被人丢掉了，当即检查起来。但一看就知道，那把伞坏了，没法用了。伞骨断了，无法撑起黑色伞面。但是，让我大吃一惊的是，这个男人开始一丝不苟地拆伞，把伞面从支架、伞骨尖上拆下来，费了好半天。他全神贯注地做这件事，在往来不息的旅人洪流中静守一隅。终于拆下来后，他把那块布叠成一个小方块，装进了自己的口袋，继而消失在人流中。

于是，我也转身而去，走上了自己的旅途。

正确的时间，正确的地点

很多人相信，这个世界的坐标系上存在一个“时间和空间和谐一致”的完美交点。这或许就是这些人旅行的原因：远离家园，希望抵达那个点，哪怕只能用纷乱的旅行方式完成位移，多少也能增加偶遇的概率。在正确的时间降落在正确的地点——抓住机遇，把握当下，绝不放手——就意味着破解了保险箱的密码，真相即将呈现。不再被漠视、冷落，不再有起伏不定的巧合、意外和命运的转折。你不需要做什么——你只需要出现在那里，在那个独一无二的时空点，完成你的签到。在那里，你将找到你的挚爱、幸福、一张中大奖的彩票、证悟凡人白白耗费多年百思不得其解的秘密，也可能找到死亡。有时候，你会在清晨萌生一种感觉，那个时刻即将到来，今天就可能是早晚会来的那一天。

指南

我梦见我在翻看一本美国杂志，里面有池塘和泳池的照片。每一个细节都看到了。字母 A、B、C 精准地标识出各项步骤和概要。我如饥似渴地读起那篇文章：《操作指南：如何建造一片海》。

圣灰礼拜三[1]的盛宴

在那个时节，小酒吧里只用烧柴火的壁炉来取暖，“叫我埃里

1 又叫圣灰节，基督教教会年历节期大斋期的起始日，一定是礼拜三，因为耶稣是在礼拜三被出卖的。当天教会会举行涂灰礼，要把去年棕枝主日祝圣过的棕枝烧成灰，在崇拜中涂在教友的额头上，作为悔改的象征。

克。”走进小酒吧时，他会用这句话代替问候语，每个人都会友善地报以微笑，有些人甚至会摆摆手招呼他，好像在说“坐吧”。就算想到各种情况，他都是个不错的伴儿——尽管他有点古怪——大家都挺喜欢他。一开始，还没喝够之前，他只会生硬地坐在角落里，远离壁炉散发的温热。他有资本这样做——他的体格雄健，足以对抗寒冷，靠自身保持暖和。

“一个岛，”他开始了，好像是对自己叹了口气，但声音响亮，足以让别人听见，在他点第一杯大杯啤酒时就激起了别人的注意，“多么可悲的心态。地球的屁眼。”

看起来，酒吧里的其他人并不太懂他的意思，但他们都会很懂似的窃笑起来。

“嘿，埃里克，你什么时候去捕鲸呀？”他们会哄叫起来，炉火和酒精让他们的脸膛发红。

埃里克会狠狠骂一通作为回答，不像别人那样，他会骂得很巴洛克，很有诗意——这算是每晚的惯例之一。因为每一天都像用岸电绞缆机的旧渡轮，从岸的一边到另一边，走过固定航线，经过同样的红色浮标，其职责就是打破水对浩瀚的垄断，让水面变得有刻度，并由此制造出一种控制的假象。

再喝一杯后，埃里克就可以和别人坐在一块儿了，他通常都会这样，虽然最近他喝着喝着心情就会变差。他会带着苦笑坐在那儿，一脸的刻薄。他已经不再讲远海的故事了——要是你认识他够久就会知道，他从不会重复讲一个故事，至少会添些重要的细节。但现在呢，他越来越喜欢挖苦别人，却不再讲故事了。愤怒的埃里克。

也有些夜晚，他会陷入失神的恍惚状态，一旦变成那样，他就会让旁人难以忍受。不止一次，小酒吧的老板亨德里克不得不出面干涉。

“想想你们都被招募了！”埃里克会大叫起来，用手指冲着屋子里的每个人一个一个点过来。

“每一个都逃不掉。我要带这群没人性的野蛮人出航！都是生在杀人的大海边上的崽！哦，生命！在这个钟点出生的，没啥灵魂可言，只知道人之常情——野性十足的东西调教不了，只能逼着他们吃。”

亨德里克就会和和气气地把他拉到一边，友善地拍拍他的背，而年轻一辈的酒客们听到他的奇谈怪论就会哄笑一堂。

“埃里克，先缓缓。你又不想找麻烦，不是吗？”老一辈更了解他，就会说些好话，让他安定下来，但埃里克不允许自己得到安抚。

“别跟我说什么亵渎神明。就算太阳惹到我，我也要把它砸下来。”

发生这种场面后，就只能祈祷他没有惹恼外地来的酒客，因为本地人都不会生埃里克的气。他在酒吧里四处张望的样子就像是隔着朦胧的塑料帘子往外看，既然茫然失焦的眼神已说明他此刻正在海上独自航行，支索帆高高竖起，那你还能指望他怎样呢？这时候，你唯一能做的就是好心送他回家。

“听好了，狠心的人，”埃里克还在胡言乱语，把他的手指头往人家胸口戳，“我也在跟你说话呢。”

“得了吧，埃里克。我们走。”

“你上过船，对不？签过文书的？好，好，签了就签了；该来什么就来什么；不过还是要说一句，也许不会发生，但毕竟……”他嘴里含糊不清，又从门口走回吧台，要点最后一杯，又说：“草稿的草稿。”哪怕没人明白那到底是什么意思。

他会继续胡搅蛮缠，直到有人瞅准时机，拽着他的制服边角把他摁到座位上，等到送他的出租车到门口。

不过，他也不是天天这样好斗的。更多时候，他还没喝到这个程度就自己走了，因为他得步行四公里才能到家——他注意到了，这段长路尤其招人恨。路线终年不变，那条路的两边尽是长满野草的旧草场和幽影幢幢的矮松树。有时候夜色明朗，他离得很远就能看到风车磨坊的剪影，磨坊早就不用了，如今只在游客们彼此拍照时充当背景。

暖气会在他到家前的一小时开启——他为了省电这样设定的——所以，冷冷的空气——浸透了海盐的潮湿空气——仍盘桓在那两个黑漆漆的房间里。

他是靠一道菜活下来的，那是唯一一样他还没有厌倦的东西：薄切土豆片，中间夹上培根条和洋葱片，在铸铁锅里煎熟。撒上牛至粉和胡椒粉，再加一把盐。这道菜很完美，营养非常均衡：脂肪，碳水化合物，淀粉，蛋白质和维他命C。吃饭的时候，他会打开电视，但大部分电视节目都让他讨厌，所以看到最后总要开瓶伏特加，喝光，再去睡觉。

真是个倒霉的地方，这个岛。生生地被推挤到北方，好像被塞进了黑漆漆的抽屉；风大，潮湿。出于某些原因，人们依然生活在这里，并不打算搬到明亮、温暖的城市。他们就只是窝在自家的小木屋里，那些木屋沿着沥青路一字排开，沥青每加一层，路面就高一点，他们只知道骂，希望这一切都能彻底消失。

你可以沿着那条路的路肩一直走到小港口，那个破地方只有一堆乱七八糟的房子、一间卖船票的塑料板屋和乱糟糟的船坞。在这个时节，船坞里根本没几条船。也许到了夏天，会有几艘游艇载来一些反常的游客，他们厌烦了南方海港、海滨度假地的喧嚣，厌倦了青蓝色的天空、燥热难当的沙滩。于是，像我们这样的人——内心得不到满足的人，总在贪求新的历险，背包上溅满了便宜大碗的拉面汤汁——偶尔也会出现在这样的悲情之地。在这里，你会看到什么？世界尽头，时间被空荡荡的水岸反射出去，失望地转身离去，直奔大陆，不带一丝惋惜地抛下这里，任其永远苦忍下去。在这里，1946 年和 1976 年有何分别？ 1976 年和 2000 年又有何分别？

埃里克在经历了一系列探险和遇险后被困在了这座岛。一开始，也就是很久以前，他逃出了祖国，也就是某个乏味又惨淡的大陆国家；身为年轻的移民，他被雇去捕鲸船上干活。那时候，他会讲的英文单词屈指可数，只会磕磕巴巴地说“是”或“不”，根本不能应付其他船员间简单但咕哝不清的对话。

“拿”“拉”“割”。“快”和“用力”。“抓”和“系”。“操”。一开始，这些词就够用了。把他的名字缩减成大家都能记住的“埃里克”也能让大家满意。扔掉那串尸首般拖在名字后头、没人知道怎么念的长长的姓名。再把文件夹扔进海里——学校证明、毕业证书、辅修成绩单、疫苗接种记录——那些玩意儿在海上一无是处，就算有用，也不过是令其他船员蒙羞，他们的简历里只有几次长途航行，还有港口酒吧里的数次寻衅闹事。

船上的生活并非浸淫在咸咸的海水或倾倒在北海的暴雨里，甚至也不在阳光下，而是完全沉没在肾上腺素中。没时间思考，痛就是痛，来不及思过。埃里克的祖国非常遥远，根本没什么航海业，入海口也相当贫乏。那个国家的几个港口只能让人汗颜。那个国家偏爱桥梁贯通、依靠在安全河道边的小城。埃里克一点儿都不想念那里，更喜欢在这里，在北方。他想过，先出海几年，攒些钱，然后给自己盖间木屋，娶个叫爱玛或英格丽的亚麻色头发的女人，和她生几个孩子，为他们打上一船又一船的渔货，和他们一起清洗海鳟鱼。或早或晚，等他的冒险故事积攒到可观的规模，有引人入胜的内容，他就会为自己写本回忆录。他说不上来日子怎么会在生命里抄了条近道，飞一般地过去了——轻飘飘的了无痕迹。顶多就是在他的身体上留下印记，尤其是在他的肝脏。但那都是后来的事了。一开始，在第一次远航之后，他万万没想到自己会锒铛入狱，被关了三年多——其实是那个邪恶的船长嫁祸所有船员，说他们走私香烟和一大包海洛因。但即便在偏远大陆的监狱里，埃里克依然生活在大海和鲸鱼的统辖下。监狱里的图书馆里只有一本英文书，不用说，肯定是多年前的某个狱友留下的。那是本很老的旧书，诞生于世纪之交，纸页都发脆、发黄了，留下了日常生活的各种印记。

于是，在那三年多里（不管怎么说，考虑到仅在一百海里之外的现行法律将判处同等罪行以绞刑，这显然不算严厉的判决），埃里克让自己上了一堂免费的高级英语班，仅用一本教材就攻下了文学、捕鲸学、心理学和旅行学。好办法，且不受干扰。仅用了五个月，他就能默记以实玛利历险的段落，并且背诵出来，还能用亚哈船长的腔调讲话，这让他格外愉悦，因为对埃里克来说，亚哈船长的表达方式最自然，最像他自己，好比穿上了合身的衣服，且不管别人会不会觉得老派又古怪。这简直是神来之笔——那样一本书在那样一个地方落入了那样一个人手里——何其幸运！旅行心理学家会将这种现象归于"共时性"名下，作为世界自有其意义的证据：证明了在这片美丽的混乱中，意义的千头万绪贯穿四面八方，奇特的逻辑遍布成网，如果有人要信仰上帝，就请看承载着圣者指尖划下的这一切错综缠绕的印记。埃里克就是这样看出来的。

后来，很快，在那座偏远的异域监狱里，一入夜，热带的湿热就让人喘不上气来，焦虑和渴望就会让人心神不安，埃里克就让自己沉浸在阅读中，变成一枚书签，感觉到快乐。事实上，假如没有那本书，他在狱中可能会撑不下去。他的狱友们也是走私犯，他们时常听到他大声念书，很快就被捕鲸者的冒险故事吸引，欲罢不能了。所以，刑满释放后，就算他们也试图多了解一些捕鲸的历史，撰写有关鱼叉和航海装备的论文，也压根儿不算咄咄怪事。他们之中最有天赋的人或许还步入了更高级的知识领域：专攻在各种障碍面前坚持不懈的临床心理学专业。所以，来自亚述尔的水手，来自葡萄牙的水手，开始和埃里克用监狱里的江湖俚语聊起天来。他们甚至可以这样讨论小个子的亚洲守卫：

比方说，某个守卫偷带一包湿乎乎的香烟送进他们的牢房时，亚述尔水手就会叫嚷起来："哎呀呀！他可真讨人欢喜！"

"可不是嘛！我或多或少也有同感。让我们赐福给他吧。"

这样对他们都好，因为每一个新入狱的囚犯起初都不太懂，像外国人那样，有必要让他们假装有能力参与社交活动。

他每天晚上都大声念诵，念到囚犯们各自钟爱的桥段，他们就会像多声部合唱团一样跟着他一起念完整句话。

他们能用日益精进的英语交谈了，但最主要的话题仍是大海、航行、离岸，将自己托付给水——地球上最重要的元素——这是他们经过好几天堪比前苏格拉底派的讨论后得出的结论。他们已经开始规划自己回家的航程了，预想沿途会看到的景观，给家人的电报也打好腹稿了。他们该怎么谋生呢？为了得到最佳答案，他们争论不休，但兜兜转转最后总会归结到同一个结论，分明是集体感染了狂热症状（但他们当时并不自知），都被"白鲸这样的东西确实可能存在"这个念头搅得神魂颠倒。他们知道有些国家仍有捕鲸业，虽然那种工作远不如以实玛利描述的那样浪漫，但他们想不出有什么工作比这事更棒了，考虑到他们当时的处境，这样想也不奇怪。他们听说日本的捕鲸船缺人手，而且，从捕鳕鱼和鲱鱼晋级到捕鲸就好比手艺人升级为艺术家……

三十八个月足够他们琢磨出未来生计的诸多细节：分分秒秒，点点滴滴，再和同行们议论一番。没什么大分歧，全都是小嘴仗。

“给商船干活最可恶了。要是你们再跟我提上商船的事儿，我就不与你们同道了。真是的！我说，你们为什么都想去捕鲸呢？”埃里克咆哮起来。

“你又见过多少世面？”葡萄牙水手喊叫起来。

“波罗的海对我来说毫不陌生，还曾游历北海四界。对大西洋里的洋流也了如指掌……”

“你非常有自信啊，我亲爱的朋友。”他们必须互相说点什么吧。

十年——埃里克返乡最终用去的时间——在这件事上，他无疑比同侪做得更好。他走了一条迂回曲折的返乡之路，绕过大洋的外围，穿过最狭窄的海峡，驶过最宽广的海湾。就在众多河谷融汇到入海口的时候，就在他被一艘往家乡的方向去的轮船招募时，总有新机遇横空出现，而且往往是朝相反的方向去，就算他确实犹疑过片刻，那他也总是得出一个颠扑不破的经典结论——地球是圆的，让我们不要执着于方向。这也有情可原——对一个没有出处的人来说，每一次移动都会拐进一条回头路，因为人面对近似空无的引力时，什么力道都使不出来。

那些年里，他在巴拿马、澳大利亚和印度尼西亚的船上干过活。在智利货船上，他将日本汽车运到美国。在南非油轮上，他在利比里亚沿海地区遭遇船难，侥幸存活。他把爪哇岛的劳工运去新加坡。他得了肝炎后，在开罗住院。在法国马赛喝醉了打架，把一条胳膊打折后，他戒了几个月的酒，但之后又在西班牙马拉加喝到烂醉，另一条胳膊也骨折了。

我们就别沉溺于小事了。现在，我们感兴趣的并非埃里克的命运在公海上如何颠沛曲折。让我们跳转到他最后上岸的时刻，他上的岸，就在后来他开始痛恨的那座岛上，他上岸后的工作是掌管往来于群岛间的老式小渡轮。用他的话来说，那份工作“很丢人”。埃里克瘦了下来，也变白了一点。曾被晒出来的深古铜色从他的脸上消失了，永不复现，只留下些黑色的晒斑。两鬓的头发变灰了，鱼尾纹让他的目光更有穿透力，更犀利。这份工作犹如一记猛击，挫了他的傲气，后来，他被换到了另一条责任更重大的航线——那条轮渡往返于岛屿和大陆之间，也不再有岸电缆绳的牵制。他掌管的车客渡轮甲板很宽，能承载十六辆车。这份工作为他带来了稳定的工资和健康保险，还有北方岛屿上的平静生活。

他每天清晨起床，用冷水洗脸，用手指梳理胡髯。然后，他就穿上北方联合轮渡公司的深绿色工作服，步行去港口，也就是前一晚泊船靠岸的地方。再等上片刻，地勤工作人员——或是罗伯特，或是亚当——会来开门。门一开，就会有车排队，第一辆车就驶上铁板斜坡，停在埃里克的渡轮上。船上总能容下所有排队的人和车，偶尔也有空载的时候，什么人和车都没有，整条船上空空如也，像白日梦般轻盈。然后，埃里克就会坐在驾驶舱里，宛如悬空在高高的玻璃鹳巢中，对岸看起来很近。造一座桥不好吗？总好过人们来来去去，用这种方法折磨他吧？

这是心态的问题。每天，他都要二选一。一是敏感，动不动就觉得被冒犯——他肯定自己在这一点上不如任何人，因为他缺乏别人都有的东西，天知道，因为他是连自己到底有什么问题都不知道的某类怪人。他感到很孤立，很孤独，像被关进自己房间、只能看窗外的小朋友们开心玩耍的小孩。命运已定，让他在陆地与大海之间纷杂无序的人类航行大业中担任小小的配角，而现在，自从安居在这座岛上之后，就连这段情节也被证明是无足轻重的。

第二种心态会增强信念，他会坚信自己其实比别人更好，更独特，卓尔不群。只有他能洞见并领悟真相，只有他有卓尔不群的能力。有时候，比方说，他不知何故觉得幸福时，就会任凭自己沉浸在这种虚妄的自我认知中，一连几个小时，甚至一连几天。但之后这种感觉就会消退，就像宿醉渐醒。也正如宿醉那样，脑海中会出现可怕的念头，为了让自己是个看似值得尊敬的人，他不得不假装那种感觉还在，继续在这两种心态中演下去，假装真相迟早会出现——最糟糕的莫过于此——真相大白的意思就是：他是个无名之辈。

他坐在驾驶舱的玻璃舱里，观望早上第一班渡轮的装载进程。他看到一些认识已久的镇民。开灰色欧宝车的是R一家人——父亲在港口工作，母亲在图书馆工作，女儿和儿子还在读书。那四个十几岁的少年都是学生，要到对岸坐公车去上学。还有伊莱扎和小女儿，她是幼儿园老师，理所当然地带着孩子去上班。小女孩的父亲两年前突然间不见了踪影，从那以后就没听人说起过他。埃里克猜想，他大概是去什么地方捕鲸了。那是老头S，他的肾脏有问题，每周都要坐两次轮渡，去医院做透析。他和他太太一直想卖掉像小矮人住的那栋木屋，搬到医院附近去住，但出于或这或那的原因，他们始终没能卖掉房子。有机食品公司的卡车是要去大陆进货的。还有几辆外国牌照的黑色小汽车，可能是主管的客人。黄色客货车的主人是阿尔弗雷德和阿尔布雷克特，这对顽固的兄弟都是老光棍，坚持在这座岛上养绵羊。一对单车骑客，被冻得浑身发僵。汽车销售店的送货车——肯定是去送零部件的。爱德温朝埃里克挥了挥手。你可以在世界上的任何一座岛上认出他那样的人——总是穿格子衬衫，边缘镶了人造毛。埃里克认得所有人，哪怕是他第一次见到的那几个——他知道他们为什么来这里，知道这一程的目的，那就等于认识了一个人。

来这座岛，会有三种原因。一、因为你就住在岛上。二、因为你是主管邀请来的客人。三、因为有风车，你可以拍一张有风车做背景的照片。

轮渡一次耗时二十分钟。在这段时间里，有些人会下车，点根烟抽，哪怕那是明文禁止的。其他人站在栏杆边，只是看着海水，直到对岸终于牢牢地进入他们颠荡的视野。很快，他们就被大陆的气息振奋起来，背负所有重要得不可思议的任务和职责，消失在水岸边的小街道上，如同冲到最远处的第九层浪般渐渐消隐，浸润到大地里去，永不复返大海。新的旅客会接替他们上船来。开精致小皮卡的兽医，谋生之道是阉割公猫母猫。自然课的实地考察之旅，去岛上探索野生动植物。运送香蕉和奇异果的货车。电视台的摄制组，要去采访主管。G一家人探望过祖母，现在返岛回家。两个晒黑的单车骑客，刚好顶替了前两个。

在上船下船、将近一小时的空档里，埃里克会抽几根烟，尽量不让自己败给沮丧的情绪。随后，渡轮就会返岛。就这样来回八次，中间有两小时的午休，埃里克总是在一个小馆子里吃午餐。附近三个小馆子之一。下班后，他会去买土豆、洋葱和培根。烟和酒。他会努力克制不在午前喝酒，但第六程还没结束时，他往往已经喝茫了。

直航往复——多丢人啊。简直是摧毁心智。那是何其骗人的几何学，让我们变成白痴——过去，回来，滑稽地模仿旅行。往前，只是为了返回。加速，只是为了踩下刹车。

同样，埃里克的婚姻也是急流勇退，转瞬即逝。玛利亚离过婚，是个店员，有个年幼的儿子在城里的寄宿学校念书。埃里克搬去和她同住，她的小屋又温馨又漂亮，还有一台超大的电视机。她的体形很苗条，但看上去挺丰满的，肤色很浅淡，爱穿紧身裤袜。她很快就学会了给他做夹培根的煎土豆，还开始加牛至粉和肉豆蔻，而他会在休息天全情投入砍柴的活儿，那是为他们的壁炉准备的。好日子维持了一年半，后来，从不消停的电视机里的噪音开始让他厌烦，还有华而不实的灯饰，必须把沾了泥巴的靴子搁在门垫边的抹布上，以及肉豆蔻。他喝醉了几次后，像水手那样冲她骂骂咧咧，手指指指点点，她就把他赶出了她家，之后不久，她就搬去大陆住了，离她儿子很近。

今天是三月一日，圣灰星期三。睁开眼睛时，埃里克看到天灰蒙蒙的，下着雨夹雪，在窗户上留下斑驳的痕迹。他想起自己以前用的名字。他都快忘了。他把那个名字大声念出来，听上去就像有个陌生人在叫自己。他感到脑袋昏沉沉的，昨天的酒留下的熟悉的感觉。

必须特别提及：中国人有两个名字，一个是家人取的乳名，用来唤孩子的，责怪和打骂时也可以用，但又会由此产生出满怀爱意的昵称。但当孩子长大入世后，就会用另一个名字，在家庭之外、世人皆知、正式使用的大名。如同穿上制服，斜襟的正装，连身狱服，出席正式酒会的行头。这个在外面使用的名字很有用处，也很好记。因为它将证实一个人是谁，所谓名副其实。这个名字最好有点普适性，通俗一点，别用大家都不认得的冷僻字；让名字和所在之地相得益彰。和欧德里克、舜英、卡齐米日、贾瑞克平起平坐；和布拉泽、刘和米莉卡不相上下。迈克、朱迪斯、安娜、杰、塞缪尔和埃里克万岁！

但是今天埃里克对他的旧名字做出了回应：我在这里。

没人知道那个名字，所以，我也不会说出来。

叫埃里克的男人穿上他标有北方联合轮渡公司图标的绿色工作服，用指尖梳顺胡须，关掉他那栋像是小矮人住的木屋里的暖气，出门走上了沥青路。然后，他在独属于他的玻璃驾驶舱里等待乘客和车辆登上渡轮，太阳终于露脸了，他喝了罐啤酒，抽了这天的第一根烟。高高在上的他朝伊莱扎和她的小女儿挥了挥手，很友好的样子，好像是要奖励她们，因为她们今天其实去不成幼儿园了。

渡轮离岸，就在距离两个码头相同距离的地方，船突然停了，然后朝公海驶去。

一开始，并非所有人都注意到发生了什么状况。有些人太习惯这条笔直的航线，只是面无表情，眼睁睁看着岸际消失了，无动于衷，显然印证了埃里克的酒后真理——乘渡轮旅行会抹平大脑沟回。其余的乘客也过了好半天才反应过来。

“埃里克，你在干吗？赶紧调头回去。”阿尔弗雷德冲他大喊，伊莱扎也跟着喊，用又尖又高的声音说，“大家上班会迟到的……”

阿尔弗雷德想上驾驶舱，但埃里克之前就想到了，已经关上了舱门，上了锁。

高高在上的埃里克看到所有人不约而同地拿出手机，打电话，对着眼前空荡荡的世界愤慨地说些什么，还焦躁地做出各种手势。他可以想象出来他们在说什么。说他们要迟到了，说他们想知道谁该补偿误工的损失，说根本不该允许埃里克这样的酒徒来开船，说他们早就知道会出这种事，说他们本来就没有足够的工作给本地人干，还要雇用移民，结果倒好——移民学起语言来是没得说，但不管怎样，总会有这样那样的……

埃里克才不管呢。过了片刻，他很高兴地看到他们都安定下来，眺望越来越明亮的天空，美丽的光束从云层的缝隙间照射下来。只有一件事让他忧心——伊莱扎的女儿穿着淡蓝色的外套，（每一个海上勇士都知道）那是传说中出海时的恶兆。不过，埃里克闭上了眼睛，很快就忘了这事。他让船向海而去，然后下去甲板，为他的乘客们带去了一箱汽水和巧克力棒，那是他很久以前就为这个场合准备好的。这些提神的零食对他们很有好处，他看到孩子们安静下来，一边凝望海岛的水岸越来越远，越来越淡，大人们开始对这趟旅程表现出越来越浓厚的兴趣。

“我们这是去哪儿？”兄弟俩中的弟弟T问得很实际，问完就打嗝，因为他喝了汽水。

“多久会到公海？”幼儿园的伊莱扎想知道这个问题的答案。

“你确定船的油够吗？”肾脏不好的老头S问道。

反正，在他看来他们没问别的，只问这类问题。他试图不去看他们，也不介意。他已经稳稳地望向海平线了，笔直的映像在他的瞳孔上横切而过，上半部是天空的白光，下半部是海水的深蓝。现在，他的乘客们也都很镇定了。他们把帽子压低，把脖子上的围巾扎紧。不妨说，他们是在寂静中航行，直到直升机的轰鸣和警方汽艇的马达声刺破了那份安静。

“有些事情是自动发生的，有些旅程是在梦中开始并结束的。也有些旅人只能回应自己内心不安的呼唤。现在就有一个这样的旅人站在你们面前……”对那场夭折的远航，埃里克是这样辩白的。可惜，就连如此感人的辩护词也帮不到我们的主人公逃脱第二次牢狱之灾。我真希望能念个咒语，施点魔法，让他有点胜算。对埃里克这样的人，生活就是不可避免的起起伏伏，恰如海浪有节奏地涌动，大海的潮起潮落无以名状。

但这不是我们要担心的事了。

要是有人听到这个故事是这样结束的，还想要追问我，想要消除最后的疑虑，想要知道最真的真相；要是有人抓住我的胳膊，气急败坏地摇晃我，对我大叫："求求你了，告诉我这是不是真的？你能不能保证这个故事及其一切都是千真万确真实发生的？如果我逼你太甚，请务必发发善心原谅我。"那么，我会原谅他们，还会这样回答："上帝啊帮帮我！我以我的名誉发誓，女士们先生们，我刚刚跟你们讲的这个故事是真的，其内容及其用词都是真实发生过的。我基于两个事实确证此事不虚：一、这件事发生在我们的星球上；二、我自己就在那条渡轮的甲板上。"

北极探险

我想起博尔赫斯曾想起过的一件事，那是他在什么地方读到的：在荷兰创建海上帝国的年代里，牧师们曾在丹麦的教堂里信誓旦旦地说：谁愿意参加北极探险，谁的灵魂就将得到救赎。然而，等来等去只有几个人自愿报名，牧师们又说：那将是一场漫长又艰辛的探险，显然不是所有人都能承受的——事实上，只有那些最勇敢的人才适合。可是，仍然没什么人挺身而出。为了挽回颜面，牧师们退而求其次，最终公开声明：实际上，任何一种旅行都能被视为朝向北极的探险，哪怕是短途的小旅行，哪怕是搭公共马车的一次外出也算。

时至今日，我想坐地铁也算是吧。

岛屿心理学

根据旅行心理学，岛屿象征了我们最早、最原始、远在社会化之前的生存状态，自我意识已成形，足以产生某种程度的自我觉知，但尚未发展出自我与环境互相实现的完整关系。岛屿的状态，就是一种囿于自身界线的状态，不被任何外界影响所干扰，与某种自恋、甚或自闭状态有相似之处。自给自足。只有自己看似真实；他者不过是幽冥缥缈，不过是乍现在遥远海平线上的“飞翔的荷兰人”号幽灵船。事实是：谁也不能百分百确定那不是幻想出来的；当眼睛习惯了将视野干净利落地切分为上下两半的笔直的分界线，谁也不能确定那不是眼花后的缭乱幻象。

肃清地图

如果有东西伤害了我，我就把它从头脑中的地图上抹去。我跌倒过、绊脚过的地方，被人打败的地方，戳到我痛处的地方，物事让人痛苦的地方——都不复存在，就这么简单。

换句话说：我消灭了好几座大城市，还有一整个省。也许，我迟早都会消除一个国家。地图才不介意呢——老实说，这样一来，它们才不至于太怀念曾经的空白态，那才是它们快乐童年的模样。

当我不得不重访这些不复存在的地方时（我尽量不要心怀怨恨），我会像幽冥在鬼城里那样游移视线。如果可以做到全神贯注，我就会让自己的手穿透最结实的混凝土墙，穿过车辆拥堵的街道，完全不受任何阻碍，保证不造成任何侵损，也不引人注意。

但我还没尝试过。我按照当地居民定下的规则行事。我也尽量不向他们透露真相——虽然他们仍被困在这里，真可怜啊，但这地方的本质是幻象，整个儿都被抹除了。我只是朝他们微笑，不管他们说什么，我都点头。我不想说他们并不存在，不想因此把他们搞糊涂。

追击夜晚

在只住一晚的地方，我很难有一夜好眠。此刻，城市慢慢地凉爽下来，安静下来。我住的酒店是由航空公司经营的，机票涵盖了房费。所以，我就该在这里等到明天。

床头的边桌上有一盒淡蓝色的避孕套。紧挨床边放的是《圣经》和《佛陀的智慧》。糟糕的是，我的电水壶插头和插座不匹配——所以我没法喝茶了。不过，在这个钟点本来就该喝咖啡吧？我整个人都不在状态，边桌上的收音机自带时钟，我看到那几个数字却对钟点毫无概念，哪怕是全世界通用的阿拉伯数字。窗外的黄色光晕是黎明的曙光，还是已然融入夜色的暮色余晖？看不到太阳即将升起或刚刚落下，就很难判定世界的这个区域属于东方还是西方。我专注地去数自己在飞机上度过了几个小时，再配上以前在网上看到的地球仪圆桌小吧台：可以像巨人的嘴巴那样张合，从东向西渐次吞噬了整个世界。

酒店前的小广场空无一人，只有几条流浪狗绕着打烊的售货亭追来打去。我终于得出了结论：现在肯定已过半夜了，没喝茶也没洗澡，我就上了床。尽管在我的时间系统里，根据我的手机显示的系统时间，现在仍是午后时分。所以，我不能指望现在就犯迷糊，没办法说睡就睡。

你能做的只是钻到被子里，打开电视机——音量调低，让它含含糊糊，闪烁其词，如同在哀鸣。你举着遥控器，就像手持武器，对准屏幕中央连续射击。一枪击毙一个频道，但立刻就有新的频道接踵而来。不过，这次我要玩的游戏是追击夜晚，只挑选目前处于夜间的地方电视台播送的节目。先想象出一个地球，再想象出一条黑色疤痕在弧形球面上缓缓推移——那条疤痕揭示了过去的伤：接受大胆的分离手术，光明和黑暗的连体婴被一分为二。

夜晚永不终结。夜晚的疆域总能覆盖世界的局部。你可以用遥控器跟牢它，只看那些落入黑暗、覆盖地球的掌心里的电视频道，用这个办法，你就可以一国接一国、一小时一小时地向西而行。只要你这样做，就会遇到一种有趣的现象。

我朝电视屏幕开的第一枪瞄准了脑门，其实里面没有脑子，播送的是348频道：神圣上帝台。我看到的是一幕受难景象——来自六十年代的老电影。圣母玛利亚的眉毛被剃了精光。抹大拉的马利亚肯定在农妇长裙里穿了紧身褡，长裙本身是灰蓝色的——你看得出来，那是经过拙劣的后期着色的黑白电影。她那对圆锥形的豪乳可笑地前凸，腰很细。毫无魅力的士兵一边嘎嘎笑着，一边撕扯衣服时，拍电影的人穿插了每一种你能想象到的灾难场景，显然都是从自然纪录片里直接截取来、未加改动地搁在这里的。现在是云朵加速聚集，闪电，天空，漏斗般的龙卷风指向大地，旋风，上帝之手——这只手接下去就要翻云覆雨，让春色遍布大地。现在是海浪汹涌，惊涛拍岸，几条帆船，几个看起来就很廉价的人体模型被暴怒的海水撕成碎片。火山爆发，足以让天空受精的一番激烈喷射——但那是毫无胜算的，岩浆顺着火山的山坡徐徐流淌下来。于是，狂喜的燃放失败，沦为普通又老套的夜间发射。

够了。我又开了一枪。350频道：蓝线电视台。一个女人在手淫，指尖隐没在细长的大腿间。她的耳边夹着麦克风，正用意大利语对什么人讲话，让人觉得有一条又长又细的舌头在舔舐她唇间的那些意大利语词汇，每一句好，好，求你了。

354 频道：性爱卫星一套。这次有两个女孩在手淫，都一脸疲态——她们肯定早就该下班了，完全不能掩饰疲惫的神色。其中的一个女孩亲自操控正在拍摄她俩的摄影机，用她手里的遥控器，如此说来，她们是彻底的自给自足。她们的脸上时不时地流露出一丝浅笑，好像突然想起来她们在干什么——闭着双眼，嘴唇微张——但那丝笑容转瞬即消，取而代之的仍是疲倦且分心的表情。虽然我猜想屏幕下方出现的应该是阿拉伯语打出的挑逗话，但并没有人给她们打电话。

接着，突然跳出了斯拉夫语——我又对屏幕开了一枪——斯拉夫语的《创世记》在屏幕下方滚动出现，毫无疑问是有配图的，实际上，全是山川、海洋、云朵、植物和动物的图像。358 频道正在播出的华彩片段来自一部纪录片，主人公显然就是轰动一时的色情片男演员洛可。我在这个频道停了片刻，注意到他的额头有一颗汗珠。将胯部向不知名的演员的臀部猛推时，这位色情片明星将一只手搭在自己屁股上，完全可能让人误以为他在专注地练习桑巴舞步，或是萨尔萨舞：一、二，一、二。

288 频道：阿曼电视台，正在念诵《古兰经》。反正，我觉得那应该是经文。漂亮的阿拉伯语经文祥和地飘过屏幕，但我完全看不懂。那个画面让我很想伸出手，抓住那些文字，捧读片刻，以便努力解读。厘清那些繁复缠绕的字迹，把它们拉成一条抚慰人心的简单线条。

再开一枪，出现黑人牧师和热情歌咏哈利路亚的信众。

夜晚，平息了喋喋不休、咄咄逼人的新闻、天气预报和电影频道，把白昼的喧嚣推到一边去，再用性和宗教构成的极简坐标取而代之。肉身和圣灵。生理学和神学。

卫生巾

我在药妆店买了卫生巾，每个包装袋上都印了逗趣的词条：

词性遗忘：形容你无论如何想不起来自己想要说的那个词。

微物画：绘画用语，形容画家格外重视刻画细枝末节。

卑贱画：描绘腐败、恶心、卑贱事物的画作。

剪刀：是列奥那多·达·芬奇发明的。

我在洗手间把整盒卫生巾打开时看到了这些有趣的教学内容，突然灵光乍现：这不正是即将涵盖一切、正在渐渐补完的新百科全书项目的另一个组成部分吗？于是，我又回去药妆店，在货架上仔细翻检，想找出这家公司的名字——这家决意把必要性和实用性别出心裁地加以结合的公司。在卫生巾包装纸上印满花朵和草莓究竟有什么意义？发明纸张就是为了传递思想。包装纸纯粹是被浪费掉的，理应被禁止使用。不过，假设你真的需要包什么东西，就只能包在小说和诗歌里面，这应该是可以办到的；长此以往，被包裹的东西和包裹上的东西才能有某些关联。

从三十岁开始，人就开始慢慢地萎缩。

每年，死于飞机失事的人数低于被驴踢死的人数。

假如你不小心跌到井底，就可以看星星，甚至在白天也看得到。

你知道吗？全世界约有九百万人和你同一天生日？

史上历时最短的战争：1896 年的桑给巴尔和英格兰之战，历时三十八分钟。

地球的轴心但凡偏移一度，人类就无法居住在这个星球了，因为赤道附近将变得太热，而两极又太冷。

因为地球在自转，当你把一样东西抛向西面，它在空中飞翔的距离比抛向东面时更远。

人类体内含有的硫黄平均值足以杀死一条狗。

花生酱黏上颚恐惧症：害怕花生酱黏在你的上颚。

但最触动我的一句是：

人体中最强健的肌肉是舌头。

遗骸圣物：向圣地的朝圣

在 1677 年的布拉格，你可以在圣维特天主教堂看到——圣安妮的双乳，完整如初，保存在玻璃罐里；殉道圣徒斯蒂芬的头；施洗者约翰的头。圣特丽莎修道院的修女们会带有兴趣的访客去看一个死于三百多年前的修女的遗骸，保存得很好，依然坐在护栏里面。另外，耶稣会保留了圣乌尔苏拉的头，以及，圣弗朗西斯·泽维尔的帽子和手指。

一百年前，有个波兰人碰巧去了马耳他的拉瓦莱塔，他写到当地的神甫带他进城观览，给他看“施洗者约翰的整只右手，非常新鲜，好像刚从手腕上切下来一样，还把装着这只手的水晶玻璃柜打开，把那只手凑到我根本配不上它的嘴唇前，让我亲吻它，实在是我这样的罪人闻所未闻的极度荣耀，天主保佑。他还允许我亲吻这位圣徒鼻子上的一小片，还有圣拉撒路的整条腿，圣抹大拉的手指，圣乌尔苏拉的部分头骨（这件圣物让我很震惊，有点奇怪，因为在莱茵河畔的科隆，我也见过这位圣人的整颗头颅，也曾用我不配的嘴唇亲吻过。)”

肚皮舞

端上食物后，侍者又急忙给我送来咖啡，再退到后面的吧台里去；他也要看。

根据他们的要求，我们压低了声音，灯光无声无息地熄灭了，一个年轻女子走到了餐桌之间；几分钟前，我还看到她在门外抽烟。现在，她站在落座的客人中间，甩了甩蓬松的黑发。她的眼妆很浓；紧身的上衣，胸部有珠片装饰，亮闪闪的，五颜六色，肯定能让任何一个小孩、任何一个女孩欢喜。她戴的手镯叮当碰响。她的飘逸长裙从胯骨一直垂到赤裸的脚面。极美的女孩，皓齿莹润，惊为天人，在她无畏的眼神下，任何人都会坐立难安：你就是想动一动，站起来，抽根烟。她应着鼓点，有节奏地摆臀，要是你太低估自己的能耐，现在就该迎战她的挑衅。

终于有人来应战了，他大胆地站起来和她对舞。那是个游客，穿着短裤，和她的珠片紧身衣不太搭调，但他很卖力，兴奋地摆臀，他那张桌边的朋友们又是跺脚，又是吹口哨。接着，又有两个女孩跳起舞来，都穿着牛仔裤，都瘦得像闪电。

在我们身处的廉价酒吧里，这是一场神圣的舞。与我同行的也是女人，我们都有同感。

灯再亮起时，我们发现自己眼中有泪，都急忙用纸巾擦眼睛，有点尴尬。男人们都取笑我们，他们已渐入某种狂热的状态。但我敢肯定，这场舞打动了我们自身的存在，相比于男人们的兴奋，我们是走了捷径，更快领悟了这场舞。

子午线

名叫英耶别约克的女人正沿着本初子午线旅行。她是冰岛人，从英格兰的设得兰群岛出发。她有抱怨，说没办法按照笔直的路线走，但这是必然的，因为她只能依靠道路、航线和火车轨道。但她一意孤行，绝不更改计划，尽其所能地跟着本初子午线继续南下，哪怕稍有曲折。

她讲得绘声绘色，激情澎湃，令我无法鼓起勇气打断她，问她为什么要这样旅行。不过，就算我问了，回答也通常会是：为什么不呢？

听她讲的时候，我在脑海中看到了一幅画面：一滴水从地球的弧面缓缓流下。

但我今天发现这个主意很令人不安。说到底，子午线并不存在。并不真实的存在。

一元世界

我有个朋友是诗人，离开诗歌就活不了，挺不幸的。有人离了诗就活不了吗？因为她的英语说得很流利，所以开始在这家旅行社打工，结果成了专带美国团的导游。她干得不赖，一直得到举荐，甚至是推荐给最难搞的那些客人。她会到马德里接团，跟着旅行团飞到马加拉，然后坐船去突尼斯。一般来说都是十来个人的小团体。

她很喜欢这种活儿，平均下来每个月能接两单。她喜欢在最高档的酒店里放松身心，借此机会好好睡一觉。她负责带团去很多地标性的景点，所以，那阵子会看很多相关书籍，做好功课。她也会偷偷地写作。她知道，每当头脑里突然冒出什么特别有趣的念头——一段话，或是联想——她就必须立刻记下来，否则，以后永远想不起来。年纪越大，记性越差，常有想不起来的空白点。所以，她会爬起来，到洗手间里，坐在马桶上把那些话记下来。有时候她也记在自己的手上，只用几个字母，古希腊流传下的记忆法。

她不是阿拉伯国家及其文化方面的专家——她研究的是文学和语言学——不过，她会自我安慰：她带的游客们实际上也不是专家。

“我们不要自欺欺人。”她会说，“世界只有一个。”

你不需要成为专家，你只需要有想象力。有时候，行程中会有突发事故，他们只能在陌生的无名之地、在阴影里坐等几小时，比如说，他们的吉普车断了一根钢丝绳，她就必须想办法哄好客户。那种时候，她会讲故事。游客们都想听她讲。她从博尔赫斯的故事里摘一点出来，加以润色，夸饰一下。还有些故事源自《一千零一夜》，但她也会用她的方式增加一点内容。她说，你必须找那些还没被拍成电影的故事，实际上还挺多的。她给每一个故事都添上阿拉伯风情，尤其在服装、食物、骆驼的品种等细节上讲得逼真又丰富。他们肯定是听听玩玩，并没有很认真，因为她有时候会弄混一些历史事实，但从没有人指出她的错误，所以，她到最后索性不再计较细节是否属实。

后宫（门楚的故事）

词语，对后宫的迷宫来说毫无用处。可以想象一下蜂巢，弯折的肠子，身体的内部，耳洞的蜿蜒；螺旋，死巷，蚓突，柔软的圆形管道就在这里终结，在通向密室的入口。

如同在蚁穴里，最中心的位置隐藏得很深，那就是苏丹母后的寝宫，铺着交叠子宫状图案的四方地毯，飘散着没药的熏香，护栏前的活水流动，保持宫殿凉爽。从这座寝宫周围延展出去的，是尚未成年的公子们的寝宫；他们被包围在女性元素之中，勉强也算是女人，直到情欲初开，犹如珠圆玉润的胎膜被剑刺穿，就此开窍。走过这些宫内的庭院，就会来到排布复杂、等级森严的嫔妃后宫：最不得宠的妃子往上迁移，好像她们被男人遗忘了的身体正在经历化身天使的神秘过程；最年老的妃子就住在屋顶下面——很快，她们的灵魂就会飘走，升入天国，不管她们的肉身曾经多么诱人，都将像姜根那样干枯萎缩。

在这些错综繁多的走廊、前庭、暗室、回廊和庭院中，年轻的君主也有自己的寝宫，每一间都配有皇家卫浴室，他尽可在庄严的奢华中慢慢享用宁静的皇家排便时间。

每天清晨，他从母后的魔掌中逃脱后进入真正的世界，就像一个太晚学走路的巨婴。穿上隆重的阿拉伯长袍后，他开始扮演自己的角色，等入夜后，如释重负地回归自己的身体，回到自己的肠胃，回到嫔妃们柔嫩的下身。

他是从长老们的议政厅里回去的，在那里，他统治着自己沙漠中的国家——接见进贡朝觐的人，颁布政策法规，哪怕对那个日益衰落的小王国来说，这些政治活动都不过是白费力气。因为传来的新消息很吓人。三个大国之间无疑将爆发血腥的冲突，他们好像面对一局轮盘赌，一个颜色代表一个大国，他们必须把赌注押在三者之一。但尚不清楚该如何做出选择？根据他在哪国受的教育？根据他偏爱哪种文化？根据各国语言的腔调？火上浇油的是，他每天清晨接见的各位座上宾都不能帮他拿定主意。尽是些大商贾、批发商、外国领事和交头接耳的智囊团，安坐在他面前的华丽坐垫上，擦去额头的汗，他们的前额因为总戴着木髓遮阳帽而白皙得惊人，让人想到地下根茎的色泽——来自地狱的人都有这样的污点。

其他人都戴着头巾和围脖，留着长胡子，要么伸手抓东西吃，要么在咀嚼，完全没意识到这种动作实际上只能让人想到谎言和欺骗。他们都有事情要和他商议，都希望给他留下好印象，成为他的谈判官，试图劝他做出正确的选择。这让他头痛。众所周知，这个王国并不大——在这片多岩石的沙漠里，充其量不过有几十个定居在绿洲的村落，要说自然资源，也只有露天矿而已。没有入海口，没有港口，也没有战略功能的海角或海峡。居住在这个小国家里的女人们种植鹰嘴豆、芝麻和藏红花。她们的丈夫用大篷车把游客和商贩送往南方，穿过沙漠。

年轻的君主始终不曾热衷于政治，不明白别人为什么对政治那么着迷，也不明白父王怎么能把一生奉献给国政大业。说起来，他和父王没有丝毫相像之处，他的父亲在和沙漠游牧民族争战数十年后，一手建起了这个小王国。虽有很多兄弟，他却是唯一被选中的王位继承人，因为他的母亲是最年长的王后：一个野心勃勃的人物。身为女人，她无法得到权力，但她能保证儿子拥有王权。也曾有位王子与他势均力敌，很可能最终成为他的死对手，但不幸的是，他被毒蝎蜇死了。他的姐妹们都不算对手，他甚至都不太认得她们。他看到女人时总会想到一点：每一个女人都可能是他的姐妹，难以解释的是，这竟能让他心平气和。

在那群一本正经的长胡子男人组成的长老政务团里，他没有朋友。他出现在议政厅里的时候，他们会突然安静下来，那总让他觉得他们似乎在密谋造反。毫无疑问，他们就是想让他下台。随后是一系列早朝仪式，他们会商议各种事务，远远瞥他一眼，哪怕想获求君主恩准，也几乎不加掩饰他们的蔑视和厌恶。有时候，他觉得这些稍纵即逝的目光里含有明白无误的敌意，像刀刃那样——很不幸，这变得越来越频繁了；他也感觉到，他们将最终根本不管他的结论是“是”还是“否”，只会对一件事做出评判：如果他这次无法做出任何表态，那他是否应该继续占有君主之席，议事厅的正中央，这个至高无上的位置？

他们指望他怎么表态呢？他们那么激情昂扬地高声争议，他没有能力跟上他们的想法。他反倒会去注意某个长老——碰巧是淡水资源部的部长——戴了条漂亮的藏红花色头巾；也可能是另一个惨不忍睹的大臣，很难不去留意被灰色大胡子包围的灰白色脸庞——他准是病了；肯定很快就会死了。

“死”——这个字眼让年轻的君主不可遏制的厌恶；他想到死，这本身就不是好事，他已经能感觉到口水满溢，喉头紧缩——异常的性高潮。他就知道自己必须该退朝了。

所以，他已经知道自己要做什么了，哪怕他一直瞒着母后。

但是，她那天深夜就来看他了，哪怕是太后，也须先禀告他最信任的贴身护卫：两个皮肤黑得像乌木的太监，一个叫高戈，一个叫玛高戈。她进去探望他的时候，他正愉悦地躺在小家伙们的臂弯里。她在他脚边漂亮的编织靠垫上坐下，手镯叮当作响。随着她身体的每一次移动，她用来涂覆苍老的身体的美肤油就会散播出一阵阵浓郁的芳香。她说她什么都知道，而且愿意帮助他离开，只要他保证带她同行。他是否明白，把她留在这里的话，就等于判了她死刑？

“我们在沙漠里有忠心耿耿的族人，他们肯定会接纳我们。我已经派人把我们的情况告诉他们了。我们可以在那里等最坏的时局过去，然后乔装打扮，带上我们的珠宝和黄金，从那里出发去西方，去海港，逃出那里后再也不回来。我们可以在欧洲落脚，但也不用太远，那样的话，天气好的日子里，还能远眺到非洲的海岸线。我的儿，我也会永远关爱你的子嗣。”她这样说道，显然对他们的这次远行充满信心，但同样很显然的是，她对孙辈已不再有信心——完全没有。

他能说什么？他充满爱意地拍了拍他们丝滑的小脑袋，同意了。

但在蜂巢里是没有秘密的，顺着六角形的小房子，一间又一间，风声传了出去，穿过壁炉、洗手间、走廊和庭院。风声随着烧木炭的铁盘散布的热气飘散到四面八方，那让冬天的寒冷稍堪忍耐。内地吹来的冬风是那么寒冷，皇室锡釉便盆里的尿液都结了一层薄冰。风声传遍了嫔妃们的后宫，传进了所有女人的耳朵，甚至包括那些住在最高层、已快升天的老妃子们，她们收拾好了自己不多的细软。她们私下耳语，已经开始为大篷车上的座次争个不休。

接下去的数日内，王宫里眼见着活泛起来；已经很多年没有过这样热闹的场景了。因此，当我们的君主发现藏红色头巾大人、可悲的大胡子大人好像对此置若罔闻时便觉得很奇怪。

他想，他们准是比他以为的还要愚笨。

与此同时，他们也有同感——事实明摆着，这位国王比他们曾以为的还要蠢。因此，他们对他也没多少歉意。他们私下耳语——庞大的军队已从西方而来，有走海路的，也有走陆路的，已经杀到眼前了。据说，他们成群结队而来。据说，他们已对全世界宣布发起圣战。他们决意征服我们，年轻君主的顾问们窃窃而论。他们最在意的是耶路撒冷：先知的遗骸所葬之地。他们贪得无厌，无所不为，拿他们毫无办法。他们会将我们的家园洗劫一空，烧杀掳掠，亵渎我们的清真寺。他们会撕毁所有条约和协议，因为他们不仅贪婪，还不讲规则。事情明摆着——这里毫无疑问会有一丛坟冢，我们会把祖先的坟冢全部交给他们，就让他们拿去好了，我们有的是。如果他们感兴趣的是墓地，那就让他们拿去吧。但这显然只是个托词；他们真正想要的是活人，而非死人。等他们的舰队泊到我们这片大陆后，一定会用嘶哑又难懂的外语高呼战斗口号——他们讲不出正统的语言，也不能正确地读出字母——长途航行中的日照会把他们晒黑，覆盖他们身体的海盐凝成一层细致的银色，他们就将践踏我们的城市，闯入我们的家宅，砸烂油罐，抢光食物，甚至闯入妇孺的裙裾——天国保佑我们。不管我们能呈上多么友善的问候，他们都不可能接受，只会迟钝地盯着我们看，浅色瞳孔的颜色仿佛被冲刷殆尽，思想也一样殆尽。有人说，他们是在海底诞生的部落，被海浪和银鱼养育成人，确实，他们中的有些人看起来就像被冲上岸的木片，皮肤是被海水浸润太久的骨头的颜色。但也有人坚称这不是真的——要不然，他们的首领，那个红胡子男人，怎么可能淹死在塞勒夫河底?

他们就这样悄悄议论，急切不已，接着就抱怨起来。我们这位君主太让人失望了。当然，他的父亲是很棒的，如果是他，肯定会当即召集千骑人马准备迎战，巩固工防，囤积粮草淡水，以备守城之需。可是这位……有人在念出他的名字后啐了一口，继而陷入沉默，唯恐再说出什么不中听的话。

沉默了很久很久。有人捋起了胡须，还有人呆呆地盯着地板上的繁复花纹：彩色的小陶瓷片拼成了迷宫。还有人摩挲刀鞘：上面镶着精致的绿松石。来来又回回，他的手指抚过微微凸起的宝石边缘。今天，没什么需要这些勇敢的军师和大臣们定夺的。外面，卫兵已严阵以待。御林军。

那一夜，各种念头在悄无声息的脑海深处如种子般萌芽，眨眼间就成熟了，很快就会开花结果。清早，有个使者骑上马背，被派去给苏丹送出一个谦卑的请求，让他别忘记这个无人记得的小王国；议事厅里的长老们发起叛变，出于正义的需要，为了那些效忠于真主的人，他们要废黜在位的无能庸君——拔剑而刺的画面已定型——还请求苏丹支援武器装备，用以抵抗由西进军而来的异教徒：数不清的敌人就像沙漠中的沙子。

那天夜里，君主的母亲从皮毯和毛毯下面、从与他同床的孩子们中间硬把他拖起来；她把昏睡中的他摇醒，叫他赶紧穿衣。

“都准备好了，骆驼队在等你，你的两匹战马也上好鞍了，帐篷都已捆扎在马鞍上了。”

她的儿子哼哼唧唧的，抱怨不停——没有碗碟，没有炭炉，没有地毯让他和小家伙们共眠，他怎么能熬过沙漠之旅？没有马桶，没有窗外的好景致，看不到广场上的喷泉清水涌跃。

“你会被杀死的。”他的母亲轻声说道，一道竖直的深纹像匕首般从前额刺入她的眉间。她的低语如同蛇音——井底的圣蛇嘶嘶嘶嘶。

“快起来！”

此刻，你能听到身后的几堵墙外有纷乱的脚步声，他的王后嫔妃们都收拾好了——年轻的东西多一点，年老的东西少一点，都很懂事地不自找麻烦。只有精简的包袱，只带值钱的围巾、项链和手镯。她们已经坐守门外，就在幕幔外面，等待出发，但因为等了太久，她们都不耐烦地望着窗外，沙漠尽头的东方天幕上已升起了粉色的月亮。她们看不到沙漠残暴的那一面，看不到沙漠用粗粝的长舌舔刮着通向王宫的长阶，因为从她们的窗扉望出去只能看到王宫内的御花园。“你的祖先撑起帐篷的支杆就是世界的轴心。全世界的中心点。你把帐篷支在哪里，哪里就将是你的王国。”他母亲说着，拖着他往外走。搁在以前，她绝不敢这样拽他，但现在，她要用这种姿态告诉他：就在刚刚过去的几小时内，他已不再是这个藏红花王国的君主了。

“你要带哪几个夫人跟你走？”她问，但他过了很久都没回答，只是把孩子们拢到跟前——有男孩有女孩，天使般的小东西，赤裸的瘦小身体上只披挂着夜色；最大的男孩还不到十岁，最小的女孩四岁。

夫人？不会有什么夫人了，老的也好，少的也好，她们待在宫里就挺好。他从来都不需要她们，和她们睡觉只是出于不得已，就像他强迫自己每天早上抬眼去看长老们裹在胡子里的脸。插入她们圆润的臀间、丰满的秘处从没有给他带去太多快感。她们毛茸茸的腋窝、高凸的双乳都让他厌恶。因此，他才总是格外小心，不肯把哪怕一滴精种洒落在那些可悲的容器外面，这样才不会浪费一点一滴的生命。

他确信，如此珍惜他的体液，再加上与孩子们同眠，用他们甜蜜的气息滋润自己的脸庞，从他们小小的身体里汲取能量，他总有一天能永生不朽。

“我们带孩子走，我的小家伙们，这十几个小天使，我们帮他们把衣服穿好吧。你也帮帮他们。”他对母亲说道。

“你这个笨蛋，”她怒斥道，“你想带孩子走？带着他们进沙漠，我们连一天都撑不下去。难道你听不到逼近的骚乱？刻不容缓，我们没时间耽搁了。等我们到了那里，你还会有别的孩子，比现在更多。把这些孩子留下吧，他们不会有事的。”

但看到他心意已决，她只能气恼地呜咽，站在门口，伸出双臂。她的儿子走向她了；现在，他们用目光审度彼此。孩子们在他们身前围成半圆，有几个孩子揪着他的长袍边角。孩子们的目光很镇定，若无其事。

“是孩子还是我，你选。”他的母亲冷不丁地说道，这番话脱口而出后，她从门外看着他们，试图把他们撵回去，用舌头撵，但已经迟了。她抓不住他们了。

她的儿子猛地一拳击中她的腹部，正好砸中多年前他此生的第一个家园，那如同铺着红丝绒的柔软器官。他的拳头里藏着一把刀。女人向前倒下，从抬头纹往下，黑暗倾泻满面。

没时间耽搁了。高戈和玛高戈把孩子们扶上骆驼背，小一点的孩子就装在篓子里，像一笼小鸟。他们用粗麻布包起贵重的细软，聊作伪饰，继而在第一丝曙光刚刚擦到地平线的时候上路了。一开始，沙漠高抬贵手，用一个又一个沙丘投下的漫长阴影宠溺他们，只留下一行足迹，只有知情人才能看出来。这片阴影渐渐消退、直至最后完全消失前，大篷车就能够获得它所追寻的永生不朽。

另一个门楚的故事

有个游牧部落居于基督教徒和穆斯林村落之间，在沙漠里生活了数十年，因而学到了很多东西。遭遇饥荒、干旱等天灾人祸时，他们不得不向定居在附近的邻人们求救。他们会先派遣信使，让他躲在灌木丛后面观察那个村落的风俗习惯，根据声音、气味和服装，判断村民是穆斯林还是基督徒。信使会把侦察到的消息回报给自己部落的人，他们就会搬出驮篮，取出必要的道具，然后朝绿洲行进，扮成和那些村民有同样信仰的信徒。从来没有谁拒绝他们寻求庇护的恳请。

门楚发誓，她讲给我听的都是真实事件。

克里奥佩特拉

我和十几个从头蒙到脚的女人同乘一辆公车。透过头罩上的小缝隙，你只能看到她们的眼睛——看到她们的眼妆是那么精致美艳，我很震惊。简直都是克里奥佩特拉的眼睛啊。这些女人借助吸管优雅地喝水。吸管消失在黑色罩衣的褶皱里，必定能在衣服里面找到她们的嘴：只能在假想中出现的嘴。前排的屏幕开始放电影了，打算给我们的旅途解解闷——出现在屏幕上的是安吉莉娜·朱莉演的罗拉·克劳福特。这下好了，我们这些女人全都目不转睛地看起来，看那个身手矫健、身材爆好，手臂和大腿晶晶闪光的女孩击败一群武装到牙齿的士兵。

特别长的一刻钟

飞机上，早上 8:45 到 9:00，我觉得这段时间会用掉一小时，甚或更久。

名叫阿普列乌斯的驴子

养驴人向我吐露实情。

养驴子赚钱成本很高，回报却很慢，还要干许多苦活。除了旅游旺季，基本没有游客来，你就必须供它们吃，供它们穿——得把皮毛拾掇得干干净净。这头深褐色的驴子是公的，整个驴子家族都是它繁衍出来的。它的名字是阿普列乌斯[1]——有个游客曾这样叫它。那边那头是母的，但名字叫让·雅格。颜色最淡的那头叫让·保罗。房子那边还有几头。现在是淡季，只需要两头驴子干活儿。不过，早上的通勤高峰还没开始、旅游车还没到时，

1 Lucius Apuleius（约 124 –约 189），古罗马作家、哲学家，著有小说《金驴记》。

我就会带它们过来趴活儿。

最恶劣的是美国人——大多数都胖得要死。体重常常是阿普列乌斯的两倍。也是正常人的两倍。驴子这种动物可聪明了，一下子就能估算出重量，光是看着他们从旅游车上下来——全都满头大汗，衬衫上全都一大摊汗渍，全都穿着及膝短裤——驴就开始发脾气。我猜想，驴子是靠闻气味来分辨他们的。所以，哪怕游客的身材还算正常，驴子也会闹脾气。这头驴会踢个不停，作天作地，明摆着要罢工。

但我的驴都挺懂事的，毕竟是我一手养大的。让游客们带着美好的记忆离开这里是很重要的。我自己不是基督徒，但我很明白，对那些游客来说，这儿是他们旅程中的重头戏。他们到这儿来就是为了骑上我的驴子，去一个名叫约翰的绅士用河水给他们的先知施洗的地方。他们是怎么知道这个小地方的？显而易见，他们的圣书上就是这么写的。

新闻主播

今天早上发生了一次袭击。一人死，多人伤。尸体已被移走。警方用红白两色的塑料胶带把事发地点围起来了，但你的视线可以越过胶带围栏，看到里面一摊摊骇人的血迹，苍蝇围在上头飞。有一辆摩托车倒在现场，旁边有一摊泛着七彩的汽油，再旁边是一塑料袋的水果，橙子滚落出来，染了尘土，脏兮兮的，再旁边有些破布，一只拖鞋，一只染着不明色彩的篮球，还有一只手机的残骸——屏幕上裂了个大洞。

人们聚在胶带围栏后面，神色惊恐地往里看。人们不太出声，偶尔讲几句也压着嗓门。

警察还不能撤空现场，因为要先等待某家举足轻重的电视台派出的新闻记者来做完报道。照理说，他想要拍摄这些血迹。照理说，他已经在路上了。

凯末尔·阿塔图尔克的改革

有一天，我白天到处看到处听，晚上躺到床上后突然想起了亚历珊德拉和她的著作。我突然有点想念她。在我的想象中，现在的她或许也在这个城市，也在睡觉，床上搁着她的包，头上自带银色光环。了不起的传道者，公正的亚历珊德拉。我在背包里翻找出她的地址，给她写了一封信，讲述了我在此地听闻的诸多恶行。

二十世纪二十年代，凯末尔领导实施一系列无畏的改革时，伊斯坦布尔还是座野狗满街跑的城市，甚至演化出了特殊物种——短毛中型犬，毛色浅淡，或白，或淡黄，或同时间杂这两种颜色。这种狗住在码头附近，咖啡馆和餐馆之间，大街小巷和广场之间。到了夜里，它们就满城猎食；在垃圾堆里又刨又翻。没人要这种狗，它们就重拾古老又天然的行为方式——群居群猎，像狼和豺那样选出群落里的首领。

但在凯末尔看来，把土耳其塑造成文明国家是当务之急。于是，在数日的特别行动中，人们捕获了上千条这种野狗，全部运送到附近寸草不生的无人岛上。它们被放生了，但没有活水，也没有任何食物，它们开始自相残杀，大约过了三四个星期，伊斯坦布尔的居民，尤其是在自家阳台能够眺望到博斯普鲁斯海峡的居民，或是去岸边的鱼市餐厅的食客，都能听到那些岛上传来的嚎叫声，飘来的浓重恶臭也让他们非常难受。

夜里，我的脑海中浮现出越来越多人类的恶行，想到最后，浑身汗透。比方说，那只狗崽被活活冻死，只是因为人们给它一只倒放的锡桶当狗窝。

迦梨时代

“世界会变得越来越暗。”坐在我身边的两个男人就此达成一致。就我所能听懂的而言，他们是飞往蒙特利尔开会的，与会者包括一些海洋学家和地球物理学家。显然，从六十年代至今，太阳辐射下降了四个百分点。这个星球上的光大约以每十年 1.4% 的速度在消失。我们不能够亲身感受到这种现象，但辐射仪已经探测到了。比方说，辐射仪已显示：从 1960 年到 1987 年，照射到苏联的光辐射总量确实减少了五分之一。

变暗的原因是什么？尚不明确。通常都会认为和空气污染、煤烟和悬浮颗粒有关。

我睡着后，看到一幅可怕的景象：地平线后升起一团巨大的云——证明远方正在发生一场永不结束的大战，无情，残酷，即将毁灭整个世界。但也还好，我们——就眼下而已——身处一座幸运的岛屿：大海蔚蓝，晴空碧蓝。我们脚下只有温热的沙子和凸起的贝壳边角。

但这是比基尼之岛。万事万物都会很快消亡，被灼伤，被遗落，最好的情形也不过是发生畸怪变异。幸存者们会诞下怪物般的婴孩，双头连体婴，独头连体婴，胸腔里有两颗心脏的双心人。前所未有的感受也将出现：缺失感，尝到不存在之物的味道，对特定事物的预知力。知道什么事不会发生的特异功能。闻得出不存在的东西的味道的特异功能。

暗红的光渐长，天空变成棕色，世界越来越暗。

蜡像藏品

我的每一次朝圣之旅都会走向另一些朝圣者。这一次，走向了蜡像。

维也纳，约瑟夫学院，展示人体解剖蜡像标本，展馆最近刚翻修过。在这个下雨的夏日，馆内除了我，只有一位游客——中年男子，戴金属框眼镜，满头灰发——但他只对一具蜡像感兴趣，足足看了一刻钟，嘴角扬起神秘的笑容，然后就走了。

我打算待久一点，还装备了笔记本和相机——口袋里甚至有含咖啡因的糖果，还有一条巧克力。

我迈着小步子，在玻璃柜间慢慢地走，生怕漏看哪个展品。

59号模型。六点五英尺高的男子。没有皮肤。他的身体只是由肌肉和肌腱编织而成的，赏心悦目，透雕精致。第一眼看到会觉得震惊，那无疑是人类的本能反应——看到肉身被剥了皮，就会替他觉得疼，刺痛，灼烫，就像小时候跌伤了膝盖、皮开肉绽的感觉。这具人体模型的一条胳膊向后摆，但右臂优雅地举至前额，遮住双眼，俨如古典雕像中的姿态，好像他在直视远处的日光。我们在油画中见识过这种手势——遥望未来。59号模型完全可以放在附近的美术馆里展出，事实上，我真不明白他为什么会被判处终身监禁在一座解剖学博物馆里，这简直是对他的侮辱。他就该出现在最高级的艺术画廊里，因为他凝聚了双重艺术——不仅展现了高超的蜡像制作工艺（可堪自然主义最伟大的成就），也呈现出人体本身的巧夺天工。造物者，是谁？

60号模型也展示了肌肉和肌腱，但我们的注意力首先都会被吸引到肠子上去，仿佛柔软的缎带，呈现出匀称的完美比例。光滑的表面映照出博物馆的玻璃窗。但只过了一会儿，目瞪口呆的我才意识到这是个女人——怪异的倒三角形灰色毛发被黏在了下腹部，那儿有一道标志出来的椭圆形裂口，稍显粗糙。显然，这个模型的制造者想让观众——想必都是解剖学专家——明白无误地认识到自己是在观察女性的肠子。于是，我们有了这些粗糙的体毛印记，性别的标志，女性的logo。在肠道的光辉中，60号模型展现了循环系统和淋巴系统。大部分血管在肌肉里，但有一部分得到了专门展示，犹如中空的网格，只有在这里，你才能看到那些红色细线惊人的分叉分布。

接下去会看到很多手臂、大腿、胃和心脏。每个模型都被小心翼翼地陈放在泛着珠光的丝绸垫布上。肾脏像一对海葵，从膀胱里伸展出来。用三种语言写就的标牌告诉我们，那是“下肢及血管”。腹部淋巴管和淋巴结，星星点点，犹如被灵巧地手绣在单调的肌肉上的饰物。淋巴管完全可以给珠宝商们做模特。

这些蜡像藏品簇拥着244号模型：最精美的那一个。刚才，就是它吸引了金框眼镜男，现在，也将吸引我的视线，而且，足足半小时。

那是个平躺的女人，几乎完好无损。她身上只有一个地方被动过了手脚：敞开的腹部向我们这样的朝圣者展现了生殖系统，上抵横膈膜，下至卵巢呵护下的子宫。这里也出现了烙印般的毛发性别标签，纯属多此一举。这明摆着是个女人嘛。耻骨被人造毛发一丝不苟地遮盖起来，下面就是阴道口，做得很精细，但很难发现，只有毫不犹豫蹲下的偏执型观众才能看到，正如眼镜男所做的那样：蹲下身，紧挨着她的小脚和粉红色的脚趾。我心想，还好他走了，现在该轮到我了。

这个女人有淡金色的头发，发丝披散，双眼微闭，双唇微启——你只能看到露出来的一点牙齿下缘。她的脖颈上挂了一串珍珠项链。珍珠的下面，她那绝对无瑕、丝滑光润的双肺令我瞠目结舌，很明显，它们从未吸过一丝香烟的烟。堪称天使的肺。心脏的横切面曝露出两个腔室，都布满了红丝绒般的组织，只求永恒跳动。半裹胃部的肝脏像一张血盆大口。她的肾和输尿管也清晰可见，看起来就像一株曼德拉草扎根在她子宫的上方。子宫，是一组很养眼的肌肉——纤细，匀称，有曲线美；很难想象古人会相信它会在身体内部周游并激发歇斯底里。不可能有任何疑虑——各个器官煞费苦心地装载于一具身体内，为一场重大的旅行做好了准备。她的阴道也被切开了，但这次是纵向的，隐秘一览无遗：那短小的隧道其实是一条死路，看起来毫无用处，因为它并不是进入她的真正的入口。它的尽头是一个什么都看不见的房间。

我筋疲力尽，在窗边的硬木长椅上坐下，正对这群沉默的蜡像，只觉得无言以对。是哪条肌肉把我的喉咙压迫得那么紧？叫什么名字？是谁创建了人体？继而引发的新问题是：是谁永远拥有人体的著作权？

布劳医生的旅行（1）

他，胡子全灰，头发灰白，此行是为了参加保存医用标本的会议，具体来说就是塑化人体器官。他靠在椅子里，戴上耳机，听起了巴赫的康塔塔。

他冲印了一些照片，随身带着，照片上的女孩留着一种很有趣的发型——脑后一刀平，剪得很短，前面的刘海却很长。发梢掠过赤裸的肩头，撩人地飘飞在她的脸蛋上，你只能隔着头发看到描画在她光洁脸蛋上的红棕色唇线，勾勒出双唇的鲜明轮廓。他喜欢那样的嘴，同样喜欢她的身体——小巧，结实，胸部紧致，乳头凸显在天鹅绒般的胸脯上。臀部又窄又小，不过，她的大腿却非常强壮。强有力的腿部总能让布劳着迷。你可以把“力量就在双腿中”当作第六十五卦——并不存在的卦象，寓意布劳与众不同的宿命。拥有强壮大腿的女人就好比一把胡桃钳：在那样的双腿间探险，你很可能被夹得粉碎，无异于拆弹。

这让他兴奋不已。他很瘦削，很矮小。所以说，他是敢拼命的。

正是在不可遏制的兴奋中，他拍下了她的这些照片。他也赤裸着，所以，兴奋渐渐的不言自明，甚至不可能被误解。但他的脸孔被照相机遮住了，所以他对那个毫不介意：就当他是机械米诺陶洛斯好了，长着照相机头的人身怪物，顶在最前头的是镜头里的单眼，将焦距时而拉远时而拉近，紧跟不放，机械兽似的，时而逼近时而撤退。

女孩注意到了他身上的变化，平添了几分自信。她抬起双臂，十指在颈背相扣，暴露出腋窝，毫不设防，也暴露出了胯部，视而不见、发育未满的种种可能。因为胳膊高举，她的胸部变得几乎扁平，像个男孩。布劳以膝为足，跪走向前，照相机遮在面前，开始用仰拍的角度拍摄她。他浑身颤抖。他在想，如果把那一丛黑色的毛发修剪成细长的一条，一定会让她的臀部看起来更纤细，更诱惑，像个惊叹号，简直能划伤他的镜头。这时候，他的勃起已非常显著。女孩刚才喝了点白葡萄酒——他觉得应该是一种松香味的希腊葡萄酒——现在已坐在地板上了，交叉盘起双腿，藏起了让医生神魂颠倒的地方。他猜得出来她这姿势意味着什么：他们共度的夜晚已走向尾声。

但那并不是他真正想要的。他退到窗边，瘦巴巴的光屁股抵到了冰凉的窗台上。他仍在拍照。另一幕被他捕捉到了，这次是坐姿。羊羔般的女孩在微笑，挺自豪的，因为布劳医生的身体显然已做好了准备——这意味着她可以远距离施展魔法。瞧这魔力！几年前，她还是个孩子的时候就玩过魔术，幻想自己只用意念就能移动物体。有时候，她觉得那些茶匙和回形针真的移动了一毫米。但不曾有过任何物体如此臣服于她的意念，如此明显，如此夸张。

此时，布劳面对的是切实而紧迫的任务。到了这时候，已没必要再推迟不可避免的事了。他们的身体交缠在一起了。女孩平躺下来，允许他爱抚自己。医生用轻柔的指尖拆除了那枚炸弹。她的双腿组成的卦象怎么解读都可以。照相机啪嗒一声自动关闭。

布劳攒了很多这类照片，几十张，也许目前已有几百张了——靠在白墙上的女性人体。墙都不一样，因为地方都不一样：酒店，寄宿公寓，他在医学院的办公室，偶尔也会是他家。人体大同小异，从本质上讲都没有神秘感。

但阴部不一样。就像指纹那样。事实上，完全可以用令人难堪的器官作为身份证明——它们绝对是独一无二的——当然，警方尚不允许这么做。像极了用形色招蜂引蝶的兰花，同样美丽。这想法多奇怪啊——这套植物机制甚至在人类发展的某个阶段被尽数保留。要说只是因为它有效，恐怕太保守了。在他看来，基于花瓣的这种构想似乎让大自然自得其乐，于是，大自然决意更进一步，完全不管一个事实：人类终会精神失常，失去自控力，把生长得精妙无比的东西隐藏起来。藏在内裤里，藏在暗示里，藏在沉默里。

他把这些阴部的照片收在有花纹的纸板箱里，宜家的纸箱设计多年来一成不变，只有图案会根据时下的潮流变化——从媚俗又招摇的八十年代开始，经过了极简黑灰的九十年代，直到今天的复古、波普、民族风。一目了然，所以，他甚至都不用在纸箱上标注年份。不过，照片并不理想，医生真正的梦想是创建一整套实物藏品。

每个身体部件都值得记取。每具人类的躯体都值得留存。人体如此精巧，又如此脆弱，简直令人愤慨。竟然容许这样的人体在地下腐烂，或在火焰的施恩中像垃圾般被烧成灰，岂不是暴殄天珍？如果布劳能做主，他必将让世界大不同：灵魂是会消亡的——说到底，我们要它究竟有何用？——但身体将永生。他想：如果我们那么快就将身体毁灭，就永远不会知道人类是多么千姿百态，个体又是多么独一无二。以前的人明白这一点——但他们缺乏技术手段，没有保存躯体的办法。只有最富有的人才付得起防腐的费用。但时至今日，塑化科技发展迅猛，已一劳永逸地完善了这门技艺。现在，只要有此心愿，任何人都能保存自己的身体，与更多人分享身体的美好与神秘。世界百米短跑冠军会说：这是我无与伦比的肌肉群——各位，请看它们是如何运作的。全球最伟大的国际象棋大师会高呼：这是我的大脑——啊！请注意这两条与众不同的脑沟，就命名为“象的Z形走位区”吧。自豪的母亲会说：这是我的肚子，生出了两个孩子呢。布劳就是这样幻想的。这是他的愿景：在一个公正的世界里，我们不会迅速地毁灭神圣之物。因此，他不遗余力地努力实现这番梦想。

为什么会有人对这种想法发难呢？我们新教徒显然不会。但是，就连天主教徒也不该对此大惊小怪吧：毕竟，我们有那么多古老的证据，收藏了那么多圣物遗骸，当耶稣向我们展示出他那颗鲜红又鲜活的心脏时，塑化技艺的守护神也许正是基督耶稣本人。

被阻隔而显得轻柔的引擎轰鸣声为布劳医生耳机里的音乐增添了一种意想不到的空间感。飞机正往西飞，所以，夜晚没有在应该结束的时候结束，而是不明不白地拖延着。他一次又一次抬起遮光板，看远处的云天交际处，现在能看到白色的曙光了吗？闪现出崭新的一天，崭新的机遇了吗。然而，什么都没有。屏幕暗着，电影放完了。屏幕上时不时会出现地图，飞机形的小图标在地图上龟速前行，但地图上没有具体数字标明到底飞行了多少距离。甚至于，那张地图都像是芝诺[1]设计的——每一段距离都是无限远的，每一个地点都是无法逾越的崭新空间，当然，任何一种移动也都是幻觉，所有人在空间中旅行也是幻觉。

外面的寒冷是难以想象的。高度是难以想象的。让这么重的机械体在稀薄的空气中飞行也是难以想象的事情。“我们感恩，上帝。”布劳医生耳机里的天使们用德语唱道。

他看了看左侧女乘客的手，几乎无法克制自己去爱抚它。这个女人头枕男人的肩头睡着。在布劳右侧的男孩也在打盹，小伙子有点胖。他的胳膊绵软地垂挂在座椅外侧，几乎就要擦到医生的裤子了。他也要克制自己，别去抚摸他的手指。

在长方形的机舱里，他的座位挤在两百个乘客中间，呼吸着他们呼吸的空气。事实上，这正是他如此喜欢旅行的原因——强迫人们挤在一起的好办法，身体挨着身体，和另一个人类近距离相处，好像旅行的目的就在于靠近另一个旅行者。

但这些人，每个人，他还要——他看了看手表——与之共处四小时的生物们，看起来都像是单细胞的，光滑，闪亮；像是可以用来玩儿滚球的小圆球。正因为这样，布劳的本能系统中唯一被激活的接触种类就是抚摸：用指尖轻轻捻磨，用指肚，感受那种清凉，那种匀称的弧度。但在这个时间点上，他那双已在女性

---

1 Nicolo Zeno 的北欧地图于 1558 年在意大利城市威尼斯出版，文艺复兴时期的读者认为地图描绘了未知的北域，但实际上这份地图上的很多岛屿并不存在。这份地图曾被刊登在 1561 年托勒密的著作中；后世的很多地图也以此为参照，甚至直至十九世纪初。芝诺的北欧地图被称作最巧妙、最成功、最持久的骗局之一，但无疑提高了芝诺家族的名气，也提升了威尼斯的地位。

身体上查验了千百次的双手绝不可能在抚摸中发现任何裂缝，那些身体上没有暗栓或搭襻，不会哪怕谨慎地容许自己一触即发并邀请他进入内部，没有突起的标志，没有隐秘的操纵杆，没有按下去就会喷发出什么的按钮，没有根据他瞳孔的反映而动、并将他渴求的复杂的体内世界坦呈给他的小弹簧。也可能并不复杂，也许非常简单，仅仅是与表面相背而驰，仅仅是向内弯曲，内向的螺旋。这些单细胞生物的表面隐藏在巨大的神秘感里面，完全没有暗示出这样的结构体实则丰富之极，令人目眩，并经由机巧的装配——哪怕最机智的旅行达人都无法用同样的机巧去打包自己的行李箱——出于有序、安全和美感的目的，用腹膈膜隔开一个又一个器官，用脂肪组织保持器官间的疏密，缓和彼此带来的冲击。在飞机上浅睡得并不安稳的布劳医生的思想就在如此激烈的反刍中。

他很好。布劳医生很快乐。他还能要求更多吗？从高空俯瞰这个世界，见证它那美丽、祥和的秩序。一种防腐抗菌的秩序。包含在贝壳和洞穴里、在沙粒和谨遵航班表的巨型飞机里，在对称的结构里——无论从右到左，还是从左到右，契合都是由来已久——在永不词穷的航班信息显示屏的光芒里，在一切光明中。布劳医生把盖在他瘦小身体上的毯子掖紧——属于航空公司的绒布——继而真的睡着了。

布劳的父亲是工程师，和其他社会主义国家建筑业界的工程师一样，在重建德累斯顿的大业中倾力数年。父亲带着他去卫生博物馆时，布劳还是个小孩子。在那里，小布劳看到了“玻璃人”：弗朗茨·琴察克特创建的玻璃人形，用作教具。这尊人型机器高六英尺半，没有皮肤，完美仿造的玻璃器官排布在透明躯壳里，看似毫无隐秘。正是以这种独特的方式，它为造就这种完美的大自然立起了不朽的纪念碑。它自有一种轻盈感，体贴感，对空间的敏感，它蕴含一种高端的品位，一种美，展示了对称感。这尊奇妙的人形机器拥有流线型、理性的线条，时常表现出幽默感（耳朵的结构），也偶尔表现出怪异性（眼睛的结构）。

玻璃人成了小布劳的朋友，至少，在小男孩的想象中是这样的。有时候，他去他家玩，在他的房间里坐坐，盘起腿来，让小布劳看个够。有时候，他会彬彬有礼地弯下身子，让小男孩看清某个细节，明白玻璃肌肉是如何轻柔地包裹骨头，神经走到哪里才消失。他成了小朋友的好朋友，沉默的玻璃伙伴。不管怎么说，很多孩子都会和想象中的朋友玩耍。

他很少做梦，但在他的梦境里，玻璃人就活了，扮演类似配角的形象。甚至还未成年时，布劳就完全不关心活的东西，或者只能说关心到某个程度而已。大人们要他把自己房间的灯关掉时，他们就会沉默无声地在被子里聊个通宵。聊了些什么？布劳不记得了。到了白天，玻璃人就是他的守护天使，伴其左右——没有人看得到他——包括在学校里打架时；在小男孩的想象中，玻璃人总是时刻待命，替他痛击对手；也包括植物园小组考察活动时帮他教训那个最喜欢找麻烦的同学，那种活动又无聊，又累人；而小组活动本身——作为一种集体社交的形式——也历来不是布劳关心的对象。

圣诞节，父亲送给他一只塑料做的玻璃人小模型，当然无法和原本的玻璃人相媲美，反倒更像是一尊有神性的雕塑，只会让人痛苦地想起实物的真切存在。

小布劳拥有非常发达的空间想象力，日后会大大助益他在解剖学上的成就。多亏了他有想象力，他假定自己赢得了看不见的玻璃人的掌控权。无论何时何地，他都能让玻璃人身体里值得关注的部分被高光打亮，不相关的部分则自动消隐。因此，玻璃人形有时候只是由肌腱和肌肉组成的，没有皮肤，没有脸面；只有肌肉交织，筋肉鼓凸，像是在用力，肌肉群都被拉紧了。甚至就在不自知的情况下，小布劳学到了解剖所需的一切知识。他那位高标准、严要求的父亲自豪地看着这一切，已能把儿子的未来看个真真切切了——他将成为医生，科学家，学者。小男孩得到的生日礼物是精美上色的人体解剖拼盘，复活节礼物是真人大小的人体骨骼模型。

早年间，在读大学以及毕业后的那几年里，布劳常常旅行。他几乎走遍了每一家能去到的解剖学收藏展馆。就像摇滚乐迷那样，他一路追随冯·哈根斯[1]及其恐怖的尸体巡展，直到最后见到了大师本人。他的旅行是闭环式的，前行回到出发点，直到旅行的目的变得非常清晰：并不是为了远行，而是回到这里，人体的内部。

---

1 Gunther von Hagens（1945—），德国解剖学家，发明了用生物塑化技术保存生物标本。

他学过医药学，但很快就厌了。他对疾病不感兴趣，更没兴趣治病。死尸不会生病。他真正去上的只有解剖课，自愿去做那些扭捏傻笑、怕得要死的女生们绝不想做的练习。他完成了关于解剖学历史的毕业论文，然后和同班女生结了婚，她选择的是小儿科，因此大部分时间都在医院里，刚好合了布劳的心意。等她如愿以偿生了个女儿后，布劳已经是学院里的助理教授了，到处开会、驻校，所以，她又给自己找了位妇科医生，带着孩子搬进了他那栋大房子，妇科诊所就开在地下室。就这样，他俩合作成功，圆满完成了人类生育的某个特定且完整的阶段。

这期间，布劳写了一篇精彩的论文，题为《硅酮塑化病理标本的特性：创新病理解剖教学的辅助方式》。学生们给他起绰号，就叫他“福尔马林”。他研究了解剖学标本的历史、人体组织的保存方式。为了搜寻研究工作所需的素材，他走访了几十家博物馆，最终在柏林安顿下来，找了一份好工作：在刚刚创建的医疗历史博物馆里担任藏品编目工作。

他把个人生活整顿得井然有序，保证不出任何问题。他决意要独居；他克制了对女学生的性冲动，要先试探一下，约她们喝咖啡。他知道这是校方不允许的，但他站在社会生物学的基础上进行安全操作，也就是说，假设大学校园就是他的天然猎场，假设这些女生都是成年人，知道自己在做什么。看外表，他很不错——帅气，轮廓分明，胡子修得干净利落（他常常留胡子，当然，要保持整洁）——她们就像喜鹊似的，对他很好奇。看起来，他对情爱的需求没有被隔绝。他始终都用安全措施，欲求适可而止，因为他绝大部分的性冲动都经历了自然而然的升华。因此，他在生活的这个领域里没有问题，没有阴暗面，没有罪恶感。

起初，他以为博物馆的新工作将是之前教学工作的缓冲。每当走进夏里特综合医院的庭园，走在修整得当的草坪之间、极其美观的绿树下，从某种角度说，他会觉得自己置身于时间之外的地方。他是在一座大城市的中心点，但不会有噪音进入这里，也不会有谁匆忙奔走在这里。他觉得很放松，还会吹口哨。

工作之余的大部分私人时间里，他都在博物馆巨大的地下室里，那儿有一条地道连通医院附属的另一栋大楼。过道里大都放满了搁架、积满灰尘的老式展示柜、天知道以前装什么的带柜门的长立柜，如今空空如也，天知道它们是什么时候被搬到这儿来的。但有些走廊是可以走穿的，所以，过了一阵子，复制了好几把钥匙之后，他就能在医院的地下自如穿行了。每天，他都是走地下通道去食堂的。

他的工作包括清洁玻璃罐里的标本、保存在博物馆阴暗仓库里的旧展品，以及鉴定标识。为了完成这个任务，康帕先生帮了他大忙，老先生早就过了退休的年纪，但每年都得到续签，因为除他之外，再也没有谁能在那些浩瀚的仓储中游刃有余。

他们按照顺序把搁架上的藏品整理好。先由康帕先生小心翼翼地清洁玻璃罐的顶部，并确保不破坏罐身上的标签。他们一起琢磨，破解了那些美妙而倾斜的老式手写体究竟写了些什么。标签上通常是拉丁文标明的器官或疾病的名称，还标有姓名首字母缩写、性别、器官所有者提供该器官时的年纪。有时候还会标明职业。因此，他们能够知道：这只超级大的肿瘤是长在女裁缝的肠子里的，她的名字缩写是 A. W.，彼时五十四岁。不过，这类信息常常是不准确的，标签大部分都磨损了。有很多罐口的密封剂开裂了，空气渗入罐中浸泡在溶液中的标本，液体变得浑浊，标本仿佛被裹在一团稠重的云雾中——遇到这种情况，标本就必须被处理掉。为此，由布劳、康帕和另外两名在博物馆楼上工作的人员共同组成的委员会就要开会，做好档案记录。随后，康帕先生就会从玻璃罐里取出这些人体器官，拿到医院的焚烧炉去烧毁。

有些标本需要特殊照顾（比如：存放它们的容器已遭损毁）。这时候，布劳会把标本瓶整个儿带到他的小实验室，用最精细的手法，将它转移到清洁溶槽里。在进行一番细致的检查后，取出标本（他要先将它冷冻起来），再把它转移到一个毫无瑕疵的新容器里去，浸到他用现代配方亲自调配而成的溶液中。因此，就算他不能让这些标本永葆不朽，至少能延长其寿命。

当然，这里收藏的不只是浸在玻璃罐里的标本。还有很多抽屉里装满了没有档案记录的人骨、肾结石、化石；还有一只犰狳和其他动物的干尸，但保存得很不好。还有数量不多、已经干瘪的毛利人头骨，用人皮制作的面具——有两个面具让人无计可施，最后只能被送去焚烧炉。

布劳和康帕还在这里发掘出了几件真正具有考古价值的稀有藏品。比方说，他们偶然找到了四件标本，都是著名的鲁谢在十七世纪末、十八世纪初收藏的，整套标本早已散逸各方，命运未卜了。其中有一件是无心半躯干畸胎，但因为玻璃罐身上有裂缝，回天乏术，不得不被送去焚毁——太可惜了，这本该是任何一场畸胎学展览中的珍品啊！委员会看到这件标本的状态后，确实短暂地考虑过：在相对而言已严重腐坏的情况下，是否应该安排某种形式的葬礼。

发现这些藏品让布劳欣喜若狂，因为弗雷德里克·鲁谢是十七世纪晚期的荷兰解剖学家，留下了五花八门的动植物标本，而他竟然能在鼎鼎大名的鲁谢藏品上进行一系列试验！就当时而言，那种防腐溶液非常有效——成功地保持了标本天然的颜色，还能防止它肿胀，也就是经常导致那个年代的液体防腐失效的弊端。除了来自法国南特的白兰地、黑胡椒之外，布劳还发现这种防腐溶液的配方中有姜根提取物。他写了篇文章，加入了关于"鲁谢溶液"——旨在用浸泡的手段确保不腐不朽的那种"冥河之水"，至少对人体器官而言——有哪些成分的旷日持久的大讨论。从那时起，康帕开始把他们的地下藏品昵称为"泡菜"。

他和康帕还发现了一样稀世珍品，那天早上，是康帕把那个标本带给他的。为了精准地了解那种防腐剂的成分和效用，布劳整整研究了它几个月。确切地说，它是一条手臂。男性的，很强壮（肱二头肌的周长达到五十四厘米），臂长四十七厘米，切割面很光洁，显然刻意保留了完整的文身——彩色文身，活灵活现，比例匀称，画的是一头鲸鱼从海浪中浮现（白色的波涛是用巴洛克式的优雅、繁复而精确的手法表现出来的），朝天喷出一柱水。画面完成得无可挑剔，尤其是天空，从手臂的外侧看过去是浓烈的天蓝色，但朝内侧看的话就会变深，因为靠近腋窝。透明的液体将那些丰富多彩的色调完美地保存下来了。

这件标本没有标签。玻璃罐的样式会让人想起十七世纪荷兰出品的容器，也就是说，是圆柱形的——反正，那个年代的工匠还不知道怎样做出方形的玻璃容器。这件标本，用马毛悬挂在封口的石板上，看起来像是兀自漂浮在液体中的。但最奇特的是液体本身……不是酒精，不过，乍看之下，布劳认为那应该是十七世纪初的产物，并且产自荷兰。那是由水、福尔马林溶液和一点点甘油的混合液体。这种配方可以说是非常现代的，和我们至今仍在使用的凯瑟琳 III 溶剂非常相似。容器无须密封，因为这种混合液体不像酒精那样会挥发。封罐用的是蜡，手法有点随意，但布劳在蜡封上发现了指纹，这令他甚为触动。他想象着：那些细微、弯曲的线条，迷宫形状的天然印记曾属于一个很像他自己的人。

他精心照料那条手臂及其艺术品般的文身，所用到的感情大概应该被定义为爱。他现在是找不出任何结果了：它属于谁？又是谁让这条手臂带着文身在岁月里孑孓独行？

他和康帕也一起经历了恐怖时刻——后来，布劳将当时的场景讲给一年级的女大学生听，同时自得其乐地观察她眼睛的变化：因为惊讶而瞪大了双眼时，瞳孔变成了暗沉的深色，根据社会生物学家的理论，那是情欲滋生的标志之一。

有一条走廊是死胡同，里面有一只木箱，他们发现箱内有几具木乃伊，内有填充物，状态非常糟糕。皮肤完全发黑了，又干又碎，海草从随处可见的裂缝里支伸出来。尸体已完全皱缩起来，干透了，但仍披挂着想必是当时极尽奢美的华服——所有的蕾丝、颈圈如今都已沦为土色。曾经夺人眼目的装饰、褶皱、荷叶边都已尽失特色，腐烂了，变成一团团小球状的东西，到处都是，只有一些珍珠做的小纽扣尚有初态，一眼就能看出来。彻底的干燥让嘴巴敞开了，从中显露出了干草。

他们找到了两具这样的木乃伊，个头很小，看起来像孩子，但经过一番细致的检查，布劳发现那其实是填充过的黑猩猩——感谢上帝——保存的手法很拙劣，非常不专业；买卖这类木乃伊在十八世纪、十九世纪是很普遍的现象。当然，检查之后也可能证实他们最初的猜测，人类的木乃伊也一样被买卖，被收藏，而且藏品相当多。收藏家们特别想得到与众不同的孤品：其他种族的，严重伤残的，重病缠身的。

“填充尸体是最简单的保存方法。”布劳用沉思般的口吻说着，正带领两个女学生参观地下藏品，她们接受了他的邀请并显得热情洋溢，但康帕对此并不赞同，还很生气。布劳希望这两个女生里至少有一个能给他机会，下次能邀请她喝红酒，再为他的私人收藏增添一些新照。他继续说道，“其实，填充的时候，他们只是把皮剥掉，也就是说，从严谨的语义上说，这不能算是一具人体。这只是人体的局部，其外在形态是用干草填充后撑出来的。被做成木乃伊是一种相当可悲的人体保存法。它制造的是幻觉，好像一切都呈现在我们面前。实际上是显而易见的骗局。马戏团用的伎俩。因为它保留的只是人体的形状、体外的衣裳。躯体本身已经被损毁了，换言之，从理念上来说恰恰与保存人体背道而驰。野蛮。”

是的，这些不是人类的木乃伊，让他们长舒一口气。如果是，必将让他们头痛不已，因为法律明文禁止在国家级博物馆里保存人类整尸（别说是古老的木乃伊，哪怕是古尸也会有人反对，百般阻挠）。如果这些木乃伊曾是人类——他们一开始以为是孩子——他们就要面对一系列繁琐的官方流程和一大堆问题。他听说过很多这样的事：医学院或大学院校在整顿藏品时有这类令人不悦的发现。

约瑟夫二世在维也纳创建了一组这样的收藏。他决意把每一样独特的宝贝、每一样反常的奇观、每一种忘乎所以的物体都收进他的珍奇柜。他的继任，弗朗茨一世[1]，曾在黑皮肤侍臣安杰洛·索利曼死后毫不犹豫地填充尸体，周身只覆盖一条草编的带子就公然展示，让皇帝的贵宾们看个够。

约瑟芬妮·索利曼致奥地利皇帝弗朗茨一世的第一封信

我怀着深切的悲伤和耻辱，向皇帝陛下恳请，并期盼凡此种种不过是场可怕的错误。我的父亲，安杰洛·索利曼，忠良不二

1 弗朗茨二世（1768—1835），既是神圣罗马帝国的末代皇帝（1792—1806 年在位），又是奥地利帝国的第一位皇帝（1804—1835），故又称弗朗茨一世。

的仆臣，曾侍奉陛下的皇伯约瑟芬大帝（我们所有臣民心目中宽宏海量的仁君）；先父过世后（愿他安息）竟不幸遭受实该谴责的罪孽，现在理应拨乱反正。

陛下想必很了解先父的生平，我还知道，陛下与先父也曾有过面对面的交流，敬重他毕生的效忠与勤奋，尤其认可他是位忠心耿耿的仆人和象棋大师，和陛下的皇伯约瑟芬大帝（愿他安息）及其他人那样，陛下也曾尊崇他，赏识他。他结交了各界英才，众友无不欣赏他的才智、幽默和善良。他也是莫扎特先生的多年密友，陛下的皇伯也曾亲切地委托他创作了一部歌剧。先父也曾跻身外交界，谨言慎行，高瞻远瞩，智慧非凡，故而远近闻名。

请允许我在此简短追溯先父的过往，以唤起陛下对他的亲切记忆。最能彰显我们的人性的，正是我们所拥有的不可复现、独一无二的回忆，流芳百世的故事。况且，就算我们完全一无所成——没有对君主和国家有所贡献——我们也依然有权利被庄严地安葬，因为，让肉身入土为安仅仅是为了回归伟大的造物主。

先父在 1720 年前后出生于非洲北部，早年生活已秘不可考。他常说自己不记得童年往事。他的记忆只能回溯到被卖去为奴的时候。他会用惶恐的语气告诉我们他记得什么：身在漆黑的船舱里熬过漫长的海上航行，在那个被迫离开母亲和所有亲人的孩子看来，眼前上演的活脱脱就是但丁笔下的炼狱。他的父母很可能都死在新世界了，他则历经辗转，被当作某种黑色的小宠物——像是马尔济斯狗、暹罗猫——转来送去。为何他鲜少提及这段回忆？难道他不应该在安身立命之后一直讲这些事？我相信，他的沉默源于一种他自己可能都没有意识到的、可怕的信念：痛苦的事件越快从记忆中消失，就会越快丧失对我们的影响力。我们就不会念念不忘那些事了。世界就会变得更好。只要人们不知晓人类可以对同类做出何等可怕而恶劣的事，就能保有天真。不过，先父往生后，其尸身所遭受的罪孽正是铁证如山，证明了这种信念是大错特错了。

经历了看似无休止的考验、苦难和悲剧后，先父被心地慈悲的列支敦士登亲王夫人从科西嘉岛的奴隶主那儿买走，并带进了皇宫。因此，他才到了维也纳，亲王夫人殿下越来越喜欢这个孩子，甚至，恕我直言，那也许就是爱。幸亏有殿下，他得到了一丝不苟的教养。在他的记忆里，那时的教养似乎完全取代了遥远的异国出身。身为他的独女，我从未听他谈起过自己的家氏起源。我也从未见过他有思乡怀旧的模样。他的心，完完全全，时时刻刻，尽忠于陛下的皇伯。

众所周知，先父是杰出的政治家、睿智的外交使节、亲善的好人。他总在朋友的簇拥之中，备受爱戴和尊重。他也很珍重一种特权：与约瑟夫皇帝——人称二世大帝，亦即陛下的皇伯——缔结友情，得以信赖，约瑟夫皇帝还委以重任，让先父数次担当亟须非凡智识的外交任务。

他在 1768 年与我母亲成婚，她叫玛格达莱纳·克里斯蒂亚尼，是一位荷兰将军的遗孀。在先母 1782 年去世前，先父和之共度十四载春秋，安享天伦和睦。我是这段婚姻唯一的结晶。历经多年坎坷和贡献后，他同意提出辞呈，不再为他的恩人——列支敦士登亲王——效力，但在之后仍与宫廷保持密切往来，始终效力皇帝陛下。

我知道先父是多么感恩于人类的善意、人类乐善好施的性情。很多人像我父亲那样，人生始于不幸，他们仅能随波逐流，消失在这个混沌的世界里。只有极少数的黑皮肤童奴能像我父亲那样，有机会成为位高权重的人物。然而，正因为如此，他的身后事才是如此举足轻重——我们同为上帝之手创造的生灵，同是神之子，同是彼此的手足。

挚爱的先父去世后，已有不少友人就此事启奏陛下。我誓与其同声同气，恳请陛下释放先父的尸身，允许我们按照基督徒的仪程安葬他，他是配得上的。

衷心期许的，

约瑟芬妮·索利曼·冯·福伊希特斯勒本

在毛利人部落里

去世的家庭成员的头要制成木乃伊，作为哀悼的对象加以保存。做木乃伊需很多步骤，包括汽蒸、烟熏、涂油。经过这番处理后，头，连同头发、头皮和牙齿，都可以得到妥善的保存。

布劳医生的旅行（2）

他从飞机的体内出来了，走下长长的走道，跟随那些将乘客们粗略分类的箭头和灯箱标示，有的乘客已抵达目的地，有的乘客还要转机，继续上路。庞然的机场里，人流汇聚，再分流而行。这番不痛不痒的甄选流程将他引到了电动扶梯，然后是一条很长很宽的走廊，自动步道带动了空气的流速。那些赶时间的人充分利用科技给予的便利，跃入了另一种时间变率——只需保持悠闲的步履就能超越别人。布劳走过了玻璃房吸烟室，漫长的飞行催化了尼古丁狂热分子们的烟瘾，现在，他们终于能带着显而易见的极乐表情过过瘾了。在布劳看来，他们像是一种特殊的物种，并不是靠空气活的，而是靠另一种元素：二氧化碳和烟雾的混合气体。他隔着玻璃观望他们，隐约露出惊异的神情，好像在看玻璃养育箱里的动物——在飞机上，他们看起来和他是那么相似，但在这里，他们显著的生物特征就一览无遗了。

他递出自己的护照，海关官员只需迅速但专业地瞥他一眼，就能比对两张脸——一张是照片上的，一张是玻璃窗板另一边的。显然，他没有引起任何怀疑，因为他们没有耽搁就让他进入了这个异国领地。

出租车停到了火车站里，他在检票口出示了电子票。还有两个多小时才发车，所以他进了酒吧。酒吧里散发着油腻、酸臭的气味，等他点的鱼上桌的时候，他一直在观察坐在周围的人。

这座火车站没有任何与众不同的特点。出发列车时刻表上方的大屏幕上播放的广告也是司空见惯的，洗发香波，信用卡。熟悉的商标会给这个异国世界增添安全感。他很饿。他丝毫没有感觉到飞机上的食物在体内留下什么踪迹，只有形状和气味，像是仿造的，显然，只有天堂才供应这种食粮。精神食粮，专门供给饥饿的灵魂。但现在有炸鱼配沙拉了，一片片炸成金黄色的白色鱼肉巩固了医生结实的身体。他还点了红酒，这里供应一种特别方便的小瓶装，分量相当于一大杯。

他在火车上睡着了。也没错过什么——火车慢吞吞地穿过城市，穿过隧道和城郊，那些郊区简直一模一样，让人分不清哪儿是哪儿，列车经过的高架桥面和车库墙上都有差不多的涂鸦。醒来时，他看到了海，一条细长、明亮的海，夹在港口的吊车、一些丑陋的仓库和修船厂中间。

“尊敬的先生，”她的信是这样写的，“怀着对您的绝对信任，我必须彻底坦白：您提出的问题及相关配方在我脑海中挥之不去。明白自己在问什么的人，很快就能得到答案。您需要的可能是谚语的点拨，但能扭转乾坤。”

他很想知道，她想到的是什么类型的点拨。他翻遍了词典。他不知道有什么谚语是涉及乾坤和点拨的。她冠了夫姓，但名字仍有十足的异域风情——塔伊娜。这或许暗示了她来自某个遥远的国度，那里的语言同样充满异域风俗，某句俗谚里很可能出现点拨、乾坤这些词汇的搭配。“无须赘言，我们最好见一面。与此同时，我会尽力检阅您的资料，以及您撰写的所有文章。请来见我。这是我丈夫一直工作到生命终结的地方，在这里，依然感受得到他的存在。毫无疑问，这会对我们的交谈有所帮助。”

这是个海边的小村落，往下坡延伸就能到海滩，被笔直的沥青公路环抱着。出租车停在最后一块标有村落名字的路牌前，面朝下坡，正对大海，他们已经过了好些木屋，看起来挺漂亮的，都有阳台和露台。结果，他要找的房子正是这条碎石路边最大、最雅致的那一栋。外面的围墙不算很高，爬满了当地特有的藤蔓。大门是敞开的，但他请司机停在路边，取出带滚轮的行李箱，然后走上了铺着小碎石的车道。庭院很整洁，正中央，最引人注目的是一棵大树，显然是松柏类的，但也有落叶乔木的风范，像是橡树，但叶子不知为何缩成了针状。他从没见过这样的树，树干几乎是白色的，看似大象的皮肤。

他敲了门，但没人来应，所以他在木门的边上站了片刻，拿不定主意；他要鼓足勇气才能转动门把。门开了，将他引入一间明亮、宽敞的客厅。正对大门的窗外全然是海景。一只大橘猫凑到他脚边，喵喵地叫，然后溜出门外，完全无视家里来客人了。医生肯定没人在家，就放下了行李箱，走到外面的门廊上等主人回来。他在那儿站了一刻钟左右，上上下下地打量那棵大树，然后开始绕着这栋屋子信步慢走，和这个地区别的房屋一样，这栋屋也有一整圈木制的露台，放着些带抱枕的、轻盈的桌椅（和世界各地的做法一个样儿）。他看到屋后有一片精心修割过的草坪，密密地种了些灌木花卉。他认出其中有很香的金银花，继而沿着铺着光洁的小圆石的园径，他发现了一条走道，他觉得，那必定是直通海边的。他犹豫片刻，然后走了下去。

海滩上的沙子看起来几乎是纯白色的；细小，洁净，点缀其间的白色贝壳随处可见。医生想了想，要不要脱鞋呢，因为他意识到，如果自己穿着鞋踏上了私人沙滩，那将是非常失礼的。

他望见远处有个人影，只是从海水中浮现出来的一个剪影——太阳已西沉，但依然非常耀眼。那个女人穿着深色的连体泳衣。上了沙滩后，她拾起浴巾，包在身上。再用浴巾的一角擦拭头发。然后，她捡起拖鞋，开始向惊慌的医生走来。他不知道现在该怎么办。是该转身离去呢，还是朝她走去？他更想在清静的办公室里和她见面，在更加正式的环境里。但她已经走到他面前了。她伸出手以示问候，又用问句的升调念出他的姓氏。她的个头不高不矮，年纪肯定快到六十了；无情的皱纹横贯面容——你看得出来，她没少晒太阳。要不是因为日晒，她可能还会显得年轻一点。浅色短发黏在她的脸上、脖子上。围住身体的浴巾垂到膝盖，露出下面晒成古铜色的双腿，双脚，大脚趾的骨节明显外翻。

“我们进去吧。”她说。

她让他在客厅里坐一会儿，然后消失了几分钟。但医生坐立难安——他觉得自己好像闯进了卫生间，刚好撞见她在剪指甲。就这样不经意地撞见她半裸的衰老肉身、她的脚、她的湿发——

这让他完全不知所措。但她好像根本不介意。过了一会儿，她回来了，换上了浅色的裤子和T恤，是个骨架纤小的女人，手臂肌肉略有松弛，皮肤上散布着黑痣和小胎记，她用手捋了捋依然湿漉漉的头发。他想象中的她不是这样的。他以为，像摩尔那样的男人会有与众不同的妻子。怎么个不同？更高，更谦和，更出众。穿宽松的丝绸上衣，胸襟有花饰，颈窝里戴着浮雕宝石项链。不会去海里游泳的那种女人。

她在他对面坐下，拉起裤腿，将一盘巧克力推到他面前。她也拿了一块，吸吮的时候双颊会瘪进去。他看着她，她有眼袋，可能是甲状腺功能衰竭，也可能只是眼轮匝肌松弛。

“所以，是你。”她说，“可以请你提醒我一下吗？你究竟是做什么的？”

他赶忙把巧克力囫囵吞下——没关系，他会再拿一块的。他再次做了自我介绍，谈了谈他的工作和出版的著作。他特意提到他最近出版的《尸体保存的历史》，寄给她的资料里就有一本。他称赞了她的亡夫。他说摩尔教授在解剖学界掀起了一场名副其实的革命。她用蓝眼睛看着他，带着一丝满意的微笑，他认为那可以代表友好，也可以是讽刺。除了她的名字，没有别的地方有异域风情。他突然想到，她也许并不是那个她，他可能正在和一个厨师或女佣讲话。他讲完自己的情况后，紧张地拧动双手，虽然他完全可以自制，别让自己表现出这么明显的紧张；他感觉得到，长途旅行穿的衬衣上有污渍；她突然站起来，好像看穿了他的心事。

“我带你去你的房间。这边走。”

她带领他走上楼梯，到了略微阴暗的二层楼，指了指一扇门。她先进门，拉开红色的窗帘。窗子朝向大海，夕阳把房间照成了橘红色。

“我去给我们做点吃的，你可以先安顿下来。你肯定累坏了。你累吗？航班还好吗？”

他立刻做出了回答。

“我会在楼下。”她说完就走了。

他不是很确定事情是怎么发生的——这个个头一般、穿着浅色裤子和弹力T恤的女人，带着一种难以言喻、也许是眉毛的动作引发的微妙姿态，一下子就颠覆了医生曾期待、准备和幻想过的一切情形，乃至整个空间。她让他摆脱了漫长而疲惫的旅程，也免去了他预备好的发言，以及应对可能出现的各种场面所做的准备。她也展现了一些自己的情况。她是掌控局面的人。连眼睛都没眨一下，医生就彻底投降了。既来之则安之，他匆匆冲了澡，换了衣服，下了楼。

她做的晚餐是一盘沙拉，用黑面包做的烤面包块配烤蔬菜。所以，她是素食主义者。幸好他在火车站里吃过煎鱼了。她坐在他对面，胳膊肘支在桌面上，用指尖捏碎剩下的烤面包块。她聊到了健康食品，说面粉和糖对身体有害，说起附近的有机农场，她就是在那儿买蔬果、牛奶和枫树蜜浆的，她用蜜浆代替糖。不过，红酒不错。一向不习惯喝酒、舟车劳顿的布劳喝了两杯就有了醉意。他刚想到该接上什么话，就被她抢先说了，每次都是。

一瓶红酒快喝光的时候，她正说到丈夫是怎么死的。摩托艇相撞。

“他才六十七岁。他们没办法处理他的尸体。彻底损毁了。”

他以为她说到这里会哭出来，但她只是捡起一块面包，将捏碎的碎屑撒在所剩无几的沙拉上。

“他还没有做好死亡的准备，可谁会有？”她若有所思地说下去，“但我知道，他希望有个配得上他的接班人，不只是有能力，还要像他那样充满激情地工作。他是孤军作战，我相信你明白这一点。他没有留下遗嘱，没有任何指示。我该不该把他的标本捐给哪个博物馆？有好几家博物馆已经来问了。你知道哪些值得信赖的机构吗？有那么多负能量笼罩着生物塑化界，当然了，现在这个时代，倒不是说你为了做成什么事，非得从绞刑架上砍下尸体。”她叹了口气，把几片菜叶叠卷起来，放进嘴里。“但我知道，他会想要一个继承人。他有些项目才刚刚启动；我正在努力凭一己之力把工作继续下去，但我没有他那样的能力和热情……你知道吗，我是受过专业训练的植物学家？比方说，有个问题……”她开了头，又迟疑了。“算了，我们以后还有时间说这个。”

他点点头，抑制住了自己的好奇心。

“不过，你主要是处理老标本，这么说正确吗？”

布劳等到她的余音完全消尽，然后直奔楼上，把手提电脑抱了下来。

他们把盘子推到旁边，过了一会儿，冷光照亮了屏幕。那时候，医生略有惊惶，回想自己的笔记本上有些什么文档——他有没有把情色照片的小图标留在桌面上？——但也还好，他最近才清理过电脑。他希望她好好读过他寄过来的那些关于自己的资料，更希望她浏览过他写的书。现在，他俩都倾身靠向屏幕了。

一起浏览他的工作内容时，他觉得她的眼神里流露出赞许的意味。他让自己记住这一点——两次。他让自己记住，是什么内容引发了她的赞许。她很内行，抛出的问题都很专业。医生并没料想到她会懂这么多。她的皮肤散发出一股淡淡的清香，老女人们用的优质身体乳，细柔，清爽。她点触屏幕的右手食指上戴着一只样式奇异的戒指——用宝石做出了人眼的形状。她手背上的皮肤已布满了深褐色的斑点。那双手，就像她的脸一样，被彻底晒伤了。有那么一秒钟，他想了想有什么办法可能有效防止日晒对这层已经皱缩、薄薄的皮肤造成伤害。

之后，他们挪到了扶手沙发，她从厨房拿来了半瓶波特酒，倒进两只杯子里。

他问："我能去实验室看看吗？"

她没有马上回答。也许是因为嘴里的波特酒还没咽下去，就像她先前吮吸巧克力那样。最后，她说道："离这儿有点远。"

她站起身，开始收拾餐桌。

"你的眼睛都快睁不开了。"她说。

他帮她把餐盘放进洗碗机后，如释重负地上楼去，扭头含含糊糊地道了声"晚安"。他坐在已经铺好的床边，然后立刻侧身躺下，连脱衣服的力气都没有了。他听到她在露台上喊那只猫回来。

次日清晨，他非常有条不紊地完成了每一件小事：他冲了很长时间的澡，把换下的内衣裤叠成小方块，装进一只小包，把他的东西从箱子里搬出来，摆放在搁板上，把衬衫全都挂起来。他刮了胡子，涂抹润肤霜，在腋下涂了他最喜欢的芳香剂，再用一点啫喱给灰白的头发定型。唯一让他有所犹疑的是该不该穿拖鞋，想来想去，他觉得还是继续穿系带的乐福鞋更妥当。随后，在沉默中（尽管他不确定为什么要保持沉默），他下了楼。

她肯定比他起得早，因为厨台上有一只烤面包机，还有些面包的碎屑。还有一罐橙子果酱，一碗蜂蜜，还有黄油。给他的早餐。法压壶里有咖啡。他站在露台上吃了几片吐司，眺望着大海，猜想她肯定又去游泳了，所以，也会毫无悬念地从那儿上岸。他想先看到她，在她看到他之前。一直观察别人的人，是他。

他很想知道，她会不会同意带他去实验室。他非常好奇。哪怕她没有告诉他实验室里有什么，他也能猜出来：肯定有不少好东西，和他以前看过的一切都不同。

摩尔的技术始终是谜。当然，布劳推测出了几套构想，甚至差一点儿就能解开那个谜了。他在德国美因茨市见过他的塑化标本，在佛罗伦萨大学举办的保存人体组织国际会议上也见识过。他猜得出摩尔是如何保存尸体的，但他不清楚那种稳定剂的化学成分，不确定该怎样把那种稳定剂用在人体组织上。要不要预先准备，进行某种前期处理？那些化学成分该在什么时候使用，怎样用？用于替代血液的成分是什么？

内部组织是如何被塑化的？

无论如何，摩尔做到了（还有他的妻子——她也介入了，对此，布劳越来越深信不疑），他的样本堪称极品。人体组织保持了天然色彩，同时也有塑化的质感；它们是柔软的，但也足够硬挺，能让人体保持适宜的形态。除此之外，你可以把它们拆分，再组装起来，非常便利，照理说是很利于教学的，但也未必。要在被保存的有机体内进行局部移动，就会有无数种可能性。从人体保存的历史来看，摩尔的重大发现是革命性的，无出其右者。冯·哈根斯曾用塑化法朝这个方向迈出了第一步，但到了摩尔的时代，那似乎已不太重要了。

她再次裹着浴巾出现，这次是粉色的浴巾，她也不是从海里上来的，而是从浴室。她甩了甩湿漉漉的头发，站在厨房的灶台边，用一只小金属壶热牛奶，准备配咖啡。她轻轻地上下压动网状的封盖，直到牛奶滚烫起泡，倒在加热过的陶瓷杯里会有嘶的一声。

“睡得好吗，医生？要咖啡吗？”

噢，要的，咖啡。他感激地接下给他的马克杯，再让她往咖啡上浇了些奶泡。他听她讲起橘猫的故事，假装很有兴趣：这只橘猫是在上一只橘猫死后的同一天来到他们家的——谁知道是从哪儿冒出来的——一进门就坐到沙发上，好像它一直都住在这儿似的，就这样待到现在。所以，他们甚至都没感觉到以前的猫不在了。

“那就是生命的力量。”她叹了一声，“一旦有人走了，就会出现另一个人填补空位。”

可怜的布劳——他也很想应对自如，但可惜他从来都不擅长闲聊，只为了渲染社交氛围、令人宽心的题外话只会让他厌倦。他只想喝完咖啡，走进书房，看看摩尔曾经工作的地方，看看他看些什么书。他的书架会有布劳写的《尸体保存的历史》吗？他是循着哪条道路，摸索出了自己的非凡成就？

“真有意思——他和你一样，都是从研究鲁谢的作品开始的。”

布劳显然很了解这一点，但他不想打断她。

“在他发表的第一篇文章里就做出了解释，鲁谢曾尝试保存全尸，为此，先要排空尸体里全部的天然体液，要是那时的条件能做到这样就好了，然后，用液体蜡、滑石粉和动物油脂的混合物代替体液。这样预备好之后，就像对待器官标本那样，把尸体浸没在‘冥河之水’里。看起来，这种构想并没有成功，因为那时候没有足够大的玻璃容器。”

她匆匆瞥了他一眼。

“我找给你看。”她说着，快步走到拉门边，但因为手里还端着咖啡杯，一时拉不开。他过去帮忙，她就帮他拿着马克杯。

门后就是书房——很迷人的宽敞房间，书架从地板到天花板高高排列。她的目标明确，径直走向一排书架，抽取出一本中等尺寸的装订本。布劳一边翻看，一边想让她明白他对这本书的内容了然于心。不管怎么说，他始终对使用液体的技术不感兴趣——那是一条死胡同。只是因为涉及尸僵的问题，他才去关注了英国舰队上将威廉·伯克利的案例——是鲁谢用液体进行防腐保存的。正是因为那具尸体的样貌令人惊叹，也令人百思不得其解，和鲁谢同时代的人们才乐此不疲地加以描绘。鲁谢成功地让尸身处于放松的状态，哪怕他接手时尸体已死亡好多天、完全僵硬了。显然，他雇用了一些特殊的帮手，专门让他们耐心地按摩尸身，尸僵就此得到缓解乃至尽除。

但此时攫住他注意力的是别的东西。甚至在他把装订本递回给她时都没有移开眼神。

窗边有一张大书桌，侧面有些玻璃展示柜。标本！竟然在毫无预知的前提下，突然站到它们面前了，这让布劳激动得难以自持。她好像有点不高兴，因为他没有给她充足的时间，针对他即将看到的景象从容地做一番博物馆讲解式的介绍。他甩开了她。

“这个，你可能不太熟悉。”她有点没好气地说道，指着那只橘猫。它平静地望着他们，安坐的姿态似乎表明了它安然接受这种形态。另一只橘猫，也就是活着的那只，跟着他们走进了书房，现在好像照着镜子般看着它的前任。

“摸摸它，把它抱起来。”裹着粉色浴巾的女人如此怂恿医生。

他的手指颤抖着，拉开柜门，触摸到了那个标本。摸起来是冷的，但不硬。它的毛皮在布劳的触摸下轻微下陷。布劳很小心地把它抱起来，一手揽着它的胸，一只托着它的腹部，就像抱起活猫那样——感觉当真很奇异。因为这只猫和活生生的猫一样重，而且也像活猫一样，身体会随着医生的手势产生微妙的移动。这种感触简直难以置信。他朝她看的时候，脸上的表情让她笑起来，又甩了甩正在变干的头发。

“你明白了吧。”她说着，走到他身边，好像这个标本的秘密拉近了他们的距离，允许他们在一起了。“把它放下来，翻个个儿。”

他小心翼翼地照做了，她伸出手，搁在那只猫的肚子上。

猫的身体因为自身的重量而抻长后仰，眨眼间就仰躺在他们面前了，那是活猫做不出来的姿态。布劳摸了摸柔软的猫毛，总觉得是温热的，哪怕明知那是不可能的。他注意到，猫眼没有被替换成玻璃眼，这类标本通常是那样做的；相反，摩尔用了什么魔法般的技艺，留住了它生前的眼睛；看起来只是稍有浑浊罢了。他摸了摸眼皮——很柔软，在他的指尖下轻微下陷。

“某种啫喱。”他说道，与其说是讲给她听的，不如说是自言自语，但她已把猫腹上的狭缝指给他看了，只需轻轻拉开，就能完全敞开，露出猫的全部内脏。

非常轻微地，仿佛在触摸最细柔的日本折纸，他只用指尖拨开猫腹部的皮层，伸进同样可以展开的腹膜里面，这只猫宛如一本用极具异域野趣、甚至尚未被命名的珍贵材料做成的小书。他看到的，正是自童年起就带给他无限快乐和满足感的画面——器官以神圣的和谐感相连相嵌，契合得天衣无缝，极度还原的天然色泽更加圆满了幻真感，仿佛层层披露的正是活生生的生物体内，你仿佛也融入其中，参与了生物最深层的奥秘。

“继续，打开胸腔。”她说着，后退一步，但仍紧挨在他的肩后。他可以闻到她的气息：咖啡，还有些陈腐的甜味。

他继续，精巧的肋骨在他的指尖拨动下顺从让路。他真以为自己会看到一颗跳动的心脏呢，这幻象实在太逼真了。然而，紧接着咔哒一响，小红灯亮起来，突然响起一段机械的旋律，布劳医生后来才想起来，那首耳熟能详的歌是皇后乐队的《我想永生》。他吓得往后一跳，露出恐惧和厌恶的表情，好像他无意中伤害了这只在他面前摊开四肢、袒露无遗的小动物。他高高举起双手。女人却拍起手来，欢快地大笑出声，显然很乐于看到恶作剧成功了，但布劳的表情肯定太严峻了，因为她立刻收敛欢笑，把手搭在他背上。

“对不起，别担心，这只是他开的小玩笑。我们不想让它太让人伤心。”现在她一脸严肃，尽管蓝眼睛里还留着笑意，“抱歉。”

医生很勉强地回报她一个笑容，然后痴迷地看着标本的皮层慢慢地、几乎是肉眼察觉不到地合拢，恢复成原有的样子。

她真的带他去实验室了。他们开车沿着海边的石子路上坡，到了几栋石头做的房屋。港口还兴旺时，这里曾是渔货加工厂，现已被改建成几个大房间，砌起了干净的瓷砖墙壁，大门可以用遥控器打开，有点像开启车库。房间里没有窗。她把灯都打开后，布劳看到两张大桌，桌上摆满了金属片，还有很多装满了瓶瓶罐罐和小仪器的玻璃箱。搁架上摆满了耶拿玻璃烧瓶。

“木瓜蛋白酶。”他读出一只烧瓶上的标签，吃了一惊。

摩尔用那种生化酶做什么，用来分解什么？“过氧化氢酶。”用于注射的超大尺寸注射管，以及打针用的普通尺寸小针管。他让自己去留意这些东西，但不敢发问。还不能问。金属浴池，地板上有排水口，这样的室内陈列会让人同时想起外科手术室和屠宰场。她把滴水的龙头拧紧。

“你满意了吗?”她问道。

他用掌心拂过桌上的金属片，然后走到书桌边，桌上仍摊放着一些打印稿，上面画着些曲线图案。

“我什么都没动。”她的语气里有撺掇的意味，好像她是正在找买家的房主，“我只是把一些没完成的标本扔掉了，因为那些东西都快坏掉了。”

他感觉到她把手搭到自己背上了，有点惊吓地瞥了她一眼，又立刻垂下视线。她站到他身边，靠得非常近，胸脯都蹭到他的衬衣了。他感到惊慌催生了肾上腺素，只能勉强克制自己不要猛地后退，不要违背自己的意志力。好在他找到了借口，因为不小心撞到了桌子，桌子摇晃起来，小小的安瓿瓶险些要滚落在地。他在最后一瞬抓到了它们，也因此从令人不适的迫近的身体接触中逃脱出来。他很确定自己躲得很自然，好像她也是不经意地靠向自己的。就在这时，他觉得自己像个小男孩，他和她的年龄差距突然变大了。

她有点扫兴，好像没什么兴趣再向他展示、解释实验室里的细节了；她拿出手机，给什么人打电话，讨论什么地方的租金，安排周六的事情。这期间，他自顾自地到处看，如饥似渴，察看每一个细节，强迫自己记住所有信息。把实验室里的所有器械、每一只小瓶子、每一样工具的位置都存储在他脑子里的地图上。

午餐时，她一直在跟他讲摩尔的事，讲他的日常安排，讲他的小怪癖（他听得很专注，意识到自己拥有了非同一般的特权），吃过午餐后，她说服布劳去海里游泳。他不太乐意，宁可安安静静地坐在书房里察看猫的标本，书房本身也值得再细看一遍。但他没有勇气对她说不。撑到最后，他只能说自己没带泳裤，很勉强地搪塞一下。

“噢，得了吧！”她根本不接受这种借口，“这是我的私家海滩，没有别人。你可以裸泳。”

但她依然穿着泳装。结果，布劳医生只能在浴巾下面脱掉四角内裤，尽其所能地快步奔进大海。海水冰凉，他简直喘不上气来。他不太会游泳——甚至从没机会好好学过。总的来说，他根本不喜欢锻炼，不喜欢让身体处在移动中。他没什么把握地在水里扑腾，谨慎地保持脚够得着地的状态。这时候，她以优美的泳姿慢慢游向大海，再游回来。她把水泼溅到他身上。惊讶无比的布劳闭上了双眼。

“我说，你在等什么哪，游啊！”她喊了一句。

他做了一番心理建设，打算一个猛子扎进冰凉的水里，最终只能像个生怕让父母失望的孩子，顺从但绝望地听话照做。他往前游了一小段，再折回来。接着，她才用力地以掌划水，自己游起来。

他在沙滩上等她，浑身发抖。她朝他走来时，浑身滴水，他就垂下了目光。

“你为什么不去游？”她提高了声调，好像被逗乐了。

“冷。”他只答了一个字。

她朗声大笑，脑袋后仰，毫不羞耻地露出上牙膛。

他在自己的房间里小睡片刻，然后起来，一丝不苟地做了笔记。他甚至勾画出摩尔实验室的平面布局，感觉自己有点像詹姆斯·邦德。甚感宽慰后，他才去冲澡，洗掉咸腥的海水，刮了胡子，换上干净的衬衫。他下楼后却找不到她。通往书房的门关上了，门锁里的钥匙已经转动过了，所以，他没胆量擅自进去……他走出去，到前门口和橘猫玩了一会儿，直到猫不再理他。等他终于听到厨房里传出了动静，就穿过院落朝厨房门走去。

摩尔夫人正站在厨台边，清洗绿色的生菜叶。

“烤面包块沙拉，配奶酪。你觉得如何？”

他殷切地点点头，哪怕他清楚自己绝对吃不饱。她给他倒了杯白葡萄酒，不用等劝酒，他就把杯子端到了嘴边。

她把事故的细节一五一十地讲给他听，讲到他们如何在海上搜寻遗体，找了很久，好几天，讲到最终找到的尸体变成了什么样。他彻底没胃口了。她说，她尽其所能保留了损毁最轻微的一部分人体组织。她穿了一条灰雾色的长裙，两边有开衩，领口开得很深，她身上的雀斑一览无遗。他再次以为她说到这里会哭出来。

他们几乎是沉默不语地吃着沙拉和奶酪。后来，她握住了他的手，他就僵住了。

他用胳膊揽住她，机智地躲开了她。她吻在他脖子上。

“不是这样的。”他不假思索地说出声来。

她没听明白。“那要怎样？你想让我怎么做？”

但他已经从她的拥抱中溜了出来，从坐着的沙发上站起来，满脸通红，无助地环视客厅。

“你想怎么做？跟我说。”

他绝望了，知道自己再也装不下去了，知道自己没那个能耐，突然发生了这么多事，所以他只是背对着她，耳语般地说道：“我做不到。对我来说，这太快了。”

“是因为我比你老，对吗？”她喃喃自语，站了起来。

他表示否定，但底气不足。他想让她安慰自己，但不要碰他。

“不是因为我们相差很多，”他听见她收拾餐桌时，说道，“我有人了。”他撒了谎。

从某个层面说这是事实，而事实在某个层面上总是真实的；他有人。他结过婚，办过婚礼，有了血缘关系的人。他还有玻璃人，开膛破肚的蜡像女人，索利曼，弗拉戈那[1]，维萨里[2]，冯·哈根斯，还有摩尔，老天爷啊，还会有谁？为什么他要进入这个温暖的、鲜活的、正在老去的身体，像钻子一样让自己的身体进入她的身体？他觉得自己必须走了，甚至，也许立刻就该走。他用手指整了整头发，把衬衫扣好。

她深深地叹气。

---

1 Honoré Fragonard（1732—1799），奥诺雷·弗拉戈纳尔，法国解剖学家，他的剥皮技法至今没人能完全破解，作品现收藏于弗拉戈纳尔·德艾尔福特博物馆。

2 Andreas Vesalius（1514—1564），安德雷亚斯·维萨里，文艺复兴时期的解剖学家、医生，近代人体解剖学的创始人。他编写《人体的构造》是人体解剖学的权威著作之一。

“所以呢？”她问道。

他不知道该说什么。

一刻钟后，他提着行李箱站在客厅，准备出发。

“我可以叫辆出租车吗？”

她坐在沙发上。看书。

“当然可以。”她答。她摘下眼镜，指了指电话，然后低头继续看书。

但他不知道该打什么电话号码，所以他觉得还是走去巴士车站更好，附近肯定有。

所以，他提早抵达了会场，比原计划早。费了好一番口舌，他才跟酒店大堂人员要到了一个房间。整个晚上他都泡在酒吧里。又在酒店餐厅里喝了一整瓶葡萄酒，之后上床，像个孩子一样哭起来。

之后的几天里，他听了好几场论文报告，也做了一次讲座，题目是《保存病理标本之硅胶塑化法：病理解剖学教学的创新补充形式》——摘自他的专题论文。

他的讲座受到了热情的回应。会议最后一天的晚宴上，布劳见到一位来自匈牙利的英俊、和善的畸形学家。畸形学家向他吐露了一个小秘密：他接受了摩尔夫人的邀请，正打算去她家拜访。

“去她海边的家”——他强调了“海边”这个词。“我想过了，开完会正好可以去那儿，离这儿不算很远。她丈夫留下来的东西现在都在她手上。如果我能设法看一眼他的实验室……你知道的，我在化学成分方面有一套独创的理论。很显然，她在和美国几家博物馆谈判，迟早都会把那些东西捐出去的，还有所有文献资料。但如果我现在就能拿到他的资料……”他用做美梦般的口吻继续说道，“我就肯定能拿到教授头衔了，也许连教授的职位都能搞定了。”

真是个白痴，布劳心想。他会跟他说，他是第一个去那儿的人，但以后再也不会跟任何人提及这件事了。然后，有那么一瞬间，他好像在用她的眼睛打量他，看到了他乌黑的头发，可能抹了啫喱而闪闪发亮，也看到了他的蓝色衬衫的腋下有汗渍。他有点微凸的肚腩，但还算苗条，臀部很窄，脸上浓密的毛发在年轻而白皙的皮肤上投下了阴影。因为红酒，他已然醉眼蒙眬，瞳孔里闪动着即将到来的胜利光辉。

放荡者航班

突然的暴晒把北方人的脸膛晒得通红。每天在海滩待几个小时后，连头发都被咸咸的海水冲刷得褪色了。包袋里塞满了浸透汗水的脏衣服。他们在登机前的最后一分钟仍在机场里买东西：送给亲朋好友的风俗特产，免税店的大瓶装烈酒。只有男人：他们的座位连在一起，占据了飞机上的某个区域，成为某种心照不宣的集体。他们坐定后，扣好安全带，之后就会睡觉。他们要把那些无眠之夜都补回来。他们的皮肤依然散发出酒味，他们的身体还没能彻底消化整整两星期的酒量——几小时后，这种气味就会渗透到整架飞机的每个角落。除了汗臭，还混合着性兴奋的余味。优秀的犯罪学家必能在此发现更多证据——衬衣下摆勾粘着一根黑色长发；食指和中指残留的有机物来自人类，能测出另一个人的DNA；他们的内裤的棉纤维中残留的皮屑微粒；残留在肚脐眼里的微量精液。

起飞前，他们会和左右邻座简短地交谈一下。很有节制地表达他们很满意这次旅行——说多了没意思，反正大家都懂。只有极少数无可救药的男人会抛出最后一个问题，关于价钱和服务内容，然后才会闭眼睡觉——带着满足感。一问就知道，全都很便宜。

朝圣者的构成

有个老朋友告诉我，他有多讨厌独自旅行。他的怨怒在于：每当看到稀奇古怪的事、新颖美丽的东西，他就很想跟别人说，如果身边没有人可以分享，他就会非常不高兴。

他能否成为优秀的朝圣者，我对此存疑。

约瑟芬妮·索利曼致奥地利皇帝弗朗茨一世的第二封信

鉴于上一封信石沉大海，请陛下容许我再修书一封，甚而越发冒昧大胆地称呼您为：敬爱的兄长。尽管我不希望被认为是在套近乎。只是因为——难道上帝，不管祂是谁，没有让我们成为兄弟姐妹吗？难道上帝不曾勤勉地分派我们各自的责任，以敦促我们始终以尊严和奉献的精神履行义务，皈依于神的造化？上帝信赖我们，将大地和大海托付于我们，将制造业托付给一部分人，再将统治权托付给另一些人。上帝使一些人出身名门贵族，生来就安康、迷人，但也使另一些人出身低贱，天资不够。以人类的浅薄陋见，我们无法解释个中缘由。恪守于心的唯有信念，我们坚信这一切之中蕴含神的智慧，我们因此成为神造的宏伟建筑里的一砖一瓦，哪怕无法预言神造之物的意图何在，但——我们必须坚信——没有这种信念，世界就将停止盛大的运转。

几星期前，我诞下一个男婴，我和丈夫给他起名为爱德华。然而，我儿子的外祖父依然未能安享寿终正寝，这大大折损了我初为人母的喜悦。先父的遗体尚未入土，仍被陈列在陛下的王子珍奇柜里供人好奇观赏。

我们实属幸运，能生活在一个优异的、理性的年代，能够清楚展现理智何其重要——恰是上帝最宝贵的恩赐。理性拥有强大的魄力，足以净化这个世界，去除迷信和偏见，令世上所有人欢心喜悦。先父笃信此理念，亦能全心全力付诸实践。人的理性是我们身为人类所能拥有并应用的最强大的力量，他对此坚信不疑。同样，在先父挚爱调教下长大的我也有如此坚定的信念：理性是上帝所能赐予我们的至高才能。

先父故后，我整理了他的资料，在其中发现一封约瑟夫大帝，陛下的前任和伯父，亲笔手写的信，请允许我在此抄录一段："所有人生来平等。我们从父母那里继承的只是动物性的生命，我们都很清楚，在动物性方面没有国王、王子、商贾或农夫之分。没有任何神圣或自然的法则能对抗这种平等性。"

现在叫我如何相信这段话？

我将不再用请求的姿态，而要乞求陛下将先父的遗体归还给我们家族，可怜他的遗体已被剥夺一切的尊严、一切的荣誉，被人用化学制剂处理后填充了异物，再近似死去的野兽般陈尸于众，被好奇的人围观。我也代表其他被填充保存、陈列在皇家自然珍奇馆里的人给您写这封信，因为就我所知，不曾有人为他们代言，甚至没有家人有所表示——我指的他们，包括那个不知名的小女孩、约瑟夫·汉默和彼得罗·米盖乐·安吉奥拉。我甚至不知道这些人是谁，也无法讲述他们不幸的人生，哪怕只字片语都无从说起，但我还是觉得有责任作为安吉洛·索利曼之女代表他们呈上这番符合基督教义的请求。现在，这也是我作为人之母的责任。

约瑟芬妮·索利曼·冯·福伊希特斯勒本

舍利子

剃度的尼姑穿着骨灰色的僧袍，样子很美地跪拜在缎面蒲团上，面朝一座玲珑的佛骨塔，塔里有得道高僧焚化后留下的东西。我站在她身边，我俩都凝视着那块小颗粒。我们用一直安置在这个房间里的放大镜细看这件宝物。所得之道尽在这块小结晶体之中，一块比沙子大不了多少的小石粒。毫无疑问，这个尼姑的肉身在多年后也将化为一粒沙；我的——不会，我的肉身会失落不再：我没有修行过。

但这不会让我悲哀，想想全世界的沙漠和海滩上有多少沙子吧，如果每一粒沙都是得道高僧死后才得到的精华呢？

菩提树

我遇到一个中国人。他对我讲了他第一次出差到印度的事：他有很多很多会要开，有一对一的小会，也有很多人的大会。他们公司生产复杂的电子设备，能长时间维持血液的新鲜，因而确保人体器官能被安全地转移，以便移植，他的任务是为了开拓新市场进行多重谈判，启动印度分公司。

最后一天晚上，他和印度承包商聊起自己从小就梦见自己看到了菩提树——佛祖就是在那棵树下得道开悟的。他出身信佛人家，尽管那个年代的中国人不能公开谈论宗教。可是，后来人们可以公开宣称自己的信仰了，他的父母却出人意料地皈依了基督教，投入新教门下的一个远东派系。他们觉得，基督教的上帝对信徒来说可能更便利，直白地说：上帝可能更有用，跟着上帝更方便赚钱，更能安身立命。但这个男人不这么想，所以继承先祖遗风，依然信佛。

印度承包商听懂了这个男人的愿望。他点点头，和中国同事碰杯，一干而尽。

到最后，他们都愉快地喝醉了，将谈判和签订合同时的压力一扫而空。他们迈着摇摆不稳的双腿，用仅剩的力气走进酒店的桑拿室，想要清醒一下，因为第二天早上还有工作要做。

次日一大早，有封短笺送到了他的客房——小纸片上只写了两个字：惊喜。夹在纸片上的名片就是那位承包商的。已在酒店门口等待的出租车将他送到了直升机边。飞了不到一小时后，这个男人发现自己置身圣地——那棵伟大的菩提树的所在地，佛祖得道之地。

他的高级西装和白衬衫瞬间湮没在朝圣的人群中。他的身体里还残留着隔夜的酒精、桑拿的余热，整个人似乎还沉浸在现代办公桌边，在玻璃桌面上，在静默中签署文件，签下他姓名的钢笔沙沙地划在纸面上。但到了这里，他迷失了，像个孩子般无助。凑到他身边的女人们像鹦鹉般五颜六色，推搡着他往宽广的人潮涌动的方向去。突然间，这个男人被一件事吓到了——发愿——

哪怕身为佛教徒的他每天都会念经祈愿，只要有空。他发过愿，要用自己的祈祷和善行让众生开悟。突然间，这场景让他备受打击，感到完全无望。

当他看到了那棵树，坦白地说，他是失望的。他的脑子里空空如也，一个念头也没有，一句经文祷言都没有。他对那个地方致以应有的崇敬，跪拜数次，献上了很多供品，大约两小时后回到直升机上。下午就回到酒店了。

在花洒底下，水流冲走了他身上的汗、尘，以及人群、货摊、身体、无处不在的线香和印度人用手从纸盘里抓着吃的咖喱饭混合起来的那种奇特的甜丝丝的气味，他突然想到，每一天，他都在见证曾让乔达摩王子心力交瘁的世事：生老病死。并没有什么稀奇的。这未曾改变他，直到现在，必须坦承，他早已对这些事见怪不怪了。接着，他用蓬松的白毛巾擦干身体时，他想到自己未必真的渴望得道，对此，他甚至不能非常肯定。他是否真的想在一刹那证悟所有真相。像用 X 光似的看穿这个世界，看到骨子里的虚空。

不过，当然了——正如他当晚对那位慷慨的朋友再三表示的那样——他非常感激得到这份厚礼。谢过之后，他从西装口袋里小心地取出一片破损的树叶，两个男人都俯身去看，带着忘我而虔信的专注目光。

我的家就是我的酒店

我环顾四周，再次审视每一样东西。就像从没来过这里一样，带着全新的眼光去看。我发现了很多细节。尤其让我震惊的是店主如此注重鲜花——花朵那么大，那么美，叶子闪闪发光，泥土湿润得恰到好处，还有那种崖爬藤也养得那么好，真叫人佩服。

这间卧室真的很大，尽管床品的质量有待提高，比如用硬挺的白色亚麻布床单。现在的床单是褪淡的青棕色，看起来既不需要压平，也不需要熨烫。不过，楼下的书房实在太赞了——完全就是我想要的那种书房，如果我真的在此长住，所需之物也都一应俱全。事实上，我很可能因为那些书而多住几天。

而且，我在衣橱里找到了几件刚好合身的衣服，巧得令人称奇，大部分是深色的，刚好也是我平时最爱穿的。都像是给我量身定做的——比如那件黑色连帽衫，那么柔软，舒服极了。而且——说到这里就更难以置信了——床头柜上还有我常备的维他命和耳塞。这也太离奇了吧。我还喜欢的一点是：你永远看不到房主或房东，早上也不会有清洁工咚咚咚地敲门。也不会有别人在门外走来走去。没有前台。清早，我甚至可以自己做咖啡，用我喜欢的方式做。用意式咖啡机，加热牛奶。

实话实说，这是一家很棒的酒店，价钱公道，位置可能稍有点偏远，离大马路有一段距离，冬天下大雪时，通往大路的小路会被埋在雪里，但如果你开车就无所谓了。你必须在S镇出口驶出高速公路，沿着普通道路再开几公里，在G处转弯，沿着两边有栗树的林荫大道开到石子小路。到了冬天，你只能把车停在最后一根消防栓那儿，然后走进来。

旅行心理学：长书短读（2）

“女士们先生们”，这次开场的女演讲者挺年轻的，穿着军靴，头发夹起来了，我觉得那种夹法挺好玩的。她肯定刚刚读完硕士。“如同我们在上一次讲座中所说的——如果你参加过这个讲座项目，很可能在某个机场或火车站听过了——我们基本上是在无意识状态下感受时间和空间的。我们不能把这些归入客观或外在的体验。我们对空间的感受源于我们有移动能力。我们对时间的感受，则源于生物个体所经历的明显改变的状态。所以，时间只是源源不断的改变。

“作为一种空间，地点让时间暂停。那是我们在感知整体性的客观事物时的短暂停顿。与时间截然不同，那是一个静态概念。

“明白了这一点，人类的时间就能被划分出不同的阶段，因为地点所造成的停顿会打破在空间里的移动。这种停顿，将我们固定在时间的流动中。睡着的人会失去空间感，不知道自己此时此刻在什么地方，也完全没有时间感。空间里的停顿越多，我们体验的地点越多，主观时间也会流逝得越来越多。我们常把不同的时间段比作一集一集的电视剧。它们彼此之间没有前因后果，它们打断了时间，但不必成为时间的一部分。它们是自成一体的事件，每一次都从零开始；每一次开始和结束都是绝对独立的。你可以说，没有哪一集是未完待续的。”

这时候，第一排出现了一点骚动，因为候机厅的广播呼叫某些人立刻去登机口，他们听到自己的名字后，慌忙收拾手提行李和免税店购物袋，手忙脚乱地从邻座跟前溜出去。我也慌忙地再次查看自己的登机牌，一走神就没听到讲座的下一段，再要跟上女演讲人的进度就很费劲了，她开始论述旅行心理学的实用性了。她肯定意识到了，我们已经听够了古怪又复杂的理论。

“实用旅行心理学研究的是地点的隐喻意义。请大家看一眼那些大屏幕上罗列的目的地吧。你们有没有停下来想一想，‘冰岛’究竟是什么意思？‘美国’呢？念出这些名词的时候，你的脑子里会出现什么样的反应？在地理精神分析中，问问自己这类问题将会很有帮助，通过这样的分析，能够更深刻地理解地点的含义，从而解析隐含在所谓‘行程’中的意义——行程，就是旅行者选定的路线，从中可以发现这个人旅行的深层原因。

“地理精神分析，或是旅行心理分析，并不会像移民官那样提问：你为什么来这个国家？虽然表面看起来是有点像，但我们的问题指向的是感知和意义。从本质上来说，一个人参与了什么，就会变成什么样。换言之，我看什么我就是什么。

“而这显然就是古人朝圣的动因和深意所在。跋涉千里——最终抵达——圣地，就会让我们与有荣焉，沾染圣光，涤除罪恶。当我们去一些不那么神圣、甚至会带来罪恶感的地方旅行，也会发生这种效应吗？去让人悲伤、空虚的地方呢？去让人愉悦、充实的地方呢？

“并不是……”女人继续讲着，但我身后有两对中年夫妇正压低了声音聊天，听上去好像比演讲者的反思更有趣，我就走神听了一会儿。

我很快就听明白了，那两对夫妇正在交流旅行的感想，一对在怂恿另一对：

“你们真得去次古巴——但要趁着卡斯特罗在的时候去。等他一死，古巴就会变得和别处一样了。但如果你现在去，就能看到不可思议的贫穷——看他们开的那些车哟！说真的，你们要抓紧——卡斯特罗显然病得很重。”

同胞

女演讲者讲完了实用性的那部分，有些旅行者开始谨慎地提问，哪怕问的都是他们不该问的。至少在我看来是不该问的。话说回来，我自己倒也没胆量说什么，所以我走到旁边的一家餐厅，想喝点咖啡。结果发现聚集在餐厅门口的一群人在用我的母语交谈。我带着疑心，从上到下打量了他们一番——他们看起来和我真像啊。是的，那些女人很有可能是我的姐妹。于是，我给自己找了一个座位，尽可能地离他们远点儿，然后才点了咖啡。

在异国他乡遇到同胞绝对不会让我高兴。我总是假装听不懂自己的母语。我宁可装成无名的陌生人。我用眼角的余光观望他们，他们没有意识到有人听得懂他们在讲什么，我觉得这挺耐人寻味的。我暗中观察了他们后就走了。

曾有个疲惫的英国男人向我坦言，他也有同感（“在异国他乡遇到同胞绝对不会让我高兴”）；喝着第二杯啤酒，看着顾客鱼贯而入餐厅时，他巴不得能找人说说心里话。我和他聊了一会儿，但我们其实也没多少话可以说。

我喝完咖啡，回到讲座现场，假装马上就要走，其实我根本不着急。我刚好赶上最后一轮讨论，意志坚定的女演讲者正在向三个旅客解释什么，那几人围在她身边，显然是最有毅力的听众。

旅行心理学：结语

“女士们先生们，我们看到了个体是如何发展的，如何获得自我的一席之地，变得越来越独特，受人欢迎。这样的自我是以前不曾被强调，倾向于模棱两可，屈从于集体的；被禁锢在身份、惯例的延续之中，在传统的压力下不得声张，不得不屈从于各种需求。现在，这个自我充实起来，将世界据为己有。

“神，以前是外部的，不可接近的，来自另一个世界，他们的使节显然就是天使和魔鬼。但是，人类的自我突然膨胀之后就一扫众神，把神明往自我的内部归拢，为他们布置了一个安身之所：

就在海马沟和脑干之间，松果体和布洛卡区之间。众神只能用这种方法幸存下来——在人类身体深处的漆黑角落里，在人脑的沟回里，在突触与突触间的空隙里。刚刚起步的旅行宗教心理学正在研究这种神奇的现象。

“这方面进展的影响力日益壮大——我们创造出来的东西，以及尚未创造的一切，对现实的影响是同等的。还有谁在真实世界中移动？我们知道有些人在贝托鲁奇的电影里去摩洛哥旅行，在乔伊斯的书里认识了都柏林，在有关喇嘛的电影里看到了西藏。

“有一种很有名的综合征是以司汤达命名的。患有司汤达综合征的人先是通过文学和其他艺术作品了解了一个地方，亲身抵达后，感受过于强烈，因而出现虚弱、甚或晕倒的状况。也有人吹嘘自己发现了一些不为世人所知的好地方，我们就会很嫉妒他们，因为他们有了非常真实的现场体验，甚至在我们刚刚知道那个地方、以及所有类似的地方之前。

“我们必须再一次，固执地问自己同一个问题：他们要去哪里，去哪些国家，哪些地方？外国已成为一个复杂的整体，一个意义纠缠的结，而优秀的地理心理学家可以帮我们解开这个结，当场做出阐释。

“我们的任务是把实用旅行心理学的概念呈现给你们，鼓励你们充分利用我们的研究。别害怕，女士们先生们，包括那些站在咖啡机旁边安静角落里的人，在免税店逛来逛去的人，还有那些在特设办公室里做出迅速、谨慎的分析的人——可能，只有航班起飞广播才会偶尔打断他们的工作。那儿只有两把椅子，放在一块标有地图的显示屏后面。

"'所以，你们要去秘鲁吗？'地理心理分析学家会这样问你。你会很容易误以为他是收银员或办理登机手续的地勤人员。'去秘鲁？'

"他会给你做一次简短的联想测试，专注地观察哪个词会成为最重要的线索。那是一种短期分析，没有冗余又拖沓的题外话，也不会涉及父母亲做了什么该被责怪的事之类的老生常谈。只需要一次测试，我们应该就能得出结论了。

"去秘鲁，但你到底要去干什么？"

最强健的肌肉是舌头

在很多国家，人们说英语。但我们不是——我们有自己的母语，藏在我们的随身行李里，我们的化妆包里，只有在旅行中才说英语，只有在外国、对外国人才讲英语。实在很难想象，英语就是他们本来的母语！常常也是他们唯一会讲的语言。他们在犹疑的时候，不能仰仗或求助于另一种语言。

在这个世界上，他们该是多么失落啊，所有的指示和说明，所有愚蠢至极的口水歌的歌词，所有的菜单，所有让人头痛的手册和宣传册——甚至电梯里的按钮！——都是用他们固有的母语写的。只要他们开口讲话，就可能在任何时候被任何人听懂。他们势必要用特殊的密码记录某些事。不管他们在哪里，别人都能不受限制地接近他们——他们和每一样东西、每一个人都会有联系！我听说有人在筹划启用某种小范围使用的冷僻语言，某种早已死去、没人再用的古老语言，只是为了方便他们私下交流。

说啊！说啊！

听进去再说出来，对自己也对别人，描述每一种情形，命名每一种状态；搜肠刮肚，斟酌词句，仿佛在寻找能让灰姑娘变成公主的那只有魔法的水晶鞋。摆弄词句，仿佛在轮盘赌的数字上放下筹码。也许这次会押对？也许这一把会赢？

说吧，揪住别人的袖子，让他们坐在我们对面，听我们说。然后，轮到你做听众，让他们“说啊，说啊”。有人说过“我说，故我在”吗？只要你说，你才存在。

为此，动用一切可以用的手段，隐喻，寓言，隐晦，断句；别被讲到一半的话吓得驻足不前，好像跳过了动词后突然出现了无底洞。

别漏掉任何一种未经解释、未加描述的情形，任何一扇关紧的门，用一句粗话把门踹倒吧，甚至是那些让人尴尬和羞耻、你宁可忘掉的走廊门。别因为跌倒一次、或任何一种罪孽就觉得羞耻。被讲述的罪孽，就将被忘却。被讲述的生活，就将被拯救。难道这不就是圣徒西吉斯蒙德、圣徒查尔斯、圣徒詹姆斯曾经教导我们的吗？没有掌握说话的艺术的人，就会永远陷在困境里。

青蛙与飞鸟

世上有两种观点：来自青蛙的视角，以及，飞鸟的视角。介于这两者之间的任何观点只会导致混乱。

比方说：精美地印在航空公司宣传手册上的机场地图。只有用俯瞰的视角，地图的所有含义才会变得清晰可懂，俨如壮观的纳斯卡线条，要动用想象中的飞行生物的视角才能创造出来，比方说：俯瞰极具现代感的悉尼机场就会看出来，其形状是一架飞机。我觉得，那不算很有趣的创意——你的飞机降落在一架飞机上。方式变成了目标，工具变成了结果。再举一个例子：东京机场，其造型是一个巨大的象形文字，很让人费解。那是个什么文字的字母？我们还没学会日文的五十音图，也搞不明白我们抵达这里意味着什么，他们用什么样的字句欢迎我们。他们在我们的护照上敲了什么章？一个大大的问号吗？

无独有偶，中国的机场也让人想到中文的拼音，你必须学一下，把它们按顺序规整好，创建一套异位构词——也许就会在这次旅途中向你揭示一些意想不到的哲理。要不然，就把它们当作易经的六十四卦好了，每次降落都像是卜了一卦。第四十卦：解卦，解除险难。第三十六卦：明夷，火入坑中。第十卦：履卦，行道坦荡。第十七卦：随卦，随遇而安。第二十四卦：复卦，周而复始。第三十卦：离卦，附丽不息。

还是让我们歇会儿吧，不谈这些迂回复杂的东方玄学了，因为这显然是我们的弱点。让我们来看看旧金山机场吧，现在我们有相同点了，足以激发信心，让我们倍感宾至如归：我们在这里会看到脊椎的横截面。机场的圆形中心区域就是脊椎，稳固在根根肋骨的坚实包围中，这儿，向外辐射的，按编号排列的登机口就是神经根，每一条神经都有连通飞机的管状通道。

法兰克福呢？那个巨大的航空交通枢纽，国中之国？那会让你联想到什么？是的，是的，完全就像芯片，计算机芯片，刀片般的薄片。在此，不会有任何怀疑了吧——亲爱的旅客们，它们已然点明我们是什么了。我们是这个世界的一次又一次神经冲动，一次又一次瞬间的分解，仅仅是允许改变——从加到减，或从减到加——的那一小部分，从而使万物保持持续的流转。

线条，平面和实体

我常常梦想，既能观望别人又不会被别人看到。窥探。成为最完美的观察者。就像我以前用鞋盒子做的针孔照相机。它用一个瞳孔般的小洞让光线透入漆黑、封闭的空间，为我拍下了世界的局部。我一直在训练自己。

进行这种训练的最佳地点是荷兰，荷兰人笃信自己清白无瑕，所以不用窗帘。天黑后，家家户户的窗口就变成了小舞台，演员们登场，上演各种的夜晚生活。轮番出现的形象沐浴在温暖的黄色灯光里，每一幕都是独立的，但都属于名为《生活》的一出大戏。荷兰派绘画。活动的生活。

瞧，这扇门边出现一个男人，手拿托盘，他把盘子放到桌上；两个孩子和一个女人在桌边坐下。他们慢慢地吃饭，沉默不语，因为这家剧院的音响坏了。吃完后，他们都坐到沙发上，聚精会神地盯着闪光的屏幕看，但我站在街边，看不清楚是什么那么吸引他们——我只看到图像闪烁，光影颤动，小小的画面转瞬即逝，又隔着那么远，没法看明白。一张脸孔，说个不停的嘴，风景，另一张脸孔……有人会说这出戏太无聊了，什么都没发生。但我喜欢——比方说，一只勾着拖鞋的脚无意识的动作，或是，难以置信的打哈欠的全过程。或是，一只手在长毛绒沙发上摸来摸去，终于摸到了遥控器，然后就安静下来，萎缩不动了。

保持距离。只看碎片化的世界，因为并不会有另一个世界。瞬间，碎屑，转瞬即逝的组合——刚形成，就崩解。生活？没有所谓的生活。我看到的是线条，平面和实体，看到它们随着时间变换形态。与此同时，时间，似乎是用来测量微小变化的简单工具，极简的小学生用尺，上面只有三个刻度：过去、现在和将来。

阿喀琉斯之腱

1542 年是新时代降临前的黎明时刻，只是很可惜，没人注意到这一点。那一年没什么大事发生，也不是世纪之交——从数理学的角度看，那一年乏善可陈，只能得出数字三。然而，哥白尼的《天体运行论》的第一章、维萨里的《人体的构造》全书都是在那一年问世的。

无须赘言，没有哪本书是包罗万象的——难道有什么东西真的能包罗万象吗？哥白尼没有提及太阳系的其余部分，像天王星这样的行星仍在等待合适的时机被人发现，也就是法国大革命前夕。与哥白尼同时代的维萨里则缺少很多研究人体内部的机械方法，因而忽略了拃度、关节、连接等细节——举个小例子：连接小腿和脚跟的跟腱。

不过，这个世界——内部的，以及，外部的——的地图已经被大致画出来了，只要看上一眼，理智就会被照亮，把那种秩序蚀刻在最主要、也是最基础的线条和平面之中。

假设这是1689年11月，很暖和的一天，午后某时。菲利普·费尔海恩[1]一如往常坐在桌边，凑在窗口射进来的一束日光下，那光线好像是特别为他投下的，照亮这项特定的工作。他在检查排列在桌上的人体组织。钉在木板上的大头针固定了灰色的神经。他用右手描下自己看到的景象，眼睛甚至都不用移到纸面。

毕竟，看到就意味着知道。

但现在有人咚咚咚地敲门了，狗狂叫起来，菲利普必须起身。

1 Philip Verheyen（1648—1711），出生于比利时，弗拉芒的外科医生，解剖学家，作家。

他很不想动。他的身体已处在最舒适的姿态：低头，垂在标本上方；可是现在他不得不把身体重量移到那条好腿上，再把桌下的那条木腿拖出来。他一瘸一拐地走向房门，顺便让狗消停下来。门口站着一个他认识的年轻人——但要稍微想想才能认出来，是他的学生威廉·范·霍森。他一向不喜欢朋友登门拜访，其实，任何人来访都不会让他高兴，但他还是退后一步，邀请来客进屋，木腿在门口的石板地上敲出笃笃声响。

范·霍森很高，有一头浓密的卷发，此刻满面喜色。他走到厨房的桌边，依次放下了几样东西：一整块圆轮奶酪，一条面包，几只苹果，还有红酒。他讲话的声音很洪亮，沾沾自喜地吹嘘他拿到了票——他今天就是为了这事儿来的。菲利普不得不费了一番功夫，挤出一个突然置身于可怕的喧嚣中的人才会有的假笑，以免表情泄露内心的愤慨。他猜到这家伙——其实这小子还不错——突然上门来的原因了：门口小桌上有封没开封的信，信里肯定有所解释。来客把吃食摆上桌的时候，主人机敏地偷偷藏起了那封信，之后还会假装他看过了。

他还要假装自己没本事找个女主人，其实，他压根儿就没费过那个劲儿。他还会假装自己记得来客即将提到的每一个人名，其实，他在日常生活中的记性并不好。他是鲁汶大学的校长，但从夏季开始他就躲到乡下来了，抱怨他的身体不好。

他们一起把壁炉生起来，坐下来吃东西。主人吃得很不情愿，但事实证明，每一口都能激起他的胃口。红酒很配奶酪和肉。范·霍森把票拿给他看。他们一言不发地看着那几张纸，然后，菲利普走到窗边，戴上眼镜，好把那些细致、错综的线描图案和文字看得更清楚。就连票面都堪称艺术品——最上面是文字，下面是一幅鲁谢大师亲笔绘制的精美插图，画的是人类胎儿的骨骼。两个胎儿，坐在几块石头和枯干的树枝间，手里拿着乐器，一个看似小号，另一个看似竖琴。如果仔细去看那些纠缠的线条，你就会发现，画面中还有很多骨头和头颅，精细之极，任何用心看的观者都必定能看出来，那些也是小胎儿的骨头。

“很漂亮，不是吗？”来客站在主人的身后看着，随口问道。

“有什么漂亮的？”菲利普·费尔海恩不客气地回道，“人骨而已。”

“这是艺术。”

但菲利普不能被卷入这种争论，不能像范·霍森在大学里认识的那个菲利普·费尔海恩那样。对话并没能继续下去，你可能会觉得，这位主人心不在焉，也许隐居独处让他的思绪飘得太远了，他只习惯在头脑里和自己对话了。

“你还保留着它吗，菲利普？”过了一会儿，他多年前的学生问道。

费尔海恩的实验室在一小间外屋里，大门口有一扇门直通进去。看到实验室里的情形，他一点儿都不惊讶，小屋很容易让人联想到雕刻匠的工坊，到处都是薄板，蚀刻盆，墙上挂满了凿刻工具，到处都摊放着要晾干的印刻半成品，地板上还有拖曳重物后留下的错综痕迹。来客下意识地走到印刻好的几张纸边——画面展现的全是肌肉和血管，肌腱和神经。标注清晰，一目了然，完美。这间屋里还有一台显微镜，会让很多人艳羡不已的、最高级的工具，配有本尼迪克·斯宾诺莎打磨的镜片，菲利普用它来观察血管束。

实验室里只有一扇朝南的大窗，窗下摆着宽大、整洁的工作桌，这么多年来，桌上始终摆放着那件标本。你会看到，标本旁边有只玻璃罐，里面没东西，只装了六七成的干草色液体。

“如果我们明天要去阿姆斯特丹，你要帮我把这些都收拾好，”菲利普说着，又带着责备的口气加了一句，“我一直在工作。”

他开始用细长的手指小心翼翼地剥离人体组织上的脉管，用大头针把拉出来的血管固定好。他双手的动作飞快又轻巧，更像是捕蝶人的手，而不是解剖学家，或是雕刻工匠——要在坚硬的金属上凿出沟纹，让酸液随后制造出反白效果。范·霍森抱起一只灌满酊剂的玻璃罐，里面的标本部件浸没在透明的淡棕色液体里，好像就要回家了。

“你知道这是什么吗？”菲利普问道，粉红色的指尖指着骨头上的浅色物质。“摸一下。”

来客用一根手指伸向已死的人体组织，但没有触碰到，只是悬在半空中。皮肤是用特殊的手法切割开的，只为了用出人意料的方式披露这一处。不，他不知道那是什么，但他斗胆一猜：

“比目鱼肌的组成部分。”

主人盯着他看了一会儿，好像在寻找切当的词汇。

“从现在开始，这就叫作阿喀琉斯之腱——跟腱。”他说。

范·霍森跟着费尔海恩，把这词组重复了一遍，好像要记住这几个字。

“阿喀琉斯之腱——跟腱。”

他已经用抹布擦过双手了，现在从一堆画纸下抽出了一张图，用四个视角画的，精准之至；小腿和足部构成一个整体，已经很难想象它们以前不是这样组合在一起的，很难想象这个部位曾经空无一物，只是含糊一片、如今已被完全忘却的画面；现在，每个部分各归各，终于合体了。怎么从来没人注意到这条肌腱呢？明明是自己的身体，却要像逆流而上追索源头一般，去发现某些部分，这真让人难以置信。用柳叶刀追随血管从而确定血流的源头也同样如披荆斩棘。精细的描画填补了那些空白之处。

发现并命名。攻克并赋予文明。从此往后，一小块白色软骨将归顺我们的法则，我们也将整肃以待。

不过，最让年轻的范·霍森着迷的是这个名字。事实上，他还是个诗人，哪怕接受了医学教育，他还是喜欢用韵文写作。这个名字能激发他脑海中的神话形象，仿佛正在欣赏一幅描摹了血统纯正的仙女天神的意大利名画。海神之女忒提斯抓住小阿喀琉斯之踵，让他浸入冥河，从而永生不死——这个人体部位难道还会有更贴切的名字吗？

也许，菲利普·费尔海恩无意间摸索到了一种隐秘的规则——也许，整个儿神话世界就在我们的身体里？也许，就在人体内部，存在着某种大大小小万物间的彼此映照——传说和英雄，神明和动物，植物的有序与矿物的和谐？也许，我们本来就该用这个思路来命名人体部位——阿尔忒弥斯的肌肉，雅典娜的主动脉，赫菲斯托斯的锤骨，墨丘利的双螺旋？

入夜后两小时，两人一起上床休息，那张双人床肯定是前任房主留下的——菲利普终生未娶。夜里很凉，他们不得不盖上几张羊皮，气味混着湿气，让屋里弥漫了羊脂和笔墨的气息。

“你得回莱顿去啊，回到大学里。我们需要你。”范·霍森说道。

菲利普·费尔海恩解开皮绳，卸下木腿，搁到一边。

“疼啊。”他说。

在范·霍森想来，他是在说支在床头柜的假肢，但菲利普·费尔海恩手指的并不是假肢，而是现在曝露出的、不复存在的腿脚，缺失的部分。

“伤疤会疼？”年轻人问道。不管哪里疼，都不会减弱他对这位纤弱男人的深切同情。

“我的腿会疼。我感觉得到疼痛沿着骨头走，两只脚都痛得让我发疯。大脚趾和关节。都肿了，发炎了，皮肤很痒。就在这儿。”他说着，弯下腰，指了指床单上的一条小褶皱。

威廉沉默了。他该说什么呢？接着，他俩都平躺下来，把被子拉到脖子下面。主人吹灭了蜡烛，看不见了，然后在黑暗中说道：

“我们必须研究自己的疼痛。”

可以理解，一个杵在木球根上的人不可能太敏捷地移动，但菲利普很勇敢，要不是因为有点轻微的跛足，以及假肢发出的干巴巴的吱嘎声，别人很难发觉这个男人少了一条腿。步履比常人慢，也意味着有时间交谈。那是个清新的早晨，街上一派欣欣向荣，太阳升起来，在纤细的白杨树间闪动——散步的感觉挺美好的。走到半路，他们拦下了一辆运送蔬菜到莱顿市集的板车，多亏有车可搭，他们才有时间在皇家酒店吃了顿像样的早餐。

然后，他们在运河码头登船，船是靠几匹高头大马拖靠岸的；他们选了便宜的甲板座，头顶上有遮阳篷，因为天气很好，这样坐船是纯然的享受。

我该让他们走了——坐上去阿姆斯特丹的驳船，走水路，穿过他们头顶的遮阳篷投下的交织的阴影。他们两人都穿黑衣，戴着浆洗得笔挺的雪白衣领；范·霍森更华贵，更整洁，但那只能说明他有个帮他打理衣装的妻子，要不然就是有钱雇仆人，但也仅此而已。菲利普坐在反座，背对船行的方向，舒服地靠在椅背上，健全的那条腿屈着，黑色的皮拖鞋上绑着一条有毛边的深紫色缎带。权当脚跟的木球抵在驳船甲板上的一个绳结边。他们在倒退的景致中看向彼此：垂柳围绕的田野，排水沟，小码头，铺着芦苇顶的木屋。野鹅也像一只小船，沿岸悠游。和煦的微风吹拂了他们帽檐的羽毛。

我要补充一点，和他的导师不一样，范·霍森没有绘画的天赋。他是解剖学家，每次解剖都会雇一位专业画师到场。他的工作方式包括做详尽的笔记，详尽到每次重读都能让他回忆起现场的点点滴滴。写作也是一个好办法。

而且，身为解剖学家，他尽力实现斯宾诺莎先生的教导，狂热地吸取经验和倡导，直到禁令终止了斯宾诺莎的学说——把人类视为单纯的线条、平面和实体。

菲利普·费尔海恩简史，由其学生和密友威廉·范·霍森撰写

我的导师1648年出生于佛兰德斯。他的父母家和普通的佛兰德家庭别无二致，房子是用木头造的，屋顶铺了修剪平整的芦苇，就像小菲利普的刘海一样平。地面是用黏土砖新铺的，所以，家庭成员可以用木鞋底踏出的咔哒声宣示自己的到来。到了星期天，木鞋就常被换成皮鞋，费尔海恩家的一家三口会沿着笔直的长街、街边的白杨树走去维赫布洛克镇上的教堂。进了教堂后，他们落座，静待牧师；干了太多重活的双手会带着感恩之情伸向祈祷书，薄薄的书页、小小的字迹会增强他们的信念，相信他们能比脆弱的普通人更能持久忍耐。维赫布洛克教堂的牧师的开场白总是这句："Vanitas vanitatum[1]。"你可以认为这是一句问候语，实际上，小菲利普一直这样认为。

菲利普是个安静、平和的小男孩。他帮父亲在农场里干活，但事实很快就证明了，他不会追随父亲的脚步。他不会每天早上

1 语出《圣经》，意为：虚空中的虚空。

去把牛奶倒出来，再混上给巨大的圆轮奶酪定型用的牛肚粉，也堆不出干净利落的干草垛。他不会在早春观察犁沟里有没有足够的积水。维赫布洛克镇的牧师让他的父母明白了：菲利普天资聪颖，应该在教堂学校毕业后继续接受教育。因此，十四岁的男孩开始在圣三一学院进修，那时候，他已显示出杰出的绘画能力。

若说世人分两种，一种能见微甄细，另一种只能看到囫囵整体，那我有把握这么说：费尔海恩显然属于前者。我甚至认为，他的身体生来就能在一种特定姿态中获得旁人无法企及的感受力——倾身伏在书桌前，双腿搁在椅子的横档上，脊背弓起来，手握羽毛笔，他就能心无旁骛，只专注于眼前的世界：由微小的细节构成的小宇宙；点线勾画之间，画像凭空而生。蚀刻和网线铜版印刻，都要在金属上刻出细纹、标志，在坚硬又光滑的金属板上作画，日以继夜反反复复，直到画面变得深刻。他对我说过，对立面总能带给他惊喜，证实他的想法：左与右是完全相反的两种维度，确实能向我们展示出值得质疑、却正是我们天真地信以为真的本质。

虽然费尔海恩极擅绘画，也极其投入雕刻与蚀刻、染色与印刷，他却在二十多岁时前往莱顿攻读神学，想成为牧师，就像他的导师——维赫布洛克镇的牧师那样。

但是，甚至在更早之前——他对我讲述这些时，整个人都凑在那台无与伦比的显微镜上——那位牧师就常带他一起出门，在坑坑洼洼的乡路上走几英里，去拜访一位手艺非凡的镜头研磨师，一个被自己的族人驱逐的傲慢的犹太人，他是这样说的。这人住石屋，把房间分租出去，看上去桀骜又另类，所以在费尔海恩看来，每次拜访他都是大事件，哪怕他那时还太年轻，并不能参与任何一场畅谈，甚至连听都听不太懂。磨镜师显然认为自己适合一种别有风情、甚而乖张的仪态举止。他穿长袍，头戴尖尖的高帽，从没摘下来过。他看起来像一条线，一根垂直的指针——菲利普讲到这里，还跟我开玩笑说，如果你让那个怪人站到田里，说不定能当日晷用。各式各样的人聚在他家里，商人，学生，教授，他们会随意地坐在一棵大柳树下的木桌边，无休无止地漫谈。主人或某位来宾常常兴之所至就来一段讲演，只是为了让讨论再次激烈起来。菲利普记得，那位主人讲起来就像在念书，口若悬河，绝无支吾。他会一口气说出很长的句子，小男孩可能无法一时听懂，但讲演者气势如虹，总能镇住全场。牧师和菲利普总会带点吃的过去。主人会用葡萄酒招待他们，酒里的水也没少掺。关于那些聚会，费尔海恩只能记住这些，但从此以往，斯宾诺莎始终是他的导师，他把他写的文章看得滚瓜烂熟，再与他激烈地争辩。也许，和这位思维敏捷的导师的频频会面，加之他有思考的能力，也有求知的渴望，才会促使年轻的菲利普去莱顿攻读神学。

我敢说，我们都认不出反写的命运，而那正是神圣的雕刻师为我们刻下的。只有当它们凝聚成人类认不得的形态时，才会以黑与白呈现在我们眼前。上帝用左手，对着镜子反写。

1676年，大学二年级的菲利普在一个寡妇家租房住。五月的一天夜里，他走上狭窄的楼梯时，裤子勾到了一枚钉子，第二天才发现，尖锐的钉子也划伤了他的小腿，在皮肤上留下了一道几公分长的红印，凝结着颗颗小血珠——神圣的雕刻师在精美人体上留下无心的一笔。几天后，他开始发高烧。

寡妇房东把医师叫来后，发现那个小伤口已经感染了，边缘红肿。医师开了几贴药膏，还有补充体力的肉汤，但隔天晚上已很明显：没办法治好这次的感染，那条腿保不住了，只能从膝盖以下切除。

“从我上次不得不从谁身上切下点什么到今天——还不到一星期。你还有另一条腿呢。”医师显然是想宽慰菲利普。后来，这位医师和他成了多年至交，他就是我的舅舅，德克·科尔克林克，前不久，菲利普还为他做了几幅人体解剖的雕版画。“你要去打根木拐杖。以后顶多就是比现在闹腾一点吧。”

科尔克林克师从弗雷德里克·鲁谢——荷兰最优秀的解剖学家，甚至在全世界也是第一流的。所以，那次截肢手术很完美，堪称是教科书级别的杰作。腿脚完整，骨头的锯切也很平整，血管在烧红的铁棍精准烫过后完全闭合。手术前，病人抓住未来好友的衣袖，恳求他保存好锯下来的腿脚。他一直很虔诚，肯定是按经文的字面意思去理解的：基督降临时，我们将从坟墓里站起来，所以，要保有完整的肉身才能复活。后来他告诉我，他那时候非常恐惧，害怕那条腿会自己升起来；他希望死后被安葬时，肉身是完整的。假如当时经手的是个普通医师——江湖郎中，只会割疣和拔牙——而不是我舅舅，他的古怪请求肯定不可能被实现。通常，切除的肢体会被裹在布里，送到墓地，放在一个小地洞里，尽管不失肃穆，但不会有宗教仪程，也不会在埋下的地方做任何标记。但我舅舅在病人被精馏酒精昏迷后，一丝不苟地打理了那条腿。首先，他注入了自己的导师秘制的溶液，去除了血管和淋巴管中的坏疽、被感染的坏血。血被清空后，他再把那条腿放入玻璃樽中，灌满南特的白兰地和黑胡椒调配成的药水，那条腿就将保持原样，永远不会腐坏。等菲利普从酒精的麻醉中醒来后，他的朋友就把浸在白兰地中的腿脚给他看，俨如把新生婴儿抱给刚刚生完的母亲看。

费尔海恩康复得很慢，就住在莱顿的一条小街上，在他从寡妇家租的阁楼里。是她照顾了他。要不是有她在，天知道事情会变得怎样。事实上，病人意志消沉；很难说那到底是因为正在康复的伤口无休止的疼痛，还是仅仅因为他的处境完全改变了。毕竟，才刚二十八岁，他突然成了残疾人，神学专业也就此告终，这很好理解——没有腿，他也当不成牧师了。他不让任何人把这件事告诉他父母，一想到自己让他们失望了，他就羞愧得无以复加。德克会去看望他，同去的还有两个同事，不过，相对于痛苦的病患，他们好像对他搁在床头板上的截肢更感兴趣。显而易见，这截肢体已经开始作为标本的生活了，浸没在酒精里，陷入永不消散的迷雾，做着兀自奔跑的白日梦，还会梦见被晨露打湿的草地，沙滩上温暖的细沙。还有几个神学院的同学也会来看他，菲利普最终对他们坦言，自己再也不会返校上课了。

客人们离去后，寡妇房东——我后来见过这位弗路太太，觉得她就是个天使——就会出现在菲利普的房间里。菲利普在她家借住了好些年，直到他在雷根斯堡买了房子，定居到老。她会带一只盆上楼，还有一只装满热水的锡桶。虽然病人不发烧了，伤口也不会渗血了，这位夫人还是会仔细地擦拭他的腿，再帮这位大学生沐浴。洗完后，她会帮他穿上干净的衬衣和裤子。她已经帮他把左边的裤腿剪断、缝好了，每一条裤子都是，她那双灵巧的手修整过的每一处都浑然天成，整整齐齐，好像那就是上帝创造出来的原样，好像菲利普·费尔海恩生来就没有左边的腿脚。每当他不得不下床用便盆时，他会靠在这位寡妇强有力的肩膀上，一开始，这太让他难堪了，渐渐才安之若素，和她相关的一切都变得自然起来。几星期后，她扶着他下楼，他和她，还有她的两个孩子一起在沉重的木餐桌旁吃饭。她很高大，很结实。她的金色卷发看起来很野性，和很多佛兰德女人一样，她用亚麻布做的小帽子遮盖头发，但总会有一绺滑落在她的颈背或前额。我猜想，到了晚上，等孩子们都香甜入梦了，她会上楼去，好像是要带去便盆，但这时会上他的床。我不觉得这有什么不妥，因为我相信，人与人本来就该用力所能及的任何方式互相扶持。

入秋后，伤口完全愈合了，截肢的地方只剩一道红印了，菲利普·费尔海恩拄着拐杖，笃笃笃地走在莱顿高低不平的石子路上，每天早上都去大学医院中心听课，就是在那儿，他开始钻研解剖学。

很快，他就成了最受人尊敬的学生之一，因为他可以用无人能及的高超画技把外行人眼中杂乱如麻的人体组织还原成肌腱、血管和神经，复现在纸面上。他还临摹了维萨里一百多年前的著名画册，出色地完成了这项作业。这是最好的入门课，他由此开启了自己的事业，并以杰出的成就闻名于世。他对很多学生，也包括我在内，表现出一种家长般的情感——极尽关爱，但也很严厉。我们在他的指导下进行人体解剖，再在他炯炯有神的目光、一流的专业手法的指引下，走向最复杂难解的迷宫深处。学生们无不珍视他坚定的信念、精益求精的学识。他们看着他行云流水般地画图，如同目睹神迹。画画绝非复制——你必须知道怎么看，也必须知道自己在看什么，才能真的看到。

他一直都很沉默寡言，但时至今日，我敢说他也有点心不在焉，总是沉浸在他自己的心事里。渐渐的，他不再授课，转而躲进他的工作室，独自一人工作。我时常去雷根斯堡探望他。我喜欢把城里的新闻、大学里的八卦和逸事讲给他听，但我发现他越来越执迷于一个主题，这让我心神不安。他把那条腿拆解成很多部分，尽其所能地研究了每一处细节，那条腿，总是摆在床头板的玻璃樽里，要不然就有点吓人地摊放在桌上。当我意识到我是唯一和他保持联系的人后，我也明白了一件事：菲利普已经越过了一条无形的界线，没有回头路了。

十一月的那天，我们的驳船在午后停靠在阿姆斯特丹的绅士运河，一下码头，我们就直奔目的地。那时已入冬，运河不像夏季那样臭气熏天，雾气在我们眼前升腾，慢慢披露出一片宁谧的秋日碧空，在这样暖和的雾天散步挺舒服的。我们转进一条犹太区的窄巷，想喝杯啤酒、歇会儿脚。幸好我们在莱顿吃了丰盛的早餐，因为这时经过的每一间酒馆都人满为患，我们等了很久，才有人来招待我们。

到了市集，就能看到挤在小货摊中的测量局：从船上卸下的货品都要在这里称量。魄力十足的鲁谢就将在这儿的塔楼里做公开展示。我们到得有点早，还没到印在票面上的开放时段。虽然这时还不允许热情高涨的观众进去，大家却已三三两两地聚在入口处。我饶有兴趣地看着他们，因为从很多人的穿着打扮来看，鲁谢教授的名望已蜚声海外，逾越了荷兰边境。我听到有人用外语交谈，看到有人戴着法式假发，有人的紧身上衣袖口里垂下了英式蕾丝袖饰。还来了很多学生，买的肯定是便宜的散座票，因为他们已经拥在入口处，等着早点进去抢个好座位。

菲利普当校长时的熟人也源源不断地来和我们打招呼，大都是市政厅的高级官员、外科医生协会的成员，都很想知道鲁谢这次要给我们展示什么，又提出了什么新观点。后来，我舅舅也到了，这些门票就是他负责印刷的。他穿了一身无可挑剔的黑衣，热络地问候菲利普。

这地方有点像古罗马的圆形露天剧场，长椅围成一圈又一圈，越往后越高，最高处的那排座位都快挨着天花板了。光照非常充足，为了达到最佳效果，布展相当用心。入口走廊的墙面上和展厅里都摆放了动物的骨骼，用铁丝连接的骨头依附于严谨搭建的支架上，让人觉得这些骨架随时都会复活。也有两副人类的骨架，一个双膝跪地，双手交握，那是祈祷的姿态，还有一个的姿态略显哀愁，头靠膝头，似在沉思，小小的骨头全都一丝不苟地由细丝贯连。

观众们窃窃低语、轻手轻脚蹭进展厅，依票陆续落座时会经过陈列柜，里面的雅致标本都是鲁谢制作的。“哪怕年轻人，死亡也不放过”，我看到一件雕塑下面的标签是这样写的，作品展现了两个胎儿骷髅嬉戏的场面：在精细的奶油色小手骨、小肋骨的上方是同样精细、气泡般轻盈的小头颅。与之形成鲜明对比的是陈列在对面的另一组作品：四个月左右的婴儿骨架，以站姿立在（我觉得是）胆结石做的底架上，底架上覆盖了预先清空干燥的血管丛（最密集之处还放了一只金丝雀的标本）。左边的小骷髅手握一把很小的镰刀，右边的摆出绝望的姿态，用一块小手绢捂住了空洞的眼窝，那块小手绢好像是某种干燥过的人体组织做的，大概是肺叶？有人用灵巧的手法用粉橙色花边完成了整体装饰，并将其汇总于一根丝带，带子上用优雅的字体写着：“我们为何忽视这世间之物？”言下之意，很难忘却这番景象。展示还没正式开始，我亲眼看见的陈列品已让我折服，因为这些纤细的证据似乎并不是为了证明死亡本身，而是某种死亡的缩影。他们未曾出生，又怎会真正的死去？

我们和其他贵宾一样，在第一排落座。

正中央的桌上已摆好了要被解剖的尸体，但仍盖着有光泽的浅色盖布，几乎看不出形体的轮廓。周遭充满了紧张的低语声。我们的门票上已注明了这件事，有如列在菜单上的一道珍馐，本店招牌菜："本场预备的解剖人体栩栩如生，特别感谢鲁谢教授以科学技艺保存遗体，再现天然色彩及稳定性。"所用到的这款特殊药酊里有哪些成分，鲁谢一直守口如瓶；毫无疑问，那必定是保存菲利普·费尔海恩的截肢的药水的改良版。

片刻间就已座无虚席。门卫终于同意放十几个学生进来了；大多是外国人，进来后都靠墙站着，为了将一切尽收眼底，各个都伸长了脖子；他们和那些人体骨骼们站在一起，形成了某种奇特的组合。展示开始前不久，几位身着异国华服的高雅绅士坐到了第一排最好的座位。

鲁谢和两名助手登场了。在教授做了简短的开场白后，两名助手分站桌子的两边，同时掀起了盖布，露出人体。

我们听到四面八方传来倒吸冷气的声音，这也不奇怪。

那是一具苗条的年轻女性的尸体；就我所知，在此之前只有过一具女尸被公开解剖。直至今日，解剖课上也只允许用男尸。我舅舅对我们耳语几句，说那是个意大利妓女，她杀死了自己新生的婴儿。从我们这里，也就是一米开外的第一排看过去，她的肤色黝黑，皮肤光洁细腻，红润而鲜活。耳垂、脚趾都微微泛红，好像她在很冷的房间里冻了很久。毫无疑问，她身上涂过了某种油脂，因为她通体闪亮，那也许正是鲁谢的保存手法中的一个步骤。肋骨以下，她的腹部凹陷，维纳斯之丘[1]在橄榄色皮肤的娇小身躯的下端微微隆起，宛如这个人体系统里最重要、最显著的骨头。甚至对我来说，这番情景也足够震撼，更别说要解剖这具人体了。通常来说，可供解剖的都是罪犯的尸体，尽是些不顾安危、也不照顾自己的人。但眼前的这具人体令人震惊，因为它太完美了，我发自肺腑地赞许鲁谢妙手回春般的照料，以其富有先见之明的预备手法将它保存在如此完好的状态中。

面对济济一堂的观众，鲁谢准备授课了。他先做了一段发言，周到地提及了所有到场的医学教授、解剖学教授、外科医生和官员们的头衔。

"先生们，大家好，感谢诸位宾客前来观摩。我也要特别感谢本地执法官的宽容大度，让我有这个机会让大家亲眼看见隐藏在人体内部的真相。千万不要对这具可怜的遗体抱有反感，也无须觉得应该惩罚她曾犯下的罪行，恰恰相反，我们或许能从中发现自己，发现伟大的造物主创造我们的方式。"

他告诉我们，这具女尸已存有两年之久，也就是说，它在停尸房里躺了足足两年，幸好他发明了保存的好办法，才能让它至今处于新鲜的状态。听完这些，我再去看那具毫无抵抗力、赤裸又美丽的人体时，不禁喉头一紧，毕竟，我不是看到人尸却无动于衷的那种人。不过，这也让我思索：如同世人所言，只要我们极度渴望，想要什么就能有什么，想成为什么人就成为什么人；

1 即女性耻骨所在的三角形部位。

因为人类立于造物的中心点，我们的世界就是人类的世界，既非神圣的天国，也非他物的世界。只有一样东西是我们无法拥有的——永生，可是，天啊，永生不朽，这个念头是从何时起钻进我们头脑的？

第一刀，他娴熟地割开了腹壁。右侧看台上显然有人反应不适，传来了一阵低语声。

“这位年轻的女士被处以绞刑。”鲁谢说着，抬起尸身，把脖子给我们看；没错，你能看到一道水平的勒痕，轻描淡写似的，令人无法相信这就是她的死因。

他从腹腔内的器官开始解剖。他详细解释了消化系统，之后并没有马上进入心脏部位的讲解，而是让我们细看下腹部，展现在耻骨下的是因生产而胀大的子宫，哪怕在我们——他的同行、同事——眼里，他的一举一动都如同魔术。那双纤巧灵动的手做出流畅、循环的动作，诚如游乐场巫师的手法。我们的目光随之移动，都看得入迷了。

娇小的人体在观众面前完全袒露，内在的隐秘一览无余，将自己完全托付给那双手，相信它们绝不会造成伤害。鲁谢的解说简短，连贯，让人一听就懂。他甚至会开玩笑，当然说得很文雅，绝不至于减损他的威严。于是，我也明白了这场公开课的主旨，及其备受关注的缘由：鲁谢用纯熟的手法将人类的真相浓缩到一具人体中，在我们眼前层层褪去神秘感，将其拆分成最基本的元素，俨如拆解一座构造复杂的时钟。死亡的威胁已悄然溜走。不用害怕什么了。我们就是一种机制，俨如惠根斯的大摆钟。

展示结束后，目醉神迷的观众在静默中退场，那块盖布再次仁慈地蒙上解剖后的女尸。但过了一会儿，人们在门外、在驱散云层的日头下变得更大胆了，开始畅所欲言，嘉宾们——也包括我们——都去地方法官的府邸享用为这场盛况预备的盛宴。

菲利普还是很阴郁，很沉默，看似完全不被美食、美酒和烟草所吸引。说实话，我自己也没那种心情。如果你以为我们解剖学家视每一次解剖如寻常事，那你就大错特错了。有时候，就像今天，有些东西会“凸显”出来，要我说，那就是“人体的真相”，一种略显古怪的信念：哪怕死亡铁证如山，哪怕灵魂缺失不在，人体本身仍是一种强有力的实体。当然，死尸不是活的人体；我所指的是留存在人体形态中的那个真相。形态是活的，以其固有的方式存活着。

鲁谢的公开课标志了冬季的开始，从现在开始，在德瓦赫区会有常规课程、讨论、公开展示的动物活体解剖，既对学生、也对公众开放。如果条件允许，有新的尸体可用，也会有别的解剖学家公开展示尸检过程。但至今为止，只有鲁谢能够预先准备人尸，甚至如他所言——提前两年就预备好（我仍然觉得难以置信），也只有他不用害怕炎热的夏天。

要不是第二天我陪他回家——先坐船再步行——我就永远不会知道菲利普·费尔海恩受了多少苦。但就算有所体会，我还是觉得听他讲的那些事匪夷所思。身为医生、解剖学家，对于那种现象我早有耳闻，但我总将那种疼痛归因于神经过度敏感，一种想象力过盛的表现。而且，我与菲利普交往多年，深知他思维精准，观察力和判断力都极其可信，在这两方面无人能比。一个有智识的人运用正确的方法，得益于清晰而确实的想法，就能获得真知灼见，洞悉世上最细微的细节——这是他在大学里教导我们的，十五年后，数学家笛卡尔也在同一座学府里授课。因为，赋予我们认知才能、无与伦比的上帝不可能是个骗子；假如我们能正确运用那些能力，就一定能获知真相。

疼痛在夜里发生，始于截肢手术后的几周，就在他的身体完全放松、神智游移于半梦半醒间的时候：清醒与沉睡之间没有明确的界线，但充满了飘忽不定的影像，仿佛有很多游人在他沉睡的头脑里奔走。他有种挥之不去的印象：左腿失去了知觉，他必须让它复归原位；他觉得脚趾有刺痛感，很不舒服。他坐立难安，意识涣散。他很想动一下脚趾头，但怎么也动不了，因此彻底惊醒。他会坐在床上，掀掉身上的被子，看向疼痛的部位——膝盖以下约三十厘米的地方，皱巴巴的床单上面。他会紧闭双眼，想去挠一挠，但什么都摸不到，手指爬梳过绝望中的虚无，没有给他丝毫的慰藉。

有一回，疼痛和瘙痒简直要把他逼疯了，只能绝望地站起身，用颤抖的双手点燃一根蜡烛。他靠单脚跳动，把截下来的腿脚搬到了桌上，弗路太太无法说服他把它放在阁楼上，只能用一块披肩遮起它。他取出玻璃樽里的截肢，在烛光下察看，想找出疼痛的根源。看起来，那条腿好像缩小了一点，皮肤被白兰地浸成了棕黄色，但脚趾甲还是微微凸起，泛着珠母般的哑光，费尔海恩觉得趾甲长长了。他坐在地板上，伸长双腿，把截下的那段腿脚紧贴着左膝盖放好，闭上眼，摸索疼痛的部位。他的手碰到了一片冰凉的皮肉——但他挠不到疼痛之处。

在自己身体的地图册上，费尔海恩进行了系统而固执的勘探。

首先进行解体——谨慎处理好可供描绘的部位，揭下部分肌肉群、神经丛、从头到尾的血管，将样本在平面延展开来，再从上下左右的四维视角进行概括式的描绘。他用极小的木钉作辅助工具，将复杂的组织拆解得清晰可见，一目了然。只有完成这些事情后，他才会从工作室走出来，仔细地洗手，擦干，换下罩衣，再回去，拿起画笔和石墨刻刀，这样做是为了保持纸面的洁净。

他坐着解剖，努力控制体液不要破坏样本画面的清晰和精准，但往往是控制不了的。所以他画得很仓促，寥寥几笔把各种细节迅速搬上纸面后才能定下心，仔细地慢慢修改，一个细节接一个细节，一根神经接一根神经，一条肌腱接一条肌腱。

那次截肢显然大大损耗了他的身体，因为他时常感到虚弱和忧郁。无休无止折磨左腿的疼痛，被他命名为“幻肢痛”，但他不敢对任何人讲，怕别人怀疑他疯了，或有某种神经性幻觉。要是有人发现了这件事，他就没法保住大学的高层职位了。他以惊人的速度开始医学实践，并被纳入外科医生行会。就因为他少了一条腿，任何种类的截肢手术都更欢迎他操刀，好像他的亲身体验能保证手术的成功，或者说——假如可以这样说——少了一条腿的外科医生会给疾病带去好运。他发表了很多关于解剖肌肉和肌腱的论文。1689年，他被授予大学校长的职位后就搬到鲁汶居住，那条腿浸在玻璃樽里，包了好几层亚麻布，紧紧扎在行李箱里。

多年后，确切地说是1693年，正是我，威廉·范·霍森，充当印刷商的信使，为费尔海恩带去他第一本著作的完整版——名为《人体解剖》，叹为观止的解剖图集，油墨还没干透呢。这本书囊括了他二十年来的杰作。每一幅蚀刻画都精益求精，画面剔透，清晰，并附有说明，图文完整，在这本书里，人体似乎演变为神秘的步骤，被一步步蚀刻下来，去除了极易腐败的血液、淋巴、可疑的体液和生命的咆哮，还原出了人体最基本的本质，其完美的秩序尽显于黑与白的极端缄默之中。《人体解剖》令他声望鹊起，几年后，修订版的印数甚至比第一版更多，并被选定为大学教科书。

我最后一次见到菲利普·费尔海恩是在1710年的11月，是他的仆人叫我去的。我发现这位朋友情况堪忧，已很难与之交流。他坐在南窗边，望着窗外，但我能非常肯定地说，这个人只能看到他体内的光景。看到我进屋，他并没有明显的反应，只是毫无兴趣地看看我，或许这就是某种打招呼的方式，然后就转回头，继续望着窗外。桌上摆着他的腿，或者说，腿的残骸，因为那条腿早已被拆解成千千万万个碎片，肌腱、肌肉和神经全都碎成了最小的单位，铺满了整张桌面。他的仆人是个单纯的乡下人，害怕极了，甚至都不敢迈进这个房间，只是躲在主人背后给我使眼色，用无声的唇语对主人的表现评头论足。我尽全力检查了菲利普的身体，但诊断结果很不乐观——他的大脑好像已经不运转了，陷入了无知无觉的状态。当然，我知道他忧郁成疾，如今，黑胆汁已升渗到他的大脑了——也许就是因为他所说的那种“幻肢痛”。在这最后一面时，我给他带去了地图集，因为我曾听说，没什么比看地图更能治愈忧郁了。我给他开的药方只是用于恢复体力的营养食品，以及休息。

1月底，我得知他去世的消息后立刻赶到雷根斯堡。我看到他的遗体已做好了下葬的准备，躺在棺材里，清洗过了，胡子也修剪过了。他的家已被收拾干净，聚在家里的都是从莱顿赶来的亲眷，当我问起那个仆人那条腿的下落时，他只是耸耸肩。窗边的大桌已被擦拭一新，用碱液刷洗过了。菲利普生前不知多少次提到，他想和那条腿一起下葬，所以我又问了几个人，但他的亲眷们都不搭理我。他没能和那条腿一起下葬。

为了安慰我，也为了让我消停点，他们给了我一大摞费尔海恩的资料。葬礼在1月29号于鲁汶修道院举行。

写给截肢的信

费尔海恩去世后，我得到的那堆未经整理的资料让我困惑不解。在他生命的最后几年里，我的导师以信件的形式记下了他的千头万绪，每封信都有特定的收件人，我敢说，任何人都会认定这些信件足以证明他疯了。然而，假如你用心地阅读这些仓促草就的笔记——几乎可以肯定这其实是备忘录，而非写给别人看的——就能看出他记下的是一段通向未知之域的旅途，也能看出他试图描出那片领域的地图。

该如何处置这份意料之外的遗产，我想了很久，费尽心思，但最终决定不以任何形式发表或出版这些记录。身为他的学生和好友，我更希望被世人铭记的他是一位杰出的解剖学家、人体画家，是他第一个发现并命名了跟腱，以及很多从未得到关注的人体部位。我也希望我们记住的是他所做的美丽的雕版画，并接受一个事实：我们不可能完全理解别人的生命。但是，在他去世后，阿姆斯特丹和莱顿都有风言风语——说这位大师最后疯了；为了辟谣，我愿意从中摘取片章，在此呈现给大家，以表明他写下这些段落时并不疯狂。我也毫不怀疑，菲利普容许自己沉迷于那种特殊的执念——与那种无法解释的疼痛息息相关的执念。在任何情况下，执念都是一种征兆，预示一套不可复制的私人语言即将出现，若我们谨慎使用，就能发现其中隐藏的真相。我们必须循着这种征兆，进入别人可能觉得荒谬或疯狂的领域。我不知道为什么这种阐述真相的语言在有些人听来像天使之音，而另一些人听来却像数学符号。但有些人就是会用非常奇特的方式说出他们的灵光闪念。

在《写给截肢的信》中，菲利普用不带私人情绪、条理清晰的论述，试证肉身和灵魂实为一体，二者本质上是相同的，也都是同一位至高无上的神的两种属性，所以，造物主一定刻意规划了二者之间的均衡关系。个体的整一性。究根溯源，最吸引他的问题在于：像肉身、灵魂这样彼此毫不相同的物质是以什么方式在人体内部彼此关联，并相互作用？占据空间的肉身是以什么方式和完全不占据空间的灵魂建立因果关联的？疼痛是从哪里，又是如何出现的？

请看他写的这段：

我的腿已从身体上切除出去、漂浮在酒精中了，可我感觉到疼痛并只能忍耐的时候，惊醒我的究竟是什么？没有什么在挤捏它，没有什么原因让它痛不能忍，没有这等无法用逻辑解释的痛楚，但它确实存在。我盯着它看，同时也感觉到了它：脚趾头有感觉，烫到无法忍受，好像我正把它浸到热水中，这种体验是如此真切，如此显著，以至于我一闭眼睛就能看到——在想象中，看到一桶沸腾不止的热水，我自己的脚，从脚趾到脚踝全部浸在里面。而当我触碰以实体存在的肢体，也就是伪装成腿的一小段被保存下来的骨肉时，我却感觉不到它的存在。我感受到的是一些根本不存在的东西，从物理学的角度说，那只是个空的空间，里面空无一物，没有任何可能产生感知的东西。疼得要命的东西并不存在。有如幻影。幻肢痛。

起初，这些词句的组合让他觉得很陌生，但他很快就能游刃有余地使用这些词句了。他还针对那条腿的解剖过程做了详尽的笔记。他把它拆解得越来越细；过了一阵子，他别无选择，只能求助于显微镜。

“人体是极端神秘之物。”他写道。

我们可以如此细致地描述人体，这是事实，但不说明我们了解人体。这很像斯宾诺莎讲过的一段话，那位磨镜师细细打磨玻璃片，就为了让我们有能力更逼近地查看每一样东西，因为——看见即知晓；他还开创了艰涩的独门语言，就为了表达他的想法。

我想知晓，而且不愿被逻辑左右。我何必去在意来自外部的、被限定在几何学范畴内的所谓证据？那只能告诉我们类似逻辑因果的关系，类似赏心悦目的秩序。假设A，A导出B，先做定义，再套用公理和数学定理，加以补充得出结论——你可能会觉得，这套程式很容易让人联想到蚀刻画册里一幅精雕细刻的杰作，字母标注出特定的部分，每一个元素都看似清晰了然。但我们仍然不知道人体是如何运作的。

但他信赖理性的力量。就其天性而言，理性要思考的是必要之事，而非偶发之事。否则，理性必然会自我否定。他一遍又一遍地强调，我们必须信任自己的理性，因为那是上帝赐予我们的，上帝终究是完美的，所以，祂怎么可能给我们自欺欺人的东西？上帝又不是骗子！只要我们正确运用我们的智慧，最终能获得真知，领悟上帝的一切，领悟我们自身的一切：我们和万物一样，都是神的一小部分。

他坚持认为，最高级的理性是直觉的，而非逻辑性的。靠直觉去知晓、去领悟，我们就能立刻觉察到万物存在的必要性：不可避免的存在。每一样必要的东西都只能是那样，不可能是别的样子。真切认知到这一点，我们才将体验到极致的解脱和净化。我们将不再为了失去财物、失去时间、失去青春甚或生命而焦虑不安。这样一来，我们终将能自控情绪，免除喜怒哀乐的折磨，获得心灵的平静。

我们必须老老实实地记住，判断什么是好什么是坏是一种原始的渴望，就如文明人也必须记住原始的冲动——复仇，贪婪，占有欲。上帝，或者说自然，既不好，也不坏；玷污我们情感的是一种被误用的智慧。菲利普相信，我们对自然的一切认知，事实上就是对上帝的认知。将我们从悲伤、绝望、嫉妒、忧虑的地狱中解放出来的正是这种认知。

没错，菲利普给那条腿写了信，好像在对一个活人、一个独立的个体讲话，我不会否认这个事实。从他身上被切除后，它承受了堪称魔鬼式的层层解离，与之同步发生的是，它与他保持了一种痛苦的关系。我也敢坦白地说，这是他的信中最让人不安的片段，但我要同时声明，这无疑是隐喻的写法，一种思考的捷径。他在思考的是：曾经构成一个整体的部分在分崩离析之后，依然用一种肉眼看不见的方式强有力地彼此联系，但研究起来太困难了。这种联系的真相很不明朗，就算用显微镜看也无疑看不出个究竟。

显而易见，我们只能仰仗生理学和神学了。知识体系的两大支柱。介于这两者的一切学问都可以忽略不计。

我们看他的这些笔记时，必须牢记一点：菲利普·费尔海恩时时刻刻忍受疼痛，却不明白疼痛的缘由。让我们在看下面的笔记摘录时也记住这一点：

为什么我会疼？是因为——如磨镜师所言，这大概是他唯一没有说错的事——从本质上说，肉身和灵魂是同一种物质的不同形态？被更多物事共享、更伟大的物质？像水那样既可以是液态也可以是固态的双重形态？不存在之物，怎么可能导致我疼痛？为什么我会感觉到这种缺失，感知到这种不存在？或许，我们注定是整体，每个局部、每个碎片都只是流于表面的假象，而在底下，天定的格局仍然完好无损，根本不会有改变？哪怕最微小的碎片，是否也依然属于整体？如果这世界像只巨大的水晶球，落下来，碎成一百万个碎片——在这堆碎片里，难道没有什么更伟大、更有力，乃至无限的东西仍以整体留存吗？

我的疼痛是上帝吗？

我用尽一生，在自己的身体里周游，在自己的截肢里周游。我准备好了最精确的地图。我恪守最好的方法，为了研究而将它拆解得粉碎，碎成最微小的元素。我数清了肌肉、肌腱、神经和血管的数量。我用自己的肉眼去看，也借助了显微镜的更灵敏的镜头。我相信，我没有错过哪怕最小的部分。

今天我可以问自己这个问题了：我一直在找什么？

旅行故事

用讲故事的方法，我这样做对吗？还是给脑筋上紧发条，鞭策头脑快速运转，用简单明了的说教，一句句澄清观点，再用下一个段落补充其他观点——这样会不会比借用故事和历史更有效？我可以用些名人名言，附加脚注；也可以按部就班，用一二三四五的章节顺序一步步展示我要讲清楚的内容；还可以验证预设，如同在新婚之夜展示床单，终能公开剖白自己的观点。我可以主宰自己的文本，老老实实地按字数结清稿费。

我正在扮演接生婆的角色，或是努力成为园丁，唯一的贡献无外乎撒下种子，再与杂草做拉锯战。

故事自带一种固有的惯性，历来不可能被完全操纵。故事需要我这样的人——没有安全感，优柔寡断，很容易被引入歧途。天真。

三百公里

我梦见自己在云端，俯瞰着在山谷间铺展、坐落于山坡上的城市。从那个角度可以非常清楚地看出来：那些城市就是被砍倒的树干，那曾是一棵巨树，巨人般的红杉或银杏。我很好奇，现在，树干都能装下几个小镇，那么，那些树以前该有多高啊！越想越兴奋，我开始计算树的高度，我还记得小学里教过的简单公式：

$$\because \frac{A}{B} = \frac{C}{D}$$

$$\therefore A \times D = C \times B$$

假设 A 是树的横截面，B 是树高，C 是一个小镇的占地面积，D 就是我试图推算出的这个城镇大树的高度，那么，再假设大树根部横截面的平均面积约为 1 平方米，高度 30 米，那么，这座城镇（相当于小型居住群落）就将有 1 公顷（约 1 万平方米）：

$$\because \frac{1}{30} = \frac{10{,}000}{D}$$

$$\therefore 1 \times D = 10{,}000 \times 30$$

即 300 公里

这是我在梦里得到的答案。曾几何时，这棵巨树可能高达三百公里。恐怕不能把这种睡梦中的算术太当回事儿。

30,000 荷兰盾

“其实，这不算很大的数目。只是一个商人在殖民地做贸易的年收入，当然要先假设世界和平，英国人没有扣押荷兰人的商船并导致国际法律纠纷。实话说，这个价钱很公道。还要加上做坚固的木箱的成本费，以及运输费。”

俄罗斯帝国的沙皇，彼得一世，刚刚付清了这笔款项，购买了弗雷德里克·鲁谢多年来收集的解剖学标本。

1697年，这位沙皇在欧洲旅行，随行人员多达两百余人。他觊觎一切好东西，见到什么就买什么，但最吸引他的还是珍奇柜。也许，他也有某种症候群。觐见的请求被路易十四拒绝后，沙皇在荷兰待了几个月。他好几次乔装打扮，在几位彪悍随从的陪同下，去德瓦赫，去解剖学剧院，带着专注的表情观看教授巧夺天工的技法：用手术刀切开皮肉，公开展示死刑犯的内脏。他还和这位大师建立了某种朋友关系。不妨说，他们变得很亲密，鲁谢还教会了沙皇如何保存蝴蝶标本。

但他最喜欢的是鲁谢的收藏品——数百件封存在玻璃罐里、漂游在液体中的标本，人类的想象力被分解成部件，再得到全景式的展现，内脏器官组成的纯粹物质宇宙。看到人类胎儿时，他会打寒战，但又无法转移视线，被那景象紧紧攫住，看到入迷。还有神奇的人类骨骼，那堪称戏剧化的组合方式给他带去冥想般的愉悦心境。他必须将这些收藏品据为己有。

玻璃标本罐装箱了，用线绳捆紧，每一排再用麻绳固定，让马拉到码头。十几个水手用了一整天才把这些价值连城的货品搬进船舱。教授亲自监督装船，因为有人不小心毁了一件极其珍贵的先天无脑畸形儿标本而勃然大怒。平常他是不会暴怒的，全情投入尽显人体之与和谐的标本中。但现在，玻璃罐碎了，他那有名的保尸溶液全洒在了人行道上，渗到石板的缝隙去了。标本也滚落到肮脏的街面上，有两处破裂。有一块碎玻璃上还粘着标签，教授的女儿毕恭毕正的字迹仍清晰可见，黑框里的华美手写体写的是：*Monstrum humanum acephalum*。罕见的样本，非凡之极。太遗憾了。教授用一块手帕把它包起来，一瘸一拐的，把它带回了家。也许还有救。

这景象太让人伤感了——卖掉那些收藏品后，房间里空空荡荡。鲁谢教授恋恋不舍地凝望四周，注意到木搁板上有些深色的印记——在无处不在的尘埃里，立体的玻璃罐留下平面的留痕，只见长和宽，对于那个空间里放置过的东西却没有丝毫的暗示。

他现在都快八十岁了。他很早就开始标本制作，所以，那些藏品是过去三十多年的成果。有一位姓巴克的画家把他上课的情形画成了油画，那时他三十二岁，他的课是城中最好的解剖课。年轻画家出色地捕捉到年轻的鲁谢的独特表情——除了自信，还有一种商人般的精明。在那幅画中，我们还能看到一具正待解剖的人体：因为透视画法，年轻男子的尸体显得身形较短，但看起来很鲜活——肤色粉白，一点儿都不像尸体；双膝曲起，让人联想到一个人赤裸平躺时会下意识地遮掩私处，躲开外人的偷窥。那是一个被吊死的贼，名叫约里斯·凡·易培恩。执刀的医生们都身穿黑色长袍，与这个毫无防备、看似难堪的死尸形成强烈的对比。这幅画已展现了教授三十年后声名显赫的缘由——他研发的溶液能让人体组织保持相当长时间的鲜活状态。鲁谢用于保存罕见的解剖标本的溶液应该也是同一种配方。现在，他虽然感觉很好，但内心深处却担忧自己来日无多，没办法把那些标本原样复制出来了。

教授的女儿已是五十岁的妇人，用那双遮掩在奶油色蕾丝袖口里的纤细双手为父亲效力了一辈子，她刚刚吩咐女仆们去清扫房间了。几乎没人记得她的名字，扫除的女仆们都称呼她为“鲁谢教授的女儿”或“小姐”，她对此毫无怨言。但是我们记得——她叫夏洛塔。她有权代表父亲签署文件，谁也不可能分辨出是她还是他签的名。虽然她有一双巧手，有蕾丝袖口，还有渊博的解剖学知识，她却不能在历史上留名，不能与她父亲平起平坐。无论是在人类的集体记忆里，还是在教科书里，她都不会像他那样永远被人铭记。甚至标本都比她活得久，哪怕是她以极大的奉献精神预备的作品，也不会标上她的名字。所有那些美丽的小小的胎儿标本都比她活得久，在金色溶液里——保证长生不老的冥河之水——安享天堂般的生活。最珍贵的那些标本好比兰花般稀有，比常人多长了一双手或一对脚，因为她和父亲不一样，她对有缺陷的、不完美的东西特别着迷。她买通了接生婆，才找到了梦寐以求的头小畸形的实例。还有先天性巨结肠，她是从外科医生那儿弄到的。各省医师都会给鲁谢教授的女儿特供稀奇的肿瘤样本、五条腿的小牛、头部相连的连体死婴。但她最感激的还是城里的接生婆们。她始终是她们的好顾客，哪怕她很会砍价。

她父亲会把生意都留给她哥哥亨瑞克。在最早的那幅画之后十三年，又有人画了一幅画，亨瑞克在这第二幅画中露了脸——夏洛塔每天下楼时都能看到这幅画，画中的父亲已是成熟的中年人，留着精心修剪过的西班牙式小胡子，戴着假发；这次他手持手术剪刀，刀的下方是已被剖开腹腔的婴儿。腹壁向两边摊开，露出了内脏。那总让夏洛塔想起自己很喜欢的一只洋娃娃，白瓷做的小脸蛋，布头做的小身体里填充了木屑。

她终生未嫁，也不曾为此烦恼；毕竟，她已把毕生心血献给了父亲。她也没有子女，除非，你把那些漂游在酒精里的苍白又美丽的小东西们算上。

姐姐蕾切尔倒是屈从于婚姻了，她一直为此遗憾。她俩曾一起为标本制作做准备工作。但相较于科学，蕾切尔始终对艺术更感兴趣。她从来都不愿意让双手浸泡在福尔马林溶液中，闻到血腥味还会觉得恶心。但她会用花卉图样装点标本瓶。她还构思了用骨头拼成的复杂构图，尤其是那些最小的骨头，还会起个花里胡哨的标题。但她后来跟随丈夫搬去德瓦赫了，家里就只剩下了夏洛塔，兄弟们不算。

她用指尖拂过木搁板，留下一道印子。很快，印子就会被顺从的女仆们擦拭掉。失去那么多藏品，她觉得非常难过，因为她为它们倾尽了心血。她扭头朝窗口看，以免仆人们看到她落泪；她看见窗外平凡无奇的城市光景。她很担心，怕那些玻璃罐在遥远的北方帝国里得不到妥善的存放。封存瓶口的漆蜡有时会因为保存溶液散发出的蒸气而松脱，只要有一条缝隙，酒精就会挥发。她把这件事写在附在藏品中的信里了，用拉丁文，详尽之极地写成了一封长信。可是，那儿会有人读懂拉丁文吗？

今晚她会睡不着的。她那样的担心，宛如刚刚目睹亲生的儿子们启程去远方的大学。但经验告诉她，治愈忧虑的最好办法就是工作，为了工作而工作，那就是工作的快乐和回报。她嘘了一声，让打扫的女仆们安静，她们都很畏惧她那严厉的样子。她们肯定认为像她这样的人必会直升天堂。

可是，她的天堂是什么样的？在解剖学家的天堂里，她会发现什么？那里黑暗又无趣；他们一动不动地聚在周围，站在开膛剖肚的人体旁边，只有穿着黑衣的男人，几乎都隐没在昏暗中。雪白的衣领微微反光，将他们的脸孔微微照亮，你可以看到满足的表情，甚至是一种胜利感。她是孤独的，她不介意身边有没有人。她也不关心失败或成功。现在，她大声地清了清嗓子，让自己鼓起些勇气，裙摆掀起一团灰尘，她走了出去。

但她没有回家，而是往相反的方向走，走向海边，走向码头，过了一会儿，她远远望见东印度公司的货船上细细高高的桅杆了；那些大船停泊在岸边，船与船之间飘荡着一些小船，帮忙把货物挪上码头。大圆筒和柳条箱上印有“VOC”标志，有的标志是用钉子敲上去的。晒黑的半裸男人们浑身是汗，把一箱箱胡椒、丁香、肉豆蔻搬上厚木板。大海的气息又咸又腥，在这里还多了一点肉桂味儿。她沿着水岸走，一直走到能远远看到沙皇的三桅船的地方；她快步走过去，因为她甚至不想看它一眼，不能去想象那些标本罐此刻都在鱼腥臭味散不尽、阴暗又肮脏的甲板下，也不能想象那些陌生人用陌生的手去触碰它们，它们要在那种地方待很多天，没有光亮，没有任何人的目光凝视它们。

她加快脚步，一路走到码头边，看到那里的船只都已做好远航的准备，很快就会驶入丹麦和挪威的海域。这些船和东印度公司的船截然不同：豪华装点，漆成了明艳的颜色，有塞壬和神话人物造型的古典大帆船。这些船实在是简单，粗野……

她刚好遇到招募的场景。岸边支起长桌，两个穿黑衣、戴假发的官员坐在桌边，面前是一队人数可观的征募者——都是从附近村庄来的渔民，各个衣衫褴褛，至少从复活节到现在都没刮过胡子，没洗过澡，头型都很长。

她的头脑里跳出一个疯狂的念头——她可以换上任何一种男人的服饰，用臭烘烘的油涂抹肩头，再涂黑脸庞，剪短头发，然后走进这个队列。时间总能仁慈地灭除男人和女人的差别；她自己不好看，再加上两颊已垂垮，嘴边已有两条括号般的法令纹，她完全可以扮作男人。婴孩和老人看起来简直一模一样。所以，还有什么会阻止她？笨重的长裙，一层又一层的衬裙，束住她可怜巴巴的稀薄头发的很不舒适的头饰；她那又老又疯狂的父亲，尽显贪婪地用干瘦的手指把木桌上的一枚用作持家的硬币朝她推去？在他精心伪饰的疯狂背后，究竟是谁竟已决定他们要从头开始，再做一屋子的标本？——还要她做好准备。他们要在几年内复制那些藏品，付钱给接生婆们，要她们好好留意，别错过任何一个死产儿或流产儿。

她明天就能办成这事；她早听说东印度公司缺水手了。她可以混上那些船，让船带她去特塞尔，那儿有一整个船队在等待起航。公司的商船都能很装，大肚子，实墩墩的，能装多少就装多少——丝绸，瓷器，地毯和香料。她可以像老鼠般轻手轻脚，甚至不会有人注意到她；她高大，强壮，还可以用一卷帆布把胸部束平。就算事情败露了，他们肯定已经到公海了，在前往东印度的半途——那时候，他们还能拿她怎么办？顶多就是到某些已经开化的地方把她赶下船，比方说：巴达维亚，她在雕版画上见过那儿的风光，显然会有成群的猴子跑来跑去，还会坐在房顶上，终年都有水果成熟，好像在天堂，而且那里那么热，谁都不需要再穿长袜。

她这样遐想着，幻想着，但后来就被一个高大强壮的男人吸引了，她的注意力全部落在了他赤裸的肩膀上，赤裸躯体上的文身五彩缤纷，画的大都是船、帆、深肤色的半裸女人；这些文身必定代表了很多次旅途和很多个情人，这个男人好像把一辈子的经历都披露在身上了。夏洛塔目不转睛地盯着他看。男人把灰色帆布缝制的大包裹甩上肩头，扛着几袋走下长木板，木板那头的船不算大也不算小。他肯定感觉到她的眼神了，因为他飞快地朝她看了看，但没有微笑，也没有皱眉头，因为她根本不入他的眼。一身黑的老女人。但她无法将目光从他的文身上移走。她看到他的肩头有一条鱼，巨大的鲸鱼，因为水手的肌肉在耸动，她觉得那条鲸鱼也是活的，以一种前所未有的共生态和这个男人活成了一体，活在他的皮肤上，永永远远地黏在那里，从他的肩胛骨游动到他的胸口。这个庞然而强健的身体给她留下难以磨灭的印象。她感觉到双腿松缓下来，变得沉重，身体从下面敞开了，就是这种感觉——敞开了，向那个肩膀、那条鲸鱼敞开了。

她咬紧牙关，咬得太狠，头都痛了。她开始沿着运河向他走去，但走到近前却慢下来，停下了。她被一种奇异的感受镇住了，好像这里的水漫上了岸。慢慢地，先用第一波试探可以扩张的范围，继而大胆地倾洒到石板路上，眨眼间就漫上了最近的那户人家的门阶。夏洛塔分明感受到了那种元素的重量——她的裙摆浸饱了水，铅一般重，令她寸步难行。她感到这股洪水冲入身体里的每一方寸间，看到小船在惊吓中撞向大树；它们能在湍流中让船头对准浪尖，此刻却迷失了方向。

沙皇的藏品

次日拂晓，俄国帆船起锚，驶向大海，货舱里精心摆放着那些藏品。驶过丹麦海峡时运气很好，几天后就进入了波罗的海。心情不错的船长正在回味他刚买到的好东西：荷兰艺术家打造的一座美轮美奂的地球仪。他一直喜欢这类东西，甚至比对航海还有兴趣，在内心深处，他更想当个天文学家，当个绘图师，总之是那种能触及肉眼和船只无法抵达之境的人。

他一次又一次下到货舱，查验这批珍贵的货品安全无虞，但到了哥特兰岛附近就变天了——并不算特别凶猛的暴风雨过后，风止了。空气盘桓在海面上，在八月的最后一点暑气中形成了一大片气状云团。帆降下来了，一连数日都是如此。为了让船员有事可做，船长命令他们一会儿卷起吊索，一会儿放下吊索，一会儿拖甲板，夜里也让他们操练。天黑后，他的威严多少有几分失色，就退回舒服的小窝，在他的船舱里一边留意那些野蛮人般的粗野水手，一边专心写航海日志，那是他写给两个儿子看的。

度过死寂无风的八天后，水手们反而像暴风雨一样躁动起来了，从阿姆斯特丹带上船的蔬菜——尤其是洋葱——都变质了，大部分都发霉了。伏特加酒的库存也见底了——水手们把好多酒桶搁在甲板下，说实话，船长都不敢亲自下去看，但从大副的汇报来看，显然势头不妙。夜里，船长听到甲板上的脚步声时顿感不安。一开始，只是啪嗒啪嗒一个人的脚步声。但后来变成好多腿脚踏来踏去，最后他听到慢慢跑动的脚步声、有节奏的喊叫（他们是在跳舞吗？），最终演变为尖利的醉汉高喊、忽高忽低的合唱声，那声音悲戚苦楚，竟让他想到某些海洋生物的叫声。一连好几个晚上都是这样，几乎闹到天亮。第二天，他看到水手们无不是睡眼惺忪，肿着眼泡，刻意避免和他有眼神的交汇。但他和大副都认为，对整肃水手而言，平静海面上的最深重的黑夜几乎毫无用处。直到第十天，船长忍耐不住了，再也不能坐视不管这种夜间的胡闹了，于是，他走到甲板上，站在无遮无拦的日头下，好让每个人都看清楚他的肩章和徽章，他宣布逮捕为首的头目：一个名叫卡卢金的男人。

不幸的是，他揣着一颗惴惴不安的心终于确认了之前的疑虑：有些货物已遭损坏。他们运送的几百个玻璃罐中，有几十罐被打开了，用于浸泡标本的液体，或者说烈性的白兰地，全被喝光了，一滴不剩。

标本都还在，摊在地板上，隐现在麻绳和木屑中。他没有凑近细看，只觉得恶心和恐惧。第二天夜里，他派几个人手挽手站成人墙，守在货舱门口；险些起了暴动。让这些男人快疯了的是八月的热浪。还有平静如镜的海面。还有他们运送的货品。

到最后，没有别的办法了——船长把标本的残骸装进一只布袋，缝好口，然后亲自扔进了大海。就像被巫师的魔杖点过一般，吞下了这一小口的大海平息了怒气，突然涌动起来。到了靠近瑞典大陆的时候，终于有风吹来，推动沙皇的帆船驶向家园。

当他们回到圣彼得堡后，船长不得不写一封机密报告。卡卢金被定罪并被绞死，至于那些藏品，虽然少了一些，但余下的都安全转移到了为之特别预备的房间里。

至于船长，因为没有恪尽职守，他和家人一起被贬到了极北地带，在那里度过了余生，负责组织小型捕鱼船队的远航，并为完善、细化新地岛的地图做出了一番贡献。

伊尔库茨克到莫斯科

从伊尔库茨克到莫斯科的航班。早上八点起飞，在同一时间降落于莫斯科——同一天的早上八点。事实上，刚好赶上日出，也就是说，航行经历了完整的日出过程。乘客们停留在这个时刻，一个伟大而祥和、如西伯利亚一样宽阔的当下时分。

所以，要想忏悔整个一生，时间都够用。时间在机舱内消失，分分秒秒都不会流失到外面去。

暗物质

飞行到第三个小时时，邻座的男人从洗手间回来，我不得不起身再让他入座，我们客套了几句，聊了聊天气、气流和机上的餐饮。然后，在第四个小时的飞行中，我们互相做了自我介绍。他是个物理学家，刚做完一轮巡讲，现在要飞回家。他脱掉鞋子时，我注意到他的袜子后跟上有个很大的破洞。于是，我开始留意物理学家的物理存在，就从那个时刻开始，我们的聊天变得更轻松了。他谈到鲸鱼时充满激情，哪怕那并不是他的本职所在。

他的本职工作研究的是——暗物质：我们知道其存在，却无法用任何工具触及。其存在的证据是通过复杂的数学运算得出的。一切迹象都表明，占据四分之三宇宙的都是暗物质。相对而言，明物质，亦即我们所熟悉、构成我们宇宙的普通物质，其实是稀缺的物质。而暗物质却无处不在，袜子上有个洞的男人如是说——就在这儿也有，我们身边都有。他望向窗外，用目光指向我们下方炫目的明亮云层："那儿也有。到处都有。最糟糕的是我们不知道它是什么。也不知道为什么。"我真想当场就把他介绍给那些飞去蒙特利尔开会的气候学家们。我站起身来四处张望，想找到他们，但也当即反应过来：他们并不在这个航班上。

移动性已成现实

机场里，玻璃墙上的巨幅广告做出了众所周知的宣言：

МОБИЛЬНОСТЬ СТАНОВИТСЯ РЕАЛЬНОСТЮ

移动已成现实。

我们要强调一下：这只是一则手机广告。

云游

地狱在夜里升起，遍布世间。一下子就令空间失色；地狱让一切更难辨清，显得更巨大，无法估量。细节消失，物事失去特征，变得不清不楚，不明不白；这些东西在白天会被说成“漂亮”或“有用”，不免让人奇怪；现在，它们都像无形无状的东西：很难猜出各自原本的用途。地狱里，万事万物都是假定性的。在白昼存在的一切颜色、阴影都将暴露自身存在之徒劳——米色家具布艺、花卉图案墙纸、流苏垂饰还有什么用意可言？绿色会让搭在椅背上的裙子有所不同吗？它被挂在商店橱窗里的衣架上时所迎受的贪恋的眼神，变得让人不能理解了。现在，没有纽扣、钩子和扣子了，黑暗中的手指只能摸到有东西含糊地凸起来，有粗略拼接的布片，硬物的团块。

地狱做到的第二件事是把你拖出睡眠。你可以又踢又叫；地狱是很难被安抚的。它经常制造让人烦躁不安的形象，吓唬你或愚弄你——被斩首的头，爱人满身血迹，人骨成灰——是的，是的，地狱就喜欢吓人。不过，它常常是很随意的，绝不拘泥于程式——你睁开双眼时，看到的只是黑暗，涓流般的神思也只能落足于黑暗；你的凝望就是它的前哨，瞄准空虚。夜里的大脑就如奥德赛的妻子佩内洛普，把白天辛苦织好的布拆解成丝。有时只是一股线，有时有好几股，精巧复杂的设计分崩还原成基本元素——经线和纬线，纬线顺着边缘瓦解，只剩下平行纵向的线索，犹如世界的条形码。

于是你明白了：夜晚把自然的初态还给了这世界，最初的样貌，没有糖衣；白昼是想象的飞翔，照亮一点脆弱的期许，一次疏忽，一次秩序的中断。实际上，这世界是黑暗的，几乎是全黑的。静止且冰冷。

她在他们的床上坐得挺直，被乳沟里的汗珠弄得有点痒。她的睡袍黏在身体上，像层即将脱落的皮。她在黑暗中用心去听，想听到从佩迪亚房间传出的幽咽。她用脚去摸索拖鞋，找了一会儿就放弃了。她可以赤足走到儿子身边。她看到自己身旁有个朦胧的身影在挪动，在叹气。

“怎么了？”男人还睡着，轻声问后又倒向他的枕头。

“没什么。是佩迪亚。”

她打开儿童房里的一盏小灯，立刻看到了他的双眼。那双眼睁得大大的，从光影精心刻在他脸上的黑洞里盯着她看。她把手罩在他额头上，一如往常，出自本能地那样做。他的额头不烫，但汗津津的，摸上去很黏。她很小心地把男孩抱成坐姿，开始抚摩他的背。儿子的脑袋轻靠在她的肩头，安努斯卡闻得到他的汗味，闻得出他的难受，她已经弄懂了这件事：佩迪亚难受时，闻起来是不一样的。

“你能撑到天亮吗？”她轻柔地耳语，但又很快反应过来，这问题太傻了。为什么他要忍受到天亮？她伸手摸到床头柜上的药瓶，倒出一颗药，放进他嘴里。然后，一杯微温的水。小男孩喝了一口，呛到了，所以，隔了一会儿，她又让他喝了一口，这次更小心了。药片随时都会起效，所以，她让他软绵绵的小身体靠右侧躺，再把膝盖靠向肚子，因为她觉得他这样躺会最舒服。她在床边紧挨着他躺下来，头抵着他瘦小的背部，聆听空气被他的肺吸进去，变成呼吸，再被释放到夜空中。她等了一会儿，直到这个过程变得轻松自如、有节奏，之后她才起身，动作非常轻，轻手轻脚地回到床上。她宁可睡在佩迪亚的房间里，她丈夫回来以前，她一直睡在那里。那样更好，睡着和醒来时都能面对她的孩子，那会让她的精神更放松。不想每晚屈身睡在双人床上，让它荒废去吧。但，丈夫总还是丈夫。

他走了两年，四个月前才回来。他回来时穿着便服，还是他走的时候穿的那套，现在都有点过时了，但你看得出来，这身衣服根本没穿过几次。她闻过了——那套衣服闻起来没什么特别的，也许稍微有点潮气，静止不动的气息，紧闭的仓库。

他回来后有点不一样了——她当即就发现了——而且至今为止，他还是保持着那种异样感。第一天晚上，她检查了他的身体——也不一样了，更硬，更大，肌肉更多了，却又虚弱得诡异。

她摸到了他肩膀上、头皮上的疤，他的头发显然变少了，变灰了。他的双手变得非常大，手指也粗厚了，好像干过了体力活。她把他的十指放在自己赤裸的双乳上，但那些手指似乎犹疑不决。她用自己的手去撩拨他，但他仍然安安静静地躺在床上，呼吸很浅，那让她觉得自己很可耻。

夜里，他会在一种嘶哑、暴怒的呻吟中惊醒，挺坐在黑暗中，过一会儿再起身下床，走到酒柜边，给他自己倒杯烈酒。然后，他的口气就会有水果味，像是苹果。然后，他就会说："把你的手放在我身上。摸我。"

"告诉我，那儿是什么样的，你的感觉就会好起来，告诉我。"她在他耳边轻声说着，用自己温热的气息去诱惑他。

但他一言不发。

她照顾佩迪亚的时候，他会穿着条纹睡裤在公寓里走动，喝很浓的黑咖啡，望着窗外的楼群。然后，他会看向室内，看到小男孩，有时会在他身边蹲下来，想去逗弄他。然后，他就会打开电视，放下黄色窗帘，日光就成了稠密、昏热而微弱的光。中午，佩迪亚的护士快来的时候，他才会换好衣服，但往往等她到了，他都没换。有时候他只是关上房门。电视机的声音会变轻一点，轰隆不清的让人厌烦，变成一种召唤，召唤你进入一个无知无觉的新世界。

钱准时到账，准得像钟，每个月都是。实际上，钱够用了——足够偿付佩迪亚的医药费，买得起更好的轮椅，哪怕不太用到，也雇得起一位护士。

今天，安努斯卡不用照料儿子，今天她放假。她的婆婆马上就会来，虽然婆婆并不清楚自己到底要看护儿子还是孙子，不知道哪一个会让她手忙脚乱。她会把格子图案的塑料包搁在门边，从包里拿出尼龙家居服和拖鞋——她在家穿的工作服。她会先去看儿子，问他一个问题，他会回答是或否，但眼睛不会离开电视屏幕。就这样，再等也没意义，所以，她再去看孙子。孙子要人洗，要人喂；床单被汗和尿浸湿了，要换掉；他还要吃药。要洗的东西放进洗衣机后，就要去做他们的午餐了。

之后，她会陪陪孩子：如果天气好，就可以带小男孩在阳台上坐坐，倒不是说那儿有好风景可以看——只有一排排的公寓楼，像干涸的大海里的灰色的大珊瑚礁，住满了勤勤恳恳的生物，迷蒙的大都市地平线就是他们的海床，莫斯科。可是，这个男孩总是抬头看天，目光盘桓在云层下面，跟着它们看好半天，直到云朵飘出视野。

安努斯卡很感激婆婆每周来一天。她出门前会飞快地亲吻婆婆柔软如天鹅绒的脸颊。她们共处的时间就这么短，总是在门口，然后她就冲下楼，跑得越远，就觉得自己越来越轻盈。她有一整天呢。当然，这并不意味着这一整天都能用来做她自己的事。她要处理很多事，要去付账单，买杂货，到药房去取佩迪亚的药，去墓园，最后还要横穿这个没人性的城市，坐在渐渐暗沉的黑暗里痛哭一场。每件事都很费时间，因为到处都堵车，在人挤人的公车里她会望着窗外，看到装有染色玻璃的大型小汽车毫不吃力地滑动向前，仿佛拥有某种恶魔般的力量，剩下他们这些乘客一动不动地站在车里。她遥望聚满年轻人的广场，遥望售卖廉价商品的流动市集。她总是在基辅站转车，从地下月台上来的人们与她擦身而过，什么人都有。但没有一个人能吸引她，没有人能像站在出口的这个怪人那样吓到她；怪人身后是临时围栏，遮住了某项工程新挖开的地基，围栏上的广告是如此密集，广告上的人简直都要尖叫起来了。

那个女人的轨迹仅在墙壁和刚铺好的人行道之间，一条野生的地带；因此，她可以见证川流不息的行人，将疲惫但匆忙的人流尽收眼底，捕捉到他们去上班或归家的通勤半途的一瞬动态——现在，行人们即将转换交通方式了：从地铁出来换乘巴士。

她的穿戴和所有行人迥异——穿了太多东西：几条裤子之外，还有几条裙子，每一条裙摆都比外面那层的高，那是故意叠出来的；上身也一样——好多件衬衫，好几件羊皮外套，好几层马甲背心。在这些层叠的衣服外边，还有一件灰色的绗缝加棉外套，样式极简，让人想起远东的修道院或集中营。层层叠叠，这些衣物组合于一身，竟也构成了某种美感，安努斯卡甚至挺喜欢的；衣服的色彩是经过精心挑选的，让她觉得特别惊艳，尽管她并不清楚那种选择是人为的，或只是高级时装的熵增效应——渐褪的颜色，渐损的磨痕，渐裂的开缝。

但最诡异的是她的头部——用一块布紧紧包起来，再用一顶带护耳的保暖帽压紧；她的脸被完全遮住，你只能看到她的嘴巴不停顿地吐出一串又一串咒骂声。这模样太让人不安了，所以，安努斯卡从来都不想去弄明白那些咒骂究竟在骂什么。现在也一样，安努斯卡从她面前走过时加快了脚步，很怕这个女人会一把抓住自己。甚至害怕听到安努斯卡的名字从那些汹涌而出的愤怒语词中冒出来。

十二月的这一天，天气很好，人行道上很干爽，已经没有积雪了，她的鞋子也很趁脚。安努斯卡没有上巴士，而是横穿桥面，沿着多车道的高速公路慢慢走，感觉就像走在一条大河的岸边——宽阔无边且没有桥梁的河。她喜欢这样散步，没走到她的教堂就不会哭泣，她总是跪在黑漆漆的角落里，一直跪到双腿失去知觉，跪到进入麻木和刺痛的下一个阶段——万物皆空。但现在，她把手袋甩到肩后，紧紧抱住装了塑料花的塑料袋，那是为扫墓用的。她尽量不去想任何事情，无论如何，不能去想她是从怎样的家里出来的。她快走到城中最漂亮的街区了，有太多东西能让她看——满街都是商店，光滑又苗条的塑料模特在橱窗里，无动于衷地展示着最昂贵的时装。安努斯卡停下来，看了看一只手工缝制的手袋，在薄纱和蕾丝的装点下缀满了无数珠片，可堪巧夺天工。她终于走到出售特定药品的药房了，并且必须排队等候取药。但她总能拿到必要的药物。无用的药物。根本没怎么缓解她儿子的病痛。

她在有遮棚的食摊上买了一袋俄罗斯小酥饼，坐在广场的长椅上吃完。

她发现自己的小教堂里有很多游客。平素在圣坛左右忙碌的年轻神甫此刻就像个生意人，站在自己贩售的货品中间，忙着把这栋建筑物和圣像屏的历史讲给游客们听。他用歌咏般的声调背诵他所掌握的知识，挺着又高又瘦的身板，脑袋凌驾于那一小群听众之上，那圈漂亮的蓄须俨如别致的光环——从他的头顶滑落，并滑向他的胸口。安努斯卡退了出来：这么多游客在场，她怎么能祈祷并痛哭呢？她等啊等，却等来了另一团游客，等他们进去后，安努斯卡决定再觅一处让自己落泪——再往前走一点还有个教堂，很小，很冷，还常常不开门。她进去过一次，但不喜欢——里面的阴寒、木头潮湿的气味都让她不舒服。

但现在的她不想挑剔，她必须找个地方让自己哭出来，一个隐蔽、但非空洞之所：必须拥有比她本身更高等、更重大的存在，拥有生命力震颤、伸展而出的巨臂，并与她同在。安努斯卡也需要感受到他者的凝视落在自身，感受到有他者见证她的哭泣，感受到这一切并非指向虚空。那目光，可以来自漆画在木头上的眼睛，永远都是睁着的、永远不会对任何事厌烦的眼睛，永远的沉静；就让那些眼睛注视她吧，一眨不眨。

她点了三支蜡烛，往锡罐里投了几枚硬币。第一支是为佩迪亚点的，第二支为了自我封闭的丈夫，第三支是为了穿着免烫家居服的婆婆。她把它们点燃，加入已在烛台上点燃的几支蜡烛，然后转头四顾，在右侧为自己找到了一个位置，在漆黑的角落里，不会打扰到正在祈祷的一位老妇。她做出大幅度的动作，上下左右画了十字，用这种方式开始她的落泪仪式。

但当她抬起眼帘要祷告时，另一张脸孔从昏暗中浮现出来——阴郁的偶像，庞大的面容。那是一幅高悬在上的大方板，几乎就在教堂圆顶的下面，画在板上的是用棕色和灰色的笔触寥寥勾勒出的基督面容。脸面阴沉，映衬在阴沉的背景中，没有光环，没有荆冠，只有一双眼睛熠熠闪光，一束目光笔直地盯住她，正如她渴望的那样。然而，那并不是安努斯卡想要的那种目光——她期待的是充满挚爱的温柔目光。这束目光却如催眠般，令她动弹不得。在这样的注视下，安努斯卡的身体畏缩起来。祂只在这里逗留片刻，从天花板上漂荡下来，从遥远的黑暗深处——上帝所占据、所藏匿之处。祂不需要肉身，只需要一张她此刻必须正视的脸。那是具有穿透力的凝视，令人痛苦万分，直刺她的头脑，像把螺丝刀在旋紧。在她的头脑里钻出了一个洞。那完全可能不是救世主的脸，而是个溺水未亡的男人，将自己掩藏在水下，免受无处不在的死亡的捕捉，此刻却因为神秘的水流涌动，从水面下漂荡而起，高度觉醒，意识清晰，仿佛在说：瞧，我在这里。但她不想看他。安努斯卡垂下眼睛，她也不想知道——上帝是软弱的，迷失了，祂已被流放，徘徊在这个世界的垃圾堆上，在这个世界恶臭的深渊里。哭也是白哭。这不是落泪的好地方。这位上帝不会伸出援手，不会扶持或鼓励她，不会净化或拯救她。这个潜溺者的凝视钻入了她的前额；她听到了一声呢喃，从远处传来的地下的雷鸣，教堂地板下的一番震动。

准是因为她昨晚没睡多久，也因为她今天没吃什么——现在她感到晕眩了。眼泪不会流出来了，本该有泪的地方仍是干涸的。

她一下子跳起来，走出门去。浑身僵硬，直奔地铁站。

这感觉犹如某种东西进入自身，从内而外地让她紧张，好像拨动了某根琴弦，让她发出了清脆的声响，但旁人都无法听见。安静的声响，只对她的身体而言是一种声响——在脆壳般的音场里转瞬即逝的音乐会。但她依然去聆听，所有的感知都内向而行，但她的耳朵只能听到自己的鲜血奔涌之声。

阶梯往下，她恍然觉得这道楼梯永远也走不完，有些人往下走，有些人往上走。平日里，她的目光会在他人脸上游走而过，但现在，安努斯卡的眼睛被教堂里的那幅画面镇住了，无法自控。她的目光飞快地落在每一个来来往往的人脸上——每一张脸都像一个耳光，用力地打过来，打得她生疼。很快，她就将无法承受下去，她将不得不遮住双眼，俨如地铁站出口的那个疯女人，而且，也会像她一样大声咒骂。

"可怜可怜我吧。"她轻轻念叨着，握住扶手的手指不断下滑，滑的比楼梯下沉的速度还快；如果安努斯卡不放手，她就将跌倒。

她看到一大群行人上上下下，摩肩接踵。他们好像被链子拴成了一串，快速滑向他们要去的地点，直奔城郊某处的十层楼，用被子蒙住头，陷入一场昼夜的碎片拼凑而成的睡梦。在现实的世界里，那场睡梦不会在清晨消散殆尽——那些碎片拼贴在一起，或有留白和漏洞；有些组合甚是英明，简直堪称先兆。

她看到手臂是何其脆弱，眼睑不堪一击，人的唇部线条是多么微妙多变，随时都能扭曲成一个冷笑；她看到他们的手是何其孱弱，腿脚又是何其疲软——必将无法承载他们抵达任何目的地。她看到他们的心是如何恰到好处地连续跳动，有些人心跳得快，有些人心跳得慢，尽是些平凡无常的机械运动，肺囊就像脏透的塑料袋，你都能听见换气时的窸窣杂音。他们的衣服都变得透明了，因而，她能看到他们终其一生都在无序的崩解状态中。我们的身体是贫瘠的、肮脏的、无用的——没有例外——但被物尽其用。

自动扶梯把这些生物全部送往地狱深处，地狱犬的眼睛就在扶梯最下层旁的玻璃岗亭里，巨大的恶魔雕像就在欺人眼目的大理石和立柱里——有些手持镰刀，还有些手持一捆捆麦穗。立柱般的巨腿，以及巨人的肩膀。拖车——拖着尖利刑具的地狱利器要在大地上刻出永不能治愈的创伤。人们挤挤挨挨，从四面八方涌来，在惊惶中恳切地举起双手，张开嘴巴，想要尖叫。最后的审判就在这里发生，在地铁的深处，照亮这一切的水晶吊灯投下死气恹恹的黄光。哪里都看不到审判者的身影，没错，但你随时随地都能感觉到他们的存在。安努斯卡想往后退，转身逆向人流往上跑，但自动扶梯不允许她这样做，她只能继续下行，她不会被赦免。地铁会在她面前呲的一声咧开大嘴，把她吸入阴森的隧道。不过，当然了，处处都是地狱，甚至在城市的高处，在高耸的大楼的十层和十六层，在高塔的尖端，在天线的顶端。逃不出地狱。那个疯女人在咒与骂之间喊的会不会就是这件事？

安努斯卡跌跌冲冲，靠到墙边。羊毛斜纹外套上蹭上了白色的石灰，俨如在给她涂膏。

她必须下车，天已经黑了，透过车窗根本看不清外面是什么，窗玻璃上已结出了树枝状的霜冻，她像是很随意地在某一站下车，但她对这条路线早已烂熟于心，所以，就是这站。只要再走几个院落——她总是抄近道——就能到家了。但她越走越慢，腿脚似乎不想带她去目的地，它们有所抵触，她的脚步越迈越小。安努斯卡停下来了。她抬起头，望着自家灯光。他们肯定在等她——于是，她再次走起来，但又立刻停下。寒风如剑，刺穿她的外套，掀开下摆，用冰冷的手指攫住她的大腿。风触及皮肉时，恰如剑刃或尖锐的玻璃。寒冷逼出的泪水疾疾滑落她的双颊，给风指明方向，吹疼了她的脸。安努斯卡奔向前方的楼梯井，但当她到达门口时却转身了，拉起衣领，倾尽全力，尽快沿路返回。

只有基辅站辽阔的候车大厅里是暖和的，洗手间里也是。她站在那儿，拿不定主意，任凭行人们从她身边走过（他们总有一种缓慢、松散的步态，轻飘飘地挪动腿脚，好像是在海边的林荫大道悠闲散步），她假装在看列车时刻表；她甚至不知道自己为什么害怕，毕竟，她没做什么坏事。反正，巡警都在关注别的对象，一眼就能从人群中挑出穿皮夹克、橄榄色皮肤的男人，以及包着头巾的女人。

安努斯卡走出车站，老远就看到那个包得层层叠叠的女人：仍在蹒跚徘徊，嗓子都骂哑了——事实上，现在既听不出她的嗓音，也辨不出她在骂什么。很好——她迟疑了片刻，然后镇定地走向她，停在她面前。这让那个女人有所忌惮，但只是一瞬间——她肯定可以透过遮住脸孔的布看到安努斯卡。安努斯卡又走近一步，现在离得非常近，她都能闻到那女人的呼吸了——尘土味，霉味，油哈味。女人越讲越轻，最后索性不发出声音了。她本来在蹒跚摇摆，现在变成了原地摇晃，好像她没法安静地站立。她们面对面站了一会儿，行人从她们身旁走过，无人在意，只有一个人朝她们瞥了一眼；行人都很着急，车随时都会开走。

“你在说什么？”安努斯卡问道。

包得层层叠叠的女人僵住了，屏住呼吸，被吓到似的开始往旁边蹭，朝穿过工地、泥泞冻结的人行道走。安努斯卡跟着她，目不斜视地盯牢她，就在她身后几步远，紧跟在那件绗缝外套后面，那双左右摇摆的小羊毛靴后面。她绝不会让她溜掉的。那女人回头张望，还想快点走，几乎要小跑起来，但安努斯卡又年轻又强健。她的肌肉强而有力：有多少次啊，一手抱着佩迪亚、一手提着他的轮椅走下楼梯？又有多少次如此这般上楼去，只因电梯停开？

“嘿！”安努斯卡时不时喊上一声，但那女人不予理睬。

她们穿过别人家的院落，走过垃圾堆和平坦的小广场。安努斯卡不觉得累，但随手放下了原本要放在墓园里的塑料花，再回去拿恐怕纯属浪费时间。

终于，那女人一屁股蹲坐下来，大口喘息，上气不接下气。安努斯卡停在她身后几米远的地方，想等她站起来并转身面对自己。那女人没方向了，现在不得不投降了。果不其然，她扭头往后看，并且已把蒙住眼睛的布拉下来了，你能看到她的脸了。她的瞳孔是浅蓝色的，此刻，用惊恐的眼神盯着安努斯卡的鞋子。

“你要干吗？你为什么跟着我？”

安努斯卡没有回答，她觉得自己好像捕到了大猎物，一条大鱼，鲸鱼，但又不知道该拿它怎么办；她并不需要这种战利品。那女人很恐慌，也正是在这种恐慌中，所有她那些咒骂之词显然已不知去向。

“你是警察吗？”

“不是。”安努斯卡答道。

“那是要怎样？”

“我想知道你说了些什么。你一直说个不停，我每星期进城都看到你。”

听了这话，那女人胆子大了一点，答说：

“我什么都没说。离我远点。”

安努斯卡弯下腰，伸出手，表示愿意拉她起身，但她的手兀自变更了路径，捧住了那女人的脸颊。脸是热的，柔软的，细致的。

“我没有恶意。”

一开始，那女人完全僵住了，被她的触摸惊到了，但又似乎被安努斯卡的姿态安抚了，她胡乱地扭动身体，站了起来。

“我饿了。”她说，“我们走吧，那儿有个小店，有卖便宜的热三明治，你可以给我买点东西吃。”

她们默默地走过去，肩并肩。到了小店，安努斯卡买了两只长面包三明治，夹的是奶酪和番茄，同时紧紧盯着，以免那女人跑掉。她自己什么都吃不下，只能把面包拿在身前，像是手持长笛，即将演奏冬季的曲目。她们靠墙而坐。那女人吃掉了她的三明治，然后，一言不发地拿过安努斯卡的那份。她很老了，比安努斯卡的婆婆还老。皱纹在她的脸颊上刻出纵横深纹，从额头到下巴。她吃东西很艰难，因为牙都没了。番茄片从面包里滑出来时，她会在最后一秒抓住它们，再小心地把它们推回原位。她只能用嘴唇扯下一大块面包。

“我不能回家。”安努斯卡突然开口了，垂头看着自己的脚。自己竟然说出这种话，她感到十分惊诧，也只有此刻，她能在惊恐中思忖这话究竟是什么意思。那女人含含糊糊地回应了一句什么，等到把嘴里的面包咽下去了，她才问道：

“你有地址吗？”

“有。”安努斯卡一口气背出来，“库兹涅茨克街四十六栋七十八号公寓。”

“那就忘了吧。”那女人不假思索地说道，嘴里又填满了。

沃尔库塔。她是六十年代出生在那儿的，如今看来陈旧的公寓楼那时刚刚兴建起来。她记得那些楼崭新时的样子——清石灰，水泥，用作绝缘材料的石棉，混合而成的气味。光滑的 PVC 瓷砖预示着美好未来。但在寒冷的气候里，万物都会加速衰败：霜冻瓦解了浑然一体的墙面，减缓了循环无休的电流速度。

她记得冬天那令人目眩的茫茫雪白。流亡中的日光，锐利的边角，犀利的白色。之所以存在那么白的白色，只是为了给黑暗缔造一个框架，而黑暗必然会越来越多。

她的父亲在规模极大的供暖站工作，母亲在食堂里工作，总能带点吃的回家，所以他们家才能勉强吃饱。现在回想起来，安努斯卡觉得每个人都有一种怪病，深藏在体内，在衣服下面：巨大的悲哀，或是某种比悲哀更辽远的东西，但她找不到确切的字眼去形容。

总高八层的那些公寓楼都长得一模一样，她家住七楼，但随着时间推移，在她长大的过程里，四楼以上的人家都搬空了，搬去了更适合居住的地区，通常是去莫斯科，但也可能是别处，总之，尽其可能，离这儿越远越好。留下的住客就往下搬，尽其可能，越低越好，因为低楼层更暖和，离别人更近，也离大地更近。在极北地带的冬季数月里住在八楼，就好比一颗冻住的水滴悬挂在世界的水泥拱顶下，恰好就在冰冻的地狱的中心点。她最后一次去探望妹妹和母亲时，她们已住到了底楼。她父亲已过世多年。

安努斯卡考上了莫斯科的一所优秀的师范学校，这是很幸运的事；但不幸的是，她没能毕业。要是把大学读完了，她现在就能当老师了，也许就不会遇到现在成为她丈夫的男人了。他们的基因也不会结合在一起，混出那种有毒的组合，让佩迪亚一出世就要忍受不治之症的折磨。

不知有多少次了，安努斯卡试图去交换，不管是上帝、圣母、圣帕拉斯季娃，还是圣像屏上的哪位圣人，甚至和宿命里更渺茫、更贴近的对象。让我和佩迪亚交换吧，我愿意得他的病，我愿意去死，只要让他康复就好。她的祷告不止于己，还会搭上别人的命：不情不愿的丈夫（让他中弹吧），还有婆婆（让她中风吧）。但是，她这样发愿当然从没得到应许。

她买了张票，下楼。那儿还是人群攒动，大家都要从市中心回到自家床上，去睡觉。有些人在车厢里就睡着了。他们满含困意的呼吸给窗玻璃蒙上了水汽；你可以用手指在上面画画，画什么都没关系，反正过一会儿就会消失。安努斯卡坐到了终点站：西南站，她走出车厢，站在月台上，过了一会儿才反应过来，列车还会调头返回，而且就是这列车。她回到刚才坐过的位置，坐下来，原路返回，再一次坐到终点站，如此来回好几趟后，她又转去了环线。这条线路带她绕圈走，直到快半夜了才像归家般再次抵达基辅站。她坐在月台上，直到一个凶巴巴的女人走过来，呵斥她马上离站，因为地铁要关门了。虽然安努斯卡不想走，但还是出站了——外面霜冻彻骨；一出站，她就发现车站边上有个小酒吧，天花板下面吊着电视机，好几张桌边都坐着不知该去哪里的游客。她点了柠檬红茶，一杯接一杯，然后是罗宋汤，水水的，很难吃，然后，她手撑着头迷瞪了一会儿。她很快乐，因为她的头脑里没有哪怕一个念头，没有一样要关心的，没有一样要期待或渴望的。那是一种美妙的感受。

第一趟车还是空荡荡的。再往后的每一站，上车的人就越来越多，终于挤到前心贴后背，安努斯卡好像夹在巨人的背脊之间，都快被挤扁了。她够不到拉环，所以只能靠在陌生人的身体上。然后，人突然变少了，到了下一站，车厢里几乎都空了，只剩下两三个乘客。现在，安努斯卡知道了：有些人到了终点站也不会下车。她独自一人下车，转乘别的线路。但她会透过窗户看别人，看他们在各自的车厢的尽头找定座位，把他们的塑料袋或背包——通常都很旧，麻布的——放在脚边。他们要么半闭眼睛，打起瞌睡；要么摊开某些食物的包装纸，一遍又一遍、口齿含糊地向别人道歉，然后谨慎地咀嚼起来。

她换乘是因为她怕被人发现，或是抓住她的胳膊、摇晃她，或是把她铐在什么地方——那将是最糟糕的事。有时候，她会走到月台的另一边，有时候，她走到别的月台；她靠电梯、地道到处漫游，但从不看路标指示，彻底地自由游走。比方说，她去清塘站，坐索科利尼基线，换乘卡卢加－里加站，坐到梅德维德科沃站，再回到城市的另一边。她会在厕所里停一下，察看自己的外表，确保自己看起来一切正常，倒不是因为她觉得有必要（真的不需要），而是为了避免被人发现——因为衣冠不整而被那些守卫电扶梯、坐在玻璃岗亭里的地狱犬揪出来。她怀疑，他们练成了睁眼睡觉的本领。她在小超市买了些卫生巾，几块肥皂，最便宜的牙膏和牙刷。她会在环线上睡一下午。到了晚上，她走台阶出站，那就可能迎面撞上那个裹得层层叠叠的女人——但是，她并不在那里。天很冷，甚至比前一天还冷，所以，又可以回到地下的安努斯卡长舒一口气。

第二天，裹得层层叠叠的女人回来了，身子在冻僵的腿脚上来回摇摆，依旧骂骂咧咧地喊叫着，听来就像胡言乱语。安努斯卡站在她的视野所及之处，在走道的另一边，但那女人显然没有看到她，沉浸于自己的凄诉悲叹。等到最后，安努斯卡抓住人流中一瞬而过的空隙，径直走到她面前。

“走吧，我给你买面包。”

那女人不喊了，陡然中断了催眠般的咒骂，两只皮手套互相搓了搓，像露天市集里被冻得彻骨寒心的女售货员那样狠狠跺了跺脚。她们一起走去小店。安努斯卡真的很高兴见到她。

“你叫什么名字？”她问。

那女人正忙着吃面包，只是耸了耸肩。但过了一会儿，嘴里还是塞得满登登的，她回答了：

“嘉丽娜。”

“我叫安努斯卡。”

交谈到此结束。当寒气逼得她逃回车站时，安努斯卡又问了一个问题：

“嘉丽娜，你在哪里睡觉？”

裹得层层叠叠的女人对她说，地铁关门时回小店碰头。

整个晚上，安努斯卡都在同一条线路上坐着，面无表情地审视着自己倒映在窗玻璃上的脸孔，背景是地下车道黑漆漆的墙壁。她已经认得两个人了，至少两个。她不敢去跟他们讲话。现在，她和其中一人已共同坐了几站路——那是个高瘦的男人，不算老，甚至还算年轻人，但很难说。他的脸被一把稀疏的浅色胡髯遮住了大半，胡须垂及前胸。他戴了一顶工人们戴的平顶布帽，平凡无奇，都磨旧了；他穿了件灰外套，口袋里鼓鼓囊囊的，还背了只褪色的背包；往下是一双系带高筒靴，紧紧裹住棕色长裤的裤腿，手工编织长袜的边缘从鞋筒里钻了出来。他好像对任何事都不上心，只是沉浸在自己的遐思中。跳上月台时，他显得很有活力，让人觉得他正要去一个遥远、但确凿的目的地。安努斯卡在月台上也看到过他两次，一次，他在一列似乎在当晚歇工、根本没有别的乘客的车厢里睡着了，还有一次他也在瞌睡，额头靠在窗玻璃上，呼气聚成一小团雾气，蒙住了他的半张脸。

安努斯卡记住的另一个人是个老男人。他走路很困难，要用藤编手杖，甚或是木杖——实木做成的厚重木棍，带弯曲的手柄。他走进车厢时，必须用另一只手撑住车门，通常都有人会帮他一把。他一进车厢，就会有人让座，哪怕是不情愿的，但乘客们通常都会起身。他看起来像个乞丐。安努斯卡真的想过要跟踪他，就像之前她跟着层层披挂的女人跑。但她充其量只能和他在同一节车厢里共乘几站路，在他面前站半小时左右，因此，她已非常熟稔他的五官特征，他的穿着打扮。她还不够勇敢，反正，没胆量开口跟他讲话。老男人总是垂着脑袋，对周围发生的一切都无动于衷。后来，下班回家的一股人潮把她冲到别处去了。她任凭那股充斥了各种气味、各种肢体接触的热腾腾的人流将自己带走。只有在被裹挟着走过十字转门后，她才能彻底摆脱那股人流，好像她是个异物，被地下世界吐出去了。现在，她不得不再买一张票回到站内，她也知道，这样下去，钱很快就会花光。

为什么她会记住这两个人？我猜想，那是因为他们始终不变，他们行动的方式似乎与众不同，更缓慢些。别的人都像急流劲涌的河，从这儿流到那儿，掀起浪花，转出漩涡，但都形态各异，飞逝而过，那条河流会把他们全部遗忘。然而，那两个人是逆流而行，所以在人群中才显得那样突出。河流的规则为什么无法束缚他们呢？我想，吸引安努斯卡的正是这个问题。

地铁站关门后，她在站前出口等待那个裹得层层叠叠的女人，等到快放弃了，那女人才终于现身。她的眼睛也被布蒙上了，在层层叠叠的衣服中，她的身形俨如一只桶。她叫安努斯卡跟着她，安努斯卡就跟着。她累极了，坦白说，完全没有一丝气力，巴不得就地而坐，随便坐在哪儿都行。她们走过盖在挖开的大坑上的木板桥，走过贴满海报的锡管围栏，然后走进一条地下甬道。她们在狭窄的走廊里走了一会儿，里面倒是很暖和，挺舒服的。那女人指了指地板，示意安努斯卡可以睡在那块地方，安努斯卡就和衣躺下，一躺下就睡着了。如同她长久以来所盼望的，她睡得很沉，脑海空空，没有一个念想；闭着眼睛时，唯有刚才走在逼仄走廊里的画面再现了一下。

黑漆漆的房间，里面有一扇通向另一个房间的门敞开着，那个房间是明亮的。这儿有一张桌子，人们围坐在桌边，都把双手摊放在桌面上，都坐得很挺直。他们就那样坐着，在万籁俱寂中凝视对方，谁也不动。她敢发誓，那个戴工人帽的男人也在其中。

安努斯卡睡得很安稳。没有什么事情吵醒她，没有窸窸窣窣的声音，没有床板的吱嘎声，没有电视机的声音。她睡得像块岩石，抵住了顽固的海浪不停的冲击；她睡得像棵倒下的树，已被苔藓和漫生的蘑菇覆盖。就在醒来前的片刻，她还做了个有趣的梦——梦见一只印着小象和小猫的图案、色彩鲜艳的化妆包，她用两只手翻来覆去地把玩；接着，她突然放开手，但小包没有掉落，竟然悬空在她的双手之间，安努斯卡还发现，自己不用碰它就能翻转它。她可以用意念移动它。这真是太让人喜悦的大发现，她已经很久很久没体验过这样的快乐了，事实上，从童年时代起就不曾有过。于是，她醒来时心情很好，也看清楚了：这儿根本不是她昨天以为的那种废弃的工人宿舍，只是个普普通通的锅炉房。所以，这儿才这么暖和。她睡在平铺在堆煤边的一方纸板箱上。还有一张报纸，上面搁了一小段很不新鲜的面包，配了足量的红辣椒和猪油。她猜想是嘉丽娜给她留的，但她暂时不想碰吃的，她要先去没有门、恶心人的厕所里轻松一下，再想办法把手洗干净。

啊，这感觉多好啊——好得不可思议——跻身人群，慢慢暖和起来。大衣和毛皮释放出各家各户的气息——油腻，清洁剂，香水。安努斯卡穿过转门后就放任自己随波而行，一天中的第一波人潮。这次上的是加里宁－太阳线的列车。她站在月台上，感受到地下的空气是那样温暖。车门刚打开，安努斯卡就被挤进了车厢，挤在人与人之间，因而无须去拉扶手。列车转弯时，她就顺势倾斜，像小草在众多小草中摇曳，像刀刃在谷穗中摆动。到了下一站，还有人上车，哪怕实在是挤不进了。安努斯卡微微闭起眼睛，觉得自己的双手好像被抓牢了，好像四面八方都有人极尽爱意地拥抱自己，用亲切的手爱抚般的摇晃自己。然后，突然之间，他们到了某一站，很多人都下车了，余下的人只能重新靠自己的腿脚站立。

快到终点站时，车上几乎没人了，她看到了一张报纸。她先用疑虑的眼神瞪着它——也许，她已经忘了怎样读书认字？——后来才拾起它，紧张地浏览起来。她看到一篇有关模特死于厌食症的文章，政府已在考虑禁止过瘦的女模特走 T 台。她还看到恐怖分子的事情——幸好，及时阻止了又一场祸端。在一间公寓里发现了黄色炸药和雷管。她看到了迷途的鲸群搁浅，全都死在了沙滩上。看到了警方追查出了互联网上的恋童癖组织。看到了天气预报，后面几天会越来越冷。看到了：移动性已成现实。

这份报纸好像有点不对劲儿，肯定有所篡改——肯定有假。她看到的每一句话都让人无法忍耐，让人感到受伤。安努斯卡的眼里噙满泪水，终于夺眶而出，大颗的泪珠啪塔啪塔落在那些新闻上。就像《圣经》中那些几乎无人注意的页面，劣质的报纸纸张立刻吸干了泪水。

列车行驶到地面路段时，安努斯卡会把头倚靠在玻璃窗上往外看。看这个城市的每一种色彩，从污脏的白色到黑色。由矩形和不规则的形状、正方形和直角组成。她用目光追随高压电线和电缆绵延，继而望向楼群的屋顶，数一数天线的数量。再闭上眼睛。等她再次睁眼时，世界已从一处跳转到了另一处。正是黄昏时分，再一次，重访同一个地点，她看到了低沉的太阳穿过白晃晃的云间，红晕照亮了公寓楼，但只是那么一瞬，几秒而已，也只能照亮楼顶，最高的楼层，俨如巨大的火炬被点燃了。

之后，她坐在月台上的长椅里，背后的墙上高挂着大幅广告。她把剩下的一点早餐吃光了。去洗手间洗漱一番后再回到自己的座位。下班高峰快开始了。早上坐这条线过来的人们要反向而归了。停在她面前的这列车灯光明亮，几乎是空的。整个车厢里只有一个人——戴工人帽的那个男人。他像绷紧的琴弦般站得笔直。列车启动时，惯性让他摇摆了一下；列车开走了，被地下的黑洞吞了进去。

“我买面包给你吃。”安努斯卡对裹得层层叠叠的女人说道，女人一时间不再晃动身体，好像她必须静止下来才能听懂一句话。只过了一秒钟，她就转身走向卖三明治的小店。

她们靠在小店后墙上，那个女人低头弯腰、在身前画了十几次十字后才开始吃。

安努斯卡问起她前天晚上默默坐在锅炉房里的那些人，她再次停顿全身的动作，只不过，这次嘴巴里还有一口面包。她断断续续说了些什么，譬如，“怎么会？”还恶狠狠地啐了一口，“大小姐，你他妈的离我远点。”

她走了。安努斯卡去坐地铁，一直坐到凌晨一点，地铁关门前，地狱犬们把所有人都赶了出去，她想去那个暖和的锅炉房，但在印象中的地点转了好几圈仍找不到入口。于是，她走回地铁站，把剩下的分分角角都掏出来，买了小塑料杯装的罗宋汤，续了几杯热茶，手肘支在三合板桌面上撑着头，就这样英勇地熬了通宵。

一听到栅栏门开启时的刺耳声响，她就冲到站门口的售票机上买好票，往下走。她在车窗玻璃上看到自己的头发已很油腻，完全看不出本来的发型了，现在，别的乘客好像不太想坐在她身边了。时不时冒出来的念头会让她惊慌：会不会遇到熟人？不过，她认识的人都不搭这条线；不过，为了以防万一，她还是躲去了靠墙的角落。安努斯卡开始思忖：所谓熟识的人，到底是谁呢？女邮递员，公寓楼下小店里的女人，住在对门的女人，可她连她们的名字都不知道。她很想把自己的脸遮起来，就像那个女人一样，裹得层层叠叠；如此说来，那可真是个好主意——把自己的眼睛蒙住，尽可能地不去看外人，也能尽可能地不被人看到。她会撞到别人，但那只会带来乐趣，带来他人的触碰。坐在她身边的老太太从塑料袋里拿出一只苹果，微笑着递给她。在文化公园站，她站在卖皮罗什基小馅饼的摊子前时，有个剃了板寸头的年轻人专门给她买了一份。这些小事足以让她得出结论：自己的仪容外表肯定不在最佳状态。她会道谢，不会拒绝，哪怕身上还有几枚硬币。她目睹了好多事件：有个警察逮住穿皮夹克的男人；一对夫妻越吵越凶，都喝醉了，嗓门高到声嘶力竭；有个十几岁的女孩在切尔基佐沃站上车后，一边低泣一边不断念叨着，妈妈，妈妈。但谁都不敢去做什么，想帮也太晚了，她在共青团站就下车了。她还见过深肤色的矮个子男人一路狂奔，在行人间横冲直撞，但最终被困在拥挤的扶梯上，被另外两个男人抓住、撬开他紧握的手心。就在那个瞬间，有个女人哀叹自己被偷走了一切，什么都没了，但她的声音是从更远处传来的，渐渐低落，最终消弭。每天都有两次，她会在灯光雪亮的车厢里看到一个眼神空洞、瘦巴巴的老男人从自己眼前掠过。她甚至不知道外面早就天黑了，路灯街灯都亮了，把黄色的灯光投入稠密而冰凉的半空；今天，安努斯卡完全没见到阳光。她在基辅站出站，回到地面，沿着在建的大楼走入临时通道，盼着能看到裹得层层叠叠的女人。

她在，就在平素待的地点，做着平素做的动作——小范围的摇摆晃动，往复走出类似8字形的痕迹，喊出她一成不变的咒骂，看似一堆潮乎乎的破衣烂衫。安努斯卡在她面前站了很久，那女人才注意到她，停下所有的动作。接着——虽然没有提前安排——她俩不约而同地快步走起来，连一个字、一句话都没有说，好像她们不赶紧的话，此刻奔向的目标就将永远消失。走到桥上时，寒风如女拳击手般连连出击，击中她，也击中了她。

在阿尔巴特区的小店里，她们买了美味的薄饼，不贵，浇的腌猪肉和酸奶油都很足量。裹得层层叠叠的女人在玻璃碟里放了几枚硬币，店主就帮她们加热了食物。她们找了个靠墙的好地方，享用了这顿美食。安努斯卡像被催眠了似的，痴迷地望着长椅周围的一群年轻人，虽然天很冷，他们却喝着啤酒，弹着吉他。与其说他们在玩音乐，还不如说是在瞎闹腾。冲着彼此大喊大叫，逛来晃去。还有两个女孩骑在马背上，这景象可不常见，两匹马都很高大，显然刚在马厩里经过了精心的打理；如同亚马逊女战士般的女孩之一向玩吉他的孩子们打了招呼，姿态优雅地下马，聊天，同时紧紧地抓住缰绳。另一个女孩和落单的游客攀谈起来，想说服他们给点钱，好给马买吃的——反正，她是这样对他们说的——但游客们认定，她们只会用钱去买啤酒。那匹马看起来并不缺营养。

裹得层层叠叠的女人用胳膊肘撞她，说："快吃。"

可是，安努斯卡无法将眼光从街头即景中挪开；她近乎贪婪地望着年轻人，薄饼还在手里。在他们身上，她看到的是她的佩迪亚；他和他们的年纪差不多。佩迪亚回到了她的体内，好像她从没把他诞生到这个世界上。他就在那儿，蜷缩在她凸起的肚子里，像块石头般沉重，痛苦地生长着——她必然要再次生下他，这一次，是从她的每个毛孔里，让他在汗水中出世。此刻，他已胀升到她的嗓子眼，挺入她的肺腑，因而只能在呜咽中现身，再也没有别的途径。不行，她吃不下薄饼——她的身体已经饱足。明明可以坐在那边、拿起一罐啤酒给马背上的女孩、自己也倚靠在马身上、爆发出朗声大笑的时候，佩迪亚却卡在她的喉咙里。他本可以自如地活动，本可以弯腰系好靴子、高举双臂，再用一只脚套入马镫，再甩开另一条腿骑上马。挺直地坐在马背上，策马穿行在街道上，并且微笑着，刚长出来的稀疏胡子掩住上唇。他本可以跑下楼，像股旋风般冲向他们；毕竟，他和这些男孩年纪相当，而她，他的母亲，本该为他逃化学课、不能考上大学、结果落得他父亲般的下场而忧虑，为他不能顺利找到工作而担心，又生怕自己不会喜欢他挑的媳妇，再为他们太早生孩子而操心。

千头万绪在她心里沉重地堆积起来，让她越来越难承受，又刚好看到一个女孩的动作：为了驯服那匹焦躁的马，她拉下套在它头上的缰绳，让它不得不低头，安静下来。那匹马试图转身走开时，那女孩挥起马鞭抽了一下马背，喊了一声："待在这里，该死的！乖乖地站好！"这时，酸奶油配薄饼从安努斯卡的手里掉到了地上，而她已经冲向和马较劲的女孩，不由分说地出拳揍她。

"别欺负它！"她尖叫着，嗓子眼里的声音绷得紧紧的，"别欺负它了！"

受到惊吓的孩子们隔了一秒钟才反应过来，要推开这个身穿格子外套、突然发起神经的女人，但这时，又有一个女人冲过来帮她了：用破衣烂衫裹着层层叠叠的疯女人；两个女人都想夺走女孩手里的缰绳，想把女孩赶走。那个女孩抽抽搭搭地哭起来，双手抱住头顶——她无论如何都没想到会遭遇这样凶残的袭击。那匹马又是踢腿，又是嘶叫，终于挣脱了女孩的牵制，在阿尔巴特的马路中央跑起来，受惊了（还好，那时候的大道上几乎没有行人）；得得的马蹄声回响在楼宇的外墙之间，让人想到巷战或群殴；人们打开了窗户往外看。但这时，两名警察出现在街道的尽头，泰然地踱着步，大概正在聊什么电子游戏——反正也没出什么乱子——但他们马上看到了这番骚乱，立刻转入工作状态，抓起各自的警棍，全速跑来。

“摇摇。”裹得层层叠叠的女人说，“摆摆。”

她们坐在警察局里，等着脸孔涨红、看什么都不顺眼的警察来做口供。

“摇摇。”她在这几个小时一直用狂乱的腔调喃喃自语，显然是被吓到了。肾上腺素摇醒了裹得层层叠叠的女人的舌头。她对着安努斯卡的耳朵轻声窃语，以防她俩的私聊被别人听到——那个被抢了的男人，两个深色皮肤的年轻妓女，还有用手捂着绷带的头部受伤的男人。与此同时，安努斯卡在哭泣，泪水不间断地滴落脸颊，但很显然，囤积已久的眼泪也将很快流尽。

终于，轮到她们了，红脸警察转身对另一个房间里的某人喊了一声：

“那个离家出走的女人。”

从那个房间立刻传出回复：

“那人你可以放走，但给另一个记扰乱治安罪。”

警察就对裹得层层叠叠的女人说：

“要是有下次，我们就把你赶出城区一百公里以外，听见没？我们不希望邪教成员在这里出没。”

说话时，他问安努斯卡要走了身份证，好像他不认字似的，又让她重新报上自己的名字，娘家姓名以及地址，他叫她把地址完整地报出来。安努斯卡用指尖摸着桌面，半闭着眼睛，恍如背诗一样，把这些信息讲给他听。她把地址重复了两遍：

“库兹涅茨克街四十六栋七十八号公寓。”

警察先放走了她，隔了一小时再放走她。先走的是裹得层层叠叠的女人，所以，等安努斯卡出来时，早已没了她的踪迹。这倒也没什么奇怪的，天冷得可怕。她在地铁站外漫无目的地游走；腿脚在敦促她，愿意承载她走过这些宽敞的大街，去一个能抵达丘陵起伏的城郊、也就是所有街道源起的地方，经过那里之后，眼前就会铺开焕然一新的远景——尽情吐纳的辽阔平原。但是，安努斯卡的巴士到站了；她奔过去，刚好赶上。人们已经出家门了，虽然太阳还没出来，街道上已随处可见各种晨间活动。安努斯卡在巴士上坐了很久，坐到了城市的边缘，然后，她就站在自家公寓楼的大门口了，抬头望向很高的地方，望着自家窗户。每扇窗都暗着，但等天色亮起来后，她看到自家厨房里有一盏灯被点亮了，于是，她径直走进了大门。

裹得层层叠叠的流浪女说了些什么

摇摇，走走，摆摆。只有这一个办法能摆脱他。他统治世界，但没有权力统领移动中的东西，他知道，我们身体的移动是神圣的，只有动起来、离开原地的时候，你才能逃脱他的魔掌。他统治的是一切静止的、冻结的物事，每一样被动的、怠惰的东西。

所以走吧，摇摆，步行，奔跑，坐飞机，因为你忘记这一点、站定的那一秒钟，他的巨掌就会攫住你，把你变成一只木偶，你就会困在他的气息中：充满了烟、雾和城外垃圾场的恶臭。他会把你多姿多彩的灵魂变得渺小又空瘪，像是用纸、报纸剪出来的，他还会用火、病和战争来威胁你，吓唬你，直到你心神不宁，没法睡觉。他会在你身上做好记号，在他的档案里留好你的资料，再将记录你沦陷的文献交给你。他会用无关紧要的琐事占据你的头脑，要买什么，要卖什么，哪里的东西更便宜，哪里的东西更贵。自此之后，你只会操心蝇头小事——汽油的价格，以及油价是如何影响我们还贷的。你会每天活在痛苦中，好像你这辈子已被判了死刑。但是，因为什么罪过呢？什么时候判决的？谁判的？你永远都不会知道。

很久很久以前，沙皇曾想改造这个世界，但他被彻底击败，世界落入了反基督徒的手中。上帝——真正的那个，好的那个——变成了这世上的流亡者，盛放被粉碎的神力的容器被大地吞没，消失在深邃的地下。但祂在藏身之地的轻声细语会被一个正直的人听到——名叫叶菲慕的士兵，他会仔细聆听祂的字字句句。到了夜里，他就甩掉来复枪，脱下军装，解开绑腿，脱下靴袜。他赤裸全身，站在天穹下，回复到上帝造出他时的样子，然后跑进森林，再披上大衣，从一个村落游荡到另一个村落，将悲观的消息传播四方。快逃吧，离开你们的家园，走吧，逃走吧，因为只有这样，你们才能逃脱反基督徒的陷阱。谁若公开与祂为敌，都将彻底失败。不管你们拥有什么，就此抛弃吧，舍弃你们的土地，立即启程。

在这个世界上，任何有稳固位置的东西——每个国家，每座教堂，每个人类政府，这个地狱中保有固定形式的每一样东西——都听令于他。每一样轮廓分明、从这儿延展到那儿、能够嵌入一套框架的东西都被登记在册，经过编号、确认、证实；每一样都被收集起来，展示出来，贴上了标签。房屋、椅子、床、家庭、大地、播种、种植：每一样持续存在的物事都证明了万物增长。做出计划，等待结果，规划日程，保护秩序。因为你们在无知无觉中生下孩子，所以就要抚养孩子长大，再启程上路；安葬你们的父母吧，他们也曾在无知无觉中将你们带入这个世界，然后就走吧。离开这里，走得远远的，走出他的气息吐纳范围，走出他的光缆、电线、天线和电波的势力范围，阻挡他那些敏感的仪器所做的测量。

稍微停顿的人，必将被石化；停下来的人，必将如昆虫般被钉住：心脏被木针刺穿，双手双脚也都被插穿，牢牢地钉在门槛和天花板上。

他就是这样死的，叶菲慕，这个叛逆的人。他被抓住后，身体被钉上十字架，像只昆虫般无法移动，任由人类和非人类观瞻，但流连其上的大部分是没人性的目光，所有这类奇观都能令其欢喜满足；所以，他们每年都要重复这套动作也就不奇怪了：对着那具尸体祈祷，欢庆。

这就是为什么所有暴君对游牧民族抱有根深蒂固的仇恨；为什么那些地狱的仆人要那样迫害吉普赛人和犹太人；为什么要强

迫所有自由人定居下来；分配给我们的地址其实就是判给我们的徒刑。

他们想缔造一种固化的秩序，篡改时间的路径。他们希望日复一日按部就班，没有变化；他们希望建起一台巨大的机器，每个生物都被迫占据一个位置，各就各位，展开虚假行动。各种机构和办公室，各种标记和通讯，等级制度，各种头衔和学历证明，申请和被拒，护照，编号，卡券，选举结果，折扣价和积分点，囤货，物物交换。

他们想在条形码的协助下让这个世界举步维艰，给所有东西贴上标签，让所有人知道一切都是商品，你要为此花多少钱。不让人类读懂这门新新外语，只允许机器和机器人读取。就这样，到了夜里，他们就能在地下的超大商店里举办诗歌朗诵会，读的尽是他们自己的条形码。

行动起来。走动起来。离开的人是有福的。

约瑟芬妮·索利曼致奥地利皇帝弗朗茨一世的第三封信

想必陛下忙于繁重国事，故而无暇回复。但我不会放弃，为了乞求您的恩准，再次修书一封。上一封信已是两年前的事，既然没有得到回复，那么，请允许我再三恳请。

先父安杰洛·索利曼是皇帝陛下的忠实仆臣，声名远扬的帝国外交官，备受尊敬的智者仁人，而我，是他的独女。我要为自己祈求慈悲，因为，只要我知道先父尚未遵循基督教仪式安葬入土，我就将永远得不到安宁；然无奈事与愿违，先父的遗体依然陈列于陛下皇宫内的皇家自然珍奇馆——被填充了异物、被化学制剂处理过。

诞下吾儿后，我重病缠身，久治不愈。我担忧父亲安葬之事会和我的健康一样变得遥遥无望，现在我相信了，如果我真的能享有什么——哪怕我觉得已无望——那就只能是一丝希望。《圣经》中有形容这种侥幸的妙语：约伯说，“我的皮肉紧贴骨头，只剩牙皮逃脱了”。皮肉骨头，在这件事上，用到这些词才够贴切吧？因为——请务必容许我再一次提及细节——先父死后被剥去皮肤，掏空内脏，继而被填充异物，现在仍作为陛下的展品陈列于众目睽睽之下。

陛下拒绝了年轻母亲的祈求，但若是奄奄一息的年轻母亲，或许结果就会有所不同。我离开维也纳前去过那个恐怖的地方。因为我所嫁之人也是陛下的忠实仆臣：军事工程师冯·福伊希特斯勒本先生，婚后即遣调至我国北部边陲克拉科夫。我到了那里，看到了，或许可以说，我去探访了身处地狱的父亲；身为天主教徒，我坚信他若没有入土的肉身，就无法在最后的审判日得以复活。不管有些人会怎么想，这种信念也说明了肉身是我们获得的最重要的天赋——因为神赐而神圣。

上帝化身为人时，人的肉体就得到了永恒的神性，整个世界就是依照独立、单一的人体建构而成的。除了通过肉身，再没有别的途径进入别的人类，或是这个世界。如果基督不以人形出现，我们永远都得不到救赎。

先父像动物般被剥了皮，体内胡乱填塞了干草，连同其他被填充的人体，和独角兽的残骸、长相如恶魔的蟾蜍、漂在酒精里的双头婴和诸如此类的珍奇怪物一起陈列。尊贵的陛下，我眼睁睁看着人们鱼贯而入，都想亲眼看见您的藏品，我看到他们凝视我父亲的皮肤时，兴奋得满脸涨红。我听到他们赞许您有卓尔不群的勇气和活力。

陛下，您若去参观您的珍宝展，请走近他。走向您的忠臣，安杰洛·索利曼，哪怕人已死，皮依然在为您效力。那双手，曾经拥抱我、安抚我，现在已被填了干草；那张脸，曾经亲昵地蹭过我的脸，如今已干枯塌陷。那具肉身，曾经爱过，也被爱过，直到风湿病最终夺走了我父亲的生命。

就是从这条手臂上，您的御医放空了先父的血。遗骸上的标签写明了先父的姓名，证明这曾是一个活生生的人。我时常困惑——每天晚上都让我无法安然入眠——归根结底，先父遗体（愿他安息）为何会遭受如此残忍的处置？

会不会仅仅因为他皮肤的颜色？深色？黑色？一个白皮肤的人在别的地域也会得到同样的对待吗——被填塞后示众，以满足路人的好奇心？一个人的外在或内在，或在任何方面与众不同，就足以构成剥夺他享有普通人都有的权利和习俗的理由？难道这些权利只是为了彼此相像的人而创建的吗？但这个世界上，处处都有差异啊。相隔百余英里，住在南方的人和住在北方的人就有所不同。东方人和西方人也有所不同。若法律只适用于一部分人，有何意义？不管船只和金钱能带我们去到哪里，法律都该一视同仁，所有人也都该遵守法律。陛下会用干草填充白皮肤朝臣的遗体吗？哪怕是最低贱的人都有权得到葬礼。陛下不肯给我父亲这项权利，难道是在否定他是人？

人们普遍认为，统治我们的那些人也打算统治我们的灵魂，但我不这样想。现如今，“灵魂”是一种很难理解的概念，也很难界定。如果上帝——请恕我斗胆妄言——是创造者，造出了这个钟表般的世界，或者更准确地说，是以玄妙无解之态、以彻底非人之形呈现的自然精神，那么，“灵魂”之说就会显得令人尴尬不安。什么样的统治者会用如此模糊不定、倏忽即逝的手段去统治天下？

什么样的开明君主会希望驾驭一些尚未在实验室里被证明存在的东西？尊敬的陛下，人真正的能量只能作用于人的身体，这是毫无疑问的，事实上也是如此运作的。建立国家，设定国界，都要求人的身体留在一个设限明确的空间里；之所以存在签证和护照，正是为了限制人体渴望漫游、想要走动的天性。统治者规定税制，就能在臣民吃什么、睡在哪里、穿亚麻还是丝绸这些事上施展权力。

谁的身体比较娇贵，谁的身体不太重要，这也将由您来决定。母亲的乳汁充盈，但左乳右乳也有多寡之分。生在山顶宫殿里的孩子会吮奶吮到厌腻，而住在山谷小村里的孩子会把剩下的点点滴滴都舔干净。陛下宣战时，就等于把成千上万人的身体置于血泊里。

驾驭了身体，就能成为生与死的王，这比当上最辽阔的大国的皇帝更了不起。因此，我给您写信，就当您是生与死的占有者，暴君与僭越者，也因此不再请求，而是强烈地要求：交还我父亲的遗体，让我好好安葬他。尊贵的陛下，我将永远追随你，犹如暗夜的轻语，哪怕我死了，也绝不会离弃您，绝不休止在您身边耳语。

约瑟芬妮·索利曼·冯·福伊希特斯勒本

并非手作之物

看完了舍利子展，我敢说，非人所造的东西已经不能再令我啧啧称奇。包括那些在潮湿的山洞里凭空出现的经卷，时不时的，会被某些正直的好人偶尔发现，并郑重其事地移送到庙宇。还有呈现神的面容的圣迹。你只需要把一块涂过底漆的干爽木板搁在户外，等着就好。有时候，圣容会在夜里悄然浮现，从木板下面望出来，从最深邃的黑暗处、浸满水的根基处漫浮上来。因为我们可能就生存在一个超级大的针孔相机里，封闭在一个黑盒子里，只要有一个针刺般的小孔，外部世界的影像就会随着那束光投射进来，在黑盒子里、对光极其敏感的世界表面留下痕迹。

据说，有一尊佛像就是凭空出现的，完美无瑕，用最好的金属制成。只需要把雕像上的浮土抹去就好。那是一尊坐佛，头枕在双手上。这尊佛嘴角带笑，略有一丝讥讽的意味，那不是对别人而是对他自己的微笑，就像一个人刚刚听懂了一则暧昧的玩笑。笑点不是在最后一句的那种笑话，而就在讲述者的口吻中。

血液纯度

我在布拉格的一家酒店里遇到一个来自南半球海岛的女人，她告诉我：

人是携带千百万种病毒、细菌和疾病游走四方的；没有任何办法能阻止。但我们至少可以尝试一下。在疯牛病肆虐各国、引发全世界的恐慌之后，新法规出台了。在她的岛国里，任何居民只要去过欧洲就不能再献血；根据新法规，他们终生都将是污染物携带者。现在，她也是了——从现在开始，她再也不能去献血了。除了机票钱，这也算是她旅行的代价。失去了纯度。失去了尊严。

我问她这样做值得吗——为了享受到几座城市、教堂和博物馆看看的快乐，牺牲她原本纯净的血液？

她严肃地回答说，所有的事都有代价。

艺术馆

我的每一次朝圣之旅都会走向另一些朝圣者；这次，我一眼就认出了夏洛塔的巧手。椭圆形的有盖玻璃罐里漂浮着一个小小的胎儿，闭着眼睛，由两根马毛悬吊着，看上去就像一尊雕塑。小脚触到了罐底染红了的沉渣。瓶盖上布置了一组水下静物小景——每一样小东西都能让人想到海洋，甚至包括这个展品的主角：胎儿。我们都从水里来。毫无疑问，这也是夏洛塔用贝壳、海星、珊瑚、海绵来装点这一幕的缘由，居于正中的是一只干透了的海马。

另一件标本也给我留下难以磨灭的印象——保存在“冥河之水”中的连体婴，紧邻在旁的是他们干透了的骨骼。物尽其用的典范——两个标本共享一副骨骼。

康斯坦丁的手

抵达永恒之城时，最先吸引我的是卖手袋和钱包的售货员：漂亮的黑皮肤男人。我买了一只红色的零钱包，因为上一只在斯德哥尔摩被偷了。继而让我流连的是摆满了明信片的货摊——事实上，你完全可以就此止步，把剩下的一整天都耗在台伯河边的树荫下，再晚一点，或许可以去很贵的小咖啡馆里喝杯红酒。废墟遗址的全景图，经过处心积虑的设计，尽可能把更多美景留在方寸之间；但这样的风景明信片正慢慢地被专攻细节的摄影明信片所取代。这个思路显然很妙，因为细节照片可以舒缓疲惫的头脑。世界这么大，要看的那么多，与其打通关，不如专注于特殊个体。

瞧，喷泉的美妙细节，坐在罗马人家窗台上的小猫咪，米开朗基罗的《大卫》的生殖器特写，巨人石雕的足部特写，破损严重的雕像让你立刻就想知道：这样的身躯该配上怎样的脸？赭色墙头的一扇孤窗，终于——是的——出现了那只怪物般的手，食指向上指向天空，脱离了很难想象出来的全身，就到手腕为止——康斯坦丁大帝的手。

我被那张明信片迷倒了。你看到时真的要特别小心！从那一刻起，我到哪儿都能看到指向某处的手；我变成了那个细节的奴隶，任其蛊惑。

半裸的战士雕像：只戴了头盔，单手持矛，另一只手指向前方高处。一对丘比特雕像，肥嘟嘟的手指指向头顶，但是——上面有什么呢？还有呢，两个女游客笑弯了腰，她们指向聚在优雅酒店门前的一群人，因为理查德·基尔和妮可·基德曼刚从里面走出来；在圣彼得广场，你可以看到几百根这样的手指。

我在鲜花广场看到一个女人在暑气中发呆，坐在水龙头边，一根手指竖在耳边，好像要记住年少时听过的歌，刚刚听到那曲子的第一个音符。

后来，我又注意到一个坐在轮椅里的病重的老先生，两个女孩推着他走。老先生一动不动，鼻孔里插着两根细塑料管，管子的另一端消失在黑色背包里。凝固在他脸上的纯粹是惊恐的表情，而他的右手，伸出了一根骨节凸出的手指指向左肩，肯定有什么东西刚好落在他肩头了。

为空无之地画地图

为了观测金星凌日，詹姆斯·库克启航出发，驶向南部海域。金星展现给他的不只是金星本身的美，还有荷兰探险家塔斯曼早先关注过的那片陆岛。库克在日志中写道，水手们早就知道那儿有一片大陆，日日夜夜都在寻找，但每一天都会重蹈覆辙——错把云层误认为是陆地。到了夜里，他们仍会谈论那个神秘的岛屿——既然是金星守护的地方，那里肯定非常美丽，但也因为是金星之地，那里想必还有什么超乎寻常之处。对那片神秘大陆，人人都有自己的想象。

大副来自塔希提岛；他相信那片大陆会像夏威夷——温暖，热带气候，日照充沛，漫长的海岸线，无穷无尽的海滩，到处都有鲜花盛放，药草丰富，还有袒胸露乳的美女。船长是约克郡人（他以此为荣），其实，他不反对别人把彼处想象成此处。他甚至很好奇：在地球另一边的岛屿会不会没有可比性，没有类似行星的相似性——如果共通之处不够明显，甚或微不足道，那就可能反映在别的更深层的方面。侍从尼尔斯·荣格想象的是群山，他希望那座岛上的山岭高耸入云，山顶白雪皑皑，山峰间会有肥沃的山谷，遍地都是吃草的肥羊，鲑鱼游动在清涧溪流里（很显然，他来自挪威）。

1769 年 10 月 6 日，最先望见新西兰的正是尼尔斯。

从那天开始，奋进号笔直前行，陆地终于从云层间一点一点地浮现出来。到了夜里，情绪高昂的库克船长就会把陆地的轮廓描绘下来，绘制地图。

之后数年间，他们依照这张地图进行了多次探险，相关记述丰富多彩。刚有船员自言自语道，这么非同寻常的大陆肯定没人居住，结果第二天就看到树丛里升起了炊烟。他们开始害怕上岛后很难确保补给品安然无恙，猜想岛上会有凶恶的野蛮人，结果当天早上那些野蛮人就出现了——反而被他们吓得半死。他们的脸上有图腾文彩，纷纷伸出舌头，摇晃手中的长矛。为了摆明自己的优势、当即确立上下等级，初来乍到的探险者们开枪打死了一些野蛮人——也就是这时候，探险者们遭到了围攻。

新西兰，看起来是我们捏造出的最后一座岛屿。

另一个库克

1841 年，英国禁酒运动的重要发起人汤玛斯要去协会开会。他要从自家所在的拉夫堡步行到协会所在的莱斯特，总共十一英里。与他同行的还有另外几位绅士。这一路又漫长又辛苦，走着走着，这位库克先生心生一计：简单来说，下一次，他可以包一节火车，捎上所有同行的旅客——如今想来未免太奇怪了：以前竟然没人想到用这种多快好省的绝妙办法。

一个月后，他成功地为几百人操办了第一次集体旅行（但他们是不是都要去禁酒协会就不得而知了）。就这样，第一家旅行社问世了。

汤玛斯·库克，詹姆斯·库克——姓氏都意为“厨子”的这两位联袂规划了我们的现实世界。

鲸，或：淹死在空中

在澳大利亚，迷航的鲸鱼搁浅的消息一传开，住在城郊的所有人都会跑到海边。人们轮流值班，不遗余力地把一桶桶水浇在鲸鱼光滑的皮肤上，试图劝诱它回家。一身嬉皮打扮的老太太坚称她们清楚自己在做什么。显然，你只能对它说：“走吧，走吧，我的好兄弟。”如果有必要，也可以是“我的好姐妹”。最好闭起眼睛，把你的能量传一点给它。

小小的人影终日聚集在海滩上，等待涨潮，让潮水把它带回海里。也做了别的尝试：在船后绑紧拖网，想把它拖进海里。然而，那庞然大物很快就会变得死沉死沉的，对求生之事无动于衷。难怪人们会说这是“自杀”。一群社会活动家也会到场，为了申诉动物的死亡权：只要它们想死，就该让它们死去。凭什么只有人类能享有自杀的特权？也许，每一个生命体都有自己设定的生命期限，肉眼不可见，但一旦期限已满，生命力就会自动消逝。此时正在悉尼或布里斯班起草的《动物权利宣言》应该考虑到这一点。亲爱的兄弟们，我们赋予你们选择死亡方式的权利。

萨满也会来到垂死的鲸鱼身边，施一番法术，那样子不免让人起疑，还会引来摄影爱好者和专门追踪特异事件的看客。还有个乡村小学的老师把整个班的学生都带来了，布置给孩子们的绘画作业命题为《永别了，鲸鱼》。

鲸鱼死去通常要好几天。在那段时间里，海岸上的人很快就习惯了这个安静、威严、心意坚决但令人费解的生物。有人会给它起名字，通常是人类的名字。地方电视台会到现场做直播，借助卫星电视，整个澳大利亚，乃至全世界都会参与到这场死亡事件中。三大洲的每一个新闻频道都会播报搁浅海滩的这个生命体所引发的问题。他们会借机大谈特谈全球气候变暖及各种生态问题。学者专家们会被请到演播厅激辩一场，政客们会在选举演讲时特别提到环保议题。鲸鱼为什么要这样做？鱼类学家和生态学家们各有各的答案。

生态系统崩解。海洋污染。在海底爆炸的热核弹，哪怕没有哪个国家会承认是自己投放的。也许这不是大象做出的那种决定？年龄太大？希望破灭？毕竟，鲸鱼的大脑和人类的大脑非常相似，根据最新的研究显示，鲸鱼的大脑甚至拥有智人所没有的脑体部分，就在最发达、最有用的额叶区。

到最后，鲸鱼彻底死亡，人们不得不把尸体从海滩搬走。那时候，人群基本已散尽——事实上，谁都不会留下来，海滩上只有身穿荧光绿外套的工作人员，他们要把鲸尸切割成块，搬上拖车，再送往某处。如果世上有鲸鱼墓园，他们肯定会把车开去那里的。

名叫“比利”的虎鲸，淹死在空气中了。

每个人都很悲恸。

不过，也有人们成功拯救鲸鱼的先例。在志愿者们悉心的照料、不懈的努力下，那些鲸鱼会有所反应：深呼吸，扭头回游到海里。它们会喷出那种最有名的水柱，欢快地跃向天际，接着，它们就会潜入深海。聚在海边的人们会鼓掌欢庆。

几星期后，它们可能会在日本海域不幸被捕，精美而温润的身体将被做成狗粮。

人间天堂[1]

为了打包，她整理了好几天。她的东西都摊在他们卧室的地毯上。为了走到床边，她得在那堆东西之间绕来绕去才能找到下脚的空隙——衬衫、内衣、卷成球的袜子、折出裤缝的长裤、几

1 Godzone，新西兰的别称。

本在路上看的书：最近所有人都在热议这几本书，但她一直没时间看。还有一件厚毛衣，一双她专门为这次旅行新买的冬靴——毕竟，她要在冬季去那么冷的地方，堪称探险。

它们只是身外物——如同神秘而柔软的一层层皮肤，可以一次又一次蜕下，如同保护罩，为这具五十多岁的脆弱肉体挡住紫外线和窥视的目光。在她的多日旅途中，它们将是不可或缺的，甚至在她刚下飞机时就会派上用场，毕竟，她要在世界的尽头待上好几个星期。她花了好几天，利用稀少的空闲列了份随身物品清单，一板一眼地照单收拾，把所有东西摊在地上，心里明白时候到了，她该去了。话说出口，就该说到做到。

谨慎地往她的红色旅行箱装东西时，她就知道自己并不真的需要这么多东西。随着岁月流逝，她已发现自己需要的东西变少了。至今为止，她已弃用了裙子、摩丝发胶、指甲油以及和指甲有关的所有小玩意儿、耳环、便携式熨斗。香烟。就在今年，她还发现自己不再需要卫生巾了。

“你不用送我。”她对半梦半醒地朝她扭过头来的他说道，“我可以叫出租车。”

她用指背轻抚他柔软白皙的脸皮，再亲吻他的面颊。

“落地了就给我打电话，否则我会担心死的。”他刚咕哝了一句，头就回落到枕头上去了。他刚在医院值完夜班。好像有什么意外发生，病人死了。

她套上黑色长裤，穿上黑色棉麻长上衣。她套上靴子，把随身包斜挎在肩上。现在，她一动不动地站在门厅，连她自己都不知道为什么这样站着。她的娘家人以前常说，出远门之前，你得安静地坐上一分钟——波兰乡下人的一种古老习俗；但在这个巴掌大的门厅里没地方好坐，没有椅子。所以，她就站在那儿，在心里设定了时间，开启了体内的计时器，也就是放之四海而皆准的办法：根据呼吸频率启动的血肉计时法。然后，就像刚刚发现自己走神的孩子，她突然清醒过来，抓起行李箱的把手，拉开了大门。是出发的时候了。所以，她出发了。

出租车司机是个深肤色的男人，把她的行李箱小心地放进后备厢。她觉得他有些多余的小动作，也过分亲昵了，比方说，他弯腰搬起她的箱子时，她觉得他的手势像是在温柔的拥抱。

“这是要出远门了，是不是？”他微笑着说道，露出洁白的大门牙。

她表示赞同。从后视镜中可以看到，他的笑容也更夸张了。

“去欧洲。”她补充了一句，出租车司机用一种又像惊叹、又像叹气的声音表达了他的敬畏之情。

他们的车沿着海湾行驶；早潮正在慢慢后退，露出石头遍地、蚌壳散布的沙地。太阳很耀眼，感觉很热。你必须养护自己的皮肤。现在，她想起了自家花园里的植物，感觉希望渺茫，不知道丈夫会不会像他保证的那样给它们浇水；她想起那棵蜜橘树，不知道等她回来时会不会结出好果子——如果结了，她就要做蜜橘酱；她还想起无花果刚要成熟，香草被挪到了花园里最干燥的角落，那儿的土里几乎都是石块，不过，那些香草似乎还挺喜欢那儿的，因为今年的龙蒿草长得特别茂盛，史无前例。就连她晾在花园上方的衣服收进来后，都留有龙蒿的清新、辛辣的香味。

“十块钱。”出租车司机说。她把钱给他。

进了本地机场，她在柜台出示了机票，拖着行李去海关安检口。办好托运后，她随身只有双肩背包，直奔登机口；已经有睡眼惺忪的乘客登机了，带着孩子，带着狗，带着塞满了吃食的塑料袋。

这架小飞机会带她去大机场，飞机升空后，她看到一幕极其美丽的景象，让她一下子兴高采烈了。

兴高采烈，这个词挺有趣，也挺高雅，字形字义里都有“升高”的意思，和此情此景非常契合，现在，她是不折不扣的被“升高”到了云间。这些小岛、沙滩俨然就是她的一部分，俨如她的双手双脚；碧海扬波，波浪碎溅，变成卷卷细沫推送到海边，零星的大船小船，波浪形、柔曼的海岸线，连同群岛上的绿波般的丛林都是属于她的。人间天堂，岛民们就是这样昵称此地的。这是上帝亲临之地，还带来了世间所有的美好。此刻，祂将那种美散播四方，赋予这座岛上的每一个人，不求任何回报。

到了大机场，她去洗手间洗了把脸。然后，看了一会儿使用公用电脑的人，还有人在焦虑地排队等候。旅行者们在这里短暂停留，让或远或近的别人知道他们在这里。她也有过一个闪念：也许她也该坐在一台电脑前，输入邮件服务商的网址，再输入她的账号和密码，再查看谁给她发了电子邮件——但她不用看就知道：不会有重要邮件的。可能是手头的工作项目的进展，一个澳大利亚朋友发来的笑话，也许她的某个孩子破天荒地发一封信。但，促成这次远行的发件人已沉寂许久了。

安检的流程让她非常吃惊；她有一阵子没飞了。他们不仅扫描了她的背包，还扫描了她本身。他们没收了她的指甲钳套装，这让她很难过，因为她很喜欢那套工具，用了很多年。机场的工作人员审视着旅客，试图用专业眼光去鉴别谁可能携带易燃易爆物品，尤其会对那些肤色较深、裹着头巾、叽叽喳喳说笑的姑娘们多看几眼。此刻，她就站在国境线上，感觉黄线另一边，也就是她要去的那个世界是由另一套法则约束的，其严苛无情、其愤愤不平从四面八方而来，嚣张地扩散到了这一边。

检验过护照后，她顺便在免税店里买了些东西。然后找到了登机口——9号，她正对着登机口坐下来，打算看会儿书。

一切顺畅，飞机准点起飞。奇迹再次发生：大楼般的庞然机械体竟能如此轻盈优雅地飞翔，摆脱地球引力，慢慢升高，再升高。

吃完塑料餐盘里的飞机餐后，大家都开始酝酿睡意。只有几个人戴着耳机看电影，电影讲述了一段科幻奇旅：几个勇敢的科学家被某种“激速装置”缩小到细菌那么小，从而进入病人的身体。她没戴耳机，但看着屏幕，很喜欢那些奇妙的画面——仿佛在海底，血管变成深红色的长廊，动脉收缩形成脉动，酷似外星来客的好斗的淋巴细胞，还有柔软、凹陷的血球宛如无辜的小羊羔。提供饮用水的空中小姐小心翼翼地走在过道里，一大罐水里漂着一片柠檬。她喝了一杯。

下雨时，公园里的小路就会被水淹。雨水冲刷着路面，细沙被水聚拢。你可以用小树枝在沙面上写字——波浪起伏的表面巴不得有点铭文落款呢。你可以在上面画几个方块，跳房子；再画一个腰肢很细、穿蓬蓬裙的小公主；再过几年，就能写个谜语，诉句衷肠，发明一些浪漫的方程式，诸如：M+B=GLs，意思是：马雷克或马西克爱上了芭芭拉或鲍日娜，GL 代表“伟大的爱（Great Love）”。飞行时，她也总能感受到伟大的爱，她会用鸟瞰的视角纵观一生，看到一些你在地面上完全忘却的特殊时刻。平庸的闪回机制，机械的记忆跳转。

最初收到电邮时，她根本想不出来发件人是谁？那个名字代表谁？为什么会给她发来如此不拘礼节的电邮？记忆的缺失维持了几秒钟——她真该为此羞愧。后来她明白了，乍一眼看去，那只是一封祝福圣诞快乐的信件。时间是十二月中旬，刚好赶上第一波的圣诞季祝福。但信件的内容显然不是司空见惯的假日问候。好像听到了传声筒的另一端，从很遥远的地方传来的含糊不清的呼叫声，她惊呆了。她完全读不懂那封信，有些词句甚至令她不安，譬如讲述“生命似乎是一种恶习，很久以前我们失去掌控生命的能力了”的那些段落。

“你戒过烟吗？”他还补了一句。是的，戒了。真的很难戒掉。

接着的好几天，这封奇怪的电邮让她陷入深思，发件人是她三十多年前认识、之后再也没见过的人，时至今日已被她彻底忘却，但终究是她爱恋过的，年轻时，疯狂地爱过两年的人。她的回信有礼有节，和以前的口吻完全不同，就从那时开始，她每天都能收到他的来信。

这些电邮打破了她内心的平静。很明显，它们唤醒了她大脑中特定的储存区，里面填满了那些岁月的记忆：一幕幕场景，对话的碎片，丝丝缕缕的气味。现在，每天都是，她开车去上班时，只要一发动引擎，那些回忆就像录影带般跟着转动起来——不管手头有怎样的摄影机，当场就录下来的画面，如今已褪色，甚至本来就是黑白的，没头没尾的片段，随兴拍下的瞬间，片段与片段间毫无关联，没有因果，没有秩序——她完全不知道该拿它们怎么办。比方说，他们走出了城区——不妨说是走出了小镇——走进了山里，走到了高压电线连绵起伏的山峦间，从那时起，他们的对话就伴随着一种嗡嗡的电流声，好像有一个合唱团在为这场谈话画重点，低沉的单音调，既不升高也不降低地持重延续。他们手牵着手；那是初吻的时节，只能用“奇怪”去形容那种感受，再也不可能找出更恰当的词汇。

他们的中学在一栋阴寒的老楼里，教室分布在两个楼层的宽敞的走廊两边。教室看上去都差不多：三排长椅，面对着老师的教台。深绿色的黑板可以上下推动。每堂课前，会有一个学生负责把海绵黑板擦浸湿。墙上贴着几个男人的黑白肖像画——整所学校里，你只能在物理课教室里找到一张女人脸：玛丽·斯克沃多夫斯卡·居里夫人；唯一一张能证明男女平等的头像。科学家们的头像高悬在学生们的身后，无疑旨在提醒他们：尽管这是所不起眼的乡下学校，却也奇迹般地跻身于知识和学习的大家庭中，也是优良传统的继承者，也属于一个万事万物都能被描述、解释和证实的世界。

中学一年级时，她对生物学产生了兴趣。她找到了一篇关于线粒体的文章，大概是她爸爸拿给她看的。文章里说道，在最古远的时候，在被称为“原始汤”的远古海洋中，线粒体是作为独立的生物存在的，后来才被其他单细胞生物截获，在此之后，线粒体就一直被迫寄生在宿主体内繁衍生息。进化纵容了这种奴役——我们就是这样变成人类的。要描述这个过程，就要用到“捕获”“强迫”“奴役”这些字眼。实际上，她从来都无法接受这种假说：假设从世界伊始就有暴力。

读书时她就知道自己想当个生物学家，因而非常卖力地苦读生物和化学。她用俄文写八卦，把小纸条掩在椅下，让同班同学传给她最好的朋友。波兰语让她烦得要死，直到六年级，她爱上了一个和她同龄、但被划分在另一间教室的孩子，和那些邮件的发件人同名同姓的人，至于那孩子的面容，她现在要很吃力地去回忆。她对实证论和青年波兰运动知之甚少，肯定就是因为他。

平日里，她的通勤路线如钟摆，从家到办公室，八公里海岸线，早去晚归，摆弧优美。走这段路，始终看得到海，你可以毫不迟疑地说她是沿海通勤。

上班时，她不会去想他的电邮。她又回复为平日里的她，况且，一旦工作起来也没工夫陷入朦胧的回忆。只要她把车开出自家车道，汇入高速公路的车流，她的兴致就会高昂起来，满脑子都是实验室、办公室里等着她处理的各种事情。接着，那栋围着玻璃幕墙、低矮但坚固的办公楼就会把她的知觉重新调正，她的大脑开始更有效、更专注地运作，就像一台上了油的引擎，动力十足，值得信赖，保证能将你送达目的地。

目前，她参与了消灭害兽的大项目，目标是鼬鼠、负鼠之类的有害动物——它们是人类鲁莽引进的外来物种，现已严重危及本土鸟类的生存状态，很多鸟蛋会被它们吃掉。

她所在的团队负责测试毒死这些害兽的毒药。先把毒药注射到鸟蛋里，作为诱饵放在木笼子里，再散布到树林和灌木丛中。这种毒药必须见效快，符合人道主义精神，并具有高度可降解性，在害兽被毒死后，不会殃及大量昆虫。一种干脆利落、目标明确的毒药，对人畜草木皆无祸害，只会毒死特定的有机物种——害兽，并在完成任务后自动失效。生态界的 007。

这就是她的工作。她只创造这种化合物，辛勤研制了整整七个年头。

他不知怎的知道了。他肯定是在互联网上发现的，一切都挂在网上。如果你不存在于互联网，你就好像根本不存在。你至少要出现一两次，哪怕只是在校友录的名单里。而且，她没有改过名字，他要追查到她是很容易的。所以，他肯定是在谷歌搜索引擎里键入她的全名，就看到了很多页面跳出来：她的论文，她教的课程，她参与的环保活动。一开始，她以为他是对这些事感兴趣。就这样，她天真地卷入了电邮往来。

在这架飞越洲际的大型客机上很难睡着。她的脚踝肿胀，脚都麻了。她打了几次瞌睡，反而让她更恍然，愈发没了时间感。夜晚真的有这么漫长吗？远离地面的人体在困惑，身体远离了属于它的落脚点，远离了太阳升起和落下的地平线，而深藏不现的第三只眼睛般的松果体还在老老实实地对照天空中的日轮行径。天光终于亮起来，飞机的引擎声也变调了，本来是耳膜已习惯的男高音，现在音域降低了，男中音，男低音；最后比她料想得还快的，巨大的飞行器开始降落了，灵巧、顺畅地落地了。在登机桥上走进机场大楼时，她就能感受到这里有多么炎热，热气从桥身的缝隙里钻进来，黏糊糊，很潮湿——肺部鼓起来，想吸足这样的空气。但幸运的是，她不用应付这种气候。差不多再有六小时，她就要飞下一段航程了，她打算在机场里把这几个小时熬过去，小睡片刻，抓紧时间休整体力。还有一段十二小时的飞行在等着她呢。

她时常想起那个男人，出人意料地给她发电邮，之后是更多的电邮，达成了某种充满暗示和揣测的通联方式。有些话不会被写下来，但和那些曾与你有亲密身体接触的人，哪怕时过境迁，到最后仍会留存些许忠诚，她是这样理解的。他找到她就是因为这个吗？显然就是。失去童贞是一次性的、不可逆的事件，不可能再重复一遍；似乎就因为这一点，不管你想不想，不管用什么观念去想，破处都好像是意义重大的。她清楚地记得当时的感受：短暂的刺痛，切入，划破——造成这一切的竟只是毫不锋利、那么温和的局部肉体，实在让人吃惊。

她也会想起大学周围那些米灰色的楼群；不管在什么天气、什么季节，阴暗的药房里总是亮着一盏灯，老式的褐色玻璃瓶，瓶身标签上煞费苦心地注明了药品的成分。治头疼的药片，黄色包装盒，六盒一捆，用橡皮筋扎在一起。她想起那时候的电话机，可爱的椭圆形，硬塑料材质，模具压制成型，通常都是黑色或红木色——那时的电话机甚至还没有拨号盘，只有一道小小的曲柄，里面传出的声音像小龙卷风，在电缆深处聚气而成，只为了送来你想听到的声音。

她能清晰地回想起这些画面——人生中第一次——这让她惊诧莫名。她准是在变老，因为人要老了，似乎才能听到脑海深处的回响，那些幽深的角落里记载着曾发生过的所有事情。在此之前，她从没花时间想过那些早已随着时光流逝的陈年往事；往昔是斑驳不清的。现在，电影放慢了回放速度，披露了种种细节——人的脑海容量无限。她的大脑甚至还保留了很久以前的褐色小手包，曾是她妈妈的，战前的款式，包面有橡胶绲边，配了金属扣，看上去就像是珠宝；内层很光滑，摸上去凉丝丝的：你把手伸进去，就会感觉触摸到了一段死去已久、封存在那里的时间。

转乘去欧洲的下一架飞机比上一架还大，感受也完全不同。机舱里满是晒得黑红、度完假的游客们，都想把奇形怪状的纪念品塞进座位上的行李舱里——绘有民族图案的长手鼓，草帽，木雕佛像。她的座位在正中间，左右各有一个女人，恰是最不舒服的位置。她把头靠在头枕上，但心下清楚，这一程是睡不成了。

他们从同一个小镇出发，一起去念大学，他是哲学系，她是生物系。他们每天相约在课后，都有点害怕那座大城市，有点迷失。有时候，他们会偷偷把对方带进自己的宿舍，有一次——现在她想起来了——他甚至攀着排水管爬到了女生宿舍的二楼房间。她记得自己宿舍的门牌号码：321。但城里的大学生活只有一年而已。她坚持到了期末考，考过后就走了。她爸爸把诊所卖了，牙科椅，金属柜，玻璃柜，高压灭菌器和各种器具，一家一当全卖了。想到这里，她不禁好奇起来：那些东西最后都去哪儿了？垃圾堆？白色漆皮还在掉吗？她妈妈把家具卖了。没有悲情，没有感伤，把所有东西都处理掉之后，仅仅有点不安，因为那毕竟意味着从头开始。当时的父母亲比她现在还年轻几岁（但她当时觉得他们都好老啊），他们早想开启崭新的历险了，去哪儿都好——瑞典，澳洲，甚至马达加斯加——只要能离开那个烂透了的、让人幽闭恐怖的北方小国就好，离得越远越好，远离那种六十年代末荒唐透顶、恶意满满的生活。她爸爸说那个国家不是人待的地方，话是这么说，他却为之倾尽一生。她也想走，真心真意地想远走高飞，就像所有十九岁的少年——想要走向世界。

那不是人待的地方，只适合小型哺乳动物、昆虫、蛾子。她睡着了。飞机悬空在洁净、冰寒、足以杀死细菌的高空。每一次飞行都在给我们消毒。每一个夜晚都将我们彻底净化。她记得儿时看到过一幅画，印刷品，但不知道画名是什么：一个老男人跪在年轻女子面前，她的手指按住了他的眼皮。那是她爸爸书房里的一张画，她知道那本书藏在哪儿：书架最下层的最右角，和其他艺术书籍摆在一起。现在，她可以闭着眼睛，走进那间书房，站在凸窗边就能看到花园。往右看，视线放平，就会看到黑色硬橡胶质地的电源开关，你要用食指和拇指捏住圆柱形的旋钮，再转动。拧动起来的时候会有些阻力。吊灯亮起来了，五只玻璃灯盏就像五片花萼，也构成了飞轮的模样。不过，天花板下的这盏吊灯太高了，灯光太黯淡，她不喜欢。她更喜欢打开有黄色灯罩的落地灯，尽管——谁也不知道为什么——灯罩里面有几片草叶，她会坐在灯下那把破破烂烂的老椅子里。小时候，她总觉得“黑怪怪”就住在那把椅子里，那种小妖怪很吓人，但谁也描述不清。接着，她会在膝头摊开一本大书——她至今仍记得——是毛切斯基[1]的画册。她翻开到那一页：美丽的年轻女子一手举持镰刀，镇定又带着爱意地，用另一只手按下了跪在她身前的老翁的眼皮。

她家的阳台朝向宽广的草坪，草坪后面就是蔚蓝的海湾；涨

1 Jacek Malczewski（1854—1919），波兰著名画家，被誉为波兰象征主义之父。

潮时的水浪嬉戏光影，五光十色瞬息万变，给浪尖镀上一层银白的光泽。她总在晚餐后走出来，站在夜色中的阳台上——那还是她抽烟时养成的习惯，远远地望着人们各有各的玩法，但都尽情尽兴。如果你要把这场景画下来，必定是欢快的、阳光的、或许还有点勃鲁盖尔式的小淘气。南方的勃鲁盖尔。很多人在放风筝，有一只风筝是鲜艳的大鱼，纤细的鱼鳍很长，在高空中飘荡出纱罗尾金鱼般的飘逸气质。还有一只是熊猫，巨大无比的椭圆身形高高飘浮在微小的人影上方。还有一只风帆，推动着小船在地上缓缓前行。想想吧，风筝可以玩出多少花样啊！想想风是多么有用。真棒。

人们和狗一起玩，把五彩缤纷的小球抛向它们。小狗们带着无穷尽的热情跑去接球。奔跑的，骑单车的，玩滑轮的，打排球的，打羽毛球的，练瑜伽的……全是些蚂蚁般的小人影。海滩边的高速公路上，拖着拖车房的小汽车徐徐行驶，车顶上还绑着小船、长筏、单车。清风吹拂，阳光闪耀，小鸟在树下争食洒落的面包屑。

她是这样理解的：每一个有机体的原子都自带能量，正是因由这种汇聚而成的强大力量，这个星球上的生命才得以发展。目前尚且没有实质性的证据能证实那种力量——哪怕在精度最高的显微成像或原子光谱摄影中，你都把握不到物理性的实证。那是一种爆发出去、向前猛冲的力量，无休无止地突破原本的界线，超越自己。那是推动变化的原动力，一种盲目但强大的力量。如果你以为那是为了达成目标或者说企图，那就完全误解了。达尔文尽其可能地领会到了这种力量，但他还是误解了。说是物竞天择，其实没有竞也没有争。越是资深的生物学家，审视生物体系间的复杂结构及关联的时间就越长，越用心，也会得到越来越强的直觉，知道所有生命体都在这种发展中互相协助，促进彼此勃发。有生命的有机体将自身奉献给别的有机体，允许别的有机体加以充分利用。如有竞争对手，那也是局部现象，是大平衡机制中的小波动。没错，树枝互相推挤，每一根枝杈都想冲出重围，获取阳光，树根也是错综交织，争先获取水源，动物界也是弱肉强食，但这一切之中有一种自愿自发的特性——令人类觉得恐慌的特性。这就好像在说，我们都是一座巨大的肉身剧院里的演员，我们发动的那些战争都不过是内战。生命——还能用别的词替代吗？——有千百万种特点，乃至涵盖了一切，没有任何物事能游离在生命之外，一切死亡都是生命的一部分，因而从某种角度说，根本没有死亡。没有差错。没有过错方，也没有无辜者，没有功德，也没有罪孽，没有善，也没有恶；不管是谁想出了这些概念，都已将人类引入歧途。

她回到卧室，读他的邮件，那是刚刚发来的，清脆的电子提示音响了一下，突然让她想起了很久很久以前这个人，邮件的撰写者，在她心中激起的那些无望之情。绝望到无望，因为她要走，而他会留下来。临走时，他去火车站了，但她现在不记得他站在月台上的场景了，尽管她知道，自己曾用心记取那个画面——然而，现在她只记得火车动起来，越来越快，华沙的冬景也随之一幕幕往后闪退；也记得他们已认定“此生再不能相见”。如今听来未免矫情，说实话，她不能理解那种痛苦。那是一种好的痛苦，就像生理期的疼痛。一件事快告终了，内部的变化已完成，那就应该消除所有不再需要的东西。所以会有疼痛，但那只是清除带来的。

他们通了一段时间的信；他的来信都装在淡蓝色信封里，邮戳是全麦面包的那种颜色。当然，他们对未来有所计划，有朝一日，他会到她所在的地方去。但，又是当然，他一直都没去成；她以前怎么会相信他真的会去呢？原因有很多，现在都记不清了，甚至让人难以理解：没有护照，政治因素，漫长的寒冬——那会让你寸步难行，俨如坠入地缝。

移民来这里之前，她有过一阵离奇的乡愁，如一波波拍崖的海浪让她心旌荡漾。离奇，是因为那乡愁都和过于琐细、并不真值得怀恋的物事有关：人行道的小坑积水，混入汽油后，水面上就七彩斑斓了；通向黑漆漆的楼梯井的木门古旧而沉重，一推动就吱吱嘎嘎。她还怀念起他们在大食堂里盛波兰水饺的釉面瓷盘，棕色的镶边上印着思波伦合作社的商标，饺子上面淋了融化的黄油，还洒了糖粉。但随着时光流逝，那种乡愁就像洒了的牛奶似的，完全渗进了新家园的大地，一星半点的踪迹都没有。她大学毕业，拿到了研究员的职位。她周游世界，嫁给了至今仍是她丈夫的男人。他们生了一对双胞胎，马上就会有孙辈了。如此看来，记忆就像塞满纸张的抽屉——有些一次性的文件是完全没用的：干洗店的发票、购买冬靴或烤面包机的收据，那只烤面包机都已不知去向了。但有些东西还是有用的，证明的不是单一事件而是整个过程：孩子的疫苗接种手册；她自己的学生证：如同迷你护照，大半纸面上都敲了每个学期的签到章；还有她的学历证明；还有一张裁缝课的结业证书。

在她收到的后一封信里，他说虽然自己现已住院，但医生说会在圣诞节前让他出院，之后他就不会再住院了。医生们已经仁至义尽，做出了诊断，扫描了一切可以扫描的，实施了一切可以实施的治疗措施。所以，他现在应该已经在家了，他的家在华沙城外的乡村，会下大雪，整个欧洲都深受寒流之苦，甚至有人冻死。他也写明了自己患了什么病，用波兰文写的，但她完全不懂，因为她不知道那种病在波兰语里怎么说。他还写道，“你记得我们的承诺吗？”

“你还记得你离开前的最后一夜吗？我们坐在公园里的草地上，天气非常热，是六月，我们已经考完所有科目了；一整天的炎热消散后，城市像在出汗似的，散发出一种混杂着水泥味道的暖意。你记得吗？你买了一瓶伏特加，但我们没能喝完。我们承诺彼此，还会再见面。不管发生了什么，我们都会再相见。还有一件事，你记得吗？”

当然，她是记得的。

他有一把骨头刀柄的随身小刀，刚用附带的开瓶器打开了酒瓶（那个年代的伏特加酒瓶也带木塞，外有蜡封），然后，他用螺旋状的尖头往自己手心里钻——如果她没记错的话，那在他食指和拇指之间留下一道很长的伤口，然后，她从他手里接过那把刀，也用螺旋状的金属刀刃在自己手上划了一道。然后，他们把伤口交叠在一起，让彼此的鲜血交融。这种年轻人的浪漫表态被称作“兄弟血盟”，肯定是从当时的某些热门电影里，或是小说里学到的，很可能是卡尔·麦那些描写阿帕切酋长的系列小说。

现在，她摊开手掌去查验，左手，再是右手，因为她不记得当时划的是哪只手了，但是，她当然是找不到了。时间只会去纪念其他种类的伤痕。

不过，她记得那是六月的夜晚——年纪上去后，记忆就会慢慢敞开包容万象、深不可测的裂口，每一天都能拖出一点新的记忆，易如反掌，好像顺藤摸瓜，从一天天的记忆到时时刻刻、再到分分秒秒。静止的画面动起来，起先很慢，一遍又一遍地重复那同一些瞬间，就像从沙子里抽取出古老的骷髅：起先，你只看到一根骨头，但拂去一些沙子后，露出来的骨头就会多一点，直到最后整个复杂的骨架裸露出来，构成骨架的关节与接缝也扶持了时间。

他们离开波兰后，先去了瑞典。那是 1970 年，她十九岁。不出两年，他们就觉察到瑞典还是太近了，波罗的海会带来熟悉的洋流，乡愁，让人浑身不舒服的瘴气。她爸爸是一流的牙医，她妈妈是牙科保健医生，世界各地的人都需要他们这样的人才。只需要把人口总数乘以人均牙齿总数，你就能估摸出牙医有多少生意可做。走得越远越好。

她回复了那封信，用惊讶的语调再三肯定她记得那个奇特的承诺。第二天一大早，她就收到了他的回信，好像他一直在焦急等待，还提前写好了下一封信的内容，保存在电脑桌面，就等她发来回信，他就能拷贝、复制再发出。

“不知道你能不能想象持续不断的疼痛，还有日复一日扩散的麻痹感。但这还是可以忍耐的，只要别去想：疼痛过去后就什么感觉都没了，没有重来的机会，每一个钟头都会比上一个钟头更难熬，也就是说，你只能一头栽进万劫不复的深渊，坠入幻觉拼凑成的某种十层地狱，遭足十次罪。你找不到任何人为你指明前路，不会有人拉着你的手，向你解释眼下发生的事——因为解释是不存在的，没有惩罚或奖赏这种说法。”

在下一封信里他抱怨说，哪怕只是写几句陈词滥调都会让他难受到不行。“你是知道的，在这里，对任何事不能有任何质疑。我们的传统不倡导这种思路，再加上我的同胞们（他们仍然是你的同胞吗？）天生就对任何形式的反思都提不起劲儿，因而加剧了这一点。这尤其要归咎于我们不堪回首的历史，因为历史总是对我们不够好——凡事一旦走上正轨，就总会脱轨，再次崩溃，所以我们就公认地对整个世界保持警惕，心有余悸，我们一方面坚信颠扑不破的法则有能力拯救我们，另一方面又想打破这些我们所坚持的法则。

我的个人情况是这样的：离异，而且我和前妻没有任何联系了——现在是我姐姐在照顾我，但她不会照我的要求做。我没有孩子，为此抱憾终身——这辈子真正想要的不外乎就是这件事。不幸的是，我是个公众人物，而且不是人见人爱的那种。没有医生敢帮我。有很多政治冲突都牵涉到我，其中一次则害我身败名裂，现在恐怕也没什么好名声。我知道，也不在乎。住院期间，偶尔会有人来看我，但我猜想他们并不是真的想来探望我，或出于同情心（我也只是想想罢了），其实——哪怕他们自己都未必充分意识到这一点——他们是想看看我的下场。瞧他现在变成什么样儿了啊！他们会坐在我床边直摇头。我明白，那是人之常情。我自己的心地也显然算不上纯洁无瑕。这一辈子，我搞砸了太多事情。只有一件事是为我自己好的，那就是，我做事一向有条不紊。现在，我要好好利用这个优势。”

要看懂他的波兰文，对她来说是很困难的——好多单词她都忘光了。比方说，她不明白 *osoba publiczna* 是什么，必须停下来好好想想，然后才反应过来，那肯定是“公众人物”的意思。但他所谓的“搞砸”又是什么意思？是说他办事不力？还是说他伤害了自己？

她试图想象出他写那封邮件时的模样，是坐着还是躺着？外表如何？穿着睡衣吗？但在她的脑海中，他的形象始终只是一圈轮廓，没法填满，只能空空如也，她仿佛能看穿他，直接看到外面的草坪和海湾。读完这封长信后，她搬出了一只纸盒，她把在波兰时的老照片都收在盒里了，翻到最后，她找到了他——年轻的男孩，发型很得体，稚嫩的须发投下稀疏的阴影，戴着样式滑稽的眼镜，穿着高地人的高领厚毛衣，一只手拢在脸颊边——抓拍这张黑白照的时候，他肯定在讲话。

共时性：总有些事是同步发生的。比如：几小时后，她收到一封附有照片的电邮。“对我来说，写信也越来越困难了。请抓紧。这是我现在的样子。你是应该知道的——不过照片已是一年前了。”那是个魁伟的男人，灰色的头发剪得很短，脸面光滑，五官柔和，对焦有点虚，他坐在一个房间里，墙上的搁板都被纸张压弯了——是出版社吗？两张照片没有半点相似之处，要是你以为那是完全不同的两个人也情有可原。

她不知道那究竟是什么病。她在谷歌页面上键入波兰文的病名，一下子就找到了答案。原来如此。晚上，她向丈夫询问，他详细解释了这种病的来龙去脉，为什么无法治愈，何为渐进式的退化和瘫痪。

“你为什么问这个？”他最后问道。

“只是好奇。有个朋友得了这种病。”她避重就轻地给出答案，继而顺口一提——甚至让她自己都吃了一惊——在欧洲有场国际会议，临时通知的，很紧急，她要出席。

从伦敦到华沙只有一个小时，这最后一程简直可以忽略不计。她几乎都没有注意到还要转一次机。很多年轻人是结束工作回家去的。感觉好怪——每个人都极其自然地讲着波兰语。一开始，她非常惊讶，好像不小心撞见了一群古希腊人。他们都穿得很厚实：帽子、手套、围巾、羽绒服，像是要去滑雪似的——直到这时，她才真正意识到自己即将降落在寒冬的中心。

平躺在床上的人有如身陷囹圄，让人想到一把骨头。她走进房间时，他当然没能认出她。他端详了她一会儿，知道肯定是她，但并不能说是真正地认出了她，至少看起来是这样。

“你好。”她说。

他淡淡地一笑，闭了会儿眼睛。

“你真让人惊喜。”他说。

坐在他床边的女人起身腾出空位，那想必就是他提到过的姐姐。她便可以把手搭在他手背上了。他的手苍白而枯槁；如今，他的鲜血带动的不是火焰，而是灰烬。

“哎呀，你快看呀，”他姐姐对他说道，“有人来看你了！快看看是谁来看你了。”再对她说，“你要不要坐一会儿？”

从他的房间望出去，能看到白雪覆盖的花园、四棵高大的松树；后面是栅栏围墙，再后面就是路，顺着这条路再往下，能看到货真价实的别墅区，那些小楼建得优雅迷人，令她大吃一惊。这和她的回忆有云泥之别。那些小楼有立柱，有游廊，车道两边都有照明设施。她听到邻居家有人在发动汽车，引擎嗡嗡地响，但汽车没有发动起来。空气里隐隐有股烟味，是烧松果的味道。

他睁开眼睛看了看她，露出微笑，但只是嘴角微微上扬，眼神依然严肃。床的左侧立着静脉注射的吊瓶，外凸的针头插在蓝色静脉血管里，那根血管肿胀得厉害，像是快要爆开了。

他姐姐出去后，他问道，“是你吗？”

她笑了笑。

“我来了，你要不要好好看一眼。”她说出这句在脑海中排演了很多遍的话，很简单的句子。效果还不错。

“谢谢你。”他说，“我没想到——”他干咽了一下，好像快哭了。

她很怕自己会目睹某些令人尴尬的场面，便说道，“别傻了。我没半点犹豫。”

“你真好看。年轻。不过你把头发染了。”他努力装出轻松的口吻。

他的嘴唇都干裂了。她看到床头柜上有个水杯，杯口伸出一根用纱布包起来的吸管。

“你要不要喝点水？”

他点了点头。

她把纱布浸湿，俯下身，凑近这个无能为力的男人。他闻起来有股甜到腐烂的味道。她用纱布为他润唇时，他的眼睛忽闪了一下，闭起来了。

他们想聊，但聊不起来。他合起双眼几秒钟，她就无法确定他是睡了、晕了还是醒着。她想用“还记得那时候……”这样的开场白，但说着说着就没下文了。她陷入沉默后，他抚了抚她的手，说道，“请你讲个故事给我听。请你讲点什么。”

“这样子……”她斟酌词句，“还要多久？”

他说顶多几个星期吧。

“那是什么？”她瞥了一眼吊瓶，问道。

他又笑了。

“超级营养餐。”他答道，“早餐，午餐，晚餐。猪排配卷心菜，甜点是苹果派和啤酒。”

她不出声地重复他用到的那个词：*kapusta*，卷心菜，一个她当然知道、但早就忘了的词。一个词就足以让她感到饥饿。她握住他的手，小心地摩挲他冰凉的手指。这是陌生人的手，陌生人——现在的他，没有一星半点是她熟悉的。陌生人的身体，陌生人的声音。她甚至可能在别人的房间里。

“你真的认出我了吗？”她问他。

“当然认出来了。你没怎么变。”

但她知道这是假话。她清楚，他根本没能认出她。如果他们有更多时间相处，多一点时间熟悉面容、手势、习惯动作的剧变，或许还能展示出恰当的……但又有什么意义呢？她觉得他现在又昏睡过去了——眼睛闭着，像是睡着了。她没去打扰他，只是看着他灰白的脸孔、深陷的眼窝，他的指甲是那么苍白，像是用蜡做的，而且做得很粗糙，因为指甲缝、指尖的皮肤都显得含糊不清。

过了一会儿，他再次清醒过来，却像只隔了一秒钟似的照旧看着她。

“很久以前我就在网上找到你了。我看了你的论文，虽然大部分都看不懂。”他虚弱地笑了笑，“那些术语太难懂了。”

“你真的读过了？”她有点惊讶地问道。

“你看起来很好，”他说，“气色很好。”

“我是还好。”她说。

“这一路怎样？飞了多少小时？”

她告诉他要分几个航程，分别在哪个机场转乘。她想算出总共用了多少时间，但老也算不清：从东飞到西，时间显然越算越多。她向他描述自己的家在哪里，海湾的风景。她把负鼠的事也告诉他了，还讲到她儿子要去危地马拉的乡村学校当一年英语老师。讲起她的父母相继去世，两位老人都是一头灰发，心满意足，用波兰语倾诉心事，一个先走，另一个很快也走了。讲到她的丈夫可以驾驭复杂的神经外科手术。

"你杀生，对吗？"他突然问道。

她吓了一跳，看着他，继而明白了他的意思。

"很难。"她回答，"但必须做。喝水吗？"

他摇摇头。

"为什么？"他问。

她不置可否地摆摆手。因为不耐烦。原因是显而易见的。因为人们把宠物带到海岛上，并不知道那些外来物种会侵害本地生态系统。有些动物是很久以前——两百多年前——被人无意间带上岛的，还有些动物漂流上岸纯属意外，怪不得任何人。当时人们放养负鼠和鼬鼠，是为了得到它们的毛皮。植物会从人们的花园里偷偷蔓生出去——前不久，她还看到过路边长出了一丛丛血红色的天竺葵。大蒜也逃出了人的掌控，在野外生长起来；但蒜苗开出的花颜色变淡了——天知道为什么，也许经过了数千年的进化，它们产生了某种自然而然的局部突变。她的同行们努力工作，就为了保护这座岛，别像世界上其他地方那样被污染——别让人们不经意留在口袋里的种子不经意地播散到这座岛的土壤里生根发芽，别让香蕉皮上的外来真菌摧毁整条生物链，别让人们的鞋面上、登山靴的鞋底留有的细菌、昆虫和藻类进入这个生态圈——尽除会带来不良后果的所有外来物种。这是一场必须要打的拉锯战，哪怕从一开始就注定会输。你不得不心平气和，接受现实：到最后，并不会有所谓的独立生态系统。整个世界会被搅成一锅粥。

但你必须加强海关检疫的管理力度。你不可以携带任何生物物质上岛；须有特别许可令才能带入种子。

她注意到他听得很专注。但，这个话题适合这种场合吗？她这样想着，就渐渐地沉默下来。

“说呀，告诉我。”他说。

他的睡衣领口敞着，露出一截惨白的胸脯和几根灰色的胸毛。她把那领口拉到平整。

“看，这是我先生。这两个是我的孩子。”她说着，伸手从手袋里摸出钱包，透明夹层里有几张照片。她把孩子们的照片给他看。他不能扭动头颈，她就把照片稍微举高一点。他笑了。

“你回来过吗？”

她摇了摇头。

“但我常去欧洲，开会。嗯，三次吧。”

“你就没想过要回来？”

她思忖片刻。

“我的生活非常充实，你知道，要去学校上课，要管两个孩子，还要工作。我们在海边盖了这栋房子，”她如此讲下去的时候，脑海里浮现出的却是她爸爸的声音，说这个国家只适合小型哺乳动物、昆虫和蛾子，“我想，我只是忘了去想这件事。”她用这句话结束这个话题。

“你知道怎么办吗？”隔了很久，他问道。

“我知道。”她说。

“什么时候？”

“只要你想，随时都可以。”

他很吃力地动了动，把头扭向窗户。

“越快越好。”他说，“明天？”

“好的。”她说，“明天。”

“谢谢你。”他说完，看着她的样子好像刚刚向她表白了爱意。

她走的时候，一条吃得太胖的老狗走过来，闻了闻她。他姐姐站在门口的雪地里，抽着烟。

“抽吗？”她问。

其实是在询问能不能和她聊聊，她懂。她接下了一支香烟，出乎她自己的预料。烟很细，薄荷味的。吸入第一口烟，她就有点吃不消了。

“他要靠吗啡才能撑住，所以不是很清醒。”他姐姐说，“你是大老远赶来的吗？”

她一听就明白了，他没有把她的事告诉他姐姐。所以，一时间她不知道该如何回答。

“不，不是的。我们共事过一段日子。”她不假思索地说道；在此之前，她从不知道自己这么会说谎。“我是海外联络人。”她飞快地补上一句，想合理地解释她的口音，隔了这么多年，她讲起波兰语就像个外国人。

“上帝不公平，太不公平了，也太残忍。就这样折磨他。”他姐姐说道，一脸决绝的神情，“你能来真是太好了。他就这么孤零零的。有个护士早上会从诊所过来。她说，把他送回医院护理会更好些，但他不肯。”

她们不约而同地把烟摁在雪地里。两根烟并不是同时嘶一声熄灭的。

“我明天再来。”她说，“来道别，因为我这就该走了。”

“明天？这么快？看到你来，他这么高兴……可你只待几天啊。”她摆出一个动作，好像很想抓住她的手，好像她想无声地补上一句：请你不要离开我们。

她不得不改签机票——之前，她没想到事情会进行得这么快。最重要的一程：从欧洲回家的那一段航班现在已改不成了，所以，她突然多出一个星期要自己打发。但她决定不留在这里——现在就走也许更好，更何况，在这样的大雪里、这样的黑夜里，她有种格格不入的感觉。次日下午有飞抵阿姆斯特丹和伦敦的位置；她选择了阿姆斯特丹。她要在那儿当一星期的游客。

她独自一人吃了晚餐，然后沿着老城区的大街走了走。路过小店时她会看看橱窗，大多数店家都是卖旅游纪念品的，还有她完全无感的琥珀珠宝。这座城俨然是不可能被走完的，太大了，太冷了。周围的路人们全都穿戴得层层叠叠，大半张脸都遮挡在衣领和围巾里面，从嘴里喷出小云朵般的水汽。一垛垛冻雪堆在人行道上。她本想去当年住过的宿舍看看，现在放弃了。实际上，这儿的每一样东西似乎都在排斥她。她突然困惑起来：在纯粹自由自主选择的前提下，怎么会有人选择回来，重访早已面目全非的年轻时的旧居？这种做法让她百思不得其解。他们以为能找到什么呀？他们要再三确认什么呢——仅仅是他们在这里住过的事实？还是要确认当年离开才是英明的决策？或许，是希望敦促他们这样做——对这些逝去之所的更精准的记忆会像一道拉链，齿齿相扣，光速般唰的一下，将过去和未来拼接合一，坚固持久，仿佛用金属线缝合过那样。

同样显而易见的是，当地人目不斜视地从她身边走过，绝不多看她一眼，而她也在排斥他们。她童年时很想成为隐身人，现在竟好像梦想成真了。头戴隐身帽——童话里才有的小神器——你就能从别人的视野里短暂消失。

近几年来，她有所发现：你只需要当个没有任何显著特点的老女人，就能成为隐身人，效果自动引发，你什么都不用做。不仅能对男人隐形，也能对女人隐形，因为她不会在任何方面成为她们的劲敌。这是一种崭新的、惊人的体验，清楚地感知到人们的目光就那样飘忽掠过她的脸，从她的脸颊、鼻子前面一扫而过，甚至都不落在脸面上。人们看她时，目光直接穿透过去，毫无疑问是在看她身后的广告牌、风景或时刻表。是的，是的，所有迹象都表明她已经是隐身人了，不过，她现在思考的是：这种隐形效应会带来什么样的机遇——她只要去学习如何接受就好了。比方说，假设有疯狂的突发事件，根本不会有人记得她也在现场，就算记得，他们顶多只能说出“有个女人”或“那边还有个人……”这种情况下，男人会比女人更无情，女人还会假装称赞一下她的耳环，假如她戴了的话，而男人根本不会掩藏，绝不会多看她一秒钟。偶尔会有些孩子出于不可知的原因呆呆地看着她，小心翼翼、不冷不热地盯着她的脸孔看，但最终也会扭过头去，朝向未来。

晚上，她在酒店里泡过桑拿就睡了，时差让她累坏了，一下子就睡着了，就像从卡座里抽出一张卡，再插入另一个奇形怪状的卡座。清晨，她醒得太早了，而且很害怕。她是平躺的，天还没亮，她想起丈夫半梦半醒地跟自己道别的样子。如果她再也见不到他该怎么办？她想象自己把包搁在楼梯台阶上，脱下衣服，用他喜欢的姿势在他身边躺下，紧贴着他赤裸的脊背，鼻尖抵在他的后颈。她打了电话。那边是晚上，他刚从医院下班回到家。她对他讲了一点开会的情况。还讲到天气有多冷，讲她猜想他肯定受不了。她提醒他去花园里浇水，尤其是长在石头地里的龙蒿。她问起办公室有没有给她打电话。然后，她冲了个澡，洗漱一番后就下楼，她是第一个去吃早餐的住客。

她的化妆包里有一只小瓶子，看上去很像香水小样。今天她带上了它，在路上进了药店，买了一支注射器。好笑的是，她想不起来皮下注射器的波兰语（*strzykawka*）是什么，只好换一个词，说她要打针（*zastrzyk*），结果这两个词听上去几乎没差别。

出租车横穿城市时，她渐渐明白了自己在这里没有归属感的缘由：这分明就是一座新城，和她印象中的那座城毫无相似之处；这里没有任何东西能勾起她的回忆。没什么是眼熟的。房子都太矮了，占地太大了，街道都太宽了，房门都太坚实了；不同的街道上行驶着不同的车辆，甚至和她习惯多年的右舵完全不同，这里是左舵。所以，她才甩不掉那种感觉：她来到了镜子里的某个虚构的国度，一切都是不真实的，但不知为何，也容许任何物事存在。不会有人抓住她的手，不会有人拘留她。她沿着这些冰寒地冻的街道前行，俨如从另一个空间维度里来的异星访客，某种更高级的生物；她必须让自己缩小，才能嵌入这里。她在这里只有这一项使命，显而易见的、不染尘菌的，爱的使命。

进入别墅区所在的小镇时，出租车司机一时没了方向。这个小镇有个童话般的名字：Zalesie Górne。字面意思是：翻越山丘，穿过树林。她让司机停在转角的小酒吧前，付了车钱。

她快步走了几十米，走过大门到房门间的小路时，她要艰难地踩过尚未铲清的积雪。打开大门时，门上的雪顶被抖落了，露出了下面的门牌号码：1。

又是他姐姐给她开的门。她的眼睛红红的，刚哭过。

“他在等你。”她说着就转身不见人影了，“他甚至要我帮他刮了胡子。”

他躺在新铺好的床上，意识清醒，面对房门——他真的是在等她。她在床边坐下，靠着他的身体，拉住他的手时，她注意到那双手有点不寻常：冒着汗，甚至手背上都有汗滴。她对他微笑。

“感觉如何？”她说。

“还好。”他说。

他在撒谎，情况并不好。

“帮我贴上那包药。”他说着，用眼光示意床头柜上扁平的药盒，“很痛。我们必须等药起效了再开始。我不确定你什么时候会来，但希望你到的时候我是清醒的。要不然，我可能会认不出你。我可能会想，这不会是你。你这么年轻漂亮。”

她抚了抚他微微下陷的太阳穴。药包贴在他的双肾上方，俨如第二层皮肤，透露着仁慈。看到他的部分身躯时，她不禁感到惊愕：竟是如此饱受摧残。她咬了咬下唇。

“我会有感觉吗？”他问道，她保证，他绝对不用担心。

“告诉我，你想怎么做？想单独待一会儿吗？”

他摇摇头。他的额头像羊皮纸那样枯干。

“我不想做什么忏悔。”他说，“只要你捧住我的脸。”他虚弱不堪地笑一下，笑出一丝淘气的意味。

她没有迟疑，立刻就照做了。她感受着他的皮肤、微妙的骨相、下陷的眼窝。她的指尖感受到他的心跳，微微颤抖，好像很紧张。精巧的骨头交互嵌构，这头颅既是坚固无比的，同时又脆弱不堪。她的喉头一紧，这是她第一次、也是最后一次几欲落泪。她明白，这种触摸会让他释怀；她几乎能触摸到他皮肤下的战栗在慢慢纾缓。最终，她放下了手掌，他却保持原样，眼睛闭着。她慢慢地俯下身子，亲吻了他的前额。

“我是个好人。”他轻声说道，此刻正用深邃的眼神看着她。

她赞同。

“跟我说点什么。”他说。

她清了清嗓子，一时不知该如何开口。

他便给了她一个话题：“跟我说说，你住的地方现在什么样。”她就回答：

“现在是仲夏时节，树上的柠檬都长熟了……”

他打断她：“从你的窗户能看到海吗？”

“看得到。”她答，“退潮时，会有很多海贝被浪留在沙滩上。”

但这只是虚晃的一招：他从一开始就没打算听下去，目光恍惚了片刻，继而再次聚焦，恢复了先前的清明眼神。之后，他仿佛从遥远的地方望着她，她知道，他已经不在她所在的这个世界了。她无法确证自己在他眼神深处读取的含义——是恐惧是惊惶还是恰恰相反的：解脱。他笨拙而微弱地用呢喃表达出一种谢意，或类似的情绪，之后就昏睡过去了。于是，她从手袋里摸出那只小瓶子，用注射器吸空瓶里的液体。她取下静脉注射的针头，慢慢地推入她带来的液体，一滴都不剩。他的呼吸停止了，又突然，又自然，除此之外，没有任何事情发生，好像他之前的胸腔起伏本来就是一种异常现象。她抚摩他的脸颊，接着，把静脉注射的针头重新插好，再抚平她坐在床边留下的褶皱。她就这样走出了房间。

他姐姐还是站在门廊上，抽着烟。

“抽吗？”她问。

这一次，她拒绝了。

“你可以再来看他吗？”他姐姐问道，“你能来，对他来说很重要。”

“我今天就走。”她说着，走下台阶，又说道，“你自己保重。”

飞机起飞，同时切断了她的念想。她没有再多想。此刻，一切回忆都烟消云散了。她在阿姆斯特丹待了几天，那座城在那个时节是挺冷的，风很大，整座城市基本上只呈现出三种颜色：白，灰，黑。白天她在博物馆美术馆里闲逛，晚上就待在酒店里。在大街上信步游走时，她无意间看到了一场解剖学展览，展品都是人体标本。她一时好奇就进门参观，在展馆里待了两个小时，慢慢欣赏那些运用最先进技术制造的人体标本，以及你能想到的各种人体姿态的陈列。但是，她正处于一种非比寻常的精神状态，而且非常累，所以，她仿佛是透过一层迷雾在看，三心二意，只能看出个轮廓。她看到了神经末梢和输精管，像是逃脱了园丁之手而无拘无束的异域花草，鳞茎与兰花，又像是花边与绣片，网状脉序，板岩碎片，雄蕊，触角与触须，总状花序，溪流，岩石的褶皱，波浪，沙丘，陨石坑，高原，山脉，山谷，高地，卷绕的血管……

高空，飞越大海时，她在包里翻找出那场展览的彩色宣传页，页面上有一具人体，没有皮肤，摆出了罗丹的著名雕像的姿态：单臂支于单膝，单手撑着下巴，身体紧张，似乎要动用全身的力气去思考，虽然没有皮肤，也没了脸孔（事实证明，脸部确实是人体全身最浮夸的部分），你仍能看得出来那双眼睛有点斜视，有种别致的魅惑感。看过之后，她沉入机舱内的黑暗和引擎慎重的轰鸣中，昏昏沉沉的，开始幻想不久的未来——科技成本下降后，所有人都负担得起塑化遗体的费用。到那时候，你尽可舍弃墓碑，直接竖起深爱之人的遗体，墓志铭可以这样写："某某在此云游数年后，以几岁之龄离开了这具肉身。"飞机准备下降时，她突然又惊又怕。于是，她紧紧、紧紧地抓住了扶手。

终于，她筋疲力尽地回到了自己的国度，回到了那座美丽的海岛。海关人员例行公事地问了些问题：她在海外逗留期间有无接触过动物？有无到过乡野地区？有无可能接触到生物污染？

她回想自己站在他家门廊上，跺掉靴子上的雪；回想那条被喂养得太胖的狗跑上楼梯，蹭上她的腿。她回想自己的双手打开了貌似香水小样的小玻璃瓶。于是，她平静地回答：有。

海关人员要求她在一旁等待。接着，他们用消毒水把她那双笨重的冬靴冲洗了一遍。

别害怕

我在捷克自驾时，曾让一个年轻的塞尔维亚人搭车，他的名字是内博伊沙。那一整天，他都在向我描述战事，讲到我都有点后悔让他搭车了。

他说死亡在各处留下标志，就像狗会标记自己的地盘。有些人可以立刻感觉到，另一些人却要过一段时间后才开始觉得有点不舒服。在任何地方逗留，都会背叛无处不在的静谧死亡。他是这么说的：

“一开始，你总是看到那些生机勃勃的东西。大自然会让你愉悦，多姿多彩的本地教堂会让你愉悦，包括气味在内的各种因素都会让你愉悦。但你在一个地方待得越久，那些东西的魅力就会消退得越多。你会开始想：在你搬进这个家、这间屋之前，谁曾住在这里？这些东西是谁的？谁划破了床上的墙面？窗台是用什么树的木头做的？装饰精美的壁炉是出自谁的巧手？又是谁铺了庭院里的地砖？他们现在在哪儿？现在是什么形态？是谁想到在池塘边铺出那样的小径？又是谁想到在窗边种一棵垂柳？房屋、林荫道、公园、花园和街道，一切之中都洋溢着他人的死亡。一旦你开始感受到这一点，就会觉得有什么东西要把你拽向别处，你就会想到，是时候了，该去新的地方了。”

他还说，我们在移动中时就没时间体会这种闲思沉想了。所以，在旅行中的人们看来，一切都像是崭新的，洁净的，无瑕的，从某种角度来说，也是不朽的。

他在米库莱齐下车后，我开始独自念叨他的名字，发音那么奇怪：内－博伊－沙。听上去完全就是波兰语里的*Nie bój się*：别害怕。

死者的日子

旅行手册强调了一点：这个节庆时长三日。假如这个节日刚好卡在周三或周四，政府就会索性延长假期，让学校和公共事业机构放一整个星期。电台会不间断地播放肖邦的音乐，因为大家都认为他的音乐有益于潜心反省。按照习俗，这个国家的所有居民都会利用这个假期去扫墓。最近二十多年里，这个国家经历了史无前例的产业化蓬勃发展，也就是说，好多现代化大城市几乎是倾巢出动，所有居民都要启程赶往遥远的乡省。所有航班、火车和长途大巴都在几个月前预订一空。那些没来得及订票的人被迫无奈，只能自驾前往祖先的墓园。假期前夜，出城的公路就开始塞车了。因为假期是在八月，在高温酷暑中困在车阵里实在是一点都不好玩。人们预见到了各种不便利，因而装备了等离子小电视、小冰柜等便携电器。关上贴了防晒膜的车窗，再打开车内空调，你就可以安然度过几小时，尤其是和亲朋好友共乘一车，还有吃不完的零食做伴时。这也是人们乐于打电话的时候。现在随处都能用手机，还有视频功能，你尽可用社交来弥补长途的乏味。你甚至可以坐在壅塞的车阵里，和好几个朋友视频通话，聊聊八卦，策划一下返假回城后的聚会。

扫墓祭祖时，你要带上祭品：专门为了扫墓烘焙的糕点，水果，写在特殊纸张上的祷词。

留在城里的人会得到极其特殊的体验：巨大的购物中心关闭了，包括巨大的广告屏幕在这段假期内也都在关闭状态。地铁班次减少了，有些车站索性整体关闭（比如：大学站和证券交易市场站）。快餐店和夜店也关门了。城市变得空荡荡的，就在今年，政府甚至关闭了由电脑自动控制的全城喷泉系统，期待能以此节省大量能源。

鲁斯

妻子去世后，他做了一份清单，列出所有和她同名的地方：鲁斯。

他发现了不少地方，不仅有小镇，还有溪流、小规模定居点、山丘——甚至还有一座岛。他说这件事是为她做的，也给了他力量，用某种难以言喻的方式看到她依然存在于世，哪怕只是以名字的方式留存。而且，每当站在名为鲁斯的山脚下时，他都会有所感触：她根本没有死去，她就在这里，只是变了模样。

她的人寿保险金足以支付他所有的旅行开销。

豪华大酒店的迎宾区

我急匆匆冲进去，迎接我的是门卫彬彬有礼的微笑。我四下张望，好像很着急，好像我是来和某人会面的。我演得不错。我不耐烦地瞥一眼手表，再一屁股坐在一个座位里，点上一根烟。

迎宾区比咖啡店好。你不需要点单，不需要在任何问题上和侍应生发生口角，也不用非得吃什么。在我眼前，大酒店施展其特有的律动，就像一个漩涡，其中心点就是那道旋转门。鱼贯而入的人流在此暂停，依序在此停留一晚或两晚，然后继续前行。

该来的人没有来，但这会破坏我等待的气氛吗？这种事类似冥想——任时间流逝，欠缺新奇，场景重复（出租车驶来，新住客下车，门卫从后备厢取出他们的行李箱，走到前台，手拿电梯的钥匙）。场景也常常加倍叠现（两辆出租车从两个方向同时抵达，两个新住客同时下车，两个门卫从两个后备厢里取出行李），甚至多倍，门口的场景就会拥挤起来，有了紧张感，突然变得混乱，但这只是一个复杂的场面，很难一眼看出其中复杂的和谐感。还有些时候，大堂里会出乎意料的空无一人，门卫就会和前台小姐调笑起来，但也只是心不在焉、半真半假的，依然是随时准备好迎接宾客的状态。

我这样坐着大概有一小时，顶多一小时。我看到一些人从电梯里涌出来，急急忙忙赶去赴约，都是些天性爱迟到的人，有时候他们太着急，反而被绕在旋转门里，好像进了磨盘，眨眼间就会被磨成齑粉。我也看到一些人摇摇晃晃地慢步走，拖着脚步，好像在勉力强迫自己把一只脚伸到另一只脚前头去，做出每一个动作前都要拖沓一下。等候男人的女人们，等候女人的男人们。女人们刚刚化好的妆会在即将到来的夜晚中被彻底抹除，喷好的浓重香水俨如笼罩她们的神圣光环。男人们装出自由自在的假象，实际上，他们处在紧张中，今天的生存只限于他们身体的低楼层：下腹部。

每隔一会儿，这场等待就会收获可爱的礼物——瞧，有个男人陪着一个女人走向出租车。他们走出电梯。她很娇小，黑头发，穿着紧身小短裙，但看起来并不俗气。优雅的妓女。他走在她身后，个子很高，头发泛灰，穿着灰色西装，双手插在裤袋里。他们没有讲话，而且保持一定的距离；真的很难想象，就在片刻之前，他们的黏膜还在胶着摩擦，他用舌头彻头彻尾地探索了她的口腔内部。他们现在并排走了，但他让她先步入那道旋转的磨盘。叫来的出租车已在外面等候。女人一言不发地坐进车里，顶多只有微微一笑。没有诸如“回头见”“这次见面很愉快”之类的告别语。他稍稍俯向车窗，但我认为他也没说什么。也许只有完全多余、纯属习惯性的一声“再见”。她的车开走了。与此同时，他转身回来，双手仍在裤袋里，轻快而满足，甚至嘴角隐约带笑。他已然开始盘算晚上的安排了，已然想起电邮和电话，但他不会马上去处理，他还要再享受一下这种轻快的感觉，可能会出去喝一杯吧。

固定点

穿过这些城市时，我确实在某个时刻想到一点：我必定要在某座城市长住，甚至还可能定居下来。我把它们在脑海中反复掂量、比较，做出评估，但始终觉得每一座城市都太远了，要不就太近了。

这就是说，必定存在某个固定点，我逡巡辗转的所有地方都围绕着那个点。距离什么太远了，或太近了？

切片式学习法

层层认知：每一层都只能模糊地联系到上一层或下一层；通常是一个变异、修饰过的版本，每一层都为整体秩序做出了贡献，但你如果单独地、孤立地去看每一层，就不会领会到这一点。

每一层切片都是整体的局部，但由其自身的法则所支配。被简化、被封印在二维层面的三维秩序看起来有点抽象。你甚至会认为根本没有整体可言，从来都没有过。

肖邦的心脏

众所周知，肖邦死于 1849 年 10 月 17 日凌晨两点（法语维基页面上就是这么写的：*aux petites heures de la nuit*）。围绕在病榻边的是肖邦的几位密友，还有他的姐姐路德维卡——正是她一直照料他，直到他生命的终结。陪在床边的还有一位神甫，亚历山大·耶洛维茨奇，令他震惊的是每一次呼吸的拖延不绝，是一个人彻底被毁的身体竟是那样安静地、纯粹动物式地死去；他先是在楼梯井里晕倒，而后在他并没有意识到的某种叛逆心的怂恿下，在他自己的回忆录里虚构出了音乐大师之死的场面——他所以为的更好的版本。别的暂且不提，只说他书中提到弗雷德里克·肖邦的遗言："我已在世间所有幸福的源头了"——显然是弥天大谎，哪怕是足够感人、足够美好的。事实是这样的：根据路德维卡的记忆，她弟弟什么都没说；实际上，他有好几个小时不省人事。去世前，真正从他口中流出的只有一道又黑又稠的鲜血。

现在，路德维卡坐在公共马车里赶路，她筋疲力尽，浑身冰冷。快到莱比锡了。这年冬天特别湿冷，阴沉沉的云团自西向东正在涌来，应该是要下雪了。葬礼过去已有几个月了，但在波兰还有一场葬礼等着她。弗雷德里克·肖邦生前一直重申，他想被葬在家乡，因为他很清楚自己就快死了，所以早就精心安排了自己的身后事。当然，也包括他自己的葬礼。

肖邦刚死，索朗热的丈夫就来了。他来得那么快，简直像是穿好大衣、套好靴子在家坐等已久，一有人敲门就动身赶来了。他还带来了装在皮包里的一整套装备。他用油脂涂遍死者那只已无生气的手，再带着尊崇感、很小心地把那只手搁在一只小木槽架上，再倒上石膏。然后，在路德维卡的协助下，他还做了一副死者的面具——他们必须赶在死者面部的线条过分僵硬之前完成这项工作，赶在死亡彻底介入之前，因为死亡会让所有人的脸孔变得相似。

悄无声息、有条不紊地，弗雷德里克·肖邦的第二个遗愿也达成了。

他死后第二天，波托斯卡伯爵夫人推荐的一位医生做出明确的要求：脱去死者上半身的衣服，再在赤裸的肋骨下垫上一抱量的床单布；然后，他用手术刀顺畅地切开了死者的胸腔，只用了一刀。身在现场的路德维卡觉得那具遗体颤抖起来，甚至还像是吐出了一声长叹。后来，浸满了血块的床单布都快成黑色的了，她才转过身去，面壁而立。

医生在水盆里涤净了心脏，让路德维卡惊讶的是：那颗心是那么大，形状难以形容，而且没有颜色。只能把它勉强硬塞进装满酒精的玻璃罐，所以，医生建议他们换只大一点的罐子。肌肉组织不能受到挤压，也不能贴在玻璃罐的内壁上。

现在，马车有规律的颠动令人昏昏欲睡，路德维卡打起了瞌睡；有位女士浮现在她对面的座位里，紧挨着她的旅伴安妮艾拉，穿着一身灰蒙蒙的丧服长裙，俨如十九世纪三十年代兴起的寡妇装，胸前挂着一条很招摇的十字架；路德维卡不认识她，但也可能很久以前在波兰时就认识了。她的脸很浮肿，在西伯利亚吹来的寒风中显得惨无人色；她戴着磨花了的灰色手套，捧着一只罐子。路德维卡在低吟中醒来，查看了自己篮子里的物品。安然无恙。帽子有点下滑，挡在前额了，所以她把帽子往后推正。她的脖子都僵硬了，便用法语骂了一声。安妮艾拉也醒来了，拉起窗帘。一望无际的冬景实在让人伤感。远处有些小村庄，但人迹都浸淫在湿漉漉的灰色中。路德维卡幻想自己在一张大桌子上爬行，像一只在魔鬼般的昆虫学家的虎视眈眈之下的小昆虫。她发起抖来，叫安妮艾拉拿只苹果给她。

“我们到哪儿了？”她朝窗外看，问道。

“再有几小时就到了。”安妮艾拉安慰道，把去年留下的发皱的老苹果递给旅伴。

葬礼定在马德莱娜教堂举行。她们安排好了弥撒，遗体在这期间陈列于旺多姆广场的公寓里，好让结伴而来的亲朋好友们凭吊致哀。虽然垂挂了窗帘，阳光还是能找到缝隙钻进来，嬉戏在紫色的紫鸢、蜜色的菊花这些暖色调的秋季鲜花间。屋里只有烛光，不可僭越的庄严之光，令鲜花的艳色显得更幽深、更滋润，也润泽了逝者的脸色，不像在日光直射下那么惨白。

他们最终发现，要达成弗雷德里克·肖邦的另一个遗愿——在他的葬礼上演奏莫扎特的《安魂曲》——有点困难。肖邦的朋友们动用了各种关系，想方设法找来了最出色的音乐家和歌唱家，包括全欧洲最好的男低音演唱家：路易吉·拉布拉齐，非常风趣的意大利人，他想模仿谁就模仿谁，还能让所有人拍案叫绝。其实，在大家等待葬礼的那些夜里，他就模仿了一次肖邦，那场表演惟妙惟肖，引来哄堂大笑。老实说，在场的宾客真的不知道该不该笑——死者还未入土呢。还好，最后有人说了句公道话：这终究是证明了大家对肖邦的热爱与纪念。正是以这种方式，他会被世人长久怀念。每个人都会记住，弗雷德里克可以那样恶作剧，那样娴熟地模仿别人。有一点是可以肯定的：他是个多才多艺的人。

总之，事情被搞得很复杂。马德莱娜教堂不允许女性表演独唱——甚至在合唱团里也不行。反正不能有女人，这就是教堂的悠久传统。只有男人可以发声，再不济也得是阉伶（首席女高音，意大利女歌手格拉齐耶拉·帕尼尼曾以一言蔽之：在教堂看来，被阉割的男人也好过女人），可是在那个年代，1849 年，他们要去哪儿找阉伶歌手呢？没有女高音和女低音，还怎么唱安魂曲？马德莱娜教堂的教区神甫对他们说，规矩就是铁板钉钉，哪怕是为了肖邦也不能改。

“遗体还要停放多久？挚爱的上帝啊，难道我们要去罗马讨个说法吗？”几近绝望的路德维卡急得哭诉。

因为那年的十月很温暖，他们只能把遗体送往阴寒的太平间。遗体上堆满了鲜花，几乎都看不到花下的尸身。躺在昏暗中的尸身憔悴又脆弱，没有心；胸腔已被缝合，留下了一排不算特别让人痛苦的针脚，已被雪白的衬衫完全遮住了。

与此同时，《安魂曲》的排练仍在进行中，有身份有地位的好友们仍在与神甫斡旋。最终达成了一致：女人——包括独唱歌手、合唱团歌手——都要站在厚重的黑帘后面，不能让来教堂的人们看到。除了格拉齐耶拉，没有别人抱怨，但大家都一致认同：在这种特殊情况下，聊胜于无。

等待葬礼的期间，弗雷德里克的密友们每晚都到他姐姐家或乔治·桑家哀悼他。他们共进晚餐，聊些社交圈的新鲜逸事。那些日子过得特别平静，简直不可思议，好像没有被纳入普通的日历。

格拉齐耶拉身材娇俏，肤色很深，一头狂放的卷发。她是德尔菲娜·波托斯卡伯爵夫人的朋友，她们两人都数次拜访过路德维卡。格拉齐耶拉会一边啜饮利口酒，一边嘲讽男中音和指挥家，但谈及自己时总是开心地不吝美词。艺术家都这样。她走起路来拖着一条腿，因为去年在维也纳的街头群殴中被无辜伤及。示威的人群掀翻了她乘坐的马车，显然料定坐在车里的是豪门贵族，却没猜到其实是个女演员。偏爱豪华马车和高雅的厕所，这可以说是格拉齐耶拉的软肋，大概是因为她生于意大利伦巴第的工匠人家。

“女演员就不能坐豪华马车出行吗？凭一己之力功成名就了，难道还不允许我找点小乐子？这有错吗？”她讲起话来带有明显的意大利口音，所以听起来像是稍微有点结巴。

格拉齐耶拉的霉运只在于她在错误的时间出现在错误的地点。那群示威者胸怀革命豪情，但不敢去攻击帝王的皇宫，因为那儿守卫森严，他们便转而洗劫帝王将相们的收藏品。格拉齐耶拉看到他们把所有在人民看来能够代表贵族阶层的堕落、奢华和残酷的东西拖出来示众。暴怒的示威者把一把把扶手椅扔出窗户，扯破沙发坐垫，扯下造价高昂的护墙板。随着震耳欲聋的锐响，他们砸烂了一面面美丽的水晶镜。他们也毁了装有考古珍品的玻璃柜，把化石随意扔在人行道上，然后砸烂玻璃面板。眨眼间，他们又把半宝石哄抢一空。接着，他们瞄上了人体骨架和动物标本。为示威者代言的一些人呼吁，所有被填充的人体标本和木乃伊都该得到体面的基督教葬礼，最起码的，这些充分证明当局肆意篡夺人体的实证也该被销毁。人们堆起了巨大的火堆，把他们看到的每一样东西都烧掉了。

她的马车刚好就停在这么倒霉的地方，裙撑里的金属丝划伤了她的腿，显然伤到了神经，因为留下的跛足感觉是僵死的。重述这起戏剧性的事故时，她拉起裙摆，让其他女士们看看她的腿：用连着鲸须的皮筒固定着，鲸须本身就是支撑裙摆的环箍。

“这就是克里诺林裙撑的好处。”女歌手说道。

在葬礼弥撒中，这位女歌手的歌喉和仪态备受称赞。让路德维卡心生一计的，也正是这位女歌手的动作：抬起钟形裙摆，露出沿着鲸须和撑骨精妙铺排出的圆罩下秘不示人的内容。

数千人出席了葬礼。为了这场告别仪式，人们不得不让马车改道。这场葬礼让整个巴黎城暂停了作息。经过勤勉排练的合唱团唱出《进堂咏》时，歌声直抵教堂的穹顶，众人都忍不住落下泪来。这一段是女高音独唱，配合合唱团的伴唱，这种组合气势非凡，在场的每一个人都深受打动，但路德维卡已感受不到更多悲伤，她的泪早已哭完了——但她感受到了愤怒，因为——这是何等凄惨可悲的世界啊，你竟英年早逝，你该葬身何处？为什么偏偏是他？为什么以这样的方式死去？她用手帕遮住双眼，但并不是在抹泪，只想尽力克制，遮住眼睛，因为眼里没有泪，只有火。

号角响彻四方，

墓穴中的已死众生，

都将被迫走向主的台前。

男低音的唱段开始了，路易吉·拉布拉齐的歌喉是那么热切，那么哀怨，抚慰了她的愤怒。接着，男高音切入，再是帘幕后传来的女中音：

受造的都要复活。

答复主的审讯，

死亡和万象都要惊惶失措。

展开记录功过的簿册，

罪无巨细，无一或遗，

举世人类都将据此审判。

当审判者坐定后，

一切隐秘都将暴露，

无一罪行可逃遣罚。

最后一段，她终于听到了格拉齐耶拉的高音，如烟花般骤升，精纯曼妙，也如她揭示瘸腿的姿态，曝露赤裸裸的真相。格拉齐耶拉唱得最好，音色清澈，只是稍稍被幕帘遮拦得含糊了一点；路德维卡遥想着这个娇小的意大利女孩紧绷的身体，扬起的头，专注的神情，脖子上的青筋微凸——路德维卡在彩排时见过她这样——就这样引吭高歌，用她水晶般剔透的非凡声音唱出每一句歌词，吐字珠圆玉润，哪怕有厚重的幕帘阻隔，哪怕她有一条残腿，依然以整个该诅咒的世界之名向地狱唱出：

可怜的我，
那时将说什么呢？

还有半小时左右就要到波兹南大公国的国境线了，公共马车停靠在小旅店。旅行者们可以在此梳洗一番，吃顿简餐：一点冷冰冰的烤肉饼，面包和水果；然后，他们就要继续赶路，和别的长途跋涉者一样，消失在路边的丛林深处。盛放的毛茛花让她们欢喜了一会儿，接着，路德维卡从篮子里取出了装有棕褐色人体肌肉的大玻璃罐，塞进了一只精心缝制的皮口袋。安妮艾拉细致地把皮带紧紧扎在裙撑的支架上，与耻骨的位置持平。把裙摆放下来后，外人根本看不出来裙子下面藏有这样珍贵的东西。路德维卡来回走了几步，用裙子把自己的下半身遮盖好，然后走回了马车。

“我这样可走不远。”她对旅伴说道，“它总在我腿间撞来撞去。”

但她也不需要走很远。她回到自己的座位，坐得笔挺，也许有点僵硬，但也很正常——她是个贵妇嘛，是弗雷德里克·肖邦的姐姐。她是波兰人。

国境线上的普鲁士宪兵要求乘客们全部下车，一丝不苟地检查随身物品，确保这些女人没有携带任何可能煽动荒唐的波兰独立运动的可疑物品进入波兰王国，当然，他们什么都没发现。

过了边境，进入卡利什后，有一辆从首都派来的马车正在等候她们，随行的还有几位朋友。朋友，也是这场悲伤的仪式的见证人。他们戴着高高的礼帽，穿着燕尾服，站成了一道人墙，他们的脸色都很苍白，也都很哀戚，每当有包裹从马车上卸下来，他们都虔敬地注视着。但是，路德维卡决意让这件事成为秘密，她巧妙地暂离众人的视线，在安妮艾拉的帮助下，从暖烘烘的裙底解下了那只罐子。安妮艾拉在蕾丝花边里一通摸索，把罐子安全地撤了出来，俨如把新生儿递给母亲那样递给了路德维拉。接着，路德维拉泪如泉涌。

在好几辆马车的护送下，肖邦的心终于回到了华沙。

干标本

我的每一次朝圣之旅都会走向另一些朝圣者。这一次，具体来说是冠以精美手写题字的橡木搁板：

极微现卓

神为最大

这是收藏内脏器官干标本的地方。它们是这样制作出来的：

将提供的人体部分或器官清洗后，填入脱脂棉，晾干。完全干燥后，在标本表面涂上一层清漆，和保护油画的办法一模一样。要刷好几层清漆。取出脱脂棉后，标本的内部也要刷上清漆。

可惜，清漆无法阻止人体组织随着岁月老去，所以，所有经年累月的干标本都会变成类似的棕褐色。

比方说，我们能在这里看到一只堪称奇观的人类的胃，保存得非常好，像只气球般被撑得很大，胃壁很薄，有种羊皮纸的质感；还能看到一些人类的肠子，各式各样——我不禁去想，这样的消化系统到底消化了这世间的什么东西：多少动物穿肠而过，多少种子从头溜到尾，多少水果一路滚落。

这些标本的旁边——如同额外附赠的小礼物——还有一只海龟的阴茎、一只海豚的肾。

网络国度

我是网络国度的城民。忙于四海为家、跋涉八方的我，最近在祖国的政治问题上已经没有方向感了。协商，会议，会谈，政府首脑会面，各种对话仍在继续。超大地图在桌上铺开，上面插的小旗帜标记了已被征服的地点，箭头指向下一个要征服的目标。

仅在几年前，不经意间跨越如今已完全消失或只在过往常识中存在的边境时，我的手机屏幕上会跳出外国电信网络公司的名字，时至今日已无人记得那些外语商标。我们不曾注意到夜间发动的政变，投降方的条约细则也不曾公布于众。由守礼敬业的军官组成的帝国军队的动态也未曾通报给民众。

我的手机也很守礼敬业，我一下飞机，它就会告诉我此刻踏上了哪个网络国度的哪个省区。它还会提供一些很有用的信息，在我遇到紧急情况时可以提供帮助。它自带紧急救援号码，而且，从情人节到圣诞节，不厌其烦地怂恿我参与促销活动和有奖竞赛。这会让我放松警惕，让我的无政府主义情结瞬间瓦解。

所以，我想起那次远行时就会百感交集，那次，我发现自己到了一个没有任何网络覆盖的地方。我的手机惊慌失措，想找到回归网络的途径，但没能找到。看上去，它显示的信息越来越歇斯底里了，不停重复着“找不到网络信号”。后来它放弃了，用它那方方正正的瞳孔茫然地瞪着我，你看，它现在只是无用的小玩意儿，一只小塑料盒而已。

这让我想起一幅古老的版画，我清清楚楚地记得上面刻画着一个抵达世界尽头的漫游者。他兴奋不已，抛掉了旅途中背着的包裹，此刻只是遥望着网络之外的远方。版画中的旅行者可以认为自己是个幸运儿，他看到了均匀散布在天穹中的星辰和星球，听到了宇宙的音乐。

但我们在旅途的尽头不会得到这种优待。网络之外，只有寂静。

万字符

在南亚一座城市里，普遍使用红色万字符来标志纯素食餐厅。代表太阳和生命能量的古代符号。这大大方便了在外国旅行的素食者——你只需要抬头看，跟着那个标记走。那些餐厅提供蔬菜咖喱（蔬菜的种类非常丰富），炸蔬菜帕克拉，萨莫萨三角饺配咖喱酱，香料蔬菜饭，素肉饼，还有我最喜欢的海苔米卷。

几天后，我的表现俨如巴甫洛夫的狗——看到万字符，我就流口水。

出售名字的人

我在街上看到一些小店是卖名字的，卖给即将出世的孩子们。你必须早点去，排队预约。你必须把准确的预产期告诉他们，还有超音波的复印件——因为在选择名字时，孩子的性别是极其重要的参考因素。卖家会把这些信息记录下来，告诉你过几天再去。在这几天里，他们会预备好即将出世的孩子的星盘，然后潜心冥想。有时候，名字得来不费功夫，就在他们舌尖成形，被口水黏成一体的三两声响拼出音节，再化作红色符号，在大师的行家手笔下落在纸上。还有些时候，名字犟头倔脑，含含糊糊，只有轮廓，非要和你对着干。很难把这种名字落实在字词里。这时候，就要施展某种特殊技能了，不过，每一个名字卖家都对此守口如瓶。

你可以从小店敞开的门户里看到他们，披挂米纸做的斗篷，上有佛像和手绘的祝祷文，手里挥着一支毛笔，正要在纸上落笔。有时候，名字像是从天而降的一滴墨迹——惊人，清晰，完美。这种情况下，事已天成，你不可能再有所为。父母不满意的情况也会发生，他们更想要一个洋溢乐观精神、文雅好听的名字，譬如：给女孩们起的名字有“月光”“源源不断的河”这类美意，给男孩们的名字有“勇往直前”“勇者无畏”“志在必达的人”这类寓意。卖家说，佛陀给独生子起名“罗睺罗”意为“受枷锁的束缚”，但如此解释也是徒劳。客户们心不满意不足地离去，气喘吁吁地赶赴下一场取名竞赛。

戏剧与动作

离家很远的地方，有一家录影带租售店，我在货架上翻翻找找时，顺口骂了句波兰语的粗话。突然，有个女人走到我身边站定，她不胖不瘦不高不矮，五十岁上下，用蹩脚的波兰语问道：

“波兰人吗？你是在说波兰语吗？你好。”

天啊，她的波兰语库存就此告罄。就这么几句。

接着，她用英语告诉我，她十七岁时随父母搬来这里生活；

在这句话里，她显摆了一下波兰语里的“妈妈”。令我丧气的是，她说到这里竟然哭起来，指了指她的手臂，前臂，她谈到了血液，说她整个儿的灵魂都在血里，说她有波兰人的血脉。这种晦气的手势只让我想到吸毒上瘾的人——她的食指上有暴起的青筋，恰是插入针头的好位置。她说她嫁给匈牙利人后，把波兰语都忘光了。她用力握了握我的肩头，然后走了，消失在标有“戏剧”和“动作片”标签的货架间。

如果世界地图都会用到这种语言，我很难想象你可以把它全忘光。她准是把波兰语放到别的地方去了。也许被揉成一团、积着灰尘，被塞在胸罩内衣的抽屉里，像一条曾用于一时激情、但再也没机会穿的性感丁字裤，被挤到了死角。

证据

我遇到了几位鱼类学家，他们丝毫不被工作所累，这基于一个事实：他们都是神创论者。我们在同一张桌上吃着蔬菜咖喱，距离下一程航班还有很久。所以，我们从餐桌转战吧台，那儿有个东方长相、扎着马尾的年轻男人在弹奏埃里克·克莱普顿的金曲。

他们在讲上帝如何创造了美丽非凡的鱼——所有的鳟鱼、狗鱼、大菱鲆、比目鱼，及其系统进化发展的所有证据。为了完成一整套鱼类创作，也就是上帝在第三天创造出世的生物，上帝还预备了可以轻易被发掘的鱼骨，在砂岩里留下又黑又粗的骨印的鱼类化石。

“到底是为什么呢？”我问，“为什么要创造这种伪证？”

他们知道我会发问，早就胸有成竹，所以有一个人回答我：

“描述上帝及其意图就好比在水里游动的鱼试图描述水。”

隔了一两秒，另一个人做了补充：

“还有研究鱼的专家。”

九

X 小镇的一家廉价旅店，底楼是餐厅，我拿到的房间是九号房。门卫把钥匙（普普通通的镀银钥匙，钥匙圈连着号码牌）递给我，说道：

“请小心保管钥匙。九号丢失的次数最多。”

我听傻了，刚填好住户信息表的钢笔悬在半空。“这话是什么意思？”我用一种提高警惕的语调问道。前台先生简直找不到更好的人选了——我，自学成才的侦探，专攻符号与巧合的私人调查员。

他显然注意到了我的紧张，因为他开始解释了：口齿流利，可以说是面带善意的——那也不代表什么。只是出于巧合，根据某种永恒的定律，粗心的住客们常常搞丢九号房的钥匙。他很有把握这么说，因为他记得很清楚：每年要为钥匙补货时，订购的九号房钥匙的数量总是最多的。就连锁匠都感到惊讶。

在 X 小镇逗留的四天里，我一直谨慎地收好钥匙。回到酒店时，我总会把它放在显眼的位置，离开时，我就把钥匙交到前台服务员的手心里。有一次，我一不留神把钥匙带出去了，就把它搁在最保险的口袋里，那一整天里，我随时都用手指去摸摸，确保它还在口袋里。

我很想知道，九号房的钥匙受到什么法则的支配，出于什么原因，有什么后果？前台先生自发的直觉可能是正确的——那只是巧合。也可能恰恰相反——那就是他的错；虽然他自己没有意识到，但正是他选中了九号，结果，特别会让那些不可信赖、会轻易受到暗示的住客们分心。

因为行程突然有变，我匆忙地离开了 X 小镇，几天后，我震惊地发现那把钥匙在我的裤袋里——也就是说，我无意间带走了它。我想过把它寄回去，但坦白说，我已不记得那间旅店的地址了。唯一的安慰莫过于：不只是我，还有别人——确切地说是一小群人各自揣着一把九号房的钥匙离开了 X 小镇。搞不好，我们在无意识的状态下创建了一个社团，目的尚不可知。也许，未来会有某种解释吧。反正，门卫的预言成真了——他又要订购一把九号房的钥匙了，锁匠也会再一次惊讶。

旅行立体几何学的若干尝试

一架大型洲际客机上，有个睡得不太安稳的男人醒来了，把脸凑到舷窗前。他看到下面有一大片黑漆漆的陆地。只有零星几处有些密集的灯光在黑暗中突围，虽然灯光还是很微弱，但说明那都是些大城市。多亏了屏幕上有地图，他估摸着下面应该是俄罗斯，靠近西伯利亚中部。他用毯子把自己裹好，接着睡。

飞机下面，在那些黑漆漆的陆地上，也有一个男人刚好走出木屋，抬头仰望天空，观望明天的天气。

假设我们在地球的中心点拉出一条虚构的直线，那么你很可能发现，这两个人在几分之一秒间刚好都在这条线上。这条直线可以连通他俩的眼睛，也就是说，或许只有一秒钟，他们的视线会连在一起。

转瞬即逝之际，这两个男人就成了纵向的邻居；距离大约一万一千米？也就十公里出头吧。地面上的男人距离最近的聚居点却远远不止十公里。他们之间的距离远远小于大城市居民区之间的横向距离。

哪怕

开车时，我驶过了一块广告牌，上面用黑白两色的英文字母写着“哪怕是你，耶稣也会爱”。这种出人意料的鼓舞让我登时意气风发。那两个字，“哪怕”，只让我稍有警醒而已。

希维博津

沿着陡峭的海岸，顶着斑驳日影，我们在尖利的丝兰叶丛里步行了几小时，下到岩石林立的海滩上。那儿有一间小屋，屋里接通了自来水。就在浩瀚的旷野里，小屋的三面墙撑起屋顶；屋里有几条长椅，可坐可卧。奇怪的是，一把椅子上搁着一本黑色塑料封皮的笔记本，还有一支黄色比克笔。访客留言簿。我放下背包和地图册，贪婪地从头读起来。纵线分栏，花体字，外国单词，惜墨如金的简洁词句，全都是因由不可解释的宿命辗转，在我之前出现在这里的人们留下的。数字，日期，姓氏，名字，朝圣者老三问：来自什么国家，前一程去了哪里，目的地在哪里？有据可查的是：我是第156个来到这里的人。在我之前有挪威人、爱尔兰人、美国人、两个韩国人、澳大利亚人、德国人，还有瑞士人，甚至还有——你瞧，就在这儿——斯洛伐克人。接着，我的目光停留在一个名字上：西蒙·波拉考夫斯基，来自波兰的希维博津。我像被催眠了一样，盯着那一页上从容不迫的字迹。我把那个地名大声念出来：*Świebodzin*，从那一瞬间开始，我的心中就留下了一幅画面：越过大海、丝兰叶丛和陡峭的山壁，有人蒙上了一层不透明的薄膜。那个滑稽又难读的地名让舌头打结，那个轻柔又反常的 *Ś* 立刻带动出一种朦胧感，像是铺在厨房餐桌上的冷油布，一篮子刚从乡村田园里摘下的红番茄，煤气炉散发出的烟火气。所有意象融合起来，只为了让 *Świebodzin* 成为唯一真实的东西。没有别的了。余下的白昼悬浮在海面上——巨大的海市蜃楼。虽然我从未踏足那个小镇，此刻却能朦朦胧胧地看到那儿的街巷，巴士站，肉铺，教堂。那天夜里，乡愁如海浪袭来，令我招架不住，感觉并不舒服，好像肠胃痉挛，半梦半醒时，我看到一个陌生人将唇舌的位置调整妥当，无可指摘地发出那个 *Ś* 的音。

库尼茨基：陆

对库尼茨基而言，夏季已把他关在门外。关门谢客。现在他只是按部就班地生活，把沙滩拖鞋换成了室内拖鞋，短裤换成了长裤，桌上摆着几支削尖的铅笔，收据发票归拢整齐。往昔已停止了继续存在，化为生命的碎片——现在再遗憾是没有意义的。所以，他感觉到的肯定是幻影般的疼痛，不真实的，不完整的每一部分都在痛，锯齿状的缺口出于天性而渴望圆满。不会有别的解释了。

最近他睡不着。确切地说，他入夜后会睡着，累到眼皮都抬不起来，但他会在凌晨三四点醒来，就像多年前，洪水过后那时那样。但那时候，他知道自己为什么失眠——他害怕灾难降临。现在却不同。现在没有灾难。但好像有一种黑洞敞开了，裂口。库尼茨基明白，言语可以弥合那条裂缝：如果他能找到精准的字眼来解释已发生的事，言词合乎情理，字数不多不少，那个黑洞就可以被修复如初，不会留下任何痕迹，他就能一口气睡到早上八点。有时，很偶然的，他会相信自己听到了一种声音，一两个词，如同刺耳的轰鸣。从无眠之夜、狂乱之昼中撕扯下来的词语。在他的神经细胞间闪现的火花，在此处彼处间跳跃的无以名状的脉动。思绪不就是这样产生的吗？

幻影集合完备，汇聚成型，流水线出品，耸立在理性的门口。幻影并不很吓人，不是《圣经》中的滔天洪水，也没有但丁式的炼狱场景。只有水，无可逃避、无处不在的可怕的水。他的公寓四壁浸饱了水。库尼茨基用手指试探过受潮的墙面，湿乎乎的灰泥涂料在指尖留下了痕迹，让人恶心。墙面上的水渍洇染出地图的模样，他认不出是哪些国家，也无法为其命名。水滴从窗框里渗进来，流到地板上，透湿了地毯。你若把钉子敲入墙面，洞眼里就会涌出一小股水流；你若拉开一只抽屉，里面的积水就会汩汩涌动。你若举起一块石头，水就会潺潺低语：我必在石头落下之处。仿佛有一整条小溪慢慢流过电脑键盘，屏幕仿佛在水底下劈劈啪啪闪着火花。库尼茨基跑出门去，跑到公寓楼前，却见沙坑和花坛都已消失不见，最低层的窗台不复存在。他蹚着齐脚踝的水走向汽车，想要把车开出这个居民区，开到地势高的平地去，但他现在已经办不成这件事了。事实上，他们已被水包围，如在陷阱。

他在暗夜里醒来，起身去洗手间，并告慰自己：原来一切都好，还是开心点吧。我当然开心喽，他答复了自己。但他并不开心。他在焐热的床上重新躺下，睁着眼睛直到天亮。两条腿都不安稳，总想改变姿势，心痒难耐，想依照自己的意愿在褶皱的毯子下做一次假想的散步。有时候他会迷瞪一会儿，继而被自己的呼噜声惊醒。他躺在床上，眼睁睁看着窗外天光渐亮，听到垃圾车的动静，听到头班巴士和有轨电车驶出总站。清晨，电梯刚刚启动的时候，你能听出它发出绝望的吱嘎声响，那是被困在二维空间里的生物才会发出的挣扎声响，上上，下下，始终不能走出斜线或对角线。带着无法修复的那个黑洞，世界继续前行，走得趔趔趄趄。一瘸一拐。

库尼茨基跟着世界一瘸一拐地走进洗手间，然后站在厨台边喝掉他的咖啡。他去把妻子叫醒。她没睡醒，也没说什么，只是进了洗手间，人影不再见。

他发现，不睡觉有一个好处——他可以听见她睡梦中讲的话。这样一来，最深藏不露的秘密也会自我暴露。像一阵烟，自情自愿地溜出来，即刻散尽，你必须守在唇边，及时逮住它们。于是，他躺在床上，偷听，思考。她趴着睡，很安静，你几乎听不到她均匀的呼吸声。她有时会叹气，但叹气的时候不会夹杂任何言词。她翻身的时候，一只手会下意识地摸索旁边的人，那是手自愿的，想要抱住身边的人，一条腿也跨上了他的胯部。那时候他浑身僵硬，因为，那到底是什么意思？继而才明白，那只是一种身体的无意识动作，便任由她去了。

好像什么都没改变，除了她的头发颜色在阳光下更亮了，鼻尖长出了两三颗雀斑。但他抚摸她时，不知不觉地用掌心覆盖她赤裸的脖颈时，他会以为自己想出了结果。他连自己都快不认得了。现在，那部分皮肤摸上去有阻力了，比以前更硬，更板，有种摸到防水布的触感。

他不能允许自己再搜寻下去了，他害怕，他收手了。快睡着时，他会幻想自己的手触及了某种异域之地，是回顾他们七年婚姻生活时的异域感，羞耻感，缺憾感，毛茸茸的条状皮肤，鱼鳞，坠落的鸟，不规则结构，总之就是那种异常感。

他轻手轻脚挪到床边，再去看他妻子的轮廓。在飘进窗户的灰白色晨光里，她的脸庞只有一个淡淡的侧影。他目不转睛地凝视那里，渐渐睡了过去，等她醒来时，他们的卧室里已经很亮堂了。晨光有一种金属质感，让一切颜色都显得灰扑扑的。有那么一瞬间，他有个很可怕的念头：她死了——他看到她的尸体，被灵魂抛下已久的空洞、干涸的肉身。他不害怕，确切地说是惊讶，为了驱赶那种印象，他迅疾地摸了摸她的脸颊。她叹了一声，转身面对他，胳膊靠在他的胸脯上，她的灵魂在回归。从这时起，她的呼吸变得稳定，但他还是不敢动。他一直等到闹钟响起，让铃声把他从这难堪的局面中释放出来。

他是如此消极被动，这让他不安。他不该把这些变化记录下来吗，以免疏漏了什么？安静地起身下床，在厨房餐桌上把一张纸折成两列，左边写上“以前”，右边写上“现在”。他要写什么？她的皮肤变粗糙了——也许只是因为老了，或是因为日晒？睡袍变成了T恤？也许取暖器的温度比以前调得高？她的气味？因为她换了润肤乳。

他想起她在岛上用的唇膏。现在竟然换了一支！那支很淡雅，也很润泽，接近她的唇色。这支是红的，很红，他不知道用什么术语去定义颜色，从来都不擅长此道，历来搞不清楚深红和正红有何区别，更别提紫红了。

他很小心地从床边溜下床，光脚着地，为了不吵醒她，他摸黑走进洗手间。只有一次他进了洗手间后打开灯，却被亮光晃到了眼。她的化妆包搁在镜子下面的台架上，珠串刺绣图案。他小心地把包打开，想证实自己的推测。唇膏确实不一样了。

早上，他可以把所有事都演得滴水不漏，装得好像忘记了什么事，必须在家里再待五分钟。他以为自己演得滴水不漏。

“你们走吧，不用等我。”

他假装自己很赶时间，假装在找什么资料。她在镜子前穿上短外套，围上红色丝巾，然后牵住儿子的手。他们走了，砰一声关上了门。他听着他们走下了楼梯。他手拿文件，犹如瞬间凝固，关门声的回响在他脑海里来回冲撞，像有只球弹来弹去——砰，砰，砰，几声之后才复归寂静。然后，他在一次深呼吸后挺身站直。寂静。他能感觉到自己被寂静裹覆，现在，他走动得很慢，方向很精确。他走向了壁橱，拉开玻璃门，站在她的衣服前。他伸出手，先去触摸一件浅色上衣，她从没穿过这件衣服，觉得它太隆重了。如同谨慎的触诊，他摊平了手掌去抚触，任由手掌穿梭在丝绸的褶皱里。但这件上衣没能给他什么信息，所以，他换了一件；他认出一件羊绒外套，也是她很少穿的，又认出她的几件夏裙，几件衬衫，一件又一件；有一件冬天穿的毛衣还挂着干洗店的包装袋，还有黑色的长大衣。他也不常看到她穿这件。接着，他突然想到，这件大衣挂在这里就是为了甩掉他，捉弄他，把他引上歧途。

他们挨着彼此，站在厨房里。库尼茨基在切欧芹。他不太想把这种对峙再来一遍，但又克制不了自己。他感觉得到，话语壅塞在胸，如鲠在喉，也咽不下去。这就是说，他又要搬出那句让人听出老茧的“哎，那时到底发生了什么？”了。

她回答的语气透着倦怠，明摆着在说“我又要再重说一遍”了，暗示他很烦人，尽找人麻烦。“又来了，那就再说一遍：我感觉不舒服，我觉得是食物中毒，我跟你说过了。”但他才不会轻易罢休，说道：“出发的时候你没有不舒服。”

“是的，但后来就不舒服了，我很不舒服。”她反复地说，好像有点乐趣了，“我晕了过去，大概有一分钟吧，孩子就哭起来，是哭声让我醒了过来。他吓坏了，我也很害怕。我们往回走，想走回车子那儿，但不知怎么搞的就走错了方向。”

“哪个方向？镇上？朝维斯小镇走的吗？”

“对，维斯。不对，我是说，我不知道那是不是朝向维斯的路，我怎么会知道？要是知道，我肯定会调头往回走啊。我跟你说过一千遍了。”她提高了嗓门，“等我发现我们迷路了，就在小果园里坐下了，孩子睡着了。我还是觉得浑身无力……”

库尼茨基知道她在撒谎。他把欧芹切成小丁，眼睛死死盯着砧板，阴沉地说道：“哪儿有什么果园。”

“当然有了！”她简直要尖叫了。

“不对，就是没有。那儿只有一棵棵橄榄树和葡萄园。哪儿有果园？”

沉默持续了一会儿，她又突然用极其严肃的口吻说道，“好吧。你破解了秘密。真能干。我们是被飞碟劫持了。他们在我们身上做实验，还植入了芯片，就在这儿。”说着，她拢起头发，露出后脖颈。她的目光冷若冰霜。

库尼茨基假装没看到她在讽刺。“好吧，你往下说吧。”

“我找到一间小石屋。天都黑了，我们就睡了……”

“就这样？天黑了？那一整天你们都干吗去了？”

她只管往下说。“早上醒来时，我们觉得挺好的。我想过，你可能会有点担心，而且肯定会想起来——我们娘儿俩是真实存在的。有点像休克疗法。我们从头到尾都吃在葡萄，也去游泳……”

“你是说，你们一连三天都没吃东西？”

“我说了，我们一直在吃葡萄。”

“那喝什么呢？”库尼茨基逼问道。

这时，她扮了个鬼脸。“海水。”

“你为什么不跟我说实话？”

“这都是大实话。”

库尼茨基小心翼翼地切开饱满多汁的茎秆。“行吧，然后呢？”

“没有然后。我们走回大路，招手让一辆车停下来，把我们带到——”

“隔了整整三天！”

“那又怎样？”

他把刀往欧芹碎块里一扔。砧板砸向地板。“你知道自己惹了多大麻烦吗？为了找你，直升机都出动了！整个岛上的人都出动了！”

“好吧，其实不用那么兴师动众。人会消失一会儿，这种事很正常，你明白吗？谁都不必惊慌。我们就这样说好了：我身体不舒服，后来好了。”

“你到底有什么问题？这他妈的算怎么回事儿？你怎么解释清楚？”

“没什么需要解释的。我跟你说的就是事实，只是你听不进去。”

她大声叫喊后，此刻放低了音量。“那你是怎么想的，告诉我，你认为发生了什么事呢？”

但他没有回答她的问题。这种对话已经重复许多遍了。看起来，他俩都没力气再支撑下去了。

有时候，她会靠在墙上瞪着他，奚落他：“一辆巴士开过来，上面坐的都是皮条客，他们把我带去妓院。他们把孩子留在阳台上，给他面包和水。那三天里，我接了六十个客人。”

她这样说的时候，他就会挥起拳头，但不是打她，而是砸向桌面。

他不能记住一天又一天的事了，对此，他从不深思，也不担心。他不知道自己在某个星期一做了什么，甚至不需要特定哪天，就说上个星期一，上上个星期一好了。他连前天做了什么事都不记得了。他很想记起他们离开维斯小镇前的那个周四——但什么都想不起来。不过，他能够聚精会神的时候，那天的场景会自动回放：他们走下山路，干枯的香草叶被他们踩得粉碎，野草也干燥极了，在他们鞋底化作尘土。他想起那道低矮的石墙了，也许只是因为他们在墙上看到了一条蛇，蛇被他们吓跑了。她叫他拉好儿子的手。于是，他把孩子抱起来，她从一棵小树上扯下几片树叶，用指尖揉搓几下。“芸香。”她说道。他才幡然醒悟，这里的所有东西闻起来都有这股味道，香草的味道，甚至拉基亚酒——当地人会把整枝芸香塞进酒瓶里。但他想不起来他们是怎么回来的，那天晚上又做了什么。他也不记得其他夜晚。他什么都不记得了，全都忘了。不管是什么事，只要你不记得，就等于没发生过。

细节，细节最重要：他以前不把细节当回事儿，现在却坚信，只要把所有细节紧凑编排起来——因果相连——一切都会水落石出。他就该安安静静坐在办公室里，面前铺张纸，把所有细节逐一列清；纸面越大越好，最好是他能找到的最大张的纸，他确实有些能包裹好几本书的大纸。毕竟，真相就在细节里。

好，那就这么办。他撕开包裹上的胶带，取出里面的一摞书，看都没看一眼究竟是哪些书。有一本是排行榜上的热销书，但，管它呢。他展开包书用的灰色牛皮纸，在书桌上摊平。摊开的这个灰色空间略有折痕，也让他略有困惑。他拿起黑色马克笔，在上面写下两个字：边境。他们到边境时吵了一架。不过，他是不是该再往后回溯一下，在他们出发前？不，就从边境开始，他决定了。他肯定从车窗里递出了自己的护照。那是在斯洛文尼亚和克罗地亚的边境。然后，他记得他们沿着柏油公路驶过了一些空荡荡的村庄。没有屋顶的石头房子，残留着炮火和炸弹的痕迹。显而易见的战争废墟。杂草丛生的田野，无人照料的荒凉干涸的土地。拥有这些田地的人们仍在流亡中。死路。咬紧牙关。没事的，一切正常，他们就是在炼狱里。他们在车里，一言不发地望着窗外如有游魂未散的景象。但他不记得她的样子了，她就坐在他身边，离得太近了。他也不记得他们是否在什么地方停过车。是停过，他们在小加油站里加了汽油。如此想来，他觉得他们还顺便买了冰激凌。还有当时的天气，非常沉闷。天空混沌不清。

库尼茨基有一份好工作。工作时，他就是个自由人。他在华沙一家大出版社里担任销售代表——换言之，他兜售书籍。城里有好几个销售点，他要经常去巡店，去推销：带上最新出版的书籍，给这些店家很优惠的折扣。

他开车去城郊的一家小书店，店家订购的书装在后备厢里。这家小书店名叫“书籍与教学用品商店”，其实店面那么小，根本担待不起这种店名，况且，卖的大都是笔记本和教科书。

订购的书装满了一只塑料箱：旅行指南，两套六卷本的百科全书，某著名演员的回忆录，还有最新出炉的畅销书，书名不太会剧透：《星座》——订了三本，算是大数目了。库尼茨基向自己保证：会把这本书读完。店里的人请他喝咖啡，还配了一块蛋糕。他们挺喜欢他的。一口蛋糕一口咖啡，他吃完点心就把最新宣传单给他们看。他说，这本卖得很好，那本是长销书，每天都有人订购。这就是库尼茨基的工作。临走前，他买了本清仓促销的年历。

晚上，他在自己的小办公室里填表格：根据他当天收到的订单，填好合作出版社的订购单；然后附在电子邮件里发出去。早上他就能收到书了。

一天的工作结束了，他长舒一口气，深吸一口香烟。从早到晚，他就盼着这一刻；现在，终于可以笃定地浏览照片了。他把相机连上电脑。

一共六十四张。他一张都没删。这些都是每隔十秒或十二秒不动脑子拍下来的。照片挺无聊的。它们只有一个用处：记录瞬间，否则，那些场景就会彻底消失。但值不值得给它们做个备份呢？即便是无聊的，库尼茨基还是把它们拷录在一张 CD 上了，然后关掉电脑，回家去。

所有的动作，他都是不用脑子地完成的：插入车钥匙点火，关掉警报，系好安全带，旋开广播，转换到一档。开出停车场，驶入街道后，立刻换成二档。广播里在播天气预报。说是有雨。果然就下起雨来，好像每一滴雨水都在坐等指令，听到广播了就一齐出动。开启雨刷。

突然间就发生了某种改变。不是天气，不是指下雨，也不是从车里看出去的景象，而是在那个瞬间，不知为何，他看待万物的方式改变了。就好像他刚刚摘下墨镜，或是雨刷刮掉的脏东西比平常要多。他感到燥热，且不管自己怎样，只管一脚踩下油门。别的车都冲他摁喇叭。他让自己集中精神，并试图追上前面的黑色大众。他的双手开始冒汗。他很愿意靠边停下，但沿路没有可以停靠的位置，他只能继续行驶。

路是他非常熟悉的，此刻却在他眼里呈现出惊人的清晰度，处处都是骇人的标志。都是给他一个人看的讯息。单一出口圆环标志，黄色三角标志，蓝色方形标志，绿白双色标志，箭头标志，文字标志。灯。漆在柏油马路上的线标，机动车辆标志，警告，提示。广告牌上的微笑，那也是无关紧要的符号。就在那天早上，他还见过这些标识物，还可以视而不见，但那时他不懂其意，现在不同了，现在的他无法无视它们。现在，它们都在与他沟通，悄无声息，直截了当，还有很多它们的同类，事实上，已没有哪里是它们未曾占领的了。商店的招牌，广告，邮局的符号，药房，银行，幼儿园老师护送孩子们过马路时高举的停车标牌，穿透这个符号的那个符号，跨过这个符号的那个符号，指示这个符号的那个符号——再过分一点是：占据这个符号的那个符号；再过分一点是：符号与符号的共谋，所有符号的网络，一套背着他达成的默契。没什么是无辜的，没什么是无关紧要的，全都是一幅巨大无边的拼图的组成部分。

六神无主的他总算找到一个地方停好车，他必须把眼睛闭上，否则他会发疯的。他这是怎么了？他开始浑身发抖。当他发现巴士站的时候，如释重负地把车停下来。他开始能够控制自己了。脑海中突然冒出来一个念头：他可能刚刚经历了一次小中风。他很害怕朝周围看。也许，他发现了一种看穿物事的新方法，也许是一套需要大写的“观点”，全部需要加粗大写。

过了一会儿，他的呼吸才恢复正常，虽然双手还在颤抖。他点了一根烟，就是这样，让香烟用那一点点尼古丁污染他的肺吧，用烟熏晕他吧，把魔鬼驱走吧。但他知道自己不能再开车往前走了，他还没有能力掌控这套让他此刻六神无主的新知识。他把头靠在方向盘上，大口地喘气。

他把车停在人行道旁，非常确定警察会给他开罚单，然后就小心翼翼地走了。现在，柏油路面看上去很黏。

“‘不能碰’先生。”她说。

库尼茨基没有应声，以示挑衅。她从橱柜里拿出一个茶包，用力关上柜门，这是给他预留的反击时段。

“你怎么了？”她问。现在她的语气表现出攻击性了。库尼茨基知道，要是他再不作声，她就要爆发了，所以他镇定地说道：

“没什么。什么怎么了？”

她哼了一声，语气单调地说道：

“你什么也不说，你不让我碰你，你躲在床的最边边，你不睡觉，你不看电视，你回家很晚，闻起来有酒味……”

库尼茨基思忖着自己该怎样应对。他知道，自己怎么做都是错。所以他不作为。他身子僵硬地坐在椅子里，看着桌面。他很不自在，就像是吞下了什么却咽不下去，噎住了。他感觉到厨房里有种剑拔弩张的气氛。他决定最后试一下：

“我们必须用名字去称呼事物……”他刚开口，却被她打断了。

“我是说，对，前提是我们知道它们各叫什么名字。”

“好吧。你没有告诉我到底……”

但他没能说完，因为她把茶包扔到地板上，夺门而出。一秒钟后，房门砰一声关上了。

库尼茨基觉得她是个出色的演员。她完全可以胜任伟大女演员的职责。

他总能知道自己想要什么。现在却不知道。他什么都不知道，甚至不知道自己应该知道什么。他拖出做好编目、串在一根塑料杆上的光盘盒，心不在焉地浏览起来。他不知道该查什么，也不知道怎么查。

前一天，他整宿都坐在电脑前上网。他能找到什么呢？一张并不精确的维斯小镇地图，克罗地亚旅游局官网，渡轮班次表。他键入“维斯”这个名字后，跳出来几十个页面。但只有几个是真正关于这座小岛的。酒店价格，景点介绍。还有英文标识的遥感成像图，他能确定的只有一点：那些照片都是卫星拍摄的。还有检疫资讯公告，维多利亚体育学院。还有综合验证系统。

互联网允许他从一个词转到另一个词，提供链接，指向明确。假如有什么事情是它不知道的，它就机智地保持沉默，或顽固地不停给他看同样的页面，看得人想吐。后来，库尼茨基觉得自己刚好降落在已知世界的边缘，在墙角下，在透明软膜般的天幕下。他不可能有办法穿透那层膜，看到另一边的世界。

互联网是个骗子。它承诺了太多，口口声声表示会执行你的每一个指令，会找到你想找到的答案，完成你的任务，圆满你的期待，奖赏你的付出。但就本质而言，这种承诺实为诱饵，因为你立刻就会陷入迷狂，像被催眠了那样。路径迅速分叉，加倍，翻几倍，你乖乖地沿路而下，哪怕现在的前景已模糊不清，哪怕某种变异正在发生，你仍然不依不饶地追着最初的目标。你脚下已没有根基，你出发的起点已被遗忘，而你的目标也将最终消弭，迷失在一闪而过、越来越多的页面中，这种商业模式夸下海口却不能兑现，无耻地假装有另一个宇宙藏在扁平的屏幕背后。可是，亲爱的库尼茨基啊，再也没有比互联网更能误导人的东西了。库尼茨基，你到底在找什么？你的目的是什么？你想张开双臂，纵身跃入那个深渊，但没有比这更具欺骗性的东西了；看起来是风景，其实是桌面壁纸，你只能到底为止。

他的办公室很小，是他用很低廉的价格租到的单间，在一栋快散架的办公楼的四楼。隔壁是一家房产中介公司，再往下走是一家文身店。小房间里只能容纳一张书桌和一台电脑。一包包书摞在地板上。窗台上搁着电水壶和一罐咖啡粉。

他重启电脑，等待它进入备份程序。这时他点了根烟。他再一次浏览那些照片，但这次比较用心，一张一张仔细地去看，看了很久才看到他拍的最后一张——她手袋里的东西都铺在桌上，包括那张写有“Kairos”的门票，是的，他甚至还记得那个词：καιρός。是的，这个词可以解释一切。

终于，他找到了以前没注意到的细节。他很激动，不得不再点根烟。他看着那个神秘的词语，现在，它将指引他，他也将任其如风筝般飞翔，并紧随其后。“Kairos”，库尼茨基读出了声，“Kairos”，一遍又一遍，不太确定该如何正确发音。这只能是希腊语，他开心地想道，希腊语，他立刻猫到书架边，但架上没有希腊语词典，只有一本他从没翻开过的《实用拉丁语短语》。现在，他知道自己走上正轨了。现在，他停不下来了。他把她手袋里各种物件的照片铺开，幸好他当时想到把它们拍下来。像是发纸牌似的，他把照片一张一张摆成平行的几排。他又点了根烟，像侦探那样绕着书桌踱步。他停下脚步，深吸一口香烟，查看照片中的唇膏和钢笔。

他恍然大悟：看的方法有好几种。有一种看，只会让你看到物件：实用的人类造物，实在又坦白，你一看就知道怎么用、派什么用处。还有一种看，是全景式的鸟瞰，可以让你注意到物件与物件的关联，彼此映照的关系。如此一来，物件就不再是物件了，它们的实际用途反而变得不重要了，仅仅是它们的表象。现在，它们都变成了符号，指示着某些照片之外的东西。你必须非常专注，才能稳住这种全景式的凝视，说真的，这其实是一种天赐的异能。库尼茨基的心跳加快了。印有“美居酒店”商标的红色钢笔掩映着一些不可知、不可解的阴暗物事。

他认得这地方，上一次来这里刚好是洪水过后、积水开始消退的时候。华沙国立图书馆是令人崇敬的，但坐落在河畔，正对河水，这是个致命的错误。书籍应该保存在地势高的地方。

他还记得当时的景象：太阳露脸了，大水逐渐退下。洪水冲来了烂泥，但有些地方已被冲刷干净，图书馆的员工们正把书搬出来晒。他们把书摊放在地板上，尽量铺开那成百上千本书。就书本而言，那种摆位是很不正常的，但它们看起来活生生的，像是介于鸟类和海葵之间的生物。戴着乳胶薄手套的手极有耐心地把浸湿而黏连的纸页拉开，好让每一个句子、每一个词语都能晒到太阳。可惜，有的纸页皱缩了，有的被污泥和水渍染黑了，边角卷曲了。人们很小心地在书和书之间走动，女人们围着白色的围裙，好像身在医院里，她们把一卷卷书迎着太阳摊开，让阳光来阅读。但那场景事实上挺可怕的，有如金木水火土的大聚会。库尼茨基带着恐慌站在旁边看，后来，看到其他路人的表现，他受到了鼓舞，也加入其中，热情高涨地帮他们晒书。

今天，他又到市中心的图书馆了，经过洪水后的重修，围绕庭院中的那口水井建起来的这栋回字形大楼看上去很漂亮，他隐身其间，并没有觉得很轻松。他走进宽敞的阅览室后，看到桌椅齐齐整整地摆成很多排，桌与桌之间的距离经过谨慎的安排，彼此挨得不远也不近。几乎每张书桌都有人坐，各个都是俯身弓背。墓边的树。一座墓园。

架上的书本只将书脊显露给人们，库尼茨基心想，这就好像你只能看到别人的侧影。它们不用色彩缤纷的封面诱惑你，也不用每一句都夸大其词的腰封糊弄你，就像是遭受惩罚的新兵，它们只能展现最基本的事实：书名，作者，仅此而已。

图书目录是卡片，不是折页、海报或广告。插满抽屉的那些小卡片体现出平等主义的精髓，令人肃然起敬。只注明最起码的资料，数字，一小段描述语，完全没有炫耀的企图。

他从没来过这个图书馆。读大学的时候，他只去时髦的图书馆。只需要在卡片上写下书名、作者名，递给图书管理员，过一刻钟左右，书就送到他面前了。但即便是那么便捷的图书馆，他也不常去，实际上只去过几次，因为他需要的大部分篇章都能复印到。那是文学的新世代——文本可以没有脊骨，眨眼间就能得到拷贝，就好比纸巾普及后，手帕退出历史舞台。纸巾引发了一场温和的革命，一纸勾销了阶级差异。用完即弃。

他面前有三本词典：《希腊语－波兰语词典》，编著者：泽蒙特·富泽莱克斯基，勒沃夫出版社 1929 年版，巴托里街 20 号塞缪尔·博德克书店。《希波小词典》，编著者：特瑞莎·康布莱利，塔克安娜西斯·康布莱利，华沙维尔扎·波逊泽哈纳出版社 1999 年版。还有佐菲亚·阿布拉莫非乔福纳编著的四卷本《希波大辞典》，PWN 出版社 1962 年版。于是，他照着字母表，非常困难地在这本大辞典里检索到了这个词：καιρός。

他只看拉丁字母拼写的波兰文的部分。“1.（用于测量）正确的测量结果，适当的，适度的；差别；含义。2.（用于处所）身体中的一个极其重要、敏感的地方。3.（用于时间）关键时刻，正确的时间点，恰到好处，时机，机不可失，良机易逝；出乎意料出现的人；错过了某个时机；时机到来时，在暴风雨中伸出援手，及时的，机会刚露出苗头时，时机尚未成熟，千钧一发之际，周期性状态，事件的时间顺序，事态，事物的状态，处境，致命危险，利益，用处，用于什么目的？什么能帮到你？哪里更便捷？”

这是一本辞典上的解释。接着是年头更老的那本，略过希腊语单词和读不利索的旧式拼写，库尼茨基浏览一遍那行微小的条目：“在适当的程度，适度，正确的关系，达到目标，过量，恰当的时刻，合宜的时间，美好的时刻，方便的场合，就是此地此时，时间，钟点；复数形式：各种场合、关系、次数、情况、事件、革命的决定性时刻、危险；便利的场合，合适的场合，出现得不早不晚。该词也有这些含义：在恰到好处的时机发生的事。”最新出版的那本词典终于在括号里给出了读音：“〔kieros〕”以及说明：“指代天气，事件，季节，例如：天气如何？现在是葡萄的季节，浪费时间，时不时，一次，多久？这是很久以前需要的东西。”

库尼茨基抬起头来，绝望地环顾偌大的阅览室。他看到好多伏在书本上的脑袋。他再低下头看词典，看到排在前面的一个条目，两个单词看起来很相似，只有一个字母有差异：καιροç。这个词的解释是："及时完成，有目的地，有效地，致死地，致命地，解决问题，人体中的危险位置：此处的伤口攸关性命，始终准时的，注定要发生的。"

库尼茨基收拾东西，回家去。夜里，他在网上找到一页关于 Kairos 的维基网页，读完之后，他只能依稀了解到，那是一位希腊人的古神，但已被世人忘记，是个无足轻重的小神。这位神就是在特罗吉尔被发现的。那座博物馆里有这位神的雕像，所以，她写下了这个词。就是这么回事。

儿子还是婴儿时，库尼茨基没把他视为人类。那挺好的，因为他们那时候很亲近。人与人总是离得很远。他琢磨出了换尿布的手法，尽可能省事又利落，他可以在几个动作内一气呵成，旁人几乎察觉不到，顶多听到尿布本身发出的声音。他可以把他的小身子浸在浴盆里，把肚皮洗干净，然后裹在浴巾里，再把他抱进卧室，给他穿好睡衣。轻而易举。你有孩子后不必动脑筋，什么都不需要想，因为每一件事都是明摆着的，自然而然。把孩子抱在胸前，感受到他的体重；他的气味——闻起来那么亲切，让人欢喜。但是，婴儿不算人。只有当他们扭动身子，想逃出你的臂弯，说出"不"的时候，他们才变成了人类。

现在，安静让库尼茨基紧张。孩子在做什么？他站在门口，看到孩子坐在地板上，身边都是积木。他在儿子身边坐下，拾起一辆塑料小汽车。他让小车沿着彩色的小马路行驶。他不知道自己该不该开始编个故事：很久很久以前，有一辆小汽车迷路了。

他刚要开口讲故事，小男孩却从他手里抢走了小汽车，再给了他别的玩具——运木车，后车厢装满了圆木。

“我们要造东西。”孩子说道。

“我们要造什么呢？”库尼茨基很配合，开始了即兴问答。

“小房子。”

好吧，小房子。他们把积木摆成正方体。卡车运来了木材。

“嘿，我们造一座岛好不好？”库尼茨基说道。

“不要，造房子。”孩子一边说，一边随意地把积木从上空丢下去，一块接一块。库尼茨基把积木一个一个叠好，以免小房子倒塌。

“你还记得大海吗？”库尼茨基问道。

孩子点点头，卡车已经把运来的木材都卸空了。现在，库尼茨基不知道该说什么，或是该问什么了。也许他可以指着地毯说，这块地毯就是一座岛，我们就在岛上，但小男孩在岛上迷路了，爸爸不知道自己的小儿子在哪里？所以，爸爸特别担心。他就是这么说的，但没有用。

“不。”男孩很坚持，“我们来造小房子。”

“你还记得你和妈妈走丢了吗？”

“不！”孩子尖叫起来，很欢闹地把积木一块块扔到小房子上。

“你们真的迷路了吗？”库尼茨基又问道。

“不。”孩子说道，卡车全速撞进了刚刚造好的房子。墙壁倒塌。“嘣！嘣！”男孩欢笑起来。

库尼茨基很有耐心地把房子重建起来。

她回家了，库尼茨基是从地板的高度看到她的，像个孩子那样。她穿得很厚，身材好像变粗壮了，脸颊被冻红了，好像很兴奋，令人生疑。她的嘴唇很红。她把红色披肩（也许该叫淡紫色或梅红色）甩在椅子的扶手上，过来拥抱孩子。“肚子饿了吗？”她问。库尼茨基觉得她带着一股冷风进了屋，从海上吹来的寒冷的狂风。他想问“你去了哪儿了？”但他不敢。

早上，他勃起了，只能转身背对着她；身体常常自说自话地做出这类很容易引起麻烦的表态，他必须掩藏起来，以免被她看到，误以为是在鼓励彼此尝试和解或任何形式的依恋。他面对墙壁，独自品味着毫无目的、自情自愿的勃起，那警觉的态势，那与躯体相连、却在离开躯体的肢体的末端，都只留给自己。

阴茎的尖端像箭头般扬起来，指向窗，指向世界。

腿。脚。哪怕他停下，哪怕他坐下，它们好像还在走，无法遏制自己似的，它们迈着急匆匆的小步子走过了假定的距离。他想遏制它们的时候，它们就抗议。库尼茨基害怕自己的双腿会突然奔跑起来，把他甩掉，带他奔向他绝不会同意的方向，像跳民族舞那样跳得半高，违背他的意愿，要不然就走进阴森森的庭院，走进发了霉的石屋老宅，走上别人家的楼梯，走出阁楼门，走上陡滑的屋顶，强迫他在鱼鳞般交叠的屋瓦间行走，好像梦游者那样。

肯定是因为不肯安宁的腿脚，库尼茨基才睡不着觉；腰部以上的他是冷静的，放松的，困倦的；腰部以下的他是——无可奈何的。他显然是由两个人拼凑而成的。上半部的那个人想要镇定与公正；下半部的那个人是无法无天的，漠视一切规则。上半部的他有名有姓，有地址，有社保卡号码；下半部的那个人却没有一样可以言明身份的东西，其实也早就受够这个他了。

他很想让双腿平静下来，给它们抹点有舒缓作用的油膏；实际上，内在的奇痒无比是很痛苦的。最终，他吃了一颗安眠药。他又能让双腿听话了。

库尼茨基试图控制自己肢体的每一个末端。他发明了一套方法：让它们不停地动，哪怕只是脚趾头，也让它们在鞋子里不停地动，与此同时，让身体的其他部分放松。坐下后，他就给它们自由，让它们尽情躁动。他低头去看鞋子的脚尖部分，脚趾开始强迫症般的原地跋涉时，就可以看到皮革在微妙地波动。不过，他也时常在城里暴走。他认为自己这次应该可以走遍奥德河和所有运河上的桥。不会漏掉任何一座。

九月的第三周又是雨又是风的。他们不得不从库房里把秋天的衣物都搬出来，还有孩子穿的厚夹克和橡皮靴。他去幼儿园接上儿子，一起快步走向汽车。孩子跳进一摊水塘里，把水溅得到处都是。库尼茨基没去留意，因为他在思考该说什么，在斟字酌句，比方说，“我担心这孩子可能经历了一次惊吓”，或者，该用更自信的口吻，“我认为我儿子受了一次惊吓”。他又想起“创伤”这个好词。“经历了一次精神创伤。”

他们开车横穿雨中的城市，雨刷奋力地来回摆动，刮走雨水；

哪怕间隔只有一秒，世界倾下的如注大雨就会让挡风玻璃模糊，这个污浊不清的世界。

星期四轮到他。每个星期四，他负责去幼儿园接儿子。因为她下午要上班，有工作组或别的事情要忙，等她忙完就太晚了，所以，星期四的孩子完全归库尼茨基管。

他们把车停在市中心一栋翻修过的砖墙大楼前，找了一会儿车位。

“我们去哪里？”孩子问道，因为库尼茨基没回答，他就反复地问，一遍又一遍，“我们去哪里我们去哪里？”

“安静点，”父亲说完，停顿一下，又解释说，“去见一位女士。”

孩子没有再闹。他肯定很好奇。

等候室里没有人；但他们一进去，就出现一个五十岁上下的高个子女士，她招呼他们直接进办公室。房间里很明亮，挺舒适的：正中央摆着一块鲜艳的大地毯，上面散放着玩具和积木。还有一张沙发和两把扶手椅，一张书桌和办公座椅。孩子拘谨地坐在沙发边，但眼睛流连在玩具上面。女士微笑着朝库尼茨基伸出手，也和小男孩打了招呼。她和孩子讲话时很投入，好像在用行动表明她根本没去注意当父亲的那个人。所以，他抢先表态，不管她可能问什么，他要先讲清楚。

“我儿子睡觉有问题，已经有一段时间了，”他在撒谎，“他变得很焦躁，而且……”

那位女士甚至没让他讲完。“我们先做游戏。”她说。这听起来真够荒唐的，库尼茨基甚至想了想：她是不是也要和自己做游戏？他一动不动地站在原地，一时间只是惊讶。

“你几岁了？”她问孩子。孩子伸出三根手指。

“他到四月才满三岁。”库尼茨基说道。

她在地毯上坐下，紧挨着男孩，递给他几块积木，并说道：“你爸爸要在外面坐一会儿，看看书，我们就这样玩一会儿。”

“不要！”孩子说着，跳起来奔向父亲。库尼茨基知道该怎么做：他开始说服孩子留下来。

“可以把房门开着。”女士向孩子保证。

他轻轻地带上门，留了一条缝。库尼茨基坐在等候室里，听得到他们的言语声，但很难听清楚，不知道他们在说什么。他本来以为要回答很多问题，甚至还带上了孩子的成长手册，现在只能自己看看了：足月生，自然分娩，阿普伽新生儿评分：10 分，接种疫苗记录，体重：3750 克，体长：57 厘米。说成年人时我们用“身高”，但说孩子时就要用“体长”。他从桌上拿了本铜版纸封面的杂志，无意识地翻开，却刚好看到几本新书的广告。他看了看书名，比了比价格，继而感到一丝快感：他卖得更便宜。

“哪里出了问题，可以请你讲得明确一点吗？你想说明什么？”那位女士问道。

库尼茨基觉得很尴尬。他该怎么说呢？说他妻子和儿子凭空消失了三天？他非常清楚他们消失了多久——四十九个小时。他不知道他们在哪里。关于妻儿，需要了解的事他一直都了如指掌，可现在，他竟不知道最重要的事。在那一瞬间，他幻想自己能说出口："求求你了，你必须帮助我们。请你催眠他，进入那四十九小时，每一分钟都不要漏掉。我必须知道。"

她——个子像塔楼一样高、像箭一样站得笔直的女士——就会走上前来，近到他都能闻到她毛衣上的除菌洗涤剂的味道——他儿时记忆中护士的味道——用她那双又大又温暖的手把他的手包在手心里，继而把他拥在胸前。

当然，现实中不会出现这种场面。库尼茨基继续编造："他是最近才变得不安稳的，半夜里醒来哭。八月，我们去克罗地亚度假，去了维斯岛。我想，大概是出了什么事，也许是我们没有觉察到的什么事吓到他了……"

他感觉得到，她不相信他。她拿起一支圆珠笔，在手里把玩着。她讲话的时候始终带着一种迷人又温暖的笑容。"你有一个非常聪明的孩子，社交能力也超出一般的小孩。有时候，这些事只是说明孩子在经历正常的发育过程。别让他看太多电视。但我觉得他没有问题，绝对没有任何问题。"

然后，她担忧地注视他，也可能是他多心了。

他们走出来时，孩子还在跟那位女士道别，库尼茨基却已认定她是个圣母婊了。她的笑容让他觉得很不真诚。她也有所掩藏。她没有把一切事实告诉他。现在他想通了：根本就不该找一个女医生。这座城里就没有儿童心理科的男医生吗？是不是，女性已经垄断了孩子的课题领域？女性的态度从来就不够明朗，你一眼看去，根本无法判断她们是弱是强，她们会如何表现，她们想要什么；你只能保持警惕。他想起她把玩的那支笔。黄色的比克笔，和他从手袋里翻出来、拍在照片里的那支一模一样。

星期二，她请了一天假。他一早开始就有点躁动，他睡不着，假装没去看她一大早从卧室走到洗手间，从厨房走到前门，再走回卧室。孩子发出一声短促的哭声，听起来有点不耐烦，大概因为她在帮他穿鞋。她喷上体香剂的声音。水壶烧开时的哨音。

他们总算出门了，他站在门边听电梯有没有来。他数到六十——她们下楼大约就需要这些时间。他尽可能快速地套上靴子，扯开包袋，拉出很久以前买的一件短外套，这样她就不太会发现他了。他轻轻地关上门。但愿电梯不需要等太久。

好，不可能更顺利了。他一路小跑冲到她身后了，保持一段距离，穿着她认不出来的衣服。他紧盯她的背，有点好奇她会不会有如芒在背的感觉，也许不会，因为她走得很快，步履轻盈，你甚至可以说那是欢快的脚步。她和孩子一起跳过水塘，而非绕过去，他们情愿跳——为什么？这是个下毛毛雨的秋日清晨，她那种活力是从哪儿来的？咖啡已经见效了吗？除了她，整个世界看起来还是慢吞吞的，睡意未消，而且，她比平时更精神，这种天气的背景越发反衬出她那条亮丽的粉色围巾；库尼茨基紧紧盯着露出来的那小块粉色，俨如抓着救命稻草。

他们终于走到幼儿园了。他看着她和孩子道别，但丝毫没有被触动的感觉。她把孩子温柔地抱在怀里时可能轻轻耳语了几句，就几个词，恰恰就是库尼茨基一直在疯狂寻求的那些话。要是他能听见，他要立刻键入维基百科页面，那个擅长搜索的小宇宙会在眨眼间给他一个简单明了的答案。

现在，他看到她在人行横道线停下来等绿灯，顺便拿出手机，键入了一个数字。有那么一瞬间，库尼茨基期盼自己口袋里的手机响起来，他为她单独设置了一种铃声——蝉叫，是的，他让她的来电有蝉鸣声。热带昆虫。但他的口袋里沉寂如初。她过马路时，和什么人在手机里飞快地讲了几句话，然后挂了电话。轮到他等绿灯了，这时候其实蛮危险的，因为她即将转弯，消失在他的视野里，所以他当机立断，尽可能加快脚步，已经开始担心会跟丢她，开始生自己的气，生红绿灯的气。噢，在离家两百米的地方跟丢她！但她还在，粉色围巾飘进了商店的旋转门里。那是一家大商场，确切地说是——购物中心，刚开门，店里几乎没什么人，所以库尼茨基很迟疑，不知道该不该跟着她进去，不确定自己真能在眼花缭乱的橱窗间不被她发现。但他必须进去，因为这家商场还有别的出口，通到另一条街，所以，他把兜帽拉起来——毕竟在下雨，这样做是合情合理的——迈进了商场。他看到她了——她走得很慢，好像被什么事拖住了，她看了看化妆品柜台，看了看香水，然后停在一个货架前，伸手去拿什么样品。她握住的是一只瓶子。库尼茨基在打折的袜子堆里胡乱翻检。

等她恍如失神般走向了陈列在外的女士手袋，库尼茨基才走过去，拿起她刚刚拿起来看过的瓶子。他看到瓶身上写着：卡洛琳娜·海莱娜。这个名字该保留在记忆中吗，还是该丢弃？某种直觉告诉他，应该保留，记住。他再三提醒自己，每一样物事都有其意义，只不过，我们不明白那究竟是什么意义。

他远远地望着她——她胳膊上挽着红色手袋，站在镜前从不同角度看自己。接着她走向收银台，直奔库尼茨基的方向。他慌了神，赶紧退到袜子货柜后面，埋下头。她从他身边走过去了。像个幽灵。可是，她又突然转过身来，好像忘了什么东西，而且径直看着他——他猫着腰，兜帽垂在额前。他看到她瞪大的眼睛里写满了震惊，他感受到她的注视，并且是全身心地感受：那目光直接进入他的体内，在内部搜寻。

“你在这里干什么？”她问道，“你知道自己是什么鬼样子吗？”

说完，她的目光柔和了一点，又过了一会儿，那双眼里泛上阴霾，她眨了眨眼。“天啊。你到底是怎么了？出什么事儿了？”

这太奇怪了，完全不是库尼茨基预想的那样。他预料到的是一场恶战。接着，她用双臂揽住他，把脸颊靠在他那件怪模怪样的二手夹克上。库尼茨基不知不觉地叹了一声，轻柔的一声“噢”，他不确定那是因为她出其不意的举动让自己惊讶，还是因为突然间发现自己泪如雨下，泪滴洇染在她香喷喷的羽绒外套上。

直到他们进了电梯，她才说：“你还好吗？”

库尼茨基说他很好，但也知道他们正在不可逆转地冲向最后的对峙。他们的厨房将作为战场，两人各有攻势——他在桌边，她背靠窗户，一如往常。他知道自己不该低估这个重要的时刻，也许这就是最后的、唯一的机会可以让他搞清楚岛上的事。真相。但他也知道自己正步入雷区。每一个问题都可能是个炸弹。他不是懦夫，绝不会在真相面前畏缩。电梯上行时，他觉得自己像个恐怖分子，衣服下面绑着炸弹，只要他们打开公寓的房门就将引爆，把一切都炸成粉尘。

他得先用腿把门顶开，把购物袋挤进门缝，才能让自己跟着进门。实际上，他根本没觉得有什么异常。他打开灯，把买来的杂物搁在厨台上。他往玻璃杯里倒了些水，将一把变黄了的欧芹插进杯里。他心想，这东西会让我保持清醒的。欧芹。

他像个幽灵般穿行在自家公寓里，觉得自己简直能穿墙而过。屋里都没人。如同在玩“图 A 和图 B 有什么区别”的游戏，库尼茨基的眼睛瞄来瞄去。库尼茨基用心去看。毫无疑问，现在的公寓和以前的公寓是有区别的。只有那些特别欠缺观察力的人，才会被这个游戏唬住。衣帽架上已经没有她的大衣了，也没有她的披肩，也没有孩子的夹克衫和显眼的靴子（留下的只是他一个人的便拖），还有雨伞。

孩子的房间已被荒废；坦白说，剩下的只是家具。地毯上有一只孤零零的玩具汽车，俨如不可思议的宇宙大爆炸后残留的碎片。但库尼茨基还是要去确认一下——所以，他要张开手掌，蹑手蹑脚地走进他们的卧室，走向有玻璃门的衣橱，他把门拉开；那道门挺重的，有点不情愿地敞开，还发出了悲伤的呻吟。留下的只有那件丝绸上衣，太隆重了，没机会穿。被独自留在衣橱里的它显得孤零零的。门合上了。库尼茨基望见洗手间里的搁架，上面已空无一物。他的剃须刀还在，在角落里。还有他的电动牙刷。

要理解他所见到的一切，他需要很充分的时间。整个夜晚，通宵，甚至次日早晨。

九点左右，他给自己煮了一杯特浓咖啡，再把洗漱剃须用品归拢在一起，从衣橱里拿了几件衬衫，几条裤子，全部装进包里。临走前，就在他要走出门的那一瞬间，他检查了自己的钱包：身份证，信用卡。然后，他下楼取车。夜里下雪了，所以他要先拂去挡风玻璃上的雪。他只是用手掌胡乱地抹了抹。他还想在半夜前开到萨格勒布呢，第二天就能到斯普利特。也就是说，明天，他就能看到大海。

他朝着捷克边境一路向南，一如飞矢。

岛屿对称说

根据旅行心理学，任何两个地方的相似度和两者的距离成正比。离得最近的两个地方看起来绝对不会相似，就像两个国度。我们能找到的最惊人的相似处常常出现在——根据旅行心理学所说——世界的另一边。

岛屿与岛屿的对称现象特别有趣。这种现象莫测高深，无法解释，似乎只是自得其乐，自享其成。瑞典的哥特兰岛和希腊的罗德岛，冰岛和新西兰。若是不这样配对，单独去看，这些岛屿似乎都不完整，不够完美。只有在遍覆苔原的哥特兰岛悬崖的映衬下，罗德岛上的石灰岩悬崖才显得完整无缺；只有在北境午后柔和的金色阳光的对比下，太阳的炫目光辉才显得更真实。中世纪的古城墙有两种姿态，或夸张，或阴郁。去罗德岛度假的瑞典游客非常了解这一点，他们在那里几乎建起了一片非正式的殖民地，当然，没有向联合国通报过。

呕吐袋

从华沙飞往阿姆斯特丹的航班上，我无意识地玩起一只纸袋，后来，我低头去看，发现上面写了一句话：

"10/12/2006：飞向爱尔兰。最终目的地：贝尔法斯特。热舒夫理工学院的学生们。"

这段话是用钢笔写在纸袋下缘的，写在官方印刷、用多种语言重复的说明文字的空隙间：

"呕 吐 袋……sac pour mal de l'air……Spuckbeutel……bolsa de mareo。"就在这些印刷体之间，有人写了些小字，还在句首用"1"之类的数字加以强调，好像这位作者迟疑了一番：要不要把这份暴露内心焦虑的匿名文本留在飞机上呢？他们想过这只纸袋上的字迹会拥有一位读者吗？我会以这种方式承担他人旅行的见证者之职吗？

这种单方面的沟通令我动容，我很想知道是谁亲手写下了这些文字，用手指点着印刷好的文字写下自己的话时，他们有怎样的眼神？我也想知道他们，热舒夫学院的学生们，在贝尔法斯特的任务完成了吗？事实上，我还想在未来的某个航班上找到他们给我的答案。我想让他们写下：“一切顺利。我们现在要回波兰了。”其实我很清楚，只有倍感焦虑、没把握的人才会做出这种举动：在纸袋上写字。挫败或胜利都不利于写作。

大地的乳头

从雷克雅未克到西峡湾，这两个年轻人非要搭车去。女孩还不满十九岁，在读斯堪的纳维亚文学，她的男朋友是个留脏辫的金发男孩，个子不高。别人都干脆地反对他们这么做，理由是：1、冰岛本来就没多少人开车，尤其是向北开，他们很可能被困在公路沿线；2、气温很可能没来由地骤降。但这两个年轻人不听劝。结果，作为理由的这两种警告都被应验了：他们被困在了荒野里，之前搭的一辆车把他们带到了偏远的小村庄，远离了主干道，之后就没有车过来了。仅在一小时之内，天气发生了剧烈变化，下起雪来。他们等在路边，越来越着急；这条路横穿过一片原野，从这头到那头全是熔岩也只有熔岩。他们靠抽烟来取暖，满心期盼会有车出现。但没有。事实最终证明，那天晚上没有人要去西峡湾。

没有东西可以生火——只有湿冷的苔藓、稀疏的灌木，火苗根本懒得舔它们，更别说吞噬了。他们在苔原上的岩石间露营，睡在睡袋里，雪云消散后，寒气逼人，满天星辰一览无遗，他们在熔岩间看出了人脸，一切都开始低语喃喃，窸窸窣窣。最终，你只需要探到苔藓之下，岩石之下，就能触及温暖的大地。你的手可以触摸到那遥远而微妙的振动，遥不可及的颤动，一丝呼吸——不可能让你再有疑虑：大地是活着的。

后来，他们从冰岛人那儿听说，这样的情况是不会出事的，因为大地会向他们这样迷失的灵魂袒胸露乳。你只需感恩地吸吮大地的乳汁。滋味有点像镁乳——药店有售，可治疗胃酸过多、胃灼热。

POGO

明天是安息日。年轻的哈希丁教徒们会在木栈道上随着激越、时髦的南美音乐跳 pogo 舞。说“舞”也不太对，其实只是在原地疯狂地跳、疯狂地旋转，大家挤在一起，一边跳一边撞——全世界的青少年在音乐会现场都会挤到舞台前这样跳。伴奏的音乐来自一辆小汽车，车顶安着大喇叭，车里坐着监管现场的拉比。

来自斯堪的纳维亚的游客中，有几个女孩觉得这很有趣，也想加入，便尴尬地拉起那些男孩的手，试了试康康舞的舞步。但这时，有个少年做出了指示：

“如果女人想要跳舞，我们会要求她们到旁边跳。”

墙

到此为止，有些人认定我们已经走到了旅途的终点。

这座城市通体雪白，恰如留沉在沙漠里的骨架，被烈日舔舐，被沙砾磨砺；看起来就像生长于太古的海岭之巅的珊瑚国度，一片钙化的异类领地。

据说，这座城市的机场跑道很不平整——所有驾驶员都觉得难以驾驭——众神飞离这片陆地时，就是从这条跑道起飞的。对于神在的那个年代，那些人都有话要说，但不幸的是，他们所说的都彼此矛盾。现在的人无法在任何事件的任何版本上达成一致。

你们或扬帆远航，或搭乘飞机，或步行越过桥梁和海峡，军事警戒线和铁丝网——所有已经走到这里的朝圣者们、旅行者和漫游者们啊，要小心。不知多少次，你们的车或搭乘的大篷车被拦下，你们的护照被检查，你们的眼睛被审视。要小心，依照标识和站点，穿越这座巷道错综的迷宫，不要跟随伸出的食指、某本书里用数字标号的诗句、漆在房屋外墙上的罗马字母。不要被卖珠串、地毯、水烟管、（据说是）沙漠里挖出的古钱币、撒在五颜六色的金字塔上的香料的小摊贩所误导；不要被五颜六色的人群迷惑了心神，就像你们一样，他们的皮肤、脸孔、头发、衣服、帽子和背包的颜色各不相同，样式各异。

迷宫的中心没有宝藏，也没有要与你大战一场的弥诺陶洛斯；路的尽头只会突然变成墙——和整座城市一样是白色的，极高，没法攀爬。那有可能是某座隐形神庙的外墙，但事实就是事实——我们已经走到了尽头，再过去，什么都不会有了。

所以，不要惊讶——你会看到那些人站在墙角下，一脸震惊；还有些人把前额抵在冰冷的石壁上；还有些人精疲力竭，失望透顶，一屁股坐下后又像孩子般蜷伏在墙角下。

这就是返回的时候。

沉睡的竞技场

在纽约的第一夜，我梦见自己在夜里穿行于纽约的大街小巷。我倒是有张地图，还时不时地查看，想找出一条能走出这个纵横交错的迷宫的路。突然间，我走到了很大的广场上，看到了一座巨大无比的古代竞技场。我呆呆地站在那儿，惊诧到无以名状。后来，有一对日本游客走过来，在我的地图上指出竞技场的位置。是的，地图上真的有。我长舒了一口气。

如经线纬线交叉，就在那样纵横交叠的街巷丛林里，在那样单调的网格里，我看到一只巨大的、圆圆的眼睛凝视上空的天堂。

希腊地图

让人想到道家之说——如果你仔细看，就会看出水与土构成的关系，道家所言的关系。并不是谁克谁，水与土彼此包容，相反相成。伯罗奔尼撒海峡就是土生水的地方，克里特岛则是水生土的地方。

我真的认为，伯罗奔尼撒半岛的形状很巧妙，俨如母亲的手，但不是人类的母亲，它伸进水里的样子就像在试探水温适不适合泡澡。

凯洛斯

“我们就是迎面应对的那种人。”教授说道，他们刚刚走出机场大楼，正在等出租车。他很享受地深呼吸，希腊的空气温热又轻盈。

他八十一岁，太太比他年轻二十岁，他娶这个女人时非常慎重，前一次婚姻已名存实亡，几个孩子都已成年，离开了父母家。再婚挺好的，因为前一任太太现在需要别人照料了，在一家很不错的养老院里度过余生。

教授坐飞机没问题，几小时的时差也没什么影响；他的睡眠早就乱套了，有如荒腔走板的交响乐，随意调配的时刻表，入睡总是突如其来，清醒时又清醒无比。所谓的时差，只不过把清醒与睡眠混成的和弦平移了七小时。

带空调的出租车把他们带到了酒店。到了酒店，教授那位年轻的妻子，凯伦，有条不紊地监督了搬运行李的过程，在前台的游轮公司专柜搜集了充足的信息，拿了钥匙，并接受了一位热心脚夫的帮助——要知道，这活儿可不轻松——将她的丈夫送到了二楼。进了他们的客房后，凯伦细心地服侍他上床，解开围巾，脱掉鞋子。他一躺下就睡着了。

他们已经在雅典了！她很开心，走到窗前，费了点功夫才拉开精巧的插销。四月的雅典。正是最美春光时，树叶狂热地爬满枝头。外面已扬起了尘土，但还不是很厉害；当然，还有噪音，永远都是喧嚣的。她关上了窗。

进了洗手间，凯伦用手抓了抓灰色短发，迈入了淋浴间。她感到所有压力都被洗去了，随着肥皂泡滑落在脚边，再流入下水管，万劫不复。

没什么问题需要解决，她在内心深处提醒自己。我们的身体，里里外外，都必须与这个世界合拍。没有别的办法。

“我们已接近终点线。”她喊出了声，依然站在热水花洒下。难以解释的是，她总是不由自主地用图像去思考——她几乎可以肯定，这就是自己职业道路上的阻碍——她看到了类似古希腊体育馆的场景，用铁索抬高的起跑线很有特色，跑步者——也就是她和丈夫两人——笨拙不堪地跑向终点线，尽管他们才刚跑没多久。

她用蓬松的浴巾把自己裹起来，抹好保湿霜，从脸、脖子到胸口处处都没有遗漏。乳霜的熟悉气味让她彻底放松下来了，所以，她在铺好的床上、在丈夫身边躺了一会儿，不知不觉就睡着了。

他们在酒店楼下的餐厅里用晚餐时（他吃的是龙利鱼配西蓝花，她吃了一份羊乳酪沙拉），教授问她，他们有没有带上他的笔记本，他的书，他的大纲，问过这些稀疏平常的问题后，他终于问到了那个迟早会问、足以暴露当下状况的问题：

“亲爱的，我们现在在哪里？”

她镇定自若地应对，三言两语就解释好了。

“啊，可不是嘛，”他高兴地说道，“我有点糊涂了。”

她给自己点了一瓶希腊产的松香葡萄酒，四下打量这间餐厅。大部分都是出手阔绰的游客，美国人，德国人，英国人，还有那些完全看不出特征、失去所有标签的人——听凭金钱的流动为自己指明方向。他们都很吸引人，很健康，在几种语言间自如切换。

比方说他们的邻桌，坐着一群赏心悦目的人，五十多岁，都比她年轻一点，也都很快乐，精神矍铄，满面红光。三男两女笑声不断，侍应生给他们端上一瓶希腊葡萄酒——凯伦肯定自己能和他们打成一片。她突然想到自己是可以离开丈夫的，此刻，他正用叉子颤颤巍巍地把龙利鱼的白骨拨开。她完全可以抓起自己的那瓶松香葡萄酒，俨如被吹散的蒲公英那样，自然地落在邻桌的位子里，趁着那群人的笑声进入最后几个音符时，天衣无缝地插入她那流畅的女低音。

当然，她并没有那样做。她要把餐垫上的西蓝花捡起来，它们都是从教授的盘子里弃船跳海的，因为他太不称职，它们觉得备受侮辱。

“天堂里的众神啊。”她不耐烦地叫来侍应生，要了一壶香草茶。然后转身对他说，“有什么要我帮忙的吗？”

“我的底线就是不要人喂。”他说着，继续再接再厉，在他的鱼身上划拉。

他经常让她抓狂。这个男人彻头彻尾地依赖她，但他表现出来的意思反而是她在依赖他。她想过，男人，或至少是最聪明的男人，肯定是受到自我保护的本能意识的驱使，从而紧紧攀附于年轻女性，他们自己意识不到这一点，也意识不到自己处在绝望的边缘——完全不是社会生物学家所诠释的那些动因。因为，实在没办法把这种事和繁殖、基因、把他们的 DNA 填入经得起时间考验的小试管扯上关系。相反，只会和男人的那种不祥的预感有关，终其一生，他们时时刻刻都会感受到那种固执地保持沉默、隐而不现的凶兆，伴随着呆板而沉寂的时间的流逝，若让这种预感自行其是，他们就将萎靡得更快。他们似乎就是为高强度的冲刺而存在的，短暂却激烈的比赛，赢得胜利，然后，紧接着就是力竭而亡。让他们活下去的是刺激，一种代价高昂的生存策略：将积存的能量耗尽后，就只能以透支的方式活下去。

他们相识于十五年前，在一位共同认识的朋友的欢送会上，那位朋友刚刚完成了在他们大学任期两年的工作。教授帮她拿了一杯红酒，递给她的时候，她注意到他穿着早就过时的羊毛背心，接缝的地方都快开线了，还有一根长长的黑线头飘动在教授的屁股上。她刚到大学不久，接替了一位刚退休的教授的职位，接手了他所有的学生；她刚租了房，刚买好家具，因为刚离婚，所以要置备很多东西，幸好他们没有孩子。结婚十五年后，她的丈夫为了另一个女人弃她而去。当时，凯伦四十多岁，已是教授了，还有好几本署名的著作。她的学术领域是鲜为人知的：希腊群岛上的古代异教。她专攻宗教研究。

初识后又过了几年，他们才结婚。教授的前妻病得很重，所以他要离婚就更难。不过，就连他的孩子们也站在他们这边。

她经常反省自己的人生，并且得出了结论，真相很简单：男人需要女人，甚过女人需要男人。实际上，凯伦想过，要是没有男人，女人和女人也会相处得更融洽。女人善于忍耐孤独，善于照料自己的安康，善于培养友情，也更长情——当她试图想出更多优点时，她发现自己正在把女性想象为某个品种的狗，非常有用的一种狗。她带着满足感开始扩充这份犬类特征清单：学得更快，喜爱孩子，擅长交际，安居乐业。很容易唤醒她们——尤其是年轻时——内心深处包罗万象的神秘本能，那通常和繁育后代相关联。其实，那种能力是很伟大、极具决定性的——能包容世界，夯实崎岖之地，继而铺展，将日日夜夜充盈其间，如此这般，确立起抚慰人心的仪式。在无依无靠时稍加训练，激发这种本能就不算难。然后，她们就会变得盲目，演化法则就会发挥效力，到了某个节点，她们就会支起一个帐篷，在自己的小窝里安顿下来，把所有东西都扔出去，她们甚至不会注意某个弱者就是魔鬼，是别人丢弃的。

教授五年前就退休了，离开大学前得到了嘉奖和各种荣誉，被列入最有成就的学者名册——那本纪念性的出版物收录了他的学生们撰写的文章，大家还为他举办了好几次荣退会。有一次，还请到了一位经常上电视、家喻户晓的喜剧明星，事实证明，最能让教授喜笑颜开、精神抖擞的就属这位明星了。

后来，他们定居在大学城，他们的家很朴素，但很舒适；他在家的时候整天忙于“把文件整理好”。

早上，凯伦会给他煮一壶茶，做好清淡的早餐。她要浏览他的邮件，回复信件和各种邀请，完成这项任务的技巧基本就是不失礼节的拒绝。清晨，他起得特别早，她就要尽力配合，睡眼惺忪地给他煮燕麦粥时，顺便给自己弄杯咖啡。她会帮他拿出一套干净的衣服。帮佣大约在中午来，他每天都要午睡，所以凯伦会有几小时做自己的事。下午再来一壶茶，这次是香草茶，然后她会送他出门，每天傍晚他都要独自散会儿步。朗读奥维德，晚餐，然后准备上床。这期间还要吃几颗药，滴几滴药。这样波澜不惊的五年里，只有一项外界的邀请让她点了头——每年夏天环绕希腊群岛的豪华邮轮游。除了周六和周日，教授每天要给游客们做一场讲座。总共十场，主题是最能让教授着迷的——没有任何既定主题。

邮轮名为波塞冬（白色船身鲜明映衬出黑粗体的希腊名：ΠΟΣΕΙΔΩΝ），船上有两个甲板区，数个餐厅和小咖啡厅，台球室，按摩馆，日光浴室以及舒适的客舱。数年来，他们每次都住同一间套房，豪华大床，洗浴间，小桌和两把扶手椅，还有一张小书桌。地板上铺着咖啡色的淡雅的地毯，凯伦每次看到它都会心生希望：在长毛地毯的密实纤维里，可能还能找到她四年前在船上丢失的那只耳环。套房阳台直通头等舱的甲板，教授晚上睡着后，凯伦很享受这种便利：可以站在扶栏前抽一根烟，每天唯一的那根烟，遥望邮轮驶过之处星星点点的灯光。甲板吸饱了白天的炽热阳光，现在微微散发热气，与此同时，海面上却吹来清凉的夜风，令凯伦觉得自己的身体就是昼与夜的分界线。

“因你是船只的救世主，战马的驯服者，天赐神技，噢，波塞冬，支配大地，黑发如漆，幸运随行，慈悲水手。”她轻轻念诵，然后把刚抽两口的香烟扔向海神，每天只限一根，纯属奢侈。

这五年里，这艘邮轮的航线一如既往。从比雷埃夫斯出发，先到埃莱夫西斯，再到科林斯，再回向南行，到达波罗斯岛，游客们可以在那里看到波塞冬神庙的遗址，再去小镇上逛逛。接着，他们会驶向基克拉迪群岛——这一程应该不疾不徐，甚至该以慵懒的速度前行，以便每个人都能充分感受阳光和海洋，慢慢观赏沿着群岛排列的小城镇，白色的墙壁，橘色的屋顶，柠檬园的清香。还不到旅游旺季，所以不会有成群结队的游客——那是教授最瞧不上的，完全无法掩饰他对游客的不耐烦。他觉得他们有眼无珠，目光轻飘飘地掠过一切，只有看到他们手中大量印制的旅行手册中特别提到的景点时才会眼睛一亮——那种手册和麦当劳的广告页有什么区别呢。然后，邮轮会停靠在提洛岛，他们会好好看看阿波罗神庙，最后再去多德卡尼斯群岛，航行将在罗德岛画上句号，他们会从当地机场飞回家。

凯伦很喜欢邮轮停靠在小码头的那些午后时光，换上适合散步的装束，去小镇上转转——教授要戴上围巾，因为他的脖子必需保暖。大船要添购补给品时也常常停靠在这些小码头，当地的小店主们就会立刻开门营业，把绣有岛名的毛巾、贝壳装饰品、海绵、用香喷喷的小篮子装的香草干花、茴香酒拿给游客们看，哪怕只卖出冰激凌也好。

教授有种英勇向前的步态，时不时用手杖指点一下地标——铁门，喷泉，破败的围栏圈起的古代废墟，他还会跟游客们讲故事，全都是他们在最优秀的旅行指南里都找不到的精彩传说。不过，他的合约里并不包含这些步行游览项目。合约里只写明了每天做一场讲座。

他的开场白是这样的："我相信，人类要好好生活所需要的环境条件，或多或少，和柠檬是一样的。"

他会抬起眼光，看向点缀着圆形小灯泡的天花板，凝视的时间比大家所能容许的稍久一点。

凯伦紧握双手，直到指关节都发白，但她觉得自控力还不错——克制住了略显挑衅、难以解读的微笑，也忍住了挑起眉峰，露出略有讽刺的表情。

“这是我们的出发点。”她的丈夫往下讲了，“笼统而言，希腊文明兴盛的地域和适合柑橘生长的地域两相重合，这并非巧合。在这片阳光普照、生机盎然的地域之外，一切都在缓慢、但不可避免地走向衰落。”

这就像一次不慌不忙、拖延已久的起飞。凯伦每次都能看到这样的画面：教授的飞机会有点摇摆，轮子卡在地沟里，甚至还可能滑出了跑道——所以他将在草地上完成起飞。最终，引擎发力，左右颠簸，剧烈振动，这时候才能见分晓：这飞机可以飞起来。于是，凯伦会谨慎地轻舒一口气。

她清楚每一场讲座的主题，清楚纲要和起承转合——教授用很小的字写在索引卡片了，正因为有这些卡片，万一出了什么状况，她也可以帮到他——她可以从第一排的座位里站起来，不管他卡在哪一句，她都能接着讲下去，顺着他跌倒的那条路走下去。不过，她确实没有他那样的口才，也不会允许自己耍宝，而他就会讲点段子吸引听众们的注意力，有时甚至不用他动脑筋，张口即来。凯伦会等到教授站起来、慢慢踱步的时候——回到她的视觉思维，这就是说——他那架飞机已进入平飞状态，一切正常；她就可以走到外面的甲板上，愉悦地眺望海面，任由视线流连在邮轮驶过的小游艇的桅杆上，或是在炫目的白色强光中只能依稀看出轮廓的山巅。

她望着听众——他们坐成半圆形，第一排听众还在折叠桌上放好笔记本，卖力地记下教授的话。最后一排靠窗，那些听众就懒洋洋的，毫不遮掩自己的无动于衷，但他们也在听。凯伦知道，最后几排里总会冒出爱提问的人，用五花八门的问题让教授筋疲力尽，那时候，他就会把她叫过去帮忙，做出额外的讲解——这部分也是不收费的。

这个男人，自己的丈夫，让她觉得很神奇。在她看来，他简直对希腊无所不知，但凡被写过、被挖掘出来、被谈论过的一切他都知道。他的知识庞博之极，像怪兽那样吓人；他知道文本、引语、背景资料、引述的出处、残破的陶罐上让人费解的词语、不能完全解读的绘画、考古遗址、考古后期的阐释论述、灰烬、信笺和词语索引。竟然能把这么多知识储纳在他心里，这几乎有种非人性的感觉——肯定需要某种特殊的生物演化过程，才能让知识扎根在他的心血体肤，让他的肉身为此敞开，变成人类和知识的杂交物种。要不然，简直是不可能的。

显而易见，如此庞大体量的学识储备是很难被归拢整齐的，因而要改换到海绵的形态——这种深海珊瑚生长多年，最终长出不可思议的姿态。这种体量的学识已超过临界量，产生了群聚效应，进入另一种状态——它似乎会繁殖，会增量，会组织复杂的二元形态。不寻常的路径会滋生关联，事情会出现在你万万想不到的地方——就像巴西电视台的肥皂剧，总会惊现亲缘关系：任何人都可能变成另一个人的孩子或丈夫或姐妹。最多人走的路往往是最没有价值的，大家都认为走不通的路反而会成为捷径。在教授的头脑里，多年来都没有意义的事情会突然变成出发点，引出重大的启示，地地道道的范式转移。她有一种不可动摇的自我认知——她是这个了不起的男人的妻子。

他讲演的时候，脸会发生微妙的变化，好像讲出的词句荡涤了衰老和疲惫。另一张脸孔出现了：双目炯炯，脸颊提升并更紧致。几分钟前那张脸还像戴着面具，但那种令人不悦的感受现已消退。很像服药后产生的变化，小剂量的安非他明。她知道，药效一过——不管是什么药——他的脸又会回到之前的模样，眼睛会失去光泽，身体会瘫软在离他最近的扶手椅里，又会回到她再熟悉不过的那种无助的样子。那时候，她就要小心地撑起他的身体，顶住腋下，使点劲儿，往上抬，让他的身体能够拖着脚跟，蹒跚地走回他们的客舱小睡片刻——那是相当费力的事。

她对讲座的流程了如指掌。但每一次观察他都会给她带去乐趣，如同在水里插入一枝沙漠玫瑰，他似乎不是在讲希腊，而是重述自身的历史。一看就知道，他提及的所有人物都与他在一起。所有政治问题都是他的问题，并纯属私人问题。那些让他挑灯夜读的哲学观念都归于他的麾下。众神都是他的私交，没错，他每天都和他们共进午餐，就在他们家附近的餐馆里。不知有多少个夜晚，他们彻夜长谈，喝着爱琴海的葡萄酒。他知道众神的地址和电话号码，任何时候都能给他们打电话。雅典就像他口袋里的衬布，时常摩挲，滚瓜烂熟，当然，不是他们启航的城市——坦白说，现代的雅典让他兴致全无——而是那个古老的雅典，比方说，伯利克里时代的那个雅典，当时的地图叠现于今日的地图，给现实渲染出不真实的七彩光晕。

凯伦已经完成那天早上的私人观察项目，对象是在比雷埃夫斯登船的同船游客。所有人都在讲英语，甚至包括法国人。出租车把他们从雅典机场或酒店直接送到码头。他们都很有礼貌，又迷人又聪明。比方说那对夫妇，都很苗条，看起来五十来岁，也许实际年龄要再大一点，穿着舒适的浅色棉麻，男人在玩钢笔，女人挺直背脊地坐着，却又显得很轻松，好像专门练过放松的技巧。再比方说那个年轻的女人，隐形眼镜让她的双眼更有神采，她在做笔记，左撇子，字迹很大，边角圆润，还喜欢在空白处画∞。坐在她后面是一对男性情侣，衣着讲究，修饰得一丝不苟，其中一位戴着样式滑稽的墨镜，俨如埃尔顿·约翰。窗边坐着一对父女，他们自我介绍时立刻澄清了关系，那个男人大概很怕被误会自己和未成年人有染，女儿总是穿黑色，头发剃得很短，几乎是剃光了，涂成黑色的嘴唇微微噘起，泄露出无法克制的鄙夷之情。还有一对瑞典夫妻，两人都是灰白头发，看起来很谐调，显然就是名单上的鱼类学家——凯伦在预先收到的报名表里就注意到了这种身份。两位瑞典学者很稳重，彼此非常相像，倒不是说他们天生就像，而是多年婚姻生活所造就的，肯定是花了一番功夫才努力达成的默契。还有几个年轻人是第一次坐邮轮，似乎到现在还举棋不定：古希腊讲座是不是适合他们？“探秘兰花的神秘王国”或“世纪之交的中东装饰艺术”会不会更好玩？坐在这个以柑橘开场、旋即长篇大论的老人面前——真的是他们在这条船上的最佳去处吗？凯伦的视线在红发青年身上多停留了一会儿，他的皮肤细腻白皙，牛仔裤腰松松垮垮地搭在胯骨上，正在摩挲蓄了好多天的浅金色胡茬。她觉得他看起来像德国人。英俊的德国男人。还有十几个听众都在聚精会神地看着教授，保持安静。

这是新出现的思考方式，凯伦心想，不再信赖书籍、教科书、报纸、论文和百科全书里的文字——这种方式在学术研究过程中已被滥用，现在只会让大脑打饱嗝。把任何结构——哪怕最复杂的结构——拆分成基本要素所带来的轻松感令这种方式堕落了。好像，把每一种考虑不周的观点归纳为荒谬悖理的寥寥数语，每隔几年就采用一批崭新又时髦的语言，就能无所不能——俨如随身折叠刀的最新主打款：能开罐头，能处理生鱼，能诠释长篇小说，还能预见中非政治局势的走向。这种思考方式就像打手势猜字谜的游戏，像用刀叉那样搬弄引文和互文参考资料。一种既理性又散漫，既寂寞又贫瘠的思考方式。好像通晓一切，甚至包括它并不真正理解的事物，但又能迅猛推进的思考方式——如同拥有智能、迅速而无限激发的电子脉冲连通所有事物，确信万物之间必有深意，哪怕我们还不能知道那究竟是什么意义。

教授开始阐述波塞冬这个名字的来历了，语气激昂，极富感染力。凯伦扭头望向海面。

每次讲座之后，他都要她肯定自己讲得很好。回到套间后，为了晚餐更换正装时，她把他拥到怀里，他的头发闻起来有一点甘菊洗发水的香味。现在，他们装扮一新：他穿着深色的轻薄外套，戴着他最喜欢的老式围巾，她穿着绿色丝绒长裙；他们站在狭小的客舱里，面朝窗户。她把一小杯红酒端给他，他抿了一口，低声说出几个词，又把手指伸进杯中，往客舱里洒了些酒，但很小心，没有弄脏蓬松的咖啡色地毯。细微的酒滴渗进了深色的椅套，红酒消失在家具里，不会留有任何痕迹。她也照样做了一遍。

晚餐时，他们和船长坐一桌，金发的德国男人也加入了，对这位新伙伴的出现，凯伦看到丈夫不是很高兴。但那个八面玲珑的男人很高兴。他自我介绍是程序员，和靠近北极圈的卑尔根的一些电脑工程师们合作。所以，他是挪威人。在柔和的灯光下，他的皮肤、眼睛和极细的眼镜框看起来都像是金子做的。他的白色亚麻衬衫毫无必要地遮住了他金色的身躯。

他对教授在讲座中用到的几个词很感兴趣，其实教授已做出了精确的诠释。

"Contuition，"教授重复了一遍，要掩藏内心的恼怒显然很难受，"就像我之前说的，是一系列洞见，自发性地揭示某些超越性的力量的存在，揭示多种异质的一致性。我明天再展开讲讲。"他补充了一句，嘴里塞满了食物。

"是的，"那个男人却像是无可奈何地反问道，"但那是什么意思呢？"

他没有得到教授的回答，因为教授在沉思，显然在深邃的记忆里搜寻片刻之后，教授终于开始用手在半空画出了很多小圆圈，一边说道：

"抵制一切，别去看，闭上眼睛，改变你的视线，唤醒另一种目光——几乎人人都有，但很少有人会用的目光。"

他发现自己竟然还会脸红，这让他很自豪。

“柏拉图。”

船长好像很明白似的直点头，然后举起酒杯——这是他们第五次共同航行：

“祝我们周年快乐。”

离奇的是，就在那一瞬，凯伦有种确凿的想法：这将是他们最后一次共同航行。

“愿我们来年再见。”她说。

现在，教授有了点兴致，便对船长和自称奥利的姜黄色头发的男人说起他最近的想法。

“追随奥德赛的旅程。”他说了个开头，然后等着，给他们时间，好为这个好点子拍案叫绝，“当然，大致相同就好了。我们需要考虑一下该怎样策划，先把条理捋顺。”他看向凯伦，她咕哝了一句：

“奥德赛花了二十年呢。”

“那没关系，”教授兴高采烈地回答，“在当今这个时代，你用两星期就够了。”

之后，凯伦和奥利的眼神在无意间交汇了。就在那天晚上，或是后一天晚上，她在睡梦中有了一次高潮，就那么来了。那应该和红发挪威人有关系，但也说不清有什么关联，因为她记不太清了，不知道梦里究竟发生了什么。她只是对那个金色的男人有了某种深刻的了解。醒来时，下腹仍有阵阵紧缩的余韵，她惊呆了，又有点窘迫。她没有意识到自己开始倒计时，要进入最终的巅峰。

次日，沿着海岸线行驶时，凯伦在心里对自己坦承，事到如今，很多地方都没什么遗址可看了。

通往埃莱夫西斯的是一条柏油公路，车辆都在此加速；丑陋和平庸绵延三十公里，干裂的硬路肩，水泥住宅，广告，停车场，在那里上岸并不会陶冶情操。仓库，装卸坡台，肮脏的大港口，供暖站。

他们一靠岸，教授就领着听众小组走去德墨忒耳神庙遗址，现在，那儿看起来挺凄凉的。小组成员都掩不住失望，所以，教授请他们假想时光倒转。

“很久以前，从雅典过来的这条路没铺石头，也非常窄——想想吧，一大群人顺着一条小路走向埃莱夫西斯，脚步掀起的尘土会让世上最伟大的君主恐惧。这群人一路高喊，几百人的叫声合在一起。”

教授站定，微微后仰，手杖楔入泥地，他说道：

“听起来大概是这样的，”说完却沉默了片刻，因为他要喘口气，调整一下呼吸，接着，他用尽那把老嗓子的气力，喊了出来。突然间，他的嗓音竟是那么响亮，那么清晰。他的哭号声被炎热的空气托举起来，引得每个人都仰头去看；也惊吓到了别的散客，他们或是走在岩石间，或是在冰激凌摊前流连；还有在整饬扶栏的工人们，因为旅游旺季就快到了；还有个小孩用木棍拍打一只受惊的蜜蜂；还有远处的两头驴子，它们在山坡的另一边吃着草。

“伊阿科斯，伊阿科斯。”教授闭着双眼，大声哭号。

甚至等到他喊完，这喊声仍在半空回荡，令万物屏息凝神，至少停止了几十秒钟的喘息。这番古怪的做法震慑全场，他的听众们甚至都不敢互相对视，凯伦的脸涨得通红，好像用那种奇怪的方式喊出来的是她的声音。她躲闪到一旁，像是要躲到树荫下，等待尴尬过去。

但老男人看起来完全没有因此失望。

“……也许这是可能的，”她听到他继续讲道，“遥望过去，回首当年，就像在圆形监狱里那样，亲爱的朋友们，要正视过去，就当过去依然存在，只不过被平移到另一个维度罢了。也许我们要做的只是改换看的方式，多多少少要带着怀疑的眼光去看。因为，如果未来和过去都是无穷尽的，那么在现实中，就不可能有‘很久以前’‘回首往昔’之类的说法。时间里的不同时刻悬停在空间里，就像屏幕一样被某个瞬间点亮；世界是由这些凝固的瞬间组成的，这些伟大的元影像，我们只不过是从一个瞬间跳到另一个罢了。”

他停下休息了一会儿，因为他们正在上坡，后来，凯伦听到他气若游丝地挤出另一段话：

“在现实中，不存在移动。就像芝诺悖论里的那只乌龟，我们并没有朝向任何地方，就算有所移动，我们也不过是在片刻之内游走，没有尽头，没有任何目的地。这个说法也适用于空间——既然我们都同等的置身于无限之外，那也就不可能有所谓的‘某处’——任何事物都无法真正定在任何一天，或任何地方。”

那天夜里，这次远足的代价几乎让凯伦崩溃了：他的鼻尖和前额晒伤了，一只脚流血了。有块尖利的石头弹落到他凉鞋的系带下面，他却没有感觉到疼。教授罹患动脉硬化已有多年，这次小伤必定是病症恶化的严重症状。

她了解这具身体，太了解了——皱缩的，凹陷的，干燥的皮肤上有星星点点的褐色老年斑。只有胸前还留有些灰色毛发，虚弱的脖子几乎无法撑起他时刻颤抖的头，脆弱的骨头紧贴在薄薄的皮肤下面，整个骨架像是用铝做的，像鸟骨那么轻。

有时候，还没等她帮他更衣、铺好床，他就已经睡着了，她就只能小心地脱掉他的外套和鞋子，然后把仍在沉睡的他搬上床。

每天早上，他们都要遭遇同一个问题——他的鞋。教授有个让人烦恼的小毛病：脚趾内生，他的脚趾很容易发炎，红肿，趾甲上翻，把袜子戳出洞，刮擦在鞋子里更是疼。把这样一只脚塞进黑色硬皮拖鞋里堪比无意义的酷刑。所以，教授不惜一切要穿露趾凉鞋，至于不露趾的鞋，要在住家附近的一个鞋匠那儿定制，收下金额惊人的款项后，鞋匠会为教授特制美观大方的软皮鞋，鞋头部位隆起，让脚趾宽松舒适。

那天夜里，他发烧了，可能是因为受了日晒，所以，凯伦决定不去餐厅，叫了客房服务送来晚餐。

早上，邮轮正驶向提洛岛，刷完牙，费劲地刮完胡子后，他们带上昨天的茶点，一起走上甲板。他们把糕点捏碎，抛进海里。那时还早，别人大概都还在睡觉。

但已不再有朝日的红色光芒，日头闪耀着，时时刻刻铆足了劲。海面呈现出蜂蜜般的金色，显得稠重，海浪已息，阳光如巨大的熨斗压下来，不让海面留有哪怕一丝纹路。教授揽着凯伦的肩膀，事实上，面对如此醒目、令人顿悟的美景，这也是唯一能摆出的姿态。

再一次环顾自己之所在，就像看着一幅画，画面里的千百万细节中自有一个隐秘的图形。一旦你看出来了，就再也不能忘记它。

我不会记录这一程每一天的情形，也不会把讲座复述一遍——无论如何，凯伦以后也可能把讲稿合辑出版。邮轮在航行，每天晚上，甲板上都有舞蹈表演，游客们手拿酒杯，靠在扶栏上，慵懒地闲聊。还有些人凝望夜里的大海，看进清凉又晶莹的黑暗，时不时会有大船的灯光照亮一片黑夜，那些承载着数千人的大船每天都会在不同的港口报到。

我只会提起一场讲座，也就是我最喜欢的那一场。这个主意是凯伦想出来的：谈论那些未曾被众所周知的著名书籍记载的小神，那些荷马没有提及、奥维德忽略的小神，那些无法在戏剧或罗曼史中为自己扬名立传的小神，那些不够骇人、不够狡猾、不太有仙气的小神，你只能从岩石的碎片、口耳相传、被焚毁的图书馆仅存的文献里看到他们。但也多亏了这样，他们保存了众所周知的大神们永远失去的东西——神圣的缥缈感，不可捉摸，多变的形态，不可考的血统。他们从阴影里浮现，从无可名状的状态中出现，继而再次屈从于逼近的黑暗。比方说：凯洛斯，总是在线性的人类时间和线性的神的时间——循环的时间——的交汇点显示神力。在空间和时间的交叉点，在瞬间开合的时刻，安置唯一的、正确的、不可重现的机遇。那个时间点，就是从无名之地到无名之地的直线——在那个瞬间——与时间循环的交点。

他迈出轻快的一步，哪怕脚步有点拖沓，哪怕气喘吁吁；他站到讲台上——其实就是小餐馆里常见的小方桌——从手臂下拿出一卷东西。她了解他的做法。那是一卷毛巾，从他们客舱套房里拿出来的。他非常清楚，只要开始把毛巾铺开，整个演讲室就会鸦雀无声，最后一排的人会伸长脖子往前凑。人们都像小孩。毛巾包着的第一层是她的红围巾，第二层是闪亮的白色大理石，像是从原石里切割下来的一片。屋子里的紧张感升到峰值，他知道自己吊起了大家的胃口，得意地露出一丝淘气的笑容，继而开始演戏般摆出夸张的动作：他举起那块闪亮、扁平的大理石，几乎与双目持平，再将手臂外伸，滑稽地模仿哈姆雷特，一人分饰两角：

——谁雕刻了这个，他从哪里来的？

——西锡安。

——他叫什么？

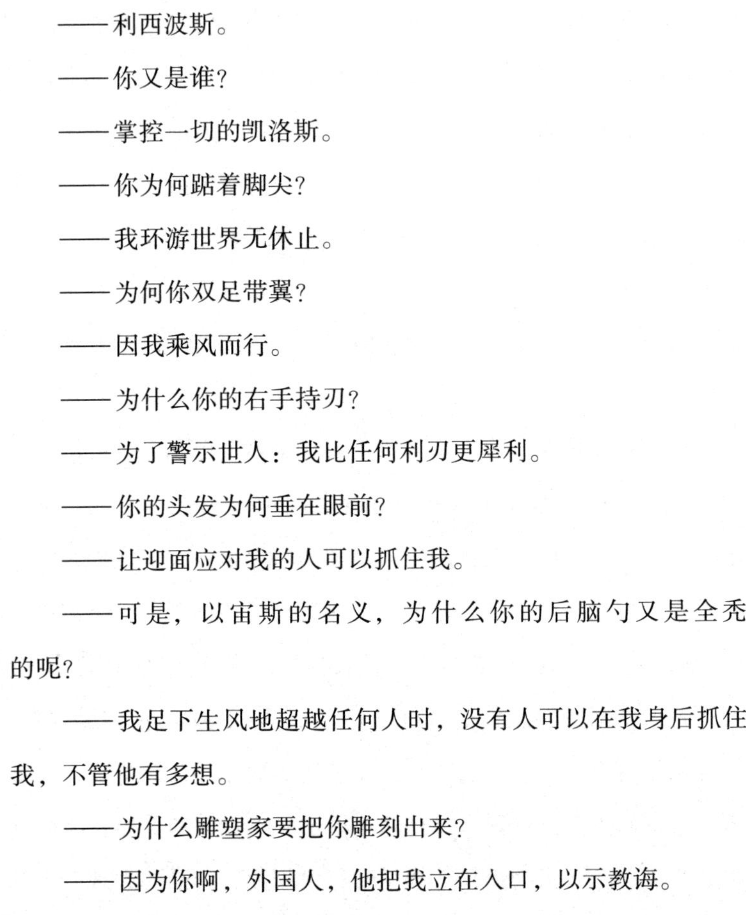

——利西波斯。

——你又是谁？

——掌控一切的凯洛斯。

——你为何踮着脚尖？

——我环游世界无休止。

——为何你双足带翼？

——因我乘风而行。

——为什么你的右手持刃？

——为了警示世人：我比任何利刃更犀利。

——你的头发为何垂在眼前？

——让迎面应对我的人可以抓住我。

——可是，以宙斯的名义，为什么你的后脑勺又是全秃的呢？

——我足下生风地超越任何人时，没有人可以在我身后抓住我，不管他有多想。

——为什么雕塑家要把你雕刻出来？

——因为你啊，外国人，他把我立在入口，以示教诲。

他用波西狄普斯这句可爱的警言开始了这场演讲——真该把这句话用作墓志铭。教授走到前排，把神存在的证据递给他的听众。透着鄙夷之情的翘唇女孩伸出手，小心得近乎夸张地接下那片大理石，还稍稍吐了吐舌头。她把它传给别的听众了，教授一言不发地等着小神被传阅，直到传过半个房间了，他才面无表情地说道：

“请不用担心，这是从一家博物馆的纪念品商店买的石膏复制品。十五欧元。”

凯伦听到一阵轻笑，听众们放松了身体，某人的椅子在地面上拖出刮擦声——紧张已被破除的鲜明标志。他的开场效果不错。他今天的状态肯定很好。

她悄悄地溜到外面，在甲板上点了根烟，眺望越来越近的罗德岛，大型渡轮，在这个时节游人寥寥无几的海滩，还有那座俨如被昆虫占据的城市，顺着陡峭的山崖直奔明晃晃的太阳。她站在那儿，被一阵突如其来、但天知道从何而来的平和感笼罩其中。

她看到了岛的岸，还有海岸上的山洞。她的脑海中浮现出奇异的神庙，回廊与中殿，都是海水冲击岩石形成的。百万年间，它们在某种力量的作用下得以精雕细琢，也是在同样的力量下，他们的小船得以载沉载浮。这厚重、明澈的力量，在陆地上也有其施展的空间。

凯伦心想，这就是大教堂的原型，有细长高挑的塔楼，地下墓穴。海岸上那些平整垒砌的岩石，经年累月被精心打磨成完美圆形的石头，沙粒，椭圆形的洞窟。砂岩里有花岗岩的血脉，形成不对称的迷人图案，海岸线的归整线条，海滩上的沙子的色泽。纪念碑式的建筑，巧夺天工的珠宝。面对这样的天景，在海岸上排成一溜儿的那些小房子还能指望自己成就什么呢？那些小码头，小船只，还有那些拥有过度自信的人类的小商店，贩卖着被简化、被缩减到极致的古老思想。

这时，她想起他们在亚得里亚海某处见过的海蚀洞。波塞冬之窟，每天一次，太阳会从洞顶的孔隙中照射下来。她记得自己曾站在光柱边——阳光像尖针般刺入碧绿的海水，一瞬间照亮海底的沙床。这景象转瞬即逝，太阳继续前行。

嘶的一声，香烟消失在大海的大嘴里。

他侧身而睡，一只手垫在脸颊下，嘴唇微微分开。裤腿卷起来了，露出了灰色棉袜。她轻轻地在他身边躺下，将手臂搁在他的腰际，在他背后亲吻了一下，吻在他的羊毛背心上。她突然想到，他离去后，她还要多留一会儿，哪怕只是为了把他们的东西整理好，给别人腾出位置。她会把他的笔记汇总，通看一遍，或许还会出版。她会负责和出版社联系——他的好几本著作都改编成教科书了。从现实层面说，没有理由不再继续他的讲座，但她不能确定大学校方会不会邀请她这么做。（如果他们邀请的话）她当然愿意接手，继续在悠游的航船上做波塞冬式的移动讲座。那样的话，她会补充很多她自己想讲的内容。她想，怎么从来没人教我们如何老去，我们怎么会不知道老是什么感觉？年轻时，我们把老年想成一种小病，只会影响到别人；而我们，出于某些从不明晰的原因，我们将永葆青春。我们对待老年人的态度就像是他们要为自己的衰老负责，好像他们咎由自取，像是某种类型的糖尿病或动脉硬化。而且，这种小病只会作用于绝对清白的人。而且，她的眼睛现在闭上了，她想到了别的：没有人帮她盖被子。谁会从背后抱住她？

清晨，大海沉静，天气好极了，大家都来到甲板上。有人坚称，在这么好的天气里，他们应该可以望到很远的地方——土耳其海岸线上的阿勒山。但他们能看见的只是一道岩石耸立的海岸。从海上望过去，巍峨的群山极有气势，赤裸的岩石构成白骨般的斑纹。教授弓着背站在甲板上，脖子上缠着她的红围巾，眯着眼睛。凯伦的脑海里浮现出一幅画面：他们正在水下航行，因为现实中的海平面那么高，如同洪水泛滥时那样；他们正在被照亮的绿色空间里移动，一个让他们动作放慢，并湮没他们的言语的空间。她的围巾不再恼人地飘飞，而是起了涟漪，静悄悄的，丈夫的黑色眼眸那样温柔地看着她，被铺天盖地的咸咸的海水润湿了。他的整个身体在闪光，比奥利的金红色头发还要闪亮，如同水里的一滴松脂，即将凝成琥珀。在他们头顶的高空里，似乎有人亲手放出一只海鸟，让它去搜寻陆地，很快，他们就会明白自己正驶向何处，就在这时，同一只手指向山巅，那将是崭新的起点，安全的起点。

与此同时，她听见头顶传来声声惊呼，与此同时，尖利的警哨声也疯狂地响起来，刚才还站在他们旁边的船长此刻正奔向舰桥，考虑到他一向是那么端庄稳重，此刻却二话不说地奔走起来，凯伦不免惊惶。游客们都在大呼小叫，挥动双手；那些倚在扶栏上的人不再眺望远方神秘的阿勒山，而是瞪大了眼睛往下看。凯伦感觉到船在紧急制动，甲板剧烈抖动，在他们脚下震颤，就在差点儿跌倒前的一瞬间，她抓到了金属扶栏，还想及时地去抓丈夫的手，但她看到教授身体后仰，两手胡乱抓空，连连碎步后退，她好像在看一部慢慢回放的电影。他一脸的讶异中又浮现出被逗乐的笑意，但没有恐惧。他的眼神仿佛在说："快抓牢我。"紧接着，她眼睁睁看着他倒下，背和头撞在楼梯旁的铁支架上，继而被反弹向前，双膝着地。就在那一刻，她听到上空传来一记碰撞声，还有人们的喊叫，然后是救生圈溅起水花的声响，再是救生艇下水时强有力的击水声，原来——凯伦可以从别人的呼喊中拼凑出大概——他们的邮轮撞上了小游艇。

人们涌上甲板，围在她身边，没有其他人受伤。她跪在丈夫身边，轻轻呼唤，想把他唤醒。他在眨眼，但眼睛一开一闭就要很久，后来，他说话了，声音清晰可辨："扶我起来！"但这是不可能办到的事，因为他的身体不听话了，凯伦只能把他的头枕在自己腿上，等待救援。

教授的健康保险是精挑细选的，换言之，当天就会有直升机把他从罗德岛送往雅典，在雅典进行一系列体检。CT扫描显示他的左半脑有严重损伤；他还经历了一次严重的中风。没办法阻止这种状况。凯伦在他身边，抚摸着他已经不能动的手，一直坐到最后的时刻。他的右半侧身体已完全僵硬，眼睛一直紧闭着。凯伦给他的孩子们打了电话，他们应该都在赶来的路上。她在他身边守了通宵，在他耳边轻声说话，她相信他听得到，也听得懂。她用言语领着他，沿着尘土飞扬的小路一直走下去，走过广告牌，走过仓库，装卸坡台，肮脏的停车库，整整一晚，一路走到公路的另一边。

然而，裹挟着鲜血的河流泛滥，他头脑中的深红色海洋涨潮般涌起，慢慢地，一片区域接着一片区域被淹没——首当其冲的是欧洲平原，他土生土长之地。一座座城市在水下消失，还有他的祖先们世世代代、想方设法修建的桥梁和水坝。海水漫上他们铺着芦苇屋顶的家宅的门槛，贸然地闯入屋内。海水推开那些石材地板的红色地毯，冲刷每周六都有人擦洗的厨房地板，最终，浸熄了壁炉里的火焰，占据了橱柜，涌上了桌面。接着，海水灌入让教授周游世界的火车站和机场。他游历过的城镇都没入水下，他曾暂住的小街租屋，他曾留宿的廉价旅店，他曾用餐的小饭馆。现在，微光摇曳的红色海水游到了他最喜欢的图书馆，浸没了最低的那层书架，书页膨胀，包括封面上印着他名字的那些书。红色的水舌舔过文字，黑色的印刷体消融得干干净净。地板被浸成了红色，还有他曾走上走下、为他的孩子们攒齐毕业证明的楼梯，还有他在接受教授职称的典礼上走过的长廊。红色水渍也漫上了床单，那是他和凯伦第一次相拥而卧，解开束带，彼此袒露苍老而笨拙的身体的地方。这黏稠的液体将他的钱包夹层永久封存，那是他放信用卡、机票和孙辈照片的地方。水流漫过火车站、铁轨、机场、跑道——再也不会有飞机在此起落，再也不会有驶向任何目的地的列车出发。

海面无情地上涨，大水冲走了文字，思想，回忆；街灯在水下熄灭，灯泡爆裂；电缆短路，整个联络网变成死寂的蜘蛛网，一场无用而差劲的传话游戏。屏幕全部熄灭。到最后，那片缓慢但无穷尽的海洋开始涌进医院，雅典陷落在血泊中——所有的神庙，圣路和果园，这个钟点空空荡荡的市集，熠熠闪光的女神雕像和她的小橄榄树。

已经没必要抢救了，他们决定拔管时，她依然守在他身边。希腊护士用轻柔的手势敏捷地掀起床单，盖住了他的脸。

遗体火化后，凯伦和他的孩子们把骨灰撒入爱琴海，他们相信，这就是他想要的葬礼。

我在这里

我在进步。一开始，每当我在陌生的地方醒来，都会以为自己在家。我得用一分钟才反应过来，发现很多被日光照亮的细节并不眼熟。酒店客房里的厚窗帘，笨重的电视机，我那乱七八糟的行李箱，叠得有棱有角的白色毛巾。崭新的地方在窗帘后慢慢成形，暂时被遮掩了，神秘莫测，常常依然蒙着夜灯洒下的奶油色或黄色调。

但后来我就进入了旅行心理学家们称为“我不知道我在哪儿”的阶段。我醒来时会完全没有方位感。就像宿醉之后，我要使劲去想自己前一天晚上做了什么，我去了哪里，又怎么会到了这里，仔细回忆每一个细节，试图破解此时此地的真相。这个过程用时越长，我就会越惊慌——这种状态让人很不舒坦，很像患了迷路炎：失去平衡感，晕晕乎乎。天啊，我到底在哪儿啊？好在，世界的仁慈体现在其独特性上，最后总能引导我回归正轨。我在 M

城。我在 B 城。这是一家酒店，这是我朋友的公寓，N 家的客房里。某人的沙发上。

这样子苏醒过来，就像是在我下一段旅程的车票上盖了个戳。

再后来就进入了第三阶段，旅行心理学家所称的最关键、最圆满的阶段。到了这个境界，不管你的目的地在何方，你总是在朝那个方向走。“我在哪儿根本无所谓”，在哪里都没差别。我就在这里。

物种起源

这个星球已见证了新物种的诞生：一种业已征服五大洲和几乎每一个生态圈的新物种。它们成群结队地迁徙，随风飘落，不费吹灰之力就能覆盖辽远的地域。

我正从巴士的车窗里看着它们，这些靠空气传播的银莲花，整群整群的在沙漠里漫游。单一的个体紧紧依附在沙漠植物的尖刺上，喧哗招摇——也许这就是它们互通有无的方式。

专家们声称，这些塑料袋掀开了尘世生活历史的新篇章，打破了自然界的衰老习俗。它们仅由自己的表面物质构成，内里纯然虚空，主动放弃所有东西——谁也没想到，这种史无前例之举反而给了它们显赫的进化优势。它们可以移动，轻飘之极；善于勾取的提手可以让它们攀附于任何物体，甚或寄生于其他生物，以此拓展它们的栖居地。它们从郊区和垃圾堆出发，要用好几个大风时节才能抵达外省市和偏远的野地。不过，时至今日，它们已经占领了大部分地球领地——从巨人肢节般的高速公路立交桥到狂风大作的海滩，从荒废的杂货店一路飘飞到喜马拉雅山的嶙峋山坡。乍一眼看去，它们挺娇嫩的，很脆弱，但这只是幻象——它们长生不老，几乎无法被完全摧毁；就算再过三百年，它们飘飞的尸首也不会降解。

在此之前，我们未曾面对有这等攻击性的存在体。某些人持有形而上的狂喜论调，坚信塑料袋的天性就是要接管地球，征服每一块陆地；它们是一种纯粹的生物形态：寻找填充物，但即刻厌倦，随意地抛弃内容。那些人非说塑料袋是一只四处游走的眼睛，属于幻想中的“那个东西”：一个在圆形监狱里无所不知、无所不看的神秘观察者。还有些人呢，貌似更加脚踏实地，坚称如今的进化更偏向于“瞬移态”——既能轻快地飞越全世界，同时又具有普适性。

最终的时刻表

我的每一次朝圣之旅都会走向另一些朝圣者；今天，我终于抵达了。这次要朝圣的是塑化的对象，装在树脂玻璃柜里，或在其他展厅里。我必须排队，等待的时候顺便看看别的展品，灯光照明的效果很美，附有双语标示文。铺陈在我们眼前的是他们从很远很远的地方带回来的珍品，目不暇给。

一开始，我细看了陈列在树脂玻璃柜里的单件标本，展示的都是人体里的小构件，犹如螺钉、横档、棉针、焊接点，都是我们不常关注的部分，甚至不知晓它们在我们的身体里。这个方法太赞了——什么都进不去，什么都出不来。如果战争爆发，我面前的这块下颌骨很可能躲过一劫，哪怕碎石压顶，哪怕身在灰烬。如果火山喷发，如果洪水泛滥，如果山崩塌方，未来的考古学家依然能找到它，并为此欢欣雀跃。

这才只是开场。我们这些朝圣者在沉默中往前走，在沉默中排队，排在后面的人会推搡前面的人。我们会看到什么？接下去是什么展品，人体的什么部位？那些技法高超的塑化师、防腐师的继承人、鞣皮大师、解剖学家和剥制师这次会献上什么样的作品？

从人体中抽取出的脊椎骨平铺在玻璃柜里。脊骨保持自然的弧度，看起来像外星人——像在人体内朝向目的地的旅行者，巨大的多足生物。由神经丛和血管丛组成的格里高尔·萨姆沙[1]，小骨头串在交织的血管上，俨如精巧的念珠。我们可以对着它念一段祈祷文，至少一段，也可以喋喋不休地念下去，直到有人终于慈悲为怀，许它安息。

现在，出现了一个完成的人——确切地说是一具尸体——纵向对切，露出了不可思议的内部器官结构。尤其是肾脏，独具一格，特别吸睛，像一颗领受了地下女神赐福的大菜豆。

---

1 卡夫卡小说《变形记》的主人公。

再往下走，进入下一个展厅，出现的是一个男人，男性的身体，苗条，尽管没有眼皮，但看得出视线偏向一侧，从头到脚都没有皮肤，因此，我们这些朝圣者尽可看清条条肌肉的始末。你知道吗，肌肉总是从靠近身体中线的地方开始，在远离中线的外围结束？你知道 duma mater 并不是某个性感的色情明星的艺名，而是硬脑膜——覆盖大脑的部分吗？你知道每一束肌肉都有起点和终点吗？知道人体里最强建的肌肉是舌头吗？

面对这件完全由肌肉组成的展品，我们这些朝圣者都不由自主地去查看标示上的描述是否属实，弯曲我们自己的肌肉和骨骼，听命于我们的意愿的肌肉。不幸的是，也有不肯服从的肌肉，我们对此无计可施，真的没办法让它们顺从心意。它们曾在远古时代让我们安稳，现在掌管的是我们的原始反射。

现在，关于大脑的运作，我们有了更多了解：要把香味的存在、表情、战斗或逃跑反应（又称急性应激反应）都归功于杏仁体；还要把短期记忆归功于海马体。

隔区是杏仁核内一个很小的结构体，负责调解快感和瘾念的关系。对此，我们应该多留意，因为它和我们的坏习惯有关。我们应该知道自己该向谁求救，该祈求谁助我们一臂之力。

下一个标本由大脑和末梢神经组成，以完美的纯白底色呈现。你很可能会把白底红线的构图误认为是地铁线路图——这儿是起点站，所有线路从这里四散出去，这是主动脉线路，别的线路延展到周边地带。你必须承认——规划得不错。

这些现代标本是彩色的，鲜亮的；血管，静脉，还有在液体里呈现的动脉，越发突显出立体的网络构造。让它们安详漂浮的溶液无疑是凯瑟琳III溶剂，事实表明，这种配方的保存效果最好。

现在，我们簇拥到“血管人”前了。他像是解剖版本的鬼。一只在灯光雪亮、瓷砖铺地的地方阴魂不散的鬼，徘徊于屠宰场和化妆品实验室之间。我们都不禁长叹：从没想过我们身体里有这么多血管！也不会再奇怪——哪怕皮肤稍有刺破，我们就会流血。

看见即知晓，我们对此毫不怀疑。大部分人都在断面切片样本前看得津津有味。

我们面前的人体被切成了薄片。这让我们产生了很多始料未及的想法。

塑化保存法步骤详解

——首先，按照解剖的普遍要求处理尸体，比如：排净血液。

——在解剖过程中，把你想展示的部位曝露出来，比如：肌肉，你必须移除皮肤和脂肪。就是在这个阶段，你把尸体摆成你想要的姿态。

——接下去，用丙酮冲洗标本，置换尸体内的所有液体和水分。

——将完全脱水的标本浸渗硅胶多聚物溶液，在真空状态下加以密封。

——在真空舱里，丙酮挥发，所留下的空间被硅胶取而代之，直至填满人体组织最深处的细胞。

——硅胶硬化，但能保持一定的可塑性。

我摸了摸经过这样处理的一只肾和一只肝——摸起来像是硬橡胶做的玩具，你扔给狗、让它叼回来的小皮球就是这种质感。真与假的界线突然间变得很微妙。我也产生一种令人不安的疑虑：这种技术可以把原件永久地转变为复制品。

登机

他脱掉了鞋子，把背包塞到脚下，现在就等着登机了。他的胡子应该有几天没刮了，头基本上全秃了，年龄在四十到五十之间。看起来，他好像前不久才发现自己和别人没什么区别——换言之，在他的私人体验中获得了顿悟。他的脸色还留存着那种震惊的痕迹：眼睛只朝下看，看着鞋子周围，似乎刻意不让目光在别人身上游走，以免引发误解。没有表情，没有动作，因为他不再需要那些表态。过了一会儿，他拿出了笔记本，很精致的本子，手工制作，大概是在那些靠卖第三世界国家出品的廉价手工艺品发大财的店里买到的，再生纸封面上印着一句英文：旅行者日志。用掉了三分之一。他在膝头翻开本子，用黑色圆珠笔写下了第一个句子。

于是，我也拿出我的笔记本，开始写一段关于这个男人在写字的文字。有可能，他在写的是：“那个女人在写什么。她脱掉了鞋子，把背包塞到脚下……”

别害羞，我想到了其他在等待大门敞开的人们——也拿出你们的笔记本吧，开始写。事实上，有很多像我们这样把事物写下来的人。我们不让彼此互相看到，我们不让目光离开自己的鞋子。我们只是把对方写下来，那才是最安全的沟通方式，最安全的传输方式；我们互为互文，把对方转换为文字和大写字母，让彼此永生，将彼此塑化，将彼此浸没在福尔马林溶液般的长篇短句里。

等我们回家了，就会把写满的笔记本和其他物品一起拿出来——衣橱里面有个纸盒是专门放本子的，或是在书桌最底层的抽屉里，或是在床头柜的搁板上。在那些本子里，我们已把之前的旅行编撰好了，从行前的准备到开心的归来，全部归档完成。在随处可见被丢弃的塑料瓶的海滩上因夕阳而狂喜；在那家空调开得太热的酒店里过的那一晚。异国小街上，一条病狗在乞食，但我们什么吃的都没有；在巴士停车冷却散热片的地方，村里的孩子们围成了一群。花生汤食谱：一种吃起来像臭袜子炖肉汤的东西；一个吞火者：有着焦黑色的嘴唇。在那些本子里，我们慎重地记下旅途里的开销，徒劳地勾勒地铁里电光石火的一刹那让自己眼睛一亮的主题。在飞机上做过的怪梦，以及，排队时站在我们前方不远处的尼姑，一身灰袍，令人惊艳。一切的一切都在本子里，甚至包括那个水手——在曾经送走一艘又一艘船、但如今空无一人的码头上独自跳着踢踏舞。

谁会读到呢？

大门即将敞开。空乘人员已聚集在登机口的柜台边，瘫坐在椅子里的乘客们现在都无精打采地直起身子，把随身物品归拢好。他们找出自己的登机牌，把还没读完的报纸扔到一边，没有丝毫明显的遗憾。他们的脑海里都上演着一出默剧，剧情是全方位的测试：东西都带好了吗？护照，机票，证明文件，换好外币了吗？以及，他们正要去哪儿？去干什么？会找到他们想要找到的东西吗？选对了他们要选择的方向吗？

天使般美好的空乘人员检查一番，确保我们可以出发，然后，用一种善意的手势欢迎我们踏入铺着地毯、弧度柔和的通道，由此登机，迈入一条冷峻的空中道路，通向崭新的世界。她们的笑容里隐含着一种承诺——我们因此深受震撼——也许，现在的我们有了焕然重生的机会，这一次，会在正确的时间，正确的地点。

行程小记

维也纳	联邦病理解剖博物馆（地址:Uni Campus, Spitalgasse 2）
维也纳	维也纳医科大学历史博物馆（地址：Währinger Str. 25）
德累斯顿	德国卫生博物馆（地址：Lingnerpl. 1）
柏林	柏林医学史博物馆（地址：Charitépl. 1）
莱顿	布尔哈夫博物馆（地址：Lange Sint Agnietenstraat 10）
阿姆斯特丹	学术医学中心博物馆（地址：Meibergdreef 15）
里加	斯特拉丁斯医学史博物馆（地址：Antonijas 1），杰卡布·普瑞玛尼解剖博物馆（地址：Kronvalda bulv. 9）
圣彼得堡	人类学民族学博物馆（艺术房间）（地址：University Embankment, 3）
费城	马特医学博物馆（地址：19 S 22nd St）

译后记

2018年，奥尔加·托卡尔丘克的《云游》刚刚荣获国际布克奖，我就收到了后浪的邀约，很幸运地成为最早的读者之一。我早就读过她的《太古和其他的时间》《白天的房子，夜晚的房子》，一直觉得她妙不可言。看完这本书，我就更兴奋了，因为这次我们是有共鸣的：我们去过同一些机场，同一些城市，在酒店里、旅途中有过同一类遐想，也去过同一类博物馆——尤其是呈现人体塑化标本、人体解剖画册的那些博物馆。我太了解站在佛罗伦萨的博物馆里细看维萨里的画册时的惊叹，以及，第一次在阿姆斯特丹欣赏到堪称艺术品的真实人体切片标本时的震惊！

之后半年，这本书都在我的行李箱里，陪伴我经过了两次长途旅行。2018年的诺贝尔奖暂停颁布，眨眼到了2019年夏，初稿完成。诺贝尔文学奖颁奖那天，我刚从游泳池出来，浑身是水，打开手机，发现她拿奖了，第一反应是……

瑞典文学院将2018年诺贝尔文学奖授予波兰作家奥尔加·托卡尔丘克时，颁奖词称托卡尔丘克“富有想象力的叙述带有百科全书式的激情，代表了一种跨越边界的生命形式。”这种概括相当精准，尤其在这本由116个片段组成的书中尽显无遗。从体裁上说，本书包容了短篇小说、历史小说、散文、信件等多种形式；从内容上说，跨越了历史、现代生活、医学、物理、女性主义、心理学、神话；从风格上说，不仅保持了托卡尔丘克一贯的神秘梦幻和诗性的特质，并且融入当代生活实景，尤其是解剖史和生物标本史上的进展，还增加了之前几本小说中少见的思辨性段落，风格多变，但万变不离其宗——这一次，托卡尔丘克将人类在地球表面的探索和人类在人体内部的探索交织在一起，呈现出人性和宇宙的复杂和多样。

托卡尔丘克是当代波兰最具影响力、也最具活力的小说家之一。1962年1月29日，她出生于波兰下西里西亚北部的小村庄里（关于下西里西亚地区，易丽君教授曾在《白天的房子，夜晚的房子》的译者序中有过详细说明），那个地区的民族性很复杂，有些人声称是波兰人是为了能住下来，有些人和波兰人通婚，还有很多德国人，奥尔加小时候的保姆就是德国人。她的父母都在当地的高中学校里教书，她常常跟着父亲在图书馆里看书，抓到什么看什么，从凡尔纳到诗歌到百科全书。到了十几岁，她意识到在波兰之外还有一个世界，好像所有有趣的东西——伟大的音乐、电影、嬉皮士等等等等——都在外面的世界里，当时的她做梦都没想到有朝一日自己可以走进另一个世界，而非永远困在波兰。八十年代，她进入华沙大学心理学系，宿舍紧挨着二战期间的犹太人隔离区。1985年奥尔加大学毕业后，和心理学系的同学结婚，搬到佛罗茨瓦夫定居。她专攻临床心理学，包括治疗药瘾、毒瘾患者。几年后她放弃了，深知自己太过敏感，不适合当心理医生。之后，在取得护照后，她在伦敦待了几个月，学了英语，打零工——在工厂车间里组装天线，在大酒店里打扫房间——其余的时间都在书店看书，读了很多女性主义理论著作，因为那些书是在波兰看不到的。这段回忆，及其对那段时光的反思，可见于本书最前面的几个章节，因而在一开始，你可能会觉得这本书有半自传的倾向。

从英国回到波兰后，她和丈夫有了个儿子，她才开始投入写作。因由心理学的专业素养，她有一种明确的意识：多重现实可以同时存在。1987 年的诗集《镜子里的城市》和 1993 年的长篇小说《书中人物旅行记》奠定了她的文学新人形象。1996 年，托卡尔丘克的第三部小说《太古和其他的时间》出版，大受欢迎，令她一跃成为波兰文坛的代表人物。这部小说讲述的是两个生活在二十世纪波兰乡村的家庭，波兰人和犹太人有密切往来，去犹太人医生那儿看病，在犹太人店里买东西，但波兰女人爱上犹太男人的时候却注定没有好结果。小说反映的是社会历史现实：因为在很长的历史时间内，犹太人作为个体深深嵌入波兰人的生活，但作为整体却始终没有被波兰民族接纳。这个故事源自外婆给她讲的故事，故事里有四个天使守护者。从这个故事开始，托卡尔丘克关注多样化的特点就越来越明显了。2002 年，她凭借 1998 年出版的《白天的房子，夜晚的房子》再次获得波兰最高文学奖“尼刻奖”的读者选择奖。这本书的创作灵感来自于克沃兹科的一尊圣人像：长胡子的女圣人（St Wilgefortis）。当时她和丈夫在那儿买了一栋小木屋定居下来，她在当地教堂里读到一本小册子，讲述了这位中世纪女圣人的传说。谁能写出这个故事呢？这个问题引申出的想象就成了《白天的房子，夜晚的房子》的主线索。性别界限，国别界线，局限的生活空间，开放的思想历史，种种界限被文字消融，从这个意义上说，这是奥尔加·托卡尔丘克的第一部“星群小说”。

到了2007年，《云游》更灵活、更充分地呈现出这种星群式碎片写作的魅力。写作这本书的这时候，她在国际上已声誉鹊起，儿子快成年了，婚姻关系也结束了，因而她有很多机会在全球范围内旅行，并很想写一本关于旅行的书。传统的旅行书籍过于线性，缺乏“紧张的，甚而是有攻击性的，非常活跃，又非常紧急”的旅行特质。为了找到恰当的文体，她煞费苦心，始终找不到一种恰如其分的结构。结果，当她整理笔记的时候，把116篇散章摊在地板上，她站到桌子上俯瞰……突然意识到这些笔记能构成一部完整的作品。不过，她第一次把稿件发给出版社的时候，编辑还以为她只是把电脑里的草稿拼凑了一下，不认为那是一部长篇小说。

《云游》是她的第六本小说，跨越了文体、内容和风格的传统界限，每一个散章各不相关，如同星子散布，但共同存在于一个星系，彼此互有吸引，似有玄妙无形的引力波将它们吸纳在一起，有时是一个意象同时出现在不同篇章里，有时是一种坚定的认知反复重现于不同的篇章，有时是一个被遗忘的词语。作家保留了思路的原生态，阅读也因此成为探秘，读者要去接收作家给予的启迪，脑波碰撞之际，发现文本间的关联，而这关联正是作家在一段时间里保持创作状态时必定会有的思想脉络，也注定是非线性的。而且，随着科技发展，当代生活也不遗余力地推动着星群式思维。恰如本书中所言：“星群组合，而非定序排列，蕴含了真相。”

布克奖评委会赞赏《云游》“不是传统的叙述”，“我们喜欢这种叙事的声音，它从机智与快乐的恶作剧渐渐转向真正的情感波澜”。在2018年接受《新京报》采访时，托卡尔丘克本人也特别就这一点谈道：“我喜欢一小部分一小部分地组织自己的想法和想象，这就是我发挥想象的方式，而且我认为读者在这些碎片化的文本中畅游也会很轻松。……我们和电脑的关系已经改变了我们自身的感知——我们接受了大量迥异的、碎片化的信息，不得不在头脑中将它们整合起来。对我来说，这种叙事方式似乎比史诗式的庞大线性叙事要自然得多。”

碎片化的写作也特别适合这位波兰作家的文化语境。波兰人、乌克兰人、立陶宛人、德国人、犹太人……混居千百年的这片土地上，国境线在千年内、百年内始终剧烈变化着，邻人的语言和生活经验都可能截然不同；在几百年间，被列强瓜分、利用的波兰人不断移动、移居、流亡到异域，相比于国境线内的土地，其民族认同感更多基于语言和文化的传承。托卡尔丘克在诺贝尔文学奖网站采访中提到，波兰语是最能表述复杂而困难的事物的语言之一。她也相信，中欧文学更关注现实，对于稳定、永恒的事物更会持有不信任的态度。如果要讲述波兰的历史，就必定保持多样化、碎片化、混杂性。读者普遍都能感知到托卡尔丘克的想象力，但这决不仅仅是她的魅力所在，在欧盟出现问题、民族主义抬头、全球化突飞猛进的人文环境下，诺贝尔文学奖授予她是有深意的。

在波兰，托卡尔丘克是个有反骨精神的先行者，常常反常道而行之。作为知识分子，她有明确的政治观点，作为环保主义者，她强烈声张动物理应享有权益。作为一个坚定的素食主义者，她的 *Prowadź swój pług przez kości umarłych*（《糜骨之壤》）关注动物保护议题。作为一个活跃的活动策划者，她在数年前创办了主要针对东欧作家群体的独立文学节，赞助商包括当地的一家纸品工厂，但愿能如她所愿，做出用卫生纸做的奖牌。

那么，从 2007 年《云游》出版到 2018 年荣获国际布克奖和诺贝尔文学奖，为什么经历了这么多年？这就势必要提到英文译者克罗夫特（Jennifer Croft），她在十数年间，不断地把这本书推荐给纽约的出版社，但出版方总是说这样的东欧小众作家得不到美国读者的喜欢，屡次拒绝。但多亏了克罗夫特坚持不懈的努力，英文版终于问世，继而拿下了国际布克奖，让更多人领略到了托卡尔丘克的文学魅力，这也显然助力了诺贝尔文学奖评委会将 2018 年的奖项颁给她。克罗夫特是翻译，也写小说，还是编辑，她每年都在等待托卡尔丘克荣膺诺贝尔奖，2019 年 10 月 10 日凌晨 4 点，她终于等到了，甚至比得奖者本人更激动——托卡尔丘克正驱车在德国境内的高速公路上。

《云游》的波兰版书名是 *Bieguni*，这个词出自于十八世纪俄罗斯东正教的某个门派，其信徒相信，一直处于移动状态才能避开恶魔的魔爪。即便对于当代波兰人，这个词也显得高深莫测。借书中“裹得层层叠叠的流浪女”之言，我们可以领会到托卡尔丘克是如何演绎这个概念的：

“摇摇，走走，摆摆。只有这一个办法能摆脱他。他统治世界，但没有权力统领移动中的东西，他知道，我们身体的移动是神圣的，只有动起来、离开原地的时候，你才能逃脱他的魔掌。他统治的是一切静止的、冻结的物事，每一样被动的、怠惰的东西。”

波兰的历史充满了游民故事，这当然能追溯到萨尔马特人——公元前二世纪左右控制如今的南俄草原，并入侵罗马帝国的游牧民族，十世纪欧洲部分历史学家认为，萨尔马特人是所有斯拉夫人，包括波兰人的祖先。早先有过一个英文版的书名叫*Runners*（奔跑者），但克罗夫特不满意，觉得太直白了，最终定稿为*Flights*。中文版定为“云游”，一来是想应和英译版着重体现的现代飞行迁徙方式、俯瞰的视角，二来是想应和波兰原文所体现的游牧民族的特质，再有，是想以中文的诗意呼应托卡尔丘克诗性的写作。书中人物有的游历四方，有的揣着公私分明的目的往来于目的地，旅行方式囊括航空、铁路、驾车、步行、轮渡、邮轮等等，我期待“云游”二字神形兼备，既能囊括各种方式的移动，也能蕴涵精神和肉身共同达成、或兵分二路的冥想之旅，因为，丰盛的思考和想象是这本书魅力的源泉。

继《云游》之后，克罗夫特还翻译了托卡尔丘克 2014 年出版

的最新小说 *Księgi Jakubowe*（《雅各布之书》）——为了写成这本书，托卡尔丘克和伴侣自驾周游乌克兰、保加利亚、罗马尼亚、捷克、德国、土耳其……因为这就是主人公——自称弥赛亚的波兰犹太人雅各布——的周游路径。雅各布是历史上的真实人物，但托卡尔丘克不会用传统历史小说的笔法去写，她不是用历史学家的眼光、而是用文学家的眼光去接近这类有原型的主题。她注重细节，从土壤和花朵的颜色到风给人的感受，但同时又要关注历史考据，不能在事实方面有漏洞。

这，已是她在本书中实践过的技巧，无论是十七世纪解剖学家费尔海恩，还是肖邦……她特别善于在历史书之外的历史中撷取吉光片羽，抛开宏大叙事，抛开被引述无数次的经典，而去聚焦那些被遗忘的人性和神性，用诗意的再述完成思想的升华。

托卡尔丘克曾对中国记者特别提到："现实主义写法不足以描述这个世界，因为人在世界上的体验必然承载更多，包括情感、直觉、困惑、奇异的巧合、怪诞的情境以及幻想。通过写作，我们应该稍微突破这种所谓的理性主义，并用这种方式去反过来强化它。我们生活在一个不断给人惊喜、不可预知的世界。我所理解的写作是一种拉伸运动，它拉伸着我们的经验，超越它们，建立起一个更广阔的意识。我喜欢把现实与幻想糅在一起，但我也写了基于十八世纪事实基础的历史小说。"

……回到她得奖的那一天，我的第一反应是：这应该是第一个写到人类探索人体的诺贝尔文学奖作家！无论是剖析自己的截肢的费尔海恩，还是开创塑化标本的哈根斯，都是兼具想象力、偏执而专注的人物，不可多得，但他们极少有机会出现在纯文学作品中。（在此特别感谢大连医科大学解剖教研室主任、生命奥秘博物馆创始人隋鸿锦教授，在翻译这部分内容时，我们讨论了一些术语和观念的问题。）在被跨越、被消除的所有界限中，生与死之间是否也存在另一种关系？托卡尔丘克对他们、对这个话题的关注饱含哲思，延续了贯彻她小说创作已久的对生与死的思考。这本书也因此展现了极为开明的世界观。

在本书的最后，托卡尔丘克把这种哲思与写作本身联系在了一起："我们互为互文，把对方转换为文字和大写字母，让彼此永生，将彼此塑化，将彼此浸没在福尔马林溶液般的长篇短句里。"

于是

2019 年 10 月 14 日

（本文参考了 2019 年 7 月 29 日《纽约客》专访文章，作者：Ruth Franklin；2018 年 3 月《新京报》专访文章，作者：宫子）

图书在版编目（CIP）数据

云游 /（波）奥尔加·托卡尔丘克著；于是译. -- 成都：四川人民出版社，2019.11（2024.11 重印）
ISBN 978-7-220-11682-7

Ⅰ.①云… Ⅱ.①奥… ②于… Ⅲ.①长篇小说—波兰—现代 Ⅳ.① I513.45

中国版本图书馆 CIP 数据核字 (2019) 第 266716 号

四川省版权局
著作权合同登记号
图字：21-2019-564

YUNYOU
云游

著　　者　[波兰] 奥尔加·托卡尔丘克
译　　者　于　是
选题策划　后浪出版公司
出版统筹　吴兴元
编辑统筹　朱　岳　梅天明
特约编辑　赵　波　陈志炜
责任编辑　唐　婧
装帧制造　墨白空间·张静涵
营销推广　ONEBOOK

出版发行　四川人民出版社（成都三色路 238 号）
网　　址　http://www.scpph.com
E - mail　scrmcbs@sina.com
印　　刷　嘉业印刷（天津）有限公司
成品尺寸　143mm × 210mm
印　　张　12.75
字　　数　263 千
版　　次　2019 年 12 月第 1 版
印　　次　2024 年 11 月第 10 次
书　　号　978-7-220-11682-7
定　　价　55.00 元